光文社古典新訳文庫

ペスト

カミュ

中条省平訳

kobunsha classics

光文社

Title : LA PESTE
1947
Author : Albert Camus

目次

ペスト 5

解説 中条省平 454

年譜 476

訳者あとがき 489

ペスト

ある種の監禁状態を別の監禁状態で表現することは、
何であれ実際に存在するものを存在しないもので表現
することと同じく、理にかなったことだ。

ダニエル・デフォー

第I部

この記録の主題となる一連の奇妙な事件は、一九四＊年、オラン[1]で起こった。大方の意見によれば、とても普通とはいえないこの事件は、オランで起こるにはふさわしくなかった。じっさい、一見してオランは普通の町だし、アルジェリア沿岸にあるフランスの県庁所在地のひとつにすぎない。

はっきりいって、この町は殺風景そのものだ。平凡な外見で、地球上のほかの多くの商業都市と違うところを見つけるには時間がかかる。たとえば、鳩もいなければ、木々もなく、庭もないような町。鳥たちの羽ばたきにも、木の葉のすれあう音にも出合うことのない町。要するに、くすんだ町を想像してもらえばいい。季節の変化は空にしか表れない。春の到来を告げるのは、空気の質感か、さもなければ、行商人が郊外から運んでくる花の籠だけだ。つまり、春は市場で売りに出されるのだ。夏のあいだは、太陽の光のせいで、乾きすぎた家々は燃えあがる熱に包まれ、壁は白っぽい灰で覆われる。そうなると、鎧戸《よろいど》をしっかり閉ざした薄暗がりでしか暮らせない。逆に、秋は泥の洪水に見舞われる。晴天が見られるのは冬だけだ。

ひとつの町を知る適当な方法は、そこで人々がどんなふうに働き、愛しあい、死んでいくかを探ることだ。この小さな町では、気候風土のせいか、労働も愛も死もすべてがいっしょくたにされ、熱狂的であると同時にうつろな調子で実現される。つまり、ここで人々は退屈し、すべてを習慣にしてしまうことに懸命なのだ。この町の仲間たちは大いに労働するが、それはつねに金持ちになるためだ。とくに商売に関心を寄せ、まず何よりも、彼らの言葉を借りるなら、事業をおこなうことに精魂を傾ける。もちろん単純な喜びにも興味はあって、女や映画や海水浴を好む。だが、ひどく分別を働かせて、そうした楽しみは土曜の夜と日曜にとっておき、ほかの週日はたんまり金を稼ごうとする。夕方になって、オフィスから出ると、決まった時間にカフェに集まったり、同じ大通りを散歩したり、自宅のバルコニーに腰を下ろしたりする。若者の欲望は激しく刹那的だが、年寄りの悪事といえば、せいぜいペタンク[2]の試合か、老人クラブの宴会か、トランプの勝負に大金を賭ける同好会といったところだ。

1　アルジェリア第二の人口をもつ地中海沿岸の港湾都市。アルジェリアは一八三〇年から一九六二年までフランス領だった。

2　金属の球を投げて競う穏やかなスポーツ。

おそらく、こうした事情はこの町に特有のことではなく、結局、現代の人間みんながそうなのだということもできよう。じっさい、いまの世界で、朝から晩まで働き、そのうえで生きるために残された時間を配分して、トランプに、コーヒーに、おしゃべりに無駄づかいする人間を見ることほど自然なものはない。だが、人々がそれ以外のことに気がかりを抱く町や国もある。だからといって、たいていの場合、それで生活が変わるわけではない。しかし、そこに気がかりは存在したのであり、それを受けとめたことは確かなのだ。それとは逆に、オランは明らかに気がかりなど存在しない町、つまりは、まぎれもなく現代的な町なのである。そのため、この町で人々が愛しあうやり方をこと細かに描きだす必要はなくなる。男と女は、愛の行為と呼ばれるもののなかで急激にたがいを貪りあうか、ふたりのための長い習慣のなかにはまりこんでいくか、どちらかなのだ。この両極のあいだに、中間はめったにない。だが、これもまた特別なことではない。オランでも、ほかの町でも、時間と熟慮が足りないため、知らないうちに愛しあうことになるだけだ。

それにたいして、この町で特別といえるのは、死ぬときに味わう困難さである。いや、困難さというのは適当な言葉ではない。居心地の悪さといったほうがいい。病気になるのはけっして愉快なことではないが、病気をしながらも人から支えられ、いってみれば、くつろがせてもらえるような町や国も存在する。病人はやさしさを欲しがり、何かに頼りたいと思う。当然のことだ。だが、オランでは、気候が厳しく、住民が商売にかかりきりで、風景など無視され、黄昏《たそがれ》もすぐに消えてしまい、単純な娯楽しかないので、あらゆることに健康が要求される。病人は孤独になるほかないのだ。こんな情景を思えばいい。焼けつくように熱い、数かぎりない壁に囲まれ、罠にかかって死んでいく者がいる。その同じときに、ほかの住民はみんな電話にしがみつき、カフェに集まって、手形の振出しや、船荷証券や、現金割引の話をしている。死が、たとえそれが現代的な死であったとしても、こんなふうに乾ききった場所で襲ってきたら、そこに居心地の悪さが生じることを理解できるはずだ。

これらいくつかの指摘だけで、この町の様子を想像してもらうのには十分だろう。しかし、何ごとも誇張してはならない。強調する必要があったのは、町と生活のごく平凡なところだ。だが、習慣を身につければ、すぐに楽な生活が送れる。そして、この町はまさに習慣を最優先するので、万事うまくいくというわけだ。そう考えると、人生は情熱をかき立てるようなものではないかもしれない。少なくとも、この町には混乱など起こらない。気どらず、愛想がよく、きびきび活動するこの町の住民は、旅行者からつねにそれなりの敬意を払われてきた。この町には、絵になる名所も、豊かな緑も、潑溂《はつらつ》とした空気もないが、しだいに安らぎにみちた場所に思えてきて、しまいに人々は眠りこんでしまうのだ。しかし、公平を期してつけ加えておくならば、この町は、完璧な輪郭を描く入江に面し、光り輝く丘に囲まれ、むき出しの高台が広がる、比類なく美しい風景に隣接している。だが残念なことに、入江に背を向けて町を建設したため、町から海を見ることは不可能で、海を見るには、いつもわざわざ遠回りしなければならないのである。

ここまで説明すれば容易に理解できるだろうが、その年の春に起こった出来事をオランの住民たちに予想させるものなど、何ひとつなかった。だが、その出来事こそ、あとになって分かったことだが、ここにその記録を書こうと思う一連の重大な事件の最初の徴候というべきものだった。それらの出来事はある人々にとってはまったく自然なことに見えたが、別の人々にとっては、逆に、とてもありえないことに思われた。だが、いずれにしても、この記録の筆者はそんな矛盾にかかずらってはいられない。ともかく、彼は「こんなことが起こった」と知っているし、それがひとつの町の住民すべての人生に関わった事実であり、それゆえ、自分の語ることの真実を心のなかで認めてくれる証人が数千人もいると知っている。そんなとき、彼の務めはただひとつ、「こんなことが起こった」と語ることだけだ。

さらに、この記録の筆者について、それが誰であるかはそのうち適当な時期に判明するだろうが、彼がこの種の試みを遂行する資格をもちえたのは、たまたまかなりの数の証言を集めることができる立場にいて、よんどころない事情から、これから彼が語ろうとするすべての事柄に関わりあうことになったからだ。それゆえ、彼は歴史家のようにふるまうことが許されるはずだ。当然のことながら、歴史家というものは、たとえ素人の歴史家であろうと、史料をもっている。したがって、この記録の筆者も史料をもっている。その史料とは、まず彼自身の証言。次に、それ以外の人々の証言。というのも、彼は立場上、この記録に登場するすべての人物の打ち明け話を聞かされることになったからだ。そして最後は、彼の手に入ることになった文書の数々である。彼は、適切だと判断した場合には、それらの史料に依拠し、それを自由に活用するつもりだ。そして、さらにもっと踏みこんで……。いや、もう注釈や前書きはやめて、物語そのものに入るべきときであろう。

四月一六日の朝、医師のベルナール・リューは、自宅の診察室を出て、階段に向かう床の真ん中で、一匹のネズミの死骸につまずいた。そのときはさほど気にもかけず、ネズミを脇によけて、階段を降りた。だが、通りに出てから、あんなところにネズミの死骸があったのはおかしいと考えなおし、ひき返して、管理人に知らせに行った。年老いた管理人のミシェルが反撥を露わにしたので、リューはあらためて自分の発見が異様なものだと感じた。ネズミの死骸があったことは、リューにとっては単に奇妙な出来事だが、管理人にとっては恥ずべきことなのだ。とはいえ、管理人の言い分ははっきりしていた。この建物にネズミはいない。だから、リュー医師が、二階の階段口にネズミがいて、たぶん死んでいたと主張しても無駄で、ミシェル氏の確信はゆるがなかった。この建物にネズミはいないのだ。だから、それは外から持ちこまれたにちがいない。要するに、誰かのいたずらだ。

その日の夕方になり、ベルナール・リューは建物の玄関の廊下に立ち、自分の部屋のほうに上がろうとして、鍵を探していた。すると、廊下の暗い奥から、毛の濡れた大きなネズミが脚をよろよろさせながら出てくるのが見えた。ネズミは立ちどまり、体のバランスをとろうとする様子を見せ、それからリューのほうに走ってくると、また立ちどまって、小さな鳴き声を上げながら、くるりと回転し、ついに倒れこんで、なかば開いた口から血を吐いた。リューはちょっとネズミを見てから、自分の部屋に上がった。

彼が考えていたのは、ネズミのことではなかった。ネズミの吐いた血を見て、心配事を思いだしたのだ。彼の妻は一年前から病気で、明日、山あいの療養所に出発することになっていた。妻は、リューからいわれたとおり、寝室で横になっていた。そうして、旅行の疲労に備えていたのだ。彼女は微笑《ほほえ》んでいた。

「とても気分がいいわ」

リューは、自分のほうに向けられた、枕もとの明かりに浮かぶ妻の顔を見ていた。彼女は三〇歳になり、病気でやつれていたが、リューにとって、この顔はつねに若いときのままだった。たぶん、すべてを拭いさってくれる微笑みのおかげだろう。

「できれば眠ったほうがいいな。看護師は一一時に来るから、そしたら一二時発の列車に連れていってあげるよ」

彼は、妻のかすかに汗ばんだ額にキスをした。微笑みが戸口まで彼を見送った。

翌四月一七日の八時、管理人が、通りがかりのリュー医師を引きとめ、悪質ないたずらをする者が廊下の中央に死んだネズミを三匹置いていったと訴えた。大がかりな罠を使って捕まえたにちがいない。ネズミは血だらけだったから。管理人はネズミの脚を摑んだまま、しばらく入口の敷居に立って、犯人が正体を現し、嘲弄の言葉でもぶつけてくるのを待っていた。だが、何も起こらなかった。

「まったく！　やつらときたら」とミシェル氏はいった。「かならず捕まえてやる」

リューは気がかりを覚え、自分の患者のうちいちばん貧しい者たちが住む町の外縁の地域から往診を始めることにした。ごみ回収がおこなわれるのはもっと遅い時間なので、この地域の埃っぽい直線道路を走るリューの車は、歩道の端に放置されたごみ箱をかすめて通った。そんなふうにして走った通りのひとつで、リューは野菜くずや汚れたぼろ切れの上に投げだされたネズミの死骸を一二体ほど数えた。

最初の病人は、道路に面した寝室兼食堂で、ベッドに入っていた。深い皺の刻まれた険しい顔つきの、老いたスペイン人だ。自分の前の布団の上に、エンドウ豆のいっぱい入った鍋をふたつ置いている。医師が入っていくと、病人はベッドでなかば身を起こし、うしろへ反りかえって、老人の喘息患者特有のごろごろ鳴る息を鎮めようとしていた。妻が洗面器を持ってきた。

「どうだい、先生」と、注射のとき病人は尋ねた。「ぞろぞろ出てくるんだ。見たかい？」

「ほんとに」と妻が同意した。「お隣では三匹も捕まえましたよ」

病人は手をこすりあわせた。

「出てくること、出てくること。そこらじゅうのごみ箱にいっぱいだ。まるで飢饉だよ！」

それからリューが、この地域の住民がみんなネズミの話をしていることを確認するのに、たいした手間もかからなかった。往診が終わり、家に帰った。

「上のお宅にあなた宛ての電報が届いていますよ」とミシェル氏が声をかけてきた。

リューは、またネズミを見つけたかと尋ねてみた。

「とんでもない！」と管理人は答えた。「見張ってますからね、もちろん。だから、悪党どもも手を出せないんですよ」

電報は、明日、母が到着することを知らせていた。母は、病気の妻が留守のあいだ、息子の家の面倒を見に来るのだ。リューが家に入ると、もう看護師がいた。妻を見ると、ちゃんと立って、スーツを身に着け、化粧もしている。リューは妻に微笑みながらいった。

「いいね、とてもいいな」

しばらくして、彼は駅で妻を寝台車に乗せた。彼女は客室を見た。

「お金がかかりすぎるんじゃない、私たちには？」

「必要なことだろ」とリューはいった。

「あのネズミの騒ぎは何なのかしらね？」

「分からない。ほんとに変だね。だが、そのうち収まるよ」

それからリューは急いで、どうか許してほしい、もっとしっかり見守っているべきだったのに、君をほったらかしにしていた、といった。妻は、何もいわないでというように、首を振った。だが、リューはこうつけ加えた。

「君が帰ってきたら、前よりうまくいくよ。もう一度やり直そう」

「そうね」と妻は目を輝かせた。「もう一度やり直しましょう」

それからまもなく、彼女は夫に背を向け、窓ガラスの彼方に目をやった。ホームでは、人々が押しあったり、ぶつかりあったりしている。機関車の蒸気を立てる音がここまで聞こえてくる。リューは妻の名を呼んだ。彼女が振りむくと、顔じゅうが涙で濡れていた。

「だめだなあ」とリューはやさしくいった。

涙の下から微笑みが戻ってきたが、すこしこわばっていた。彼女は深くため息をついた。

「もう行って。きっとうまくいくから」

リューは妻を抱きしめ、それからいまはもうホームに降りて、窓ガラスの反対側から、妻の微笑みだけを見つめていた。

「くれぐれも体に気をつけて」とリューはいった。

だが、その声は彼女には届かなかった。

駅のホームの出口近くで、リューは予審判事[3]のオトン氏とぶつかった。オトン氏は男の子の手を引いていた。リューは、旅行に出かけるのかと尋ねた。オトン氏は背が高く、黒い髪で、かつて社交界の人士と呼ばれたものに似ていたが、いっぽう、葬儀屋のようにも見えた。オトン氏は愛想のいい声で、手短に答えた。

「妻を待ってるんです。私の実家へ挨拶に行ったもので」

機関車の汽笛が鳴った。

---

3 刑事事件の証拠調べや尋問に当たる司法官。

「ネズミが……」と予審判事はいった。

リューはわずかに列車へ身を向けたが、すぐに出口のほうに向きなおった。

「ええ、でも、きっと何でもありませんよ」と答えた。

このときリューの記憶に残ったのは、駅員が通りかかり、その駅員が抱えた箱にネズミの死骸がいっぱい入っていたことだけだった。

その日の午後、診察時間の初めに、リューは、新聞記者だという若い男の訪問を受けた。その男はすでに午前中にも訪ねてきたのだった。名前はレーモン・ランベール。背が低く、肩幅は分厚く、意志堅固な顔つきで、明るく聡明そうな目をしていた。ランベールはスポーツ向きの服を着て、何不自由ない生活を送っている様子だった。単刀直入に本題に入った。自分はパリの大手新聞で働き、アラブ人の生活条件に関する調査をおこなっているので、彼らの衛生状態についての情報がほしい、とのことだった。リューは、衛生状態は良くないと答えた。だが、さらに話を進める前に、リューは、新聞記者は真実を語ることができるのか、と尋ねた。

「もちろん」と相手は応じた。

「私がいいたいのは、全面的に糾弾することができるか、ということです」

「全面的にというのは、やはり無理ですね。しかし、糾弾というのは根拠のないことだろうと思うんですが」

リューは穏やかに、たしかに糾弾には根拠がないかもしれないが、そんな質問をしたのは、ランベールの記事が条件つきでないものになるかどうかを知りたいからだ、と説明した。

「私は条件つきでない証言しか認めないんです。ですから、私の情報をあなたが条件つきで発表することにも賛成できません」

「まるでサン＝ジュスト[4]の言葉みたいですね」と新聞記者は微笑みながらいった。

リューは口調を強めることもなく、それはどうだか分からないが、これは、自分の生きている世界にうんざりし、それでもなお同胞たちへの愛着を保ち、しかし自分は不正と妥協を拒むと決意した人間の言葉なのだ、と答えた。ランベールは肩をすくめ、医師の顔をじっと見つめた。

「あなたのいうことは分かるような気がします」と、記者はようやく立ちあがりながらいった。

4　フランス革命で「恐怖の大天使」と呼ばれた美貌の革命家。ロベスピエールとともに断頭台の露と消えた。享年二六。

リューは記者を戸口まで送りながらいった。

「そんなふうに受けとってくれて、うれしいですよ」

だが、ランベールは苛立っているように見えた。

「ええ、分かりました。お邪魔してすみません」

リューは記者と握手し、いまこの町で見つかっている大量のネズミの死骸について興味深い記事が書けるだろうといった。

「本当ですか！」とランベールは声を上げた。「それは面白い」

一七時にリューがふたたび往診に出ようとしたとき、階段でひとりの男とすれちがった。ずんぐりした体つきで、彫りが深くいかつい顔に、濃い眉が一文字に引かれた、まだ若い男だ。この建物の最上階に住むスペイン人のダンサーたちのところで何度か会ったことがある。この男、ジャン・タルーはしきりに煙草を吹かしながら、足もとの階段で死にかけている一匹のネズミの断末魔の痙攣を眺めていた。タルーは灰色の目の、静かだが、いささか見据えるような視線を医師のほうに上げ、どうも、と挨拶し、このネズミたちの出現は興味を引く出来事だとつけ加えた。

「たしかに」とリューは答えた。「でも、しまいにはいらいらしてきますよ」

「ある意味ではね、先生。でも、ある意味では、というだけです。こんな出来事はいまだかつて見たことがない、それだけのことです。しかし、興味深いとは思います。じつに興味深い」

タルーは髪の毛に手を入れてうしろにかき上げ、いまはもう動かなくなったネズミに目をやり、それからリューに笑みを向けた。

「だが、ともかく、何よりもまず管理人の問題ですよ、先生」

ちょうどその管理人をリューは建物の前で見かけた。入口近くの壁に背をもたせて、いつもの赤ら顔に疲れた表情を浮かべていた。

「ええ、知ってます」とミシェル老人は、新たな死骸の発見を伝えたリューにいった。「なにしろ、二匹や三匹、固まって見つかるんですから。でも、ほかの建物でも同じですよ」

管理人は不安に打ちひしがれているように見えた。無意識の仕草で首をこすっている。リューは、調子はどうかと尋ねた。もちろん、好調というわけではない、と管理人は答えた。要するに、気分がすぐれないのだ。病は気から、というのが管理人の考えだった。ネズミたちの出現にショックを受けたのだから、やつらが消えてくれれば、万事うまくいくだろう。

だが、翌四月一八日の朝、駅から母を連れて帰ったリューは、さらにやつれた顔のミシェル氏を見かけた。地下倉庫から屋根裏部屋まで、一〇匹以上のネズミが階段に転がっていたのだ。近所の建物のごみ箱はネズミでいっぱいだ。リューの母はその話を聞いてもべつに驚かなかった。

「いろんなことがあるものよ」

小柄な婦人で、銀色の髪に、黒いやさしい目をしていた。

「お前に会えてうれしいわ、ベルナール」と母はいった。「ネズミだって邪魔はできないわよ」

リューは頷いた。母といると、すべてがたやすいことに思われた。

とはいえ、リューは市の鼠駆除課に電話をかけた。その課長を知っていたのだ。課長は、戸外に出てきて死ぬ大量のネズミの話を聞いているだろうか？　課長のメルシエはその話を知っていたし、港から近い場所にある彼の役所でも、五〇匹ほどのネズミが見つかっていた。しかし、メルシエはこれを重大事件として受けとめるべきか迷っていた。リューも断定はできなかったが、鼠駆除課が乗りだすべきだとは考えていた。

「そうですね」と課長はいった。「命令があればいいんだが。あなたが本当にそうする意味があるというのなら、命令を出してもらうように働きかけますよ」

「もちろん、いつだってそうする意味はありますよ」

今しがたリューの家に来た家政婦の話によれば、彼女の夫が働いている大工場では、何百匹にもおよぶネズミの死骸を回収したという。

いずれにせよ、ほぼこの時期になって、わが市民たちは不安を覚えだした。というのも、げんにこの一八日以降、工場や倉庫が数百のネズミの死骸を吐きだすようになったからだ。ときには、断末魔が長すぎるネズミの場合、その息の根を人間が止めなければならなかった。しかし、市の外縁の地域から中心部に至るまで、リューが通りかかったすべての場所で、市民が集まるところは例外なく、ネズミがごみ箱のなかに山を作り、下水溝のなかに長い列を作って、リューを待ちうけていた。さっそくこの日から夕刊紙が事件を取りあげ、市当局は動きだす気があるのか、この忌まわしい侵略から市民を守るために緊急対策を講じるのかどうか、と問いかけていた。市当局は動きだす気も、対策を講じるつもりもなかったが、役人が集まってまずは会議を開いていた。毎日、明けがたにネズミの死骸を回収するよう、鼠駆除課に命令が発せられた。回収が済むと、二台の課の車がネズミをごみ焼却場に運んで焼いた。

しかし、続く数日で事態はさらに悪化した。集まる齧歯類《げっしるい》の数は増えつづけ、毎朝の回収量は増加の一途をたどった。四日目から、ネズミたちは外に出て、群れをなして死にはじめた。巣から、地下室から、倉庫から、下水から、よろめく長い列をなして上がってきて、光のなかで体を震わせ、その場できりきり舞いをし、人間のすぐそばで死んでいくのだ。夜は、廊下や路地で、断末魔の小さな鳴き声がはっきりと聞こえた。朝は、場末の下水溝で汚水に浸り、尖った鼻面に小さな血の斑点をくっつけ、あるものは、腐って膨れあがり、またあるものは、まだ髭をぴんと立てたまま硬直しているのが見つかった。市内でも、階段の踊り場や中庭で、小さな山を作っているのにぶつかった。ときには役所のホールや、学校の体育館や、カフェのテラスで、一匹だけ死んでいることもあった。町のいちばん賑やかな場所でも発見されて、わが市民たちを仰天させた。アルム広場や、目抜き通りや、臨海遊歩道も、ところどころ汚されていた。死んだネズミは明けがたに町から一掃されるが、日中に徐々に増えはじめ、どんどん数を増していった。夜、歩道を歩く者が、まだ新しい死骸の弾力のある塊を踏みつけることも稀ではなかった。まるで、人間の家の建つ大地が、内部に溜まっていた体液を吐きだし、いままで内側から大地を蝕んでいた腫瘍や血膿《ちうみ》を地面にあふれださせたかのようだった。それまで平穏だったこの小さな町は、健康な男の濃い血液がいきなり氾濫を起こしたように、わずか数日でひっくり返されてしまった。その動転ぶりを想像していただきたい。

事態はさらに進んで、ついにランスドク通信社（ランスドクとは、情報《ランセニュマン・》資料《ドキュマンタシオン》の略で、あらゆる主題に関するあらゆる情報を扱う）が、無料で提供するラジオのニュース番組で、二五日の一日だけで六二三一匹のネズミが回収され、焼却されたと報じるに至った。この数字は、オラン市民が目の当《ま》たりにしている日常の光景に明確な意味をあたえるもので、混乱をさらに大きく広げた。それまで、住民たちはいささか気味の悪い出来事に不平をこぼしていただけだった。それがいまや、規模がどれくらい大きいかもまだ分からず、原因を特定することもできないこの現象が、切迫した危険をはらんでいることに気づかされたのだ。ただひとり、スペイン人の老いた喘息患者だけが、手をこすりあわせながら、耄碌《もうろく》した老人特有の喜びの表情を浮かべて、「出てくること、出てくること」とくり返していた。

そのうち、四月二八日になるとランスドク社はネズミの回収量が約八〇〇〇匹に及んだことを報じて、市内の不安は頂点に達した。住民は抜本的な対策を要求し、市当局を非難し、海辺に別荘をもつ人々のなかには、そちらに住居を移すといいだす者も出た。だが、翌日、ランスドク社は、この現象が突然終わり、鼠駆除課が回収したネズミの死骸は問題とするに足らぬ数量に減ったと報道した。市民はほっとひと息ついた。

しかし、同じ二九日の正午、リュー医師が自宅のある建物の前に車を停めたとき、道の端に管理人のミシェルがいるのを見た。管理人は、頭《こうべ》を垂れ、あやつり人形のような格好で両手と両脚を広げて、苦しそうに歩いてきた。老管理人は司祭の腕にすがっていた。その司祭はリューも見知っている人物で、パヌルー神父といった。教養豊かな、イエズス会に属する活動的な聖職者で、リューも何度か会ったことがあり、宗教的なことに無関心な市民からも非常に尊敬されていた。リューはふたりを待った。ミシェル老人は目をぎらぎら光らせ、ぜいぜい喘《あえ》いでいた。なんだか気分が良くなかったので、外の空気を吸おうと思ったという。しかし、首と脇の下と鼠径部《そけいぶ》に激痛が走って、ひき返さなくてはならなくなり、パヌルー神父に助けを求めたのだ。

「できものですよ」と管理人はいった。「えらい目にあいました」

リューは車の窓ガラスから手を出して、ミシェルが見せた首のつけ根に指を走らせた。木の節のようなものができていた。

「横になって、熱を測っておいてください。午後には様子を見に行きますから」

管理人が去ると、リューはパヌルー神父に例のネズミの騒ぎをどう思うかと聞いた。

「ああ！　たぶんネズミの流行病でしょう」と答えた神父の目には、丸い眼鏡ごしに軽い笑みが浮かんでいた。

昼食ののち、リューが、妻の療養所への到着を告げる電報を読みかえしていると、電話が鳴った。かけてきたのは、市役所の職員で、かつて患者だった男だ。長いこと大動脈狭窄を患っていたが、金がないので、リューはただで診てやっていた。「ええ、私です」とその男はいった。「憶えていてくれたんですね。でも今日は別の人間の件なんです。すぐに来てほしいんです。隣の住人が大変なことになって」その男は息を切らしていた。リューは管理人のことを考えたが、そちらはあとで診ることにした。数分後、リューは町の外縁地域のフェデルブ通りにある低い建物の入口をくぐった。ひんやりとして悪臭の漂う階段の途中で、ジョゼフ・グランと出会った。問題の市役所の職員で、リューを迎えに降りてきたのだ。五〇代の男だった。褐色がかった口髭を生やし、痩せて、猫背で、肩幅が狭く、手足のひょろりとした、「いまはいいようです」といいながら、グランはリューのほうに近づいてきた。「しかし、いっときはもうだめかと思いましたよ」

グランはしきりに鼻をかんでいた。一番上の三階まで上がると、左側の扉に赤いチョークでこう書いてあるのが見えた。「お入りください。私は首を吊っています」ふたりは部屋に入った。ひっくり返った椅子の上に位置する天井の照明器具から縄が垂れており、テーブルは隅に押しやられていた。

「私が下ろしてやるのが、なんとか間に合ったんです」と、グランはごく簡単なことをいうのに、いちいち言葉を探している様子だった。「ちょうど部屋から出たら、音が聞こえたんです。あの扉のなぐり書きを見たとき、何といえばいいか、いたずらだと思ったんですよ。でも、妙なうめき声が聞こえてきて、不吉といってもいいような声で」

グランは頭を搔いた。

「私が思うに、こんなことをやったら、そりゃあ痛いですよね。それでもちろん、部屋に入りました」

ふたりが扉を押すと、その先は明るい寝室だったが、家具は乏しかった。太った小男が銅製のベッドに寝ていた。息が荒く、血走った目でふたりを見た。リューは足を止めた。呼吸の合間に、ネズミのかすかな鳴き声が聞こえたように思ったからだ。だが、部屋の隅には何も動いていなかった。リューはベッドに向かった。男はそう高いところから急激に落ちたわけではなく、脊椎は無事だった。むろん、多少の呼吸困難はあった。レントゲンを撮る必要があるだろう。リューはカンフル剤を注射し、数日でよくなるだろうと説明した。

「ありがとうございます、先生」と太った小男はしわがれた声でいった。

リューがグランに、警察には知らせたかと聞くと、グランは困った顔つきをした。

「ええと、そう！ してません。でも、いちばん緊急の用事は……」

「それは分かります」とリューはさえぎった。「では、私が知らせておきましょう」

するとと、病人が体を動かし、ベッドから起きあがって、具合はよくなったから、警察に知らせるには及ばない、といい張った。

「まあ落ち着いて」とリューはいった。「事件というわけじゃない。大丈夫。だが、届け出の義務があるんです」

「なんで！」と男は呻いた。

そして仰向けに身を投げ、しゃくり上げて泣いた。グランはすこし前から口髭をいじっていたが、男のそばへ寄った。

「ねえ、コタールさん」と語りかけた。「分かってほしいんだが、先生には責任があるんだよ。万が一、あんたがまた変な気を起こしたら……」

しかし、コタールは涙ながらに、二度とこんなことはしない、あれはたまたま魔が差したんだ、そっとしておいてほしいだけなんだ、と訴えた。リューは処方箋を書いた。

「分かりました」といった。「話はここまでにしておきましょう。二、三日したらまた来ますから。ともかくばかなまねをしないように」

階段口で、リューはグランに、届け出をしないわけにはいかないが、警察には取り調べを二日後にしてもらうようにする、と告げた。

「今夜はあの男を看ていてやらないといけないが、家族はいるのかな?」

「家族は知りません。私が付いていてやりますよ」

グランは首を振ってみせた。

「あの男のことだって、ほんとは知ってるとはいえないんですよ。でも、助けあわないといけないし」

建物の廊下に出ると、リューは無意識のうちに隅のほうを眺め、グランに、この地域からネズミは完全に消えたかと質問した。グランはそれについて何も知らなかった。たしかにその騒ぎの話は聞いたが、地域の噂話には大して興味がなかった。

「ほかに心配事がありますからね」とグランはいった。

リューは彼と握手をした。妻に手紙を書く前に管理人を診ようと急いでいた。

夕刊売りは、ネズミの襲来が終わった、と声を上げていた。しかし、リューが行くと、管理人はベッドから半身を乗りだし、片手を腹に、もう片手を首のまわりに当てて、ひどく苦しそうに、ピンクがかった胃液を汚物入れのバケツに吐いていた。長いこと苦闘したあげく、息を切らしながらベッドに横になった。体温は三九度五分で、首のリンパ節と手足が腫れあがり、黒っぽい斑点がふたつ脇腹に広がっていた。体のなかが痛いと訴えた。

「焼けるように痛い」と病人はいった。「こんちくしょう、焼けるみたいだ」

煤《すす》けたように黒い口のなかで言葉はくぐもり、丸く飛びでた目を医者に向けていたが、その目には頭痛のせいで涙が浮かんでいた。管理人の妻は、黙ったままのリューを不安いっぱいの表情で見つめていた。

「先生」と妻は尋ねた。「いったいどうなってるんでしょう?」

「いろいろな理由が考えられるが、確かなことはまだ何もいえません。夜まで絶食と解毒です。水をたくさん飲むように」

ちょうど管理人は喉が渇いてたまらないところだった。

家に帰ると、リューは医者仲間のリシャールに電話した。オラン市でもっとも有力な医者のひとりだ。

「いいや」とリシャールはいった。「特別なことは何もなかったね」

「局部の炎症を伴う熱といった症状の患者は出ませんでしたか?」

「そうだ! あったな、ひどいリンパ節の炎症が二件」

「異常な炎症ですか？」

「さあ」とリシャールは口ごもった。

「正常かどうかは、ちょっと……」

ともあれ、その夜、管理人はうわごとをいいはじめ、四〇度の熱のなかでネズミのせいだと口走った。リューは人工的に膿瘍《のうよう》を作る療法を試みた。そのためのテレビン油の焼けるような痛みで管理人は叫んだ。「ああ！　こんちくしょうが！」

リンパ節に触診をしてみると、さらに膨れあがり、木のように硬くなっていた。管理人の妻はうろたえていた。

「ずっと様子を見ていてください」とリューは妻にいった。「で、何かあったら、すぐに私を呼んで」

翌四月三〇日は、湿気のある青空が広がり、すでに生暖かい風がそよいでいた。その風に乗って、はるか遠い郊外から花の香りが運ばれてきた。町なかの朝の物音はふだんより生彩に富み、陽気に感じられた。この小さな町全体が、ここ一週間さらされてきた無言の不安から解放されて、この日は、春の訪れの一日となった。リュー自身も、妻から手紙が来たことで安心し、心も軽く、管理人の部屋に降りていった。じっさい、朝になって病人の体温は三八度に下がっていた。衰弱していたが、ベッドのなかで笑顔を浮かべていた。

「先生、よくなったでしょう?」と管理人の妻がいった。

「もうちょっと様子を見ないとね」

だが、昼になって熱はいきなり四〇度に上がり、病人はたえずうわごとをいい、嘔吐がふたたび始まった。首のリンパ節に触れると痛がり、頭をできるだけ体から離しておきたい様子だった。妻はベッドの裾に腰かけ、布団の上からやさしく病人の両足を押さえていた。リューの顔をじっと窺った。

「いいですか」とリューはいった。「隔離して、特別な療法を試す必要がある。病院に電話するので、救急車で運びましょう」

二時間後、医師と妻は救急車のなかで病人の顔をのぞきこんでいた。カビのようなぶつぶつで一面に覆われた口から、きれぎれの言葉が漏れてきた。「ネズミのやつが!」顔色は緑がかり、唇は蠟《ろう》のように白く、瞼《まぶた》は鉛色だった。息は短くとぎれとぎれになり、リンパ節で手足が引きつって、簡易寝台の隅に身を押しつける様子は、まるで寝台の下にもぐりこもうとするか、地の底から来る何ものかにたえず引っぱられているかのようで、管理人は目に見えない重圧の下で喘いでいた。妻は泣いていた。

「もう望みはないんですか、先生?」

「亡くなりました」とリューは告げた。

いってみれば、管理人の死は、人をとまどわせる徴候にみちた時期の終わりと、最初の驚きが徐々に恐慌に変わる、より困難な時期の始まりを画するものだった。オラン市民は、あとで気づいたことにすぎないが、この小さな町が、白日のもとでネズミたちが死に、建物の管理人が奇怪な病気で亡くなる場所として、とくに選ばれた場所になるなどとは考えたこともなかった。この点で、オラン市民は結局、間違っていたのであり、彼らの考えは正されるべきだった。だが、すべてがそこで終わっていたなら、おそらく習慣が秩序をとり戻していただろう。しかし、ほかの一般市民、けっして管理人でも貧乏人でもない人々が、ミシェル氏が最初にたどった道をたどることになった。その瞬間から、恐怖が始まり、恐怖とともに、反省が始まったのだ。

だが、それらの新たな出来事の詳細に立ちいる前に、この記録の筆者は、すでに述べてきた時期に関して、もうひとりの証人の意見を記すのがいいと思う。ジャン・タルーは、すでに本書の初めに登場した人物だが、数週間前からオランにやって来て、そのときから市の中心部のホテルに泊まっていた。見たところ、自分の収入で十分裕福に暮らしていけるらしかった。町の住民は徐々にタルーの姿に見慣れてきたが、彼がどこから来て、何のためにここにいるのか、説明できるものはひとりもいなかった。公衆の集まる場所なら、どこでもタルーと出会うのだった。春の初めから、しばしば海辺で、いつも全身で楽しさを表しながら泳いでいる彼を見かけた。つねに笑みを絶やさぬ紳士で、通常の娯楽はどんなことでも好んだが、それに溺れることはなかった。じっさい、タルーが見せた唯一の習慣は、この町に多くいるスペイン人のダンサーと楽器奏者のところへ足しげく通うことだけだった。

いずれにせよ、タルーの手記もまたこの苦難の時期の記録となるものだ。だが、この記録はきわめて特殊なもので、どうでもいいことを記述しようという方針に従っているように思われた。見たところ、タルーはわざわざ事物と人間をつまらないものだと考えようとしているかのようだった。要するに、全体にまとまりのない記述のなかで、彼は記録に値しないものを記録しようと努めている。こうした方針を嘆かわしいと感じ、そこに心の冷たさを見てとることも可能だろう。だが、それにもかかわらず、彼の手記はこの時期の記録として、それなりの重要性をもつ多くの二義的な事柄を詳細に描いており、その奇妙さゆえに、この興味深い人物についてあまりに早急な判断を下すことは避けるべきだろう。

ジャン・タルーが書いた最初の手記は、オランに着いた日のことから始まっている。それは最初から、こんなに醜い町へ来たことへの奇妙な満足感を表明している。そこには、市庁舎を飾る青銅の二匹のライオンの詳しい描写や、木々がなく、家屋が不細工で、都市計画がでたらめなことにたいする好意的な考察が記されている。そうした記述に、タルーはさらに路面電車のなかや路上で聞いた会話を混ぜているが、それに注釈を加えることはなく、唯一の例外としては、あとのほうに出てくるカンという男に関する会話があった。タルーは、路面電車のふたりの車掌の会話を横で聞いていた。

「カンを知ってるだろう」と一方がいった。

「カン？　背の高い、黒い口髭のやつか？」

「そうだ。転轍《てんてつ》をやっていた」

「ああ、もちろん」

「で、死んだだろ？」

「まさか！　いつ？」

「ネズミの騒ぎのあとだ」

「とんだことだな！　どうしたっていうんだ？」

「よくは知らないが、熱病だろう。それに、丈夫じゃなかったんだ。脇の下に腫れものができた。ひとたまりもなかったとさ」

「でも、ごく普通の体に見えたが」

「いや、胸が弱いのに、ブラスバンドで音楽をやっていたんだ。ラッパを吹くのは、力を使うからな」

「まったくだ！」と他方が締めくくった。「病気もちはラッパなんか吹いちゃだめだ」

こうしたいくつかの記述に続いて、タルーは、なぜカンはあまりに明白な不利益に逆らってブラスバンドに入ったのか、どんな深い理由があって日曜ごとのパレードに命をかけようとしたのか、と問いかけていた。

続いて、タルーは自室の窓の向かいのバルコニーでしばしばくり広げられる光景に好意的な印象を抱いたらしかった。彼の部屋は細い路地に面していて、そこに猫たちがやって来ては壁の陰で眠る。だが、毎日、昼食のあと、町全体が熱気のなかでまどろむ時間になると、ひとりの小さな老人が、路地の向かい側のバルコニーに姿を現す。白髪を櫛でしっかりと撫でつけ、軍服仕立ての服をきちんといかめしく着こんで、やさしげだが、そのじつ冷ややかな声で、猫たちに、「にゃんこ、にゃんこ」と呼びかける。猫たちは眠気でぼんやりした目を上げるが、まだ動こうとはしない。老人が路地の上から紙きれを細かくちぎって落とすと、猫たちは、この白い蝶々の雨に気をとられて、通りの真ん中に進みでて、最後に落ちてくる紙きれのほうへ、ためらいがちに脚を伸ばす。そのとき、老人は猫にむかって、勢いよく、狙いすまして、唾を吐く。そして、唾がうまく的に当たると、笑い声を上げるのだ。

結局のところ、タルーはこの町の商業的な性質に抗《あらが》いがたく魅了されているらしい。この町の外見も、活況も、享楽さえも、商売上の必要によって決定されているように見えるという。この特異性（手記で使われている言葉だ）がタルーの賞讃の要因であり、彼の讃辞のひとつは、「ここまでやるか！」という感嘆の叫びで結ばれていた。これは、この時期において、この旅行者の手記が個人的な性格を帯びるように見える唯一の箇所だ。とはいえ、その記述の意味あいと真剣さを一面的に判断することは難しい。たとえば、ネズミの死骸が発見されたせいで、ホテルの会計係が勘定書に計算間違いを犯してしまったことを語ったあとで、タルーはいつもより不明瞭な筆跡でこうつけ加えている。「問い：時間を無駄にしないためにはどうするべきか？　答え：時間の長さをできるだけ長く味わうこと。方法：歯医者の待合室で座り心地の悪い椅子に座って日々を送ること。日曜の午後をバルコニーで過ごすこと。理解できない言葉でおこなわれる講演を聞くこと。もっとも長くもっとも不便な鉄道の旅程を選び、むろん立ったままで旅行すること。芝居の切符売り場で列に並び、切符は買わないこと、等々」。だが、こうした取りとめのない言葉や思いつきのすぐあとで、手記はこの町の路面電車について、その舟のような形や、不明瞭な色あいや、いつも汚れていることの詳細な描写を始め、それらの考察を、何の説明にもならない「これは注目すべきことだ」という一句で締めくくっている。

ともあれ、以下は、ネズミの一件に関してタルーが記した報告である。

「今日、向かいの小さな老人は困惑していた。猫がいなくなったからだ。町で大量に見つかるネズミの死骸にびっくりして、姿を消してしまったのだ。僕の考えでは、猫が死んだネズミを食べることはありえない。僕は憶えているが、うちの猫たちはネズミの死骸が大嫌いだった。とはいえ、猫たちは地下倉庫を駆けまわっているにちがいないが、老人はとまどっているようだ。髪もきちんと手入れをしていないし、元気もない。不安を感じている様子だ。しばらくすると、部屋に戻ってしまう。だが、一度だけ、空中にむけて唾を吐きだした。

町では今日、路面電車のなかで死んだネズミが見つかったため、停車させられた。ネズミがどこから入りこんだのかは分からない。ふたりか三人の女性が電車から降りた。ネズミを捨てて、電車はふたたび出発した。

ホテルの夜勤係は信用できる男だが、ネズミのせいで不幸が起こるだろうといった。『もし船からネズミたちが逃げだしたら……』。僕は彼に、それは船の場合には正しいかもしれないが、町の場合に当てはまるとはかぎらない、といった。しかし、夜勤係の確信はゆるがなかった。僕は彼に、どんな不幸が起こると思うのか、と尋ねた。分からない、予想できないからこそ不幸なのだ。だが、地震が起こっても驚きはしない。僕が、ありうる話だ、と応じると、彼は、それで不安にならないか、と尋ねてきた。『僕に関心があるのは』と僕は答えた。『心の平和を見出すことだ』

夜勤係は僕の言い分を完全に理解してくれた。

ホテルのレストランに、じつに面白いひと組の家族がやって来る。父親は痩せて背が高く、襟の硬そうな黒い服を着ている。頭の天辺が禿げていて、左右に灰色の髪がひと房ずつ茂っている。小さいどんぐりまなこだが、目つきは鋭く、薄い鼻で、口は一文字に結ばれ、育ちのいいフクロウみたいな男だ。彼はいつも最初にレストランの入口に到着し、身を引いて、黒いハツカネズミのように痩せた妻を通し、そのあと、演芸場に出てくる学者犬のような服装の小さな息子と娘を従えて、なかに入る。テーブルまで行くと、妻が席に着くのを待って自分も着席し、それからようやくふたりの子犬が椅子によじ登ることを許してやる。父親は妻と子供たちに『きみ』と礼儀正しく呼びかけながら、妻には丁寧な言葉で憎まれ口をたたき、跡継ぎたちには反論を許さない調子で決めつける。

『ニコル、きみの態度はこの上なく不愉快だ』

すると、女の子はいまにも泣きそうになる。それでいいのだ。

今朝は、ネズミの騒動のせいで、息子がむやみに興奮している。食卓でネズミの話をしようとした。

『フィリップ、食事中にそんな話をしないように。これからきみがその言葉を出したら承知しないぞ』

『お父さんのいうとおりよ』と黒いハツカネズミがいった。

二匹の子犬は餌に首を突っこみ、フクロウ男はもったいぶって頷き、妻に賛意を示した。

こうした立派な手本に反して、町ではおおっぴらにネズミのことが語られている。新聞も乗りだしてきた。地方欄はいつもなら様々な話題を提供するのに、いまはもっぱら市当局への批判を展開していた。『市のお偉方は、これら齧歯類の腐敗した死骸がひき起こしうる危険を承知しているのか？』ホテルの支配人はもはやネズミの話しかしない。だが、それは彼が不快に思っているからこそだ。名誉あるホテルのエレベーターでネズミが見つかるなど考えられないことなのだ。支配人を慰めるために、僕はこういってやった。『しかし、世間ではよくあることだから』

『問題はそこなんですよ』と支配人は答えた。『このホテルがいまでは世間並みになってしまったということです』

ようやく世間が心配しはじめた突発性の熱病について、最初の症例を教えてくれたのは、この支配人だ。部屋の掃除を担当する女のひとりが熱病にかかったのだ。

『でも、もちろん、これは伝染病じゃありませんよ』と支配人は急いで強調した。

僕は、そんなことはどうでもいい、といった。

『そうですか！　分かりました。お客さまは私と同じで、運命論者なんですね』

だが、僕はそんなことを主張した憶えはまったくないし、そもそも僕は運命論者ではない。僕はその旨を支配人に伝えた……」

すでにこの原因不明の熱病は公衆のあいだに不安を呼びさましていたが、まさにこの時期から、タルーの手記は熱病について多少とも詳細に語りはじめる。タルーは、ネズミの消失とともに小さな老人がようやく猫たちと再会し、根気づよく唾の射的の調整をするようになった、と記したあと、熱病の症例がすでに十数件を数え、その大部分が死に至ったとつけ加えている。

最後に補足資料として、タルーによるリュー医師の肖像を引用しておこう。筆者が判断しうるかぎり、この肖像はかなり正確である。

「見たところ三五歳くらい。中背。がっしりとした肩幅。ほぼ四角い顔。見据えるような暗い目だが、顎は張っている。しっかりした鼻で、鼻筋が通っている。ごく短く刈りこんだ黒い髪。口はへの字に曲がり、厚い唇はほとんどいつもしっかり閉じている。日焼けした肌に、体毛が黒く、ちょっとシチリアの農民のように見える。つねに暗い色の服を着ているが、よく似合っている。

歩くのが速い。速度を変えずに歩道から車道に降り、さらに、三度に二度は反対側の歩道に軽く飛び移る。車を運転しているとき考えごとに気をとられ、角を曲がったあとも、方向指示器を出したままにしていることがよくある。つねに無帽。事情通といった雰囲気がある」

タルーの数字は正確だった。そのことに関して、リュー医師はある程度分かっていた。管理人の遺体を隔離したあと、リューはリシャールに電話して、鼠径部を侵す熱病について尋ねた。

「何も分からないんだ」とリシャールは答えた。「ふたり死者が出て、ひとりは四八時間、もうひとりは三日で亡くなった。ふたり目のほうは、ある朝診たら、治っているように見えたので、そのままにしておいたんだが」

「ほかの症例が出たら、私に教えてください」とリューは頼んだ。

さらに何人かの医者に電話した。この問いあわせにより、数日間で同じような症例が二〇ほど出たことが分かった。ほとんどの患者が死亡していた。そこで、オラン市医師会の会長を務めるリシャールに、新たに患者が出た場合には隔離することを要請した。

「しかし、私にはどうにもできないよ」とリシャールはいった。「県からの通達が必要なんだ。それに、伝染の危険があるという証拠は出せるのかい？」

「証拠は何もありませんが、不安な兆候があるんです」

それでもリシャールは「自分には資格がない」と主張した。彼にできることは、目下の状況についてオラン県知事に報告することだけだった。

しかし、そうこうしているうちに、天気が崩れだした。管理人の死の翌日、濃霧が空を覆った。激しい雨が断続的にオラン市に襲いかかった。この突然の豪雨に続いて、嵐につきものの熱気が広がった。海までが深い青さを失い、霧に煙る空の下で、目が痛くなるような銀と鉄の輝きを帯びた。春のじっとりと湿ったこの熱気より、夏のからりとした炎暑のほうがまだましだ。丘に螺旋状に建設されて、ほとんど海に開けていない町は、どんよりとした麻痺状態に侵されていた。漆喰を荒く塗った長い壁の内側や、埃だらけのショーウインドーの並んだ通りや、汚い黄色の路面電車のなかにいると、空の下に閉じこめられた囚人のような気分になるのだ。ただひとり、リューの患者のスペイン人の老人だけが、喘息をものともせず、この天候を喜んでいた。

「うだるような暑さだが」と老人はいった。「気管支にはいいのさ」

じっさい、暑さでうだりそうで、熱病と似たりよったりだった。町全体が熱病にかかっている。そんな印象が、少なくともリュー医師の頭にはとりついていた。コタールの自殺未遂の取り調べに立ちあうため、フェデルブ通りに向かった朝のことだ。しかし、この印象は彼には非合理なものに思われた。それは、目下悩まされている心配事と神経の苛立《いらだ》ちのせいであり、自分の考えをすこし整理することが早急に必要だと思いなおした。

リューが到着したとき、警察の責任者はまだ来ていなかった。グランが階段口で待っていて、ふたりはまずグランの部屋に入り、玄関のドアは開けておくことにした。市の職員であるグランの住居はふた部屋からなり、家具はきわめて簡素だった。辞書が二、三冊載った白木の棚と、なかば消されて「花咲く小道」という文字の残った黒板が目につくだけだった。グランの話では、コタールは落ちついた一夜を過ごした。だが、朝、目覚めると、頭痛を訴えるだけで、ほかになんの反応も示さなかった。グランは疲れていらいらしている様子で、部屋を行ったり来たりして、手書きの紙片を分厚く束ねたファイルを食卓の上で開いたり閉じたりしていた。

そんな様子を見せながら、グランはリューに、コタールのことはよく知らないが、小金をもっていると思うと語った。コタールは奇妙な男だった。長いこと、グランとコタールの関係は階段で時おり挨拶を交わす程度にとどまっていた。

「あの人と話をしたのは二度だけです。何日か前、家に持って帰ろうとしたチョークの箱を階段口でひっくり返してしまったんです。青のチョークと赤のチョークがありました。そのときコタールが階段口に出てきて、拾うのを手伝ってくれたんです。違う色のチョークを何に使うのかって聞かれましたよ」

そこでグランはラテン語の勉強をし直しているのだと説明した。高校を出て以来、ラテン語の知識がすっかりあやふやになってしまったからだ。

「そうなんです」とグランはリューにいった。「フランス語の意味をもっとよく理解するのに役立つと聞いたものですから」

それで黒板にラテン語の言葉を書いていたのだ。単語の語尾変化と活用で変わる部分を青のチョークで記し、変わらない部分を赤のチョークで記した。

「コタールがちゃんと理解したかどうかは知りませんが、興味を引かれたようで、赤のチョークを一本くれといったんです。ちょっと驚きましたが、仕方ないので……まさかそのときは、チョークを何に使うつもりかなんて分かりませんでしたから」

リューは二度目の会話がどんな話題だったかを尋ねた。しかし、ちょうど警視が書記を連れて到着し、最初にグランの証言を聞くことになった。リューは、グランがコタールのことを話すとき、いつも「絶望したあの人」ということに気づいた。グランは「運命的な決意」という表現も使った。グランと警視は自殺の動機について議論したが、グランは言葉の選択に細かいこだわりを示した。結局、「内面的な悲しみ」という言葉に落ちついた。警視は、コタールの態度のなかに、いわば「彼の最終的決断」を予測させるものは何もなかったかと尋ねた。

「彼は昨日、私の部屋をノックしました」とグランは語った。「マッチを貸してくれというんです。マッチ箱を出してやりました。すると、申し訳ないが隣同士のよしみで、とかなんとかいって……でもすぐに、このマッチはかならず返すといったので、いや、あげるよといいました」

警視はグランに、コタールの様子は変に見えなかったかと尋ねた。

「変に思ったのは、話し相手が欲しそうに見えたことですね。でも、私は仕事の最中だったので」

グランはリューのほうを向いて、きまり悪そうにこうつけ加えた。

「個人的な仕事だったんですが」

ともかく警視は病人に会いたがった。リューはあらかじめこの会見についてコタールに心の準備をさせたほうがいいと考えた。リューが部屋に入っていくと、コタールは灰色がかったフランネルの下着を着たきりで、ベッドに身を起こし、ドアのほうを不安げな顔で振りむいた。

「警察ですね?」

「ええ」とリューはいった。「でも慌てることはありません。二、三形式的な手続きを済ませたら、あとは安心です」

だが、コタールはそんなことをしても何の役にも立たないし、警察は嫌いなのだと答えた。リューは苛立った様子を見せた。

「私だって好きじゃありませんよ。先方の質問に手短にきちんと答えればいいんです。これっきりで終わりになるように」

コタールは黙りこみ、リューは扉のほうにひき返した。だが、小柄なコタールはすぐにリューを呼び、リューがベッドのそばまで来ると、その手を掴んだ。

「病人に手を出すなんて、首を吊った人間に何かするなんて、そんなことはないですよね、先生?」

リューはしばしコタールの顔を見つめ、それから、そんなことは絶対にありえないし、病人を守るために自分がいるのだと断言した。コタールはほっとした顔を見せ、リューは警視を招きいれた。

コタールにむかってグランの証言が読みあげられ、自殺しようとした動機を特定することができるか、と質問がなされた。コタールは警視の顔を見ずに、「内面的な悲しみというのはよく当てはまる」とだけ答えた。警視は、また同じことをしでかす気持ちがあるかどうかをなんとかいわせようとした。コタールは急に興奮して、そんな気はないし、自分の平和を大事にしてもらいたいだけだ、と答えた。

「いっておくがね」と警視は怒りを含んだ口調でいった。「他人の平和を乱しているのは君なんだよ」

だが、リューが合図して、話はそこまでになった。

「ご存じとは思うが」と、警視は部屋を出てからため息をついた。「やらなきゃならないことがたくさんあるんです、あの熱病の騒ぎ以来……」

警視はリューに事態は深刻なものかと尋ね、リューはまったく分からないと答えた。

「天候のせいですな、それしかない」と警視は結論した。

たしかに天候のせいなのだろう。その日の時刻が進むにつれて、あらゆるものが手にべとつくようになり、リューは往診を重ねるたびに不安が募るのを感じた。同じ日の夕がた、場末の老いたスペイン人患者の近所に住む男が、鼠径部に痛みを訴え、うわごとをいいながら嘔吐をくり返した。リンパ節は死んだ管理人より大きく腫れあがっていた。腫瘍のひとつから膿が出はじめ、まもなく、腐った果物のように裂けた。リューは帰宅すると、県の医薬品保管所に電話をかけた。この日のリューの業務上の手帳にはただひと言、「否定の回答」があったと記されている。そして、リューはすでに同様の症状のためにほかからも呼ばれていた。膿瘍を切開する必要があることは明白だった。十字状に二度メスを入れると、リンパ節から血の混じったどろどろの膿が流れでた。病人たちは四肢を突っぱらせて血を流した。だが、腹や両脚に斑点が点々と現れ、リンパ節の膿が止まったかと思うまもなく、また腫れあがってくる。たいていの場合、病人は恐ろしい悪臭のなかで死んでいった。

ネズミの事件ではあれほど饒舌《じょうぜつ》だった新聞が、今度はぴたりと沈黙を守っていた。ネズミは町の外に出て死に、人間は家のなかで死ぬからだ。そして、新聞は町の話題しか取りあげない。だが、県庁と市役所が不審を抱きはじめていた。各々の医者が二、三の症例しか知らないあいだは、誰も動きだそうと考えなかった。だが、結局、誰かが足し算をしてみるだけで十分だった。合計数は呆然とするほどだった。わずか数日で死亡例は増えつづけ、この奇怪な病気を相手にする者にとって、これが本物の伝染病であることはまぎれもなかった。まさにそのとき、リューよりもずっと年上の同業の医師カステルがリューに会いに来た。

「当然のことながら」とカステルはいった。「これが何だか分かっているね、リュー?」

「私は分析の結果を待っているだけです」

「僕には分かっているよ。分析を待つ必要はない。僕は中国で医者をやっていたことがあるし、二〇年も前にパリでいくつか実例も見た。だが、すぐに病名をつける勇気がなかったんだ。世論には逆らえないからね。慎重に、いやが上にも慎重に、というわけだ。それに、ある同僚がいったとおり、『ありえない。誰でも知っているように、あれは西欧から消えたんだ』。そう、誰でも知っている、死者以外は。そうだろう、リュー、僕と同じく、君もこれが何か知っているね」

リューはじっと考えていた。診察室の窓から、遠くで入江を鎖《とざ》す岩だらけの断崖の出っぱりを見つめていた。空は青いが、どんよりとした輝きに覆われ、その輝きも午後の時間が進むにつれて、弱まっていった。

「そうですね、カステルさん」とリューはいった。「ほとんど信じられないことだ。だが、これはペストらしい」

カステルは立ちあがり、ドアのほうに向かった。

「だが、みんなの返答は分かっている」と老医師はいった。「『何年も昔から、それは温暖な国々からは消滅した』」

「消滅したって、どういうことでしょうね？」リューは肩をすくめながら答えた。

「そうだ。忘れちゃいかん。パリだって、まだ二〇年くらいしか経っていないんだ」

「ええ、今回が前ほどひどくないことを期待しましょう。でも、本当に信じられないことだ」

「ペスト」という言葉がたったいま初めて発せられた。物語のこの時点で、ベルナール・リューを窓辺に残したまま、本記録の筆者が、この医師のためらいと驚きを弁明することを許していただきたいと思う。というのも、その反応に強弱はあったものの、リューの反応は、大部分のオラン市民と変わりなかったからだ。じっさい、天災はよく起きるものだが、自分の頭上に降りかかってきたときには信じるのが難しい。世の中には戦争と同じくらいの数のペストがあった。だが、戦争やペストが到来するとき、人間はいつも同じように無防備だった。リュー医師もほかの市民たちと同様に無防備だったのだから、彼のためらいを分かってやらねばならない。また、彼が不安と確信のあいだでひき裂かれていたことも理解する必要がある。戦争が勃発すると、人々はこういう。「長続きはしないだろう、あまりにばかげたことだから」。たしかに戦争はあまりにばかげたことかもしれない。だが、だからといって長続きしないわけではない。愚行はつねに長びくものであり、人々も自分のことばかり考えなければ、そのことに気づくはずだ。しかし、この点ではオラン市民もほかの人々と同じで、自分のことだけを考えていた。いい換えれば、彼らは人間中心主義者《ヒューマニスト》だった。つまり、天災など信じなかったのだ。天災は人間の物差しでは測れない。それゆえ、人間は天災を現実にはありえないものと見なし、やがて消え去る悪夢だと考える。だが、天災はかならずしも消え去らないし、人間のほうが、とくに人間中心主義者のほうが、悪夢からまた悪夢のなかへと消え去っていくのだ。というのも、彼らは用心を怠っていたからだ。わがオラン市民もほかの人々以上に罪深かったわけではないが、謙虚であることを忘れていたのであり、それだけのことだ。彼らは、自分たちにはまだすべてが可能だと考え、それゆえ天災などあるはずがないと思っていた。彼らは相変わらず商売に精を出し、旅行の支度をし、自分の意見を主張していた。どうして、未来と移動と議論とを禁じるペストのことなど考えられただろうか？　彼らは自分を自由だと考えていたが、天災があるかぎり、人間はけっして自由になどなれはしないのだ。

リューは、同業の医師カステルの前で、様々な場所で出た一群の患者がなんの予告もなく死んでいったのはペストのせいだと認めたが、そのあとでも、自分にたいする危険を現実的なものだとは感じていなかった。ただ、医者であれば、苦痛がどんなものかは分かっているし、想像力も一般の人より多少は働く。リューは前と変わらない町を窓から眺めながら、かろうじて、不安と呼ばれる、未来にたいする軽いむかつきが自分のなかに生まれるのを感じるだけだった。彼は頭のなかでこの病気に関する知識をかき集めようとしていた。記憶のなかに数字が浮かびはじめ、歴史に残るペストの大流行は三〇回ほどあり、一億人くらいの死者を出したはずだと考えた。だが、一億人の死者とは何だろう？　戦争をした場合でも、ひとりの死者がどんなものかを知ることは難しい。そして、ひとりの死者とは、その人間が死んだところを見ないかぎりまったく重みをもたないものだ。だとすれば、歴史上にばら撒かれた一億人の死体など、想像のなかの靄《もや》のようなものにすぎない。リューは思いだしたのだが、プロコピウス[5]の記述によれば、コンスタンティノープルのペストは、一日に一万人の死者を出したという。一万人の死者とは、大きな映画館に入る観客の五倍の人数だ。そう考えてみればいい。ちょっと分かりやすくするために、五つの映画館から出た人々を全部集め、町の広場に連れていき、まとめて死なせてみる。そうすれば、この無名の人の山のなかに、見知った顔をすくなくともいくつかは加えることができるだろう。もちろんそんなことは実現不可能な話だし、一万人の顔をどうやって見分けることができるというのか？　それに、プロコピウスの時代の人々が正確な計算をできなかったことは周知の事実だ。七〇年前の広東《カントン》では、四万匹のネズミがペストで死に、そのあとで天災は人間に襲いかかった。だが、一八七一年には、ネズミを正確に数える方法はなかった。できたのは近似的な概算にすぎず、明らかな誤りの可能性を含んでいた。だが、ネズミの体長を三〇センチだとすれば、四万匹のネズミを並べると、その長さは……。

だが、リュー医師は苛立っていた。自分は状況に流されるままになっているが、そんなことではいけない。いくつかの症例だけでは伝染病とはいえないし、用心さえしていればいいのだ。きちんと分かったことだけを判断の基準にするべきだ。麻痺状態と極度の衰弱、目の充血、唇の斑点、頭痛、鼠径リンパ節の腫脹《しゅちょう》、激しい渇き、精神錯乱、体じゅうの斑点、内部からの四肢の硬直、そして、それらすべてのあとに……。それらすべてのあとに、リュー医師の頭にはひとつの文章が甦《よみがえ》ってきた。彼の医学便覧のなかで諸症状の列挙をまさに締めくくる文章だ。「脈拍は微弱になり、些細な動作がきっかけで死に至る」。そう、それらすべてのあとに、髪の毛一本でつながった状態になり、正確な数字でいえば、四人のうち三人の患者が、こらえきれな

5 東ローマ帝国の歴史家。主著『戦史（ユスティニアヌス大帝戦記）』のなかで、エジプトを中心に始まりヨーロッパ全域に及んだ六世紀のペストの大流行を記録した。

くなって、彼らを死につき落とすかすかな動作をおこなってしまうのである。

リュー医師は相変わらず窓の外を眺めていた。窓ガラスの向こう側には、春の爽やかな空。こちら側には、いまもまだ部屋の空気を震わせる言葉、ペスト。この言葉は、科学がそこに込めようとする意味だけではなく、長い一連の異常な情景を抱えこんでいた。そして、その情景はこの黄色と灰色の町にはふさわしくなかった。この町は、いまの時刻、適度に活気を帯びて、騒がしいというより虫の羽音のような唸り声を上げ、人間が同時に幸福でも陰鬱でもあるとするなら、どちらかといえば、幸福だった。そして、かくも平和で、かくも無関心な静穏さが、天災の古い情景をたやすく消し去っていた。ペストに荒らされ、鳥からも見捨てられたアテネ。声もなく断末魔に苦しむ人々であふれる中国の町々。液汁の滴る死体を穴のなかに積みあげるマルセイユの徒刑囚たち。ペストの荒れ狂う風を防ぎとめるはずだったプロヴァンス地方の巨大な壁の建設。ヤッファ[6]の町と、その醜悪な物乞いたち。コンスタンティノープルの病院の土間に敷かれた、湿って腐った寝床の列。「黒ペスト」[7]のさなかの、鉤爪《かぎづめ》で引きずられる病人たちや、覆面をつけた医者たちの狂乱のありさま。ミラノの墓地に放りこまれた、まだ生きている者らの絡みあい。恐慌に襲われたロンドンで死骸を載せて運ぶ荷車。そして、どこもかしこも、昨日も今日も明日も、果てしなき人々の叫び声に満たされた夜と昼の連続。これらすべての情景でさえ、オランのこの日の平和を消し去るほど強烈ではなかったのだ。窓ガラスの向こうから、いきなり姿の見えない路面電車の響きが聞こえ、一瞬にして、残酷と苦痛の証言を押しのけてしまった。ただ海だけが、家々の陰気な碁盤模様の尽きるところで、この世界に、永遠に休まることなく、不安を誘いつづけるものがあることを物語っていた。そして、リュー医師は入江を見つめながら、ルクレティウスが伝えている、ペストに襲われたアテネ市民が海辺に建てた火葬台のことを考えていた。人々は夜のあいだに死者を火葬台に運んだが、場所が足りないため、生き残った者たちは松明を振りかざして争い、自分の愛した死者たちを火葬台に置こうとした。死体をそのまま放りだすよりは、血みどろの戦いに身を投げることを選んだのだ。暗く静かな海の前で赤々と燃える火葬台、闇のなかに火花を散らす松明の争い、その行方を見守り空へ昇る、たっぷりと毒を含んだ濛々た

6　シリアの港町（現在はイスラエル領）。一七九九年のナポレオンの遠征の際、フランス軍兵士のあいだにペストが流行した。アントワーヌ＝ジャン・グロの絵画『ヤッファのペスト患者を見舞うナポレオン』で有名。

7　一四世紀半ばにヨーロッパ全域で大流行し、五年間で全人口の三分の一の犠牲者を出したといわれるペストの通称。感染者の皮膚が黒くなって死ぬので「黒死病」とも呼ばれた。

る蒸気、それらを思いえがくことはたやすい。それらに恐れ慄くことも……。

だが、この目も眩《くら》む情景は、理性を屈服させることはできなかった。「ペスト」という言葉が発せられ、その瞬間、天災が数人の犠牲者を揺さぶって、地面にうち倒したことは事実だ。だが、それがどうした、そこで終わりかもしれない。なさねばならぬことは、認めるべきをはっきりと認め、無用の不安をなんとしても追いはらい、適切な措置を講じることだ。そうすれば、いつかペストはやむだろう。やむとすれば、ペストをあれこれ想像でもてあそぶことがなかったからだ。あるいは、ペストの想像が間違っていたからだ。ペストがやめば、そして、やむ可能性がいちばん高いが、そうなれば、万事うまくいく。だが、ペストがやまなかったとしても、ペストとはどんなものかが分かるから、まずはそれに対応する方法を探り、次いでそれにうち勝つ方法がないかどうかを知ることができるだろう。

リュー医師が窓を開けると、町の騒音がどっと部屋を満たした。近くの工場から機械鋸の短く反復する高音が聞こえてくる。リューは身震いした。毎日の仕事のなかにこそ確かなものがある。それ以外は、とるに足らない枝葉末節や右往左往につながっている。そんなところにとどまってはいられない。大事なのは、自分の仕事をしっかりと果たすことだ。

リュー医師がそこまで考えたとき、ジョゼフ・グランの来訪が告げられた。グランは市役所の職員で、職務はきわめて雑多だったが、そのうえ定期的に統計課や戸籍の仕事もこなしていた。その結果、グランが死亡者の集計をおこなうことになった。そして、生来、気のよい人物だったので、集計結果のコピーを自分でリューのところへ持っていくことを承知したのだ。

リューは、グランが隣人のコタールと一緒に部屋に入ってくるのを見た。グランは腕を上げて、手にした紙片を振ってみせた。

「数字は上昇していますよ、先生」とグランは告げた。「四八時間で一一人の死亡者です」

リューはコタールに挨拶し、具合はどうかと尋ねた。グランは、コタールが先生にお礼をいい、いろいろ迷惑をかけたことをお詫びしたがっている、と説明した。しかし、リューは統計の数字を記した紙をじっと見たままだった。

「やっぱり」とリューはいった。「たぶんこの病気をはっきりとした名称で呼ぶ決心をしなければならないだろう。いままで私たちは足踏みをしていた。ともかく、一緒に外へ出よう。私は医学研究所に行かなくてはならないので」

「もちろん、そうですよ」と、グランはリューのあとに付いて階段を降りながらいった。「ものごとははっきりとその名で呼ばなくちゃいけません。で、何という病名です?」

「いまはいえない。でも知ったからといって、君の役に立つわけではない」

「たしかに」とグランは笑みを浮かべた。「簡単なことじゃありませんよね」

三人はアルム広場のほうへ向かった。コタールはじっと黙りこんだままだった。通りは人で雑踏が始まっていた。この地方特有の足の速い黄昏は、早くも夜の闇に呑みこまれかかり、最初の星々が、まだくっきりと見える地平線の上に現れていた。しばらくして、街路の上の電灯に灯がともると、かえって空全体を暗く見せ、人々の会話の声は、一段と高くなったように感じられた。

「申し訳ないんですが」と、アルム広場の角でグランはいった。「私はそろそろ路面電車で帰らないといけないのです。夜の時間にとても大事な仕事をするもので。私の故郷でよくいうんですが、『今日できることを明日に延ばすな』というわけで……」

リユーはすでにその癖に気づいていたが、モンテリマール生まれのグランは、自分の故郷のいい回しをよく引用し、それに続けて、どこのものでもない「夢見心地の天気」とか「お伽《とぎ》の国のような明かり」といった陳腐な文句をつけ足すのだった。「ほんとに！」とコタールはいった。「そのとおりなんですよ。夕食のあとグランさんを部屋から引っぱりだすのは無理だ」

リユーはグランに、それは市役所の仕事のせいかと尋ねた。グランは、いや違う、自分のための仕事だ、と答えた。

「なるほど」と、リユーはとりあえず相手に応じた。「で、進んでいるのかな？」

「まあ、なんとか、もう何年もやっているので。でも、別の見方をすれば、大して進歩はしてませんがね」

「だが、要するに、どういう仕事なのかな？」と、リユーは立ちどまって聞いた。

グランは山高帽を大きな耳の上までかぶり直し、口ごもりながら何かいった。リユーはひどく漠然とした印象だが、その仕事が人間の個性の発現に関わるものだと理解した。だが、グランはすでにふたりのそばを離れ、足早に小股で、マルヌ大通り

8　フランス南東部のドローム県にある町。

のイチジクの木の下を進んでいた。研究所の入口まで来たとき、コタールはリューに、近いうちうかがって助言をいただきたい、といった。リューはポケットのなかで統計の紙片をいじりながら、診察時間に来たまえと答えたが、思いなおして、明日近所まで行くので、午後の終わりに君の家にたち寄ってみる、といった。

コタールと別れると、リューは自分がグランのことを考えているのに気づいた。ペストのさなかにいるグランを想像していたのだ。おそらくさほどの大事には至らないだろう今回のペストではなく、大流行した歴史上のペストのさなかにいるグランである。「そういう場合に、あれこそ難を逃れるタイプの人間だ」。リューは、ペストは虚弱体質の人間を見逃し、むしろ頑健な体格の者を滅ぼす、と本で読んだことを思いだした。そして、そんなことを考えているうちに、グランにいささか謎めいた雰囲気があることに気づいた。

一見したところ、ジョゼフ・グランは市役所の下級職員以外の何ものでもなく、じっさい、まさにそんな物腰をしていた。ひょろりと背が高く、いつもだぶだぶの服のなかを漂っているような感じで、そんな服を選ぶのは、サイズの大きい服のほうが長く着られると思いこんでいるからだ。下の歯茎にはまだ大部分の歯が残っているが、逆に、上顎の歯は抜けている。笑うと上唇がめくれ上がるので、口はぽっかりと暗い穴が開いたようになる。この風貌に加えて、神学生のような歩き方、壁すれすれに歩いて、そっと戸口に滑りこむ身ごなし、地下倉庫と煙草の匂い、つまり、とるに足らぬ人間のあらゆる特徴を備えているので、事務机にかじりついて、一心不乱に市の公衆浴場の料金を検討したり、若い記録係のために家庭ごみ収集の新たな手数料について報告書の材料を集めたりする以外のグランの姿を想像することはできないと分かるだろう。先入観をまったくもたない人間から見ても、グランは、日給六二フラン三〇サンチームで、市の臨時補助職員の、ささやかだが不可欠な仕事をこなすためにこの世に生まれてきたように思われるのだ。

じっさいグランは、雇用票の「職業資格」欄には、市の臨時補助職員と記載するのだといっていた。二二年前、大学を卒業したが、金がないので大学院に進むことができず、この臨時職についたとき、グランの話によれば、この先すぐに「正式雇用」になるとほのめかされた。しばらくのあいだ、市の行政が否応なく扱う種々の微妙な問題に関して、有能さを証明しさえすればいい。あとは間違いなく、と相手は確約したのだ、文書係の地位に就いて楽に生活できる、と。もちろん、自分を動かしたのはそんな野心ではなかった、とジョゼフ・グラン自身が苦い微笑を浮かべながら明言している。だが、まともなやり方で物質的な生活を安定させ、その結果、自分の好きな関心事に遠慮なく打ちこめるという見通しが、大いにグランの気持ちを誘った。グランが提示された条件を受けいれたのは、こうした真っ当な理由からであり、いわば、理想に忠実であろうとしたからだ。

暫定的であるはずのこうした状態がもう長いこと続き、生活費は途方もなく膨れあがり、グランの給料は、何度か市全体の賃上げがあったものの、それでも微々たるものだった。グランはその不満をリューに打ちあけたが、そんなことに気づく者などひとりもいなかった。ここにグランという人間の独自性が存在している。あるいは、少なくとも彼の特徴のひとつが窺える。彼は、権利というほど確かなものではないが、いずれにせよ、相手からもらった確約を引きあいに出すことはできたはずなのだ。しかし、第一に、グランを雇った局長はずいぶん前に死んでいたし、第二に、雇われたグランも、なされた確約の正確な文言を忘れていた。結局、そこがいかにも彼らしいところなのだが、グランは自分にとっての適切な言葉をいつまでも見つけられない男だった。

リューが気づいたように、この点こそがグランという人物をもっともよく描きだしている特質だった。げんに、この特質のせいで、つねに彼は書きたいと思っている地位の要求書を書くことができず、状況が必要とする方策に訴えることができないのだった。グランのいうことを信じるならば、彼は、自分が確信をもてない「権利」や、「確約」という言葉を使うことがとくに苦手なのだという。「確約」とは、もらって当然のものを請求することで、つまり、いささか図々しい性格を帯び、自分の就いている職務のつつましさとは相容れないと思うのだった。いっぽう、「厚情」「懇願」「感謝」といった言葉は、自分の人格的な威厳となじまない気がして、やはり使う気にはなれなかった。そんなわけで適切な言葉が見つからず、グランはかなりの齢《とし》になるまで陰の補佐役を続けてしまったのだ。さらに、これまたグランがリュー医師に語ったことだが、そうこうしているうちに、要するに必要な支出を決まった収入に合わせればいいのだから、どうなっても、物質的な生活は保証されていることに気づいた。そうして、市長お得意の言葉の正しさを認めるに至った。このオラン市有数の大実業家でもある市長は、いつも力強く断言するのだが、結局のところ(と、市長は議論のすべての重みがかかるこの表現を強調した)、結局のところ、餓死した人間などいまだかつて見たことがない。ともかく、ジョゼフ・グランが営むほとんど苦行のような生活は、結局のところ、彼をその種の生活の心配事から完全に解放してくれた。だが、彼はいまだに適切な言葉を探しつづけていた。

ある意味で、グランの生活は模範的だったともいえる。彼はこの町と同様ほかの土地にもめったにいない、自分の善良な感情を表す勇気をもった人間のひとりだった。じっさい、彼が自分についてうち明けたわずかな事柄は、現代人があえて告白しようとしない善良さや愛情を示すものだった。グランは甥《おい》たちや妹を愛していると認めるときも赤面したりはしなかった。妹はグランに残された唯一の近い血縁者で、妹と会うために一年おきに彼はフランスに帰るのだった。まだ若いころに亡くした両親を思いだすたびに悲しくなることも事実だった。夕方の五時ごろやさしく鳴りひびく自分の住む地区の鐘の音が何より好きだということもはっきり認めていた。だが、そんな単純な感動を表現するため、ほんの些細な言葉を口に出すことがグランにはひどく難儀だった。結局のところ、この困難さが彼の最大の心配事になってしまったのだ。「まったくねえ、先生！」とグランはいった。「なんとか自分の考えをうまくいい表したいものですよ」。リューと会うたびにグランはその話をするのだった。

その夜、リューはグランがたち去るのを見ながら、突然、彼がさきほど何をいおうとしたのか理解した。グランはおそらく本を書いているか、それに近い何かをしているといおうとしたのだ。ようやく研究所に足を踏みいれたのちも、そのことがリューに安心感をあたえた。こうした印象を抱くことはばかげていると分かっていたが、真っ当な趣味に打ちこむ慎ましい公務員がいる町で、ペストが猖獗《しょうけつ》を極めるなどとは信じがたい気持ちだった。もっと正確にいえば、ペストの流行の最中にそんな趣味にふける余裕など想像できなかった。それゆえ、実際問題としても、このようなオラン市民のあいだで、ペストが広がる未来はありえないと判断したのだった。

リューの主張は大げさだと評されたが、その主張をくり返したおかげで、県の衛生管理委員会に呼ばれることになった。

「市民が不安を覚えていることは事実だ」とリシャールは認めていた。「それに、噂話には万事、尾ひれがつく。オラン県知事も私に、『必要なら、さっさと、黙ってやってしまうことだ』といった。とはいえ、知事は今回の件が空騒ぎだと確信しているんだ」

ベルナール・リューは老医師カステルを車に乗せて、県庁に向かった。

「知ってるかい?」とカステルはリューにいった。「県には血清がないんだ」

「知っています。医薬品保管所に電話をかけてみましたから。所長はびっくりしていましたよ。パリから運ばせなけりゃいけません」

「時間が長くかからないといいが」

「もう電報を打ちました」とリューは答えた。

知事は好意的だったが、神経をとがらせていた。

「みなさん、さあ始めよう」と知事が口火を切った。「私が状況を要約する必要があるかな?」

リシャールはその必要はないと考えていた。医師たちは状況を知っている。問題は、いかなる措置を取るのが適切か、決めることだけだった。

「問題は」と老医師カステルが単刀直入にいった。「これがペストかどうか明確にすることだ」

二、三人の医者が叫び声を上げた。ほかの医者はためらっていた。知事はといえば、びくりと身を震わせ、無意識のうちに扉のほうを振りむいていた。扉のおかげで、このとんでもない言葉が廊下に飛びだすのを阻止できたかどうか、確かめるようなそぶりだった。リシャールは、自分の考えでは、パニックに陥ることを避けねばならない、と断言した。これは鼠径リンパ節の合併症を伴う熱病だということだけが現在いえることのすべてであって、仮説は、人生と同じく科学においても危険なものだ。カステル老人は黙って黄色がかった口髭の先を嚙んでいたが、明るい目を上げてリューを見た。それから、やさしいまなざしで出席者のほうを見まわし、自分はこれがペストであるとよく分かってはいるが、当然のことながら、公式にそう宣言すれば断固たる措置を取らざるをえなくなるだろう、と述べた。要するに、その点が同業の医師たちを尻ごみさせているのであり、したがって、彼らを安心させるために、これがペストでないと認めることもやぶさかではない。すると知事は色をなし、ともかくそんな議論の仕方はよくないと強い口調でいった。

「大事なことは」とカステルは応じた。「議論の仕方がいいか悪いかではなく、その議論をもとにじっくりと考えてみることです」

リューが発言しないので、みんなは彼に意見を求めた。

「これはチフス性の熱病ですが、鼠径リンパ節の腫脹と嘔吐を伴います。私は腫脹を切開してみました。それで得られたものの分析を要請したところ、研究所では、ペスト菌の肥大した形が見られるようだといっています。忘れずにいっておかなければならないのは、この細菌特有の変形が、これまで定説とされてきた記述と一致しないことです」

その点があるから一方的に決定することができないのだ、とリシャールは強調し、少なくとも、数日前から実施されている一連の分析の統計結果を待つべきだ、と結んだ。

「ある細菌が」と、短い沈黙のあとでリューがいった。「三日間で脾臓を四倍に脹《ふく》れあがらせ、腸間膜のリンパ節をオレンジくらいの大きさにして、お粥のようにどろどろの柔らかさにしたら、もはや一刻の猶予も許されないのです。伝染病の発生区域はどんどん広がっています。この伝染を阻止できなければ、病気の広がるスピードから見て、二か月以内に市の人口の半数が死に至る危険性があります。したがって、これをペストと呼ぶか、骨髄炎と呼ぶかはどうでもいいことです。それが市民の半分を殺すのを防ぐことだけが肝心なのです」

リシャールは、何ごとも悲観的に見るだけではいけないし、そもそも伝染病という証明もなされていない、なぜなら、患者の家族たちはまだ無事なのだから、と意見を述べた。

「しかし、ほかの人々も死んでいます」とリューが指摘した。「それに、いうまでもなく、病気の伝染は絶対的なものではありません。そうでなかったら、病人は数学的に無限に増大し、人口は電撃的に減少するでしょう。悲観的に見るなんてことじゃないんです。警戒措置が必要だということです」

だが、リシャールは事態を要約しようと考えて、こう論理を展開した。この病気が自然に終息しないとしたら、終息させるためには、法律が規定する重大な予防措置を適用しなければならない。そのためには、公的にこれがペストであると宣言する必要がある。だが、その点に関して、判断の確かさは絶対的とはいえないし、したがって、そのためには慎重な熟慮を要する。

「問題は」とリューは食いさがった。「法律が規定する措置が重大であるかどうかではなく、市民の半数が殺されるのを阻止するのに必要かどうかということです。あとは行政の問題にすぎないし、まさにこうした問題に対処するために、現在の制度は知事を想定しているんです」

「そうかもしれないが」と知事はいった。「そのためにも、みなさんには公的に、これがペストという伝染病であると認めてもらう必要がある」

「私たちが認めなかったとしても」とリューはいった。「住民の半分が死ぬ危険があることに変わりありませんよ」

リシャールはいささか苛立ちを見せながら割って入った。

「遠慮なくいえば、リュー君はこれがペストだと信じている。先ほどの症候群の説明がそのことを証明しているよ」

リューは、症候群の説明をしたのではなく、見たままを説明したのだと答えた。そして、自分が見たのは、リンパ節の腫脹、皮膚の斑点、精神錯乱をもたらす高熱であって、それが四八時間で命を奪う。リシャール会長は厳密な予防措置なくしてこの伝染病が終息すると断言する責任を負えるのか？

リシャールはためらい、リューの顔をじっと見つめた。

「正直に君の考えをいってくれないか。これがペストだと確信をもっているのかね？」

「問題の設定が間違っていますよ。言葉の問題じゃありません。時間の問題なんです」

「君の考えは」と知事がいった。「たとえこれがペストでなかったとしても、ペストの場合に指示される予防措置をやはり適用すべきだというのだね」

「どうしても私に考えをいえというのなら、そう、それが私の考えです」

医師たちは意見を交換し、最後にリシャールがいった。

「つまり、われわれは、この病気がペストであるかのように振る舞う責任を負わねばならぬということだ」

このいい回しはみんなから歓迎された。

「これは君の意見でもあるわけだね、リュー君？」とリシャールは尋ねた。

「言い方はどうでもいいんです」とリューは答えた。「ただ、市民の半数が死ぬ危険がないかのように振る舞うべきではないということです。なぜなら、そんなことをしたら、市民の半数が死ぬからです」

全員が苛立ちを見せるなか、リューは退出した。そのしばらくのち、揚げ物と小便の臭《にお》いがする場末の家で、鼠径部が血みどろになったひとりの女が、断末魔の叫び声を上げながら、リューに助けを求めていた。

衛生管理委員会の会議の翌日、熱病はさらにわずかな拡がりを見せた。複数の新聞にも記事が出たが、軽微な扱いで、いくつかの言及にとどまっていた。翌々日になって、市内のまったく目立たない隅々で、急いで県が掲示した小さな白い貼り紙を、リューは読むことができた。この貼り紙から、当局が事態を直視しているという証拠を見出すことは困難だった。措置は厳格なものではなく、世論を不安にしないという方針のため、多くのことが犠牲にされていた。じっさい、この県条例の前書きでは、悪性の熱病の症例がいくつかオラン市で発生したが、伝染性かどうかは分からない、と明記されていた。これらの症例は現実的な不安となるほど顕著な特徴を示してはいないし、市民が冷静さを保つであろうことは疑いない。にもかかわらず、市民全員から理解を得られるはずの用心第一の精神から、オラン県知事は若干の予防措置を講ずることにした。この措置がしかるべく理解され、適用されれば、伝染病のあらゆる危険をただちに除去する効力を発揮するだろう。したがって、この知事の個人的尽力にたいして、市民がこの上なく献身的な協力を惜しまぬであろうことを知事はいささかも疑っていない。

続いて貼り紙は全体的な措置を告示しており、そのなかには、下水に毒ガスを注入して科学的にネズミを駆除することや、水の供給を厳重に監視することなどが含まれていた。市民にたいしては清潔の徹底が奨励され、最後に、ノミの保持者は市の無料診療所に出頭するよう勧告がなされていた。いっぽう、医師の診断を受けた場合、病人の家族はそれを申告することが義務とされ、病人を市立病院の特別病室に隔離することに同意せねばならないとされた。いずれにせよ、これらの病室は最小限の時間で最大限の治癒の可能性を保証しつつ病人を看護できる設備を有している。いくつかの補足条項により、病人の寝室と運搬に使用した車両は消毒を義務づけられていた。それ以外は、病人の近親者にたいして、衛生上の警戒を怠らないように勧告するにとどめていた。

リュー医師は貼り紙からさっと身をひるがえし、診察室へ向かった。ジョゼフ・グランが待っていて、リューを見かけると、また手を上げてみせた。

「分かってるよ」とリューはいった。「数字が上がったんだろう」

前日の夜、市内で一〇人ほどの病人が亡くなっていた。リューはグランに、たぶんまた夕方に君に会いに行く、いまからコタールの様子を見に行くつもりだから、といった。

「それはいい」とグランはいった。「きっと喜びますよ。あの人も変わったので」

「おや、どんなふうに？」

「人づきあいが良くなったんです」

「以前はそうじゃなかった？」

グランは断言を避けた。人づきあいが悪かったとはいえない。悪かったといえば、正しい表現ではなくなる。自分の殻に閉じこもりがちで、ひどく口数が少なく、イノシシみたいな感じの男なのだ。寝室と、安食堂と、なんだか謎めいた時々の外出、それがコタールの人生のすべてだった。表向きはワインと酒類の販売業者だ。たまに、顧客らしい二、三の男の来訪を受ける。夜はときおり家の向かいにある映画館に行く。コタールがギャング映画を好んで見ることにもグランは気づいていた。いつでも、この男はひとりぼっちで、他人を警戒していた。

そうした生活の様子が、グランの話では、かなり変わってきたのだ。

「なんといえばいいか、人と折りあっていこうというか、みんなと仲よくしたいというか、そんな感じがするんですよ。私にもよく話しかけてくるし、一緒に外へ出ようと誘ったりするんで、私もいつも断ってばかりはいられないんです。それに興味深い人物ではあるし、要するに、命を救ってやった人間ですからね」

自殺未遂を起こしてから、コタールを訪ねる者はひとりもいなかった。町の通りでも、買い物をする店でも、コタールはともかく人のやさしさを求めていた。食料品店の主人にこれほど丁寧に話しかけ、煙草屋の女の話をこれほど熱心に聞く人間はかつていなかった。

「その煙草屋の女は」とグランが指摘した。「とんでもないあばずれなんですよ。コタールにもそういったんですが、コタールは、それはあんたの間違いで、あの女にもいいところはあるし、それを見つけてやることが大事なんだ、といってました」

そして、コタールはグランを二、三度、町でも豪華なレストランやカフェに連れていった。じっさい、コタールはそういう店によく通うようになっていた。

「居心地がいいんですよ」とグランは説明した。「それに感じのいい人たちばかりだし」

グランは、店の人々がコタールに特別な配慮を払うことに気づいていたが、コタールがテーブルに置いていく過大なチップを見てその理由が分かった。コタールは、人々がチップと引きかえに示す愛想のよさにひどく弱かった。ある日、給仕長が彼を送りだしてコートを着せかけてくれたときなど、コタールはグランにこういった。

「ほんとにいい人だ。きっと証人になってくれるな」

「証人って、何の？」

コタールは口ごもった。

「いやなに、俺が悪い人間じゃないという」

とはいえ、コタールは急に気分が変わることがあった。食料品店の主人がいつもほど愛想がよくなかったとき、コタールは怒り狂って部屋に帰ってきた。

「あのろくでなし、ほかのやつらとでれでれしやがって」とコタールは何度もいった。

「ほかのやつらって？」

「ほかのやつらみんなだ」

グランは煙草屋の女のところで奇妙な場面に出くわしたこともあった。会話が弾んでいたとき、煙草屋の女は、最近アルジェで評判になったある男の逮捕を話題にした。それは、ある商社で働く若い社員が海辺でアラブ人を殺した事件だった。[9]

「こういう屑どもはみんな牢屋に入れてしまえばいいのよ」と煙草屋の女はいった。

9　カミュの『異邦人』の物語を想起させる。

「そうすれば真面目な人間も安心できるのに」

だが、コタールがそれに突然あまりに激しい動揺を示したので、女は話を中断しなければならなかった。コタールはなんの説明もせずに店から出ていってしまった。グランと煙草屋の女は唖然《あぜん》として、コタールが遠ざかる姿を眺めていた。

その後も、グランはコタールの性格のそれ以外の変化についてリューに報告することになった。コタールはそれまでつねに、きわめて自由主義的な意見をもっていた。「大きいやつがいつでも小さいやつを食いものにする」というのがコタールの決まり文句だった。ところが、すこし前からコタールはオランの保守派の新聞しか買わなくなり、それをわざわざ公共の場で読むようにしているとしか思えなかった。また、ベッドから出られるようになって数日経ったころ、郵便局に行こうとしたグランをつかまえて、遠方に暮らす妹に毎月送る一〇〇フランの為替を送ってほしいと頼んできた。だが、グランが出かけようとしたとき、

「二〇〇フラン送ってほしいんだ」とコタールはいった。「こうすれば妹はひどく驚くだろうな。俺が妹のことなんか何も考えていないと思ってるから。でも、本当は、妹をとても愛しているんだ」

最後に、グランはコタールと交わした奇妙な会話のことを語った。コタールはグラ

ンが毎晩没頭しているささやかな仕事に好奇心をそそられ、いろいろ質問をしてきたので、グランはそれに答えなければならなかった。

「それはいい」とコタールはいった。「本を書いてるんだな」

「そういってもいいけれど、もうちょっとこみいった話なんだ」

「そうか！」とコタールは大きな声を出した。「俺もあんたみたいにやりたいな」

グランが驚いた顔をすると、コタールは口ごもりながら、芸術家になればいろんなことがうまく片づくだろう、といった。

「どうして？」とグランは尋ねた。

「だって、芸術家はほかの人間より多くの権利をもってるからだよ。誰でも知ってることだ。芸術家にはほかの人以上のことが許されるんだ」

白い小さな貼り紙が町に掲示された朝のことだった。

「なるほど」とリューはグランにいった。「ネズミの騒ぎのせいで、コタールは動転していたんじゃないかな。ほかにもそんな人は多かったし、まあそんなところだろう。それとも、熱病が恐ろしかったのかな」

グランの答えはこうだった。

「私はそうは思いませんよ、先生。私の意見をいわせてもらえば……」

ネズミ駆除の車が騒々しい排気音を立てて診察室の窓の下を通りすぎた。リューは自分の言葉が聞こえるようになるまで口を噤《つぐ》み、それから気のない調子でグランの意見を尋ねた。グランはリューの顔を真剣に見つめていた。

「あの男は」とグランはいった。「心に何かやましいものを抱えているんですよ」

リューは肩をすくめた。いつかの警視のせりふではないが、ほかにやらなければならないことがたくさんあるのだ。

午後になって、リューはカステルと話をした。血清がまだ届かないのだ。

「でも、血清が役に立ちますかね？」とリューは聞いた。「この病気の菌は奇妙なやつだから」

「いや！」とカステルは応じた。「僕は君とは違う意見だ。病気のネズミには変わったところがあるものさ。だが、結局は同じものだよ」

「そう思うんですね。でも実際には何も分かっていない」

「たしかにそう思っているだけだ。だが、みんなだってその程度のことしか分かっていない」

その日のあいだずっと、リューはペストのことを考えるたびに軽いめまいに襲われ、そのめまいがひどくなっていくような気がした。結局、自分は怖いのだとリューは認めた。そのせいで二度も、人でいっぱいのカフェに入った。リューも人間の温かみに触れたくなったのだ。コタールと変わらないじゃないか。ばかげたことだと思ったが、そのおかげで、コタールのところに行く約束をしていたことを思いだした。

夕方、リューが訪れたとき、コタールは食事をする部屋のテーブルの前に立っていた。入っていくと、テーブルの上には推理小説が開かれていた。しかし、すでに夕方も遅い時刻だったので、濃さを増す暗闇のなかで本を読むのは明らかに困難なはずだった。むしろ、つい今しがたまで、コタールはそこに座って、薄暗がりのなかでもの思いにふけっていたにちがいない。リューは、調子はどうだと尋ねた。コタールは椅子に座りなおしながら、調子は悪くないが、誰も自分にちょっかいを出したりしないと思えれば、さらに具合がよくなるのに、と小声でいった。リューは、人間はいつでもひとりきりでいられるわけじゃない、と注意を促した。

「いや、そんなことじゃない。いつでも厄介ごとをもちこみたがる人間がいるってことですよ」

リューは言葉を挟まなかった。

「俺のことじゃない、それははっきりいっておきますよ。いま、この小説を読んでいたんです。かわいそうな男が、ある朝、突然逮捕されるんだ。みんなしてこの男にちょっかいを出していたんだが、男の方はなんにも知らなかった。だが、役所でこの男のことを話しあって、書類に男の名前を書きこんでいた。そんなのが正しいことだと思いますか？　ひとりの人間にそんなことをする権利がありますか？」

「場合によるね」とリューはいった。「ある意味では、そんなことをする権利は絶対にない、たしかにね。しかし、そんな話は二の次だ。あんまり長いこと閉じこもっていてはだめだ。外に出なくちゃいけないよ」

コタールは苛立った様子を見せ、自分は外出ばかりしているし、必要なら、この界《かい》隈《わい》の住人たちがみんな自分のために証言してくれるはずだ、といった。この界隈以外のところだって、つきあっている人間はたくさんいる。

「リゴーさんを知ってますか、建築家の？　あの人も俺の友だちだ」

部屋のなかの闇が濃くなってきた。この場末の通りは活気づき、外では、低くこもった、しかし安堵《あんど》にみちた歓声が、街灯のともされる瞬間を迎えていた。リューがバルコニーに出ると、コタールもあとに続いた。まわりのすべての界隈から、この町の毎晩の習いとして、軽いそよ風が、人々のささやき声や焼けた肉の香り、騒がしい若者たちに占領された町の、その街頭を徐々に埋めつくす陽気でかぐわしい自由のおののきを運んできた。夜の暗さ、姿の見えない船の上げる大きな叫び、海と人の流れから立ちのぼってくるざわめきなど、体になじんだこの時刻をリューはかつて愛していたが、いまでは、自分の知っている事柄のせいで、かえって重くのしかかるもののように感じられた。

「灯りをつけてもいいかな？」とリューはコタールに聞いた。

光が部屋に満ちると、小柄なコタールは目をしばたたかせながらリューを見た。

「ねえ、先生、俺が病気になったら、あんたの病院に入れてくれますか？」

「いいとも」

するとコタールは、診療所や病院に入院している人間で、逮捕された者がいるかどうか尋ねた。リューは、かつてそういうこともあったが、すべては病人の状態による、と答えた。

「俺は先生を信用してますよ」とコタールはいった。

そして、先生の車で町なかまで連れていってくれませんか、と頼んだ。

町なかまで来ると、すでに人通りは少なくなり、灯りも消えているところが多かった。子供たちはまだ家の戸口で遊んでいた。コタールにいわれて、リューは子供たちの一団の前で車を停めた。子供たちは声を上げながら、石蹴りをして遊んでいた。しかし、そのなかのひとり、頭に張りついた黒い髪をきちんと分け、汚れた顔をした子供が、澄んだ、挑むようなまなざしで、リューをじっと見つめた。リューは目を逸らした。コタールは歩道に立ったまま、リューと握手を交わした。しわがれた、苦しげな声で話しながら、二、三度うしろを見まわした。

「みんな伝染病だといっています。本当ですか、先生？」

「みんな噂をするものだ、ごく当たり前のことだよ」リューはいった。

「そうですね。それに、一〇人も死人が出ると、世界の終わりみたいな騒ぎになる。でも、俺たちにいま必要なのは、そんなものじゃない」

車のエンジンはもう唸りを上げていた。リューはシフトレバーを握っている。しかし、相変わらず落ち着いた真剣なまなざしで自分を見つめつづける子供に、もう一度、目をやった。すると突然、なんの前ぶれもなしに、子供はリューに満面の笑みを見せた。

「じゃあ、私たちにいま必要なものとは？」リューは子供に微笑みかえしながら、コタールに尋ねた。

コタールはいきなり車のドアを手で摑んだ。そして、逃げるようにたち去る間際に、怒ったような涙声で叫んだ。

「地震が必要なんだ、本物のね！」

しかし、地震は起こらず、リューにとって次の一日は、町じゅうを長いこと車で走りまわり、患者たちの家族と話しあいをおこない、患者たち自身といい争ったりすることで忙殺されてしまった。リューが自分の職業をこれほど重苦しく感じたことはかつてなかった。これまで、患者たちは彼の仕事をしやすくしてくれ、彼にすべてを委ねてくれた。しかし今回、初めてのことだが、患者たちは素直に口を開こうとせず、驚きのせいで警戒するような様子を見せ、病気の奥に身を隠すような感じがした。それは一種の戦いだったが、そんな戦いにリューはまだ慣れていなかった。そして、夜の一〇時ごろ、最後の往診患者である喘息病みの老人の家の前に車を停めたとき、リューは座席から立ちあがることができなかった。そのまましばらく、暗い通りと、闇の夜空に現れたり消えたりする星々の光を眺めていた。

喘息病みの老人は、ベッドのなかで身を起こしていた。呼吸が楽になったらしく、エンドウ豆を数えては、ひとつの鍋から別の鍋に移していた。老人はうれしそうな顔でリューを迎えた。

「それで先生、やっぱりコレラかね?」

「どこでそんな話を聞いたんだね?」

「新聞さ。ラジオもいってたよ」

「いいや、コレラじゃない」

「いずれにしても」と老人はひどく興奮した口調でいった。「どんなことでもやるつもりさ、お偉がたは！」

「そんなことは本気にしないほうがいい」とリューは釘を刺した。

老人の診察を終えてから、ようやくみすぼらしい食事用の部屋の真ん中に腰をおろした。そう、たしかにリューは恐れていた。明日の朝になれば、この場末の一角だけでも、一〇人くらいの患者が鼠径リンパ節を腫れあがらせ、体をねじ曲げて、自分を待っているだろう。これまで、鼠径リンパ節の腫脹を切開しても、よくなったのはわずか二、三例だけだった。それ以外の大多数は入院させるほかなく、貧しい人々にとって入院が何を意味するかをリューは知っていた。「うちの人が病院で実験材料にされるのはまっぴらだ」とある患者の女房はいった。その患者は病院で実験材料になることはない代わりに、そのまま死んでいく。公的に定められた措置では不十分であり、それはあまりにも明らかなことだ。「特別設備」を施した病室のことはよく知っている。二つの病棟から大急ぎでほかの病気の患者を追いだし、窓を密閉して、防疫の境界線で隔離することだ。伝染病が自然に終息することでもないかぎり、行政当局が考えているような措置だけでは、伝染病を抑えるのは不可能だ。

しかし、その夜の公式発表は、依然として楽観的なものだった。翌日、ランスドク通信社の発表によれば、県の通達した対応措置は平常心をもって迎えられ、すでに三〇人ほどの病人が罹患《りかん》を申告している、とのことだった。カステルがリューに電話をかけてきた。

「特別病棟のベッドには何人収容できる？」

「八〇人です」

「当然、市内の患者は三〇人じゃすまないな」

「怖がって隠している病人がいるし、ほかにいちばん多いのは、届けでる時間がなかった人たちでしょうね」

「埋葬の対応措置は考えているのか？」

「いえ。私はリシャールに電話して、口先だけじゃどうにもならない、徹底した措置を取る必要がある、伝染病に対する完全な防壁を築くか、さもなければ何もしないのと同じことだといったんですが」

「それで？」

「自分にはその権限がないという返事でした。私の考えでは、こいつは勢いを増してくるでしょう」

じっさい、三日間で二つの病棟はいっぱいになった。リシャールの話では、小学校をひとつ接収して、予備の病院に転用する計画があるとのことだった。リユーは血清の到着を待ちながら、ひたすらリンパ節の腫脹を切開しつづけていた。カステルは古い医学書を読みふけり、長時間、図書館に腰を据えて情報を収集した。

「あのネズミたちは、ペストか、ペストによく似た病気で死んだのだ」とカステルは結論した。「ネズミたちが往来に何千何万のノミを撒きちらし、急いで阻止しなければ、このノミが幾何級数的な勢いで病気を伝染させることになる」

リユーは沈黙を守っていた。

この時期、天候は安定しているように見えた。すこし前の驟雨《しゅうう》でできた水たまりを、陽光がすみやかに乾かした。黄色い光のあふれる美しい青空も、兆《きざ》しはじめた暑さのなかを飛ぶ飛行機のプロペラの音も、季節のすべてが晴れやかな思いを誘っている。しかし、この四日間で、熱病は驚異的な四段階の飛躍を見せた。一六人の死者から、二四人、二八人、三二人と増えつづけたのだ。ついに四日目、幼稚園に補助の病院を開設することが報じられた。オラン市民はそれまで不安を冗談の下におし隠してきたが、いまや町なかでも打ちひしがれた姿を見せ、言葉も出ないようだった。

リユーは思いきってオラン県知事に電話をかけた。

「いまの措置ではぜんぜん足りません」

「数字は知っている」と知事は答えた。「たしかに憂慮すべき数字だ」

「憂慮どころじゃありません、火を見るより明らかです」

「総督府に命令を出してもらうつもりだ」

リューはカステルの見ている前で電話を切った。

「総督府の命令だと！　必要なのは自分で考えることなのに」

「で、血清は？」

「今週中には届くはずだが」

県庁はリシャールを通じて、しかるべき命令を要請するためアルジェの植民地総督府に送る報告書を書いてほしい、とリューに依頼してきた。リューはその報告書に、臨床的所見と数字とを記載した。まさにその日、死者は四〇人に上った。知事は、本人の言葉を借りれば、みずからの全責任において、翌日から所定の措置をさらに重大なものに変えるとした。発病の申告は義務であり、隔離は継続される。発病者の出た家屋は閉鎖され、消毒され、近親者は一定期間の検疫隔離に付され、埋葬は、今後発表される条件のもとに、市当局によって管理実行されねばならない。その翌日になって、血清が飛行機で到着した。現在治療中の患者数には間に合うものだった。しかし、病気が広がれば、すぐに足りなくなる。リューが電報で問いあわせると、血清はもはや在庫分が払底したので、新たに製造が開始されたとの返事が届いた。

そうこうするあいだにも、近隣の郊外という郊外から、春が市場を訪れはじめていた。幾千ものバラの花が歩道に沿って並べられた花売りの籠のなかでしおれ、その甘い香りが町じゅうに漂っていた。一見して、何も変わったところはなかった。いつもどおり、路面電車はラッシュの時間には満員で、日中は空っぽで汚かった。タルーは小柄な老人の観察を続け、その老人は猫たちに唾を吐き続けていた。グランは毎晩帰宅すると、謎の仕事に従事していた。コタールは室内をぐるぐる歩きまわり、予審判事のオトン氏は相変わらず動物園そっくりの一団を連れ歩いていた。喘息病みの老人はエンドウ豆の移しかえに精を出し、ときどき見かける新聞記者のランベールは、平静に事件を追っているようだった。夜になると、同じ群衆が通りを埋め、映画館の前には行列が延びた。要するに、伝染病は後退したように見え、数日のあいだ、死者も日に一〇人ほどだった。それから突然、伝染病は矢のように急上昇した。死者の数がふたたび三〇人台に達した日、ベルナール・リューは知事が差しだした緊急の公用電報を眺めていた。知事は、「総督府はすっかり縮みあがったみたいだ」と漏らした。公電にはこう記されていた。「ペストの事態を公告し、オラン市を閉鎖せよ」

第Ⅱ部

この瞬間から、ペストは私たちみんなの事件になったといえる。それまでは、この奇妙な出来事がもたらした驚きと不安にもかかわらず、市民それぞれは、いつもの自分の場所で、自分にできるやり方で、自分の仕事を遂行していた。そしておそらく、そんな状態が続くはずだった。しかし、いったん市の門が閉鎖されてしまうと、この記録の筆者もふくめて全員が、同じ袋のネズミとなり、そこでなんとかやっていかなければならないことに一斉に気づいたのだ。そんなわけで、たとえば、愛する人との別離という個人的な感情が、最初の数週間のうちに、市民の一般的な感情となり、それに恐怖が加わって、この長い追放の時間を占める主な苦悩となったのだ。

じっさい、市の門の閉鎖のいちばん明白な結果のひとつは、心の準備がまったくできていなかった人々が、突然、別離の状態に追いこまれたことだった。母たちと子供たち、夫と妻、恋人同士など、数日前に一時的な別れをするつもりで、駅のホームで二、三の助言を交わし、たがいにキスをして、こうして別れるからといって普段の仕事から心を逸らすこともなく、人間の愚かな信頼感にどっぷりと浸ったまま、数日か数週間後にはかならず再会できると思いこんでいた人々が、いきなり離ればなれになり、頼みの綱も失って、ふたたび会うことはおろか、連絡をとることもできなくなってしまったのだ。というのも、市の門の閉鎖は、オラン県知事の命令が公表される数時間前に実行されたので、当然のことながら、個々別々の特例を考慮することなど不可能だった。いってみれば、この疫病の急激な侵入は、その最初の効果として、すべてのオラン市民に、あたかも個人的な感情など存在しないかのように振る舞うことを余儀なくさせたのだ。知事の命令が実行に移された日の最初の数時間など、県庁は陳情する者の群れに襲われ、電話や窓口の担当者への直接の訴えによって、それぞれに切実な事情を開陳されたが、そうした事情は同時に、いずれも検討することが不可能だった。じっさい、私たちが妥協の余地のない状況に呑みこまれていることを認めるには何日かかかったが、そこでは、「目をつぶる」とか「優遇措置」とか「特例」とかいった言葉はもはやなんの意味ももたなくなっていた。

手紙を書くというささやかな満足さえも奪われていた。事実、この町は、植民地のほかの場所との、通常の交通手段による連絡を絶たれていただけでなく、新たな公的命令によって、手紙が病原菌伝達の手段となるのを避けるため、いっさいの信書のやり取りが禁止されてしまったのである。最初のうち、特権的な地位にある人々は、市の門を監視する検問所にわたりをつけて、書簡類を外部へ通させてもらっていた。しかし、それも、警備兵が同情の気持ちに負けてしまうことを自然だと思っていた伝染病流行の初期の数日だけだった。しばらくすると、同じ警備兵たちが事態の重大さに思いいたり、悪影響がどこまで及ぶか分からない行為の責任をとるのを拒むようになった。市外への電話は初めは許されていたが、公衆電話と回線の恐ろしい混乱をひき起こしたため、数日間にわたって全面的に停止され、その後、特例と呼びうる、死亡、出生、結婚の場合以外は厳重に禁止された。したがって、電報だけが残された唯一の通信手段になった。理解と情愛と血肉で結ばれていた人々が、すべて大文字で書かれたわずか一〇語の電文のなかに、かつての心の交流のしるしを探しださねばならなくなったのだ。そして実際に、電報で使用される慣用句はすぐに使い果たされてしまうので、長く一緒に暮らした人生や、苦悩に満ちた情熱さえも、あっというまに、「コチラブジ　シンパイダ　オゲンキデ」といった純然たる決まり文句の定期的な交換へと変質してしまったのだった。

それでも、私たちオラン市民のなかには、手紙を書くことに執着する人々がいて、外部と文通するためにたえずさまざまな方策を講じたが、結局のところ、それらは不成功に終わるのだった。たとえ一生懸命考えだした方法が成功を収めたとしても、肝心の返事が来ないために、成功したか否かを確認できなかったからだ。そのため数週間のあいだ、私たちはくり返し同じ手紙を書きなおし、同じ訴えを書きうつし、それでしばらくすると、当初はこの心臓から血を滴らせながら出てきた言葉も、すっかりその意味を失ってしまうのだった。そうして、同じ言葉を機械的に書きうつしながら、その死んでしまった文章を通して、私たちの困難な生活のかけらを伝えようと試みた。だが、しまいには、この不毛でしつこい独り言、壁と交わす無味乾燥な会話よりは、電報の決まりきった文言のほうがまだましだと思うようになった。

とはいえ、数日後になって、誰もこの町から外へ出るのは不可能だと分かったとき、病気がはやる前に町を出た人々の帰還は許されるかどうか尋ねてみようと考えた者もあった。県庁は数日間の熟慮のあげく、それは可能だと答えた。だが、一度町に戻った者はいかなる場合にもふたたび町を出ることはできないとつけ加えて、戻ってくるのは自由だが、出ていくのは不可能であることを明確にした。それでもなお、オラン市の家族のなかには、きわめて少数ではあったが、この状況を軽く判断して、自分たちが近親者に再会したいというその場の欲求をあらゆる用心に優先させ、近親者がこの機会に町へ帰ってくるようにと勧める者たちもいた。しかし、ペストに閉じこめられた人々は、そんなことをすれば近親者が危険にさらされることをただちに理解し、諦めてこの別離の苦しみに耐えようとした。伝染病が最悪の状態に達したとき、苦痛にみちた死の恐怖より人間的な感情のほうが強かった例は、ただひとつしか見られなかった。しかもそれは、みんなが期待しそうな、苦痛をものともしない愛によって引きつけあうふたりの恋人ではなかった。唯一の例は、長年にわたって結婚生活を送ってきた、老医師カステルと彼の妻の場合だった。カステル夫人は病気が始まる数日前に隣の町へ出かけていたのだ。彼らは、世間に模範的な幸福の一例を提示するような夫婦ではなく、この記録の筆者は、ほぼ間違いなく、彼らがそのときまで自分たちの結婚に満足していなかったといいうる根拠をもっている。しかし、このいきなりの別離が長びくにつれて、ふたりはたがいに離ればなれで暮らすことはできないと悟るに至ったのだ。突然明るみに出たこの真実の前ではペストなど何ほどのものでもない、と確信したのだ。

それがただひとつの例外だった。大多数の場合には、伝染病が終息しないかぎり別離の状態が続くのは明らかだった。そして私たちみんなにとって、この生活を作りあげていた感情、しかも十分に知りつくしていると思っていた感情（前にもいったようにオランの人々は単純な情熱の持ち主だった）、そのような感情が新たな顔を見せはじめたのである。伴侶に最大の信用を寄せていた夫や恋人が、自分の嫉妬深さを発見した。色恋沙汰を軽く考えていた男たちが、不変の愛情に目覚めた。母のそばで暮らしながら、その顔などろくすっぽ眺めようともしなかった息子たちが、母の顔の皺ひとすじに心からの不安と後悔を感じ、自分の記憶から母の顔を消せなくなった。唐突にして完全な別離、未来の予測が不可能なこの別離のせいで、私たちは呆然とうろたえ、まだすぐ近くにあるのにすでにひどく遠のいてしまったこの人間たちの記憶にどう対処すればいいか皆目分からず、いまやその記憶が私たちの毎日を占拠しているありさまだった。げんに、私たちは二倍の苦しみに苛《さいな》まれていた──まずは私たち自身の苦しみがあり、それに加えて、不在の息子、妻、恋人などの身の上に想像される苦しみがあったのだ。

それに、ほかの場合だったら、市民はもっと外交的かつ活動的な生活にはけ口を見出すことができただろう。しかし、ペストは同時に、市民を無為な状態に置きざりにし、陰鬱な町のなかをぐるぐる歩きまわらせた結果、来る日も来る日も、追憶の空しい戯れに浸るほかなくさせてしまった。というのも、当てのない散策のなかで、彼らは結局いつも同じ道を通り、たいていそんな場合、このひどく小さな町のなかで、そうした通り道はまさに、いまはいなくなってしまった人と一緒に、つい先日までたどっていた道だったからだ。

かくして、ペストが私たちオラン市民にもたらした最初の事態は、追放だった。また、こうして事件を報告している記録者自身も、そのとき自分が感じたのはほかの多くの市民が感じたのと同じことなのだから、その市民を代表して、この感情をここに証言してもよいと信じている。そう、その追放の感覚とは、私たちがつねに自分のなかに宿していたあの空虚さにほかならず、まさにあの感情、過去に戻りたいとか、逆に、時間の歩みを速めたいとか望む常軌を逸した欲望であり、焼けつくように突き刺さるあの記憶の矢なのであった。かりに、ときどき想像のおもむくままに、帰宅の呼び鈴の音や、階段を昇ってくる親しみぶかい足音を待つことを楽しめたとしても、また、そんなときは、列車が運行していないことを忘れていたり、いつも夕方の急行で帰ってくる乗客がこの界隈に到着する時刻にうまく都合をつけて家にいることができたりしたとしても、当然のことながら、そんな戯れを長く続けることは不可能だった。かならず、列車は到着しないとはっきり気づく瞬間がやって来るのだ。そのとき私たちは、別離がこれからも続く運命《とら》であり、時間と折りあいをつけなければならないと悟る。そうして、やはり自分は囚われ人の境遇にあるのだと認め、過去のなかに追いこまれてしまい、たとえ私たちのなかの何人かが未来に生きようという気持ちをもっていたとしても、想像力を頼りにする者が結局、その想像力のせいでこうむることになる傷の痛みを感じて、できるかぎりすみやかに未来を諦めてしまうのである。

とりわけ、市民たちはこの別離がどれほど長く続くかと推測する習慣をもてたはずなのに、すぐにみんなしてそんな試みを、たとえ他人にたいしてさえも、おこなうのをやめてしまった。なぜなら、市民のなかでもっとも悲観的な人々が、別離の期間を六か月と見積もり、前もって今後六か月のあらゆる苦悩を味わいつくし、自分の勇気をなんとかその試練の高みにまでひき上げ、かくも長い日々の連続の上にひき延ばされる苦しみの頂で、挫けることなく最後の力をふり絞ったとしても、そのとき、場合によっては、たまたま出会った友人とか、新聞で見かけた論説とか、ふとした疑念とか、突然の閃きとかによって、結局のところ、この疫病が六か月しか続かないという理由はまったくなく、もしかしたら一年、あるいはそれ以上続くかもしれないと考えるようになるからだ。

その瞬間、彼らの勇気と意志と忍耐力は急激に崩れさり、この穴からもう二度とはい上がることはできないだろうと感じてしまう。その結果、けっして解放の期限など考えないようにし、もはや未来のほうへ振りむこうとはせず、つねに、いわば目を伏せたままでいようとした。しかし、当然のことながら、この用心深さ、苦しみをごまかし、戦闘を避けるために防御を解くこの方策は、思わしい結果を生むことができなかった。彼らはなんとしても防ぎたい崩壊を回避することはできたが、いっぽう、来《きた》るべき再会のときを思うことでペストを忘れるという、しばしば享受できるはずだった瞬間を奪われてしまったのだ。そのため、彼らはその深淵と頂上のあいだで座礁し、生きているというより漂流し、定めなき日々と不毛な追憶に身をゆだね、さまよえる亡霊となって、苦悩の土地に根づくことを承知しないかぎり、気力を回復することはできなくなっていた。

このようにして彼らは、何の役にも立たない記憶を抱えて生きるという、すべての囚人、すべての追放者につきものの深い苦しみを感じていた。彼らがたえず思いかえしていた過去にも、後悔の味わいしか見出せなかった。じっさい彼らは、自分がいま再会を待ちのぞんでいる相手と一緒にいたとき、一緒にできることをなぜしておかなかったのかと嘆き悲しんでおり、そのことを過去の思い出につけ加えたいと熱望しているのだが——同様に、現在にあっても、この囚われ人の人生で、わずかに幸福といえる状況が訪れた場合、不在の人間をどうしても交えないわけにはいかず、その結果、いまここでおこなっていることにどうしてもここに満足できなかった。そんなわけで、現在に苛立ち、過去を恨み、未来を奪われた私たちは、人間の正義や憎悪のせいで鉄格子のなかで生きることを強いられるあの囚人たちにそっくりだった。要するに、この耐えがたい休暇を逃れる唯一の方法は、想像力でふたたび列車を運行させ、呼び鈴を何度も響かせて時間をつぶすことだった。しかし、呼び鈴が鳴ることは絶対になかった。

だが、追放とはいっても、大多数の場合は、自分の住み処への追放だった。そして、この記録の筆者自身もみんなと同じような追放しか知らなかった。とはいえ、新聞記者のランベールやその他の人々の場合のように、いきなりペストに捕まってこの町に囚われ、そのそばに戻れなくなった人からも、自分の祖国からもひき離されてしまったせいで、別離の苦しみが倍加されている、大多数とはまったく異なる例も忘れてはならないだろう。全員が追放状態に置かれたなかでも、彼らはいちばん苛酷な追放に処せられた者だった。というのも、みんなと同じく時間がもたらす不安に襲われていただけでなく、空間にも拘束されて、ペストに侵された仮の住まいと失われた故郷とを隔てる壁にたえず突きあたっていたからだ。一日のあらゆる時間にこの埃っぽい町を彷徨している姿が見られるのはおそらく彼らだっただろうし、彼らはそうして、自分だけが知る夕刻と、自分だけの故郷の朝とを沈黙のうちに呼びもとめていたのだ。そして、ツバメの飛翔とか、夕陽の滴りとか、ひと気のない通りにときおり太陽が投げる奇妙な光線といった予測不可能なしるしや、どう考えればいいのか分からない兆しを感じるたび、その苦悩を募らせるのだった。この外界こそがつねにあらゆる苦しみをまぎらわせてくれるはずなのに、彼らはそれには目を閉じてしまい、あまりに生々しい空想を執拗に抱きしめようとして、ある種の光や、いくつかの丘や、お気に入りの木や、女たちの顔によって、彼らにとってかけがえのない風土を作りあげる土地の情景を一心不乱に追いもとめるのだった。

最後に、いちばん興味深い例である恋人たちについて、もっと明確に語ってみよう。そうする際に、この記録の筆者はたぶんほかの人々より都合のよい位置にいるのだが、恋人たちはさらにほかの不安にも付きまとわれており、とくに後悔の念に苛まれていることを指摘しなければならない。じっさい、この追放状態のせいで、恋する者たちは自分の感情を、いわば熱に浮かされたような昂進した客観性のなかで考察することになった。そして、こうした場合には、たいてい自分の欠陥がはっきりと目に見えてくるものだ。その最初のきっかけは、いまここにいない相手の行為や仕ぐさを想像するのが難しいという事実から生まれてくる。そして、相手が一日の時間をどう使っているのか知らないことが嘆きのたねとなる。それを知ろうとせず、愛する者にとって愛する相手の時間の使い方こそがあらゆる喜びの源泉である、と考えないようにしていた自分の軽薄さを責めるのだ。このときから、自分の愛の記憶をさかのぼって、しばしばその不十分さに気づくことになる。普段のときなら、私たちは、意識しているかいないかはともかく、愛がときとしてとんでもない力を発揮することを知っているが、いっぽう、多かれ少なかれ冷静さをもって、自分たちの愛が月並みなものであることも受けいれている。ところが、思い出とは無理難題を吹っかけるものだ。そして、外からやって来てオラン市全体を襲ったこの不幸は、よくあることだが、私たちが憤慨してもいいような不当な苦しみだけをもたらしたわけではなかった。この不幸はまた、私たちが自分自身を苦しめるように強いたうえで、その苦しみを当然だと思うように仕向けたのだ。これこそが、人々の注意を間違った方向へ逸らし、事態を紛糾させる疫病のやり方のひとつなのだった。

かくして、人々はひとりで天を仰ぎ、みんなばらばらにその日暮らしをおこなうほかなかった。こうした完全に見捨てられた状態は、長い目で見れば人間の精神を鍛えるものではあったが、最初は人々を軽佻浮薄な人間にした。たとえば、オラン市民のある者たちは、太陽と雨に支配される、形を変えた奴隷状態に陥ってしまった。そういう人たちを見ていると、その日の天気の印象を、生まれて初めてじかに受けとめているかのようだった。金色の光が射したというだけで有頂天の顔つきをし、そうかと思うと、雨が降った日には、顔にも心にも分厚い帷《とばり》が覆いかぶさるのだ。数週間前なら、彼らもこんな弱さや常識はずれの隷属状態を逃れていた。それというのも、彼らはそのとき世界と向きあうのにひとりきりではなく、彼らと一緒に暮らしている人間が、いわば彼らの生きる自然の前に立ちふさがってくれたからだ。しかし、いまは逆に、露骨に天の気まぐれに左右され、つまり、大した理由もなく、苦しんだり、希望を抱いたりするようになってしまったのだ。

要するに、こうした孤独の極限にあっては、誰も隣人の助けを期待することはできず、それぞれが孤独に自分の不安のたねを抱えているほかなかった。たまたま私たちのうちの誰かが打ち明け話をしたり、自分の感情について語ったりしても、相手からかえってくる答えは、それがどんな返事であろうと、たいていはその人の心を傷つけるものだった。その事実によって、自分と相手がまったく違うことを話していたことに気づくのである。そう、自分のほうは、長い反芻と苦悩の日々の奥底から自分の考えを差しだしたのであり、自分が話し相手に伝えたいと思う情景は、期待と情熱の火で長い時間かけて煮つめたものだ。だが、反対に、相手のほうは、ありきたりな感情、市場でたたき売りされる苦しみ、どれもこれも似たり寄ったりの憂鬱を思いえがいているにすぎない。好意を見せようが敵意を見せようが、相手の返事はいつでも的外れで、諦めるよりほかに仕方がない。あるいは、黙っているのが耐えられない人の場合は、他人が真情にみちた言葉で答えることなどありえないのだから、自分も観念して商売用の言葉を使い、せいぜい、ただの知人と交わす月並みな口調か、新聞の三面記事かコラムのような調子でおしゃべりをするしかない。ここでもまた、真実にほかならぬ苦悩が、くだらない会話の決まり文句に変えられてしまうことが習慣になっていた。こんな代価を払わなければ、ペストの囚人となった人々は、管理人の同情や話し相手の関心を惹くこともできなかったのだ。

しかしながら、いちばん重要なのは、こうした不安がいかに苦しいものであろうと、また、心は空虚なのに、その心をもつことがどれほど重く感じられようと、これらの追放者たちは、ペストの第一段階では、まだ恵まれていたといえることである。げんに、市民が恐慌状態に陥りはじめたとき、彼らの思いはことごとく、彼らが会いたいと待ちのぞむ人のほうに向けられていた。みんなが悲嘆に暮れているなかで、愛のエゴイズムが彼らを守ってくれていた。彼らがペストのことを考えるのは、ペストのせいで愛する者との別離が永遠のものになる危険があるからだった。こうして彼らは疫病のさなかに、冷酷さとまちがえられかねない有益な放心状態を保っていた。絶望が彼らをパニックから救いだしたのだし、不幸は利点ももっていたのだ。たとえば、彼らのひとりが病に倒れることがあっても、それはほとんど警戒する間もないうちに起こることだった。影のような存在と続けていた長い内心の対話からひきずり出され、いきなり大地のもっとも分厚い沈黙に投げこまれる。何かを思いわずらっているひまなどないのだった。

市民たちがこの突然の追放状態となんとか折りあいをつけようとしているあいだに、ペストは市の門に警備兵を配置させ、オラン港に向かう船舶をよそへ迂回させていた。市の門が閉鎖されてから、たった一台の乗物も市内には入ってこなかった。それ以降、車はただ市内をぐるぐる回っている感じだった。一段高くなった大通りの端から眺めると、港もまた奇妙な様相を呈していた。ここを沿岸随一の港にしていたいつもの活気は、突然消えていた。検疫期間のせいでまだ停泊中の船も何隻かは見えている。だが、巨大なクレーンはがっくりと頭を垂れ、トロッコは横倒しになり、樽や荷袋が淋しげに山積みになって、商業活動もまたペストで死んだことを告げていた。

この尋常ではない光景を目にしても、市民たちは自分たちの身に起こった事柄を理解していないようだった。別離や恐怖という共通の感情はあったものの、相変わらず自分の個人的な関心事を第一に考えていたからだ。誰もまだ疫病を本当には受けとめていなかったのだ。大部分の者は、とりわけ自分の習慣を邪魔したり、利益を損なったりするものに敏感だった。そのせいで、じれたり苛立ったりはしたが、そうした感情はペストにぶつけられるものではなかった。それで彼らの最初の反応は、たとえば、行政当局の不手際を非難することだった。そうした批判（「検討された対応策の緩和を再検討できないのか？」）を新聞各紙は報道したが、それへのオラン県知事の対応はかなり予想外のものだった。これまで新聞各紙も、ランスドク通信社も、疫病に関する統計的数字を公式には通知されていなかった。ところが、知事はその数字を毎日、通信社に告知し、それを週ごとに報道するように要請したのだ。

しかし、ここに至っても、一般市民の反応は鈍かった。げんに、ペスト発生から第三週目の発表で三〇二人の死者が報じられたが、市民の想像力にはさほど訴えかけなかった。もちろん、全員がペストで死んだのではない可能性もあった。それに加えて、ふだんこの市で週に何人の死者が出るか知っている者などいなかった。オラン市の人口は二〇万人。この死亡率が正常であるかどうか誰も知らない。この種の正確な数値はたしかに興味をそそるものだが、みんなけっして関心を向けようとはしないのだ。一般市民には、比較の基準というものが欠けていた。そして、死亡者の増加を目の当たりにして、世論はようやく真実を認めたのだった。じじつ、五週目の死者は三二一人、六週目は三四五人になった。ともかく、この増加ぶりは雄弁だった。だが、それでも十分に有力な証拠とは思えず、市民は不安に包まれながらも、これはたしかに憂慮すべき事態だが、結局のところ一時的な出来事にすぎないだろうと思いつづけていた。

そんなわけでオラン市民は相変わらず町を歩きまわり、カフェの屋外席でテーブルを囲んでいた。総体として彼らは心配そうには振る舞わず、嘆きの言葉よりはばかな冗談をいいあい、まちがいなく一過性でしかないこの不自由を機嫌よく受けいれるそぶりを見せていた。外見は保たれていたのだ。だが、この月の終わりごろ、のちほど説明する祈禱週間とほぼ並行して、いっそう重大な変化がこの町の様相を一変させていた。まず最初に、オラン県知事が乗物の走行と食糧の補給に関する対策を実施した。食糧の供給が制限され、ガソリンが配給制になったのだ。電気の節約も命じられた。ただ、必需品だけが陸路と空路からオラン市に運ばれていた。かくて車の通行は徐々に減ってほとんどなくなり、贅沢品を売る店はあっというまに閉店し、ほかの店もショーウインドーに在庫切れの掲示を出し、にもかかわらず、その店頭に客の行列ができるというありさまだった。

オラン市はこうして異様な外観を見せていた。歩行者の人数が前よりずっと増え、人影が消えるはずの時刻にも、商店や会社の閉鎖で何もすることのなくなった多くの人々が、通りやカフェにあふれていた。いまのところは、まだ失業ではなく、休暇をとっているだけだった。その結果、晴れた日など、午後の三時だというのに、オランの町はお祭り騒ぎとまちがえそうな様子を見せ、公の行事のために車の通行を遮断し、商店を閉鎖し、市民が祝典に参加するために街頭にくり出したかのような雰囲気だった。

もちろん、映画館はこの住民全員の休暇のおかげで大儲けをした。しかし、県内にできていた映画の配給網は途絶してしまった。二週間経って、映画館はしかたなくたがいの上映作品を交換することにした。しばらくすると、どの映画館も同じ映画ばかり上映するようになった。しかし、映画館の興行収入は落ちなかった。

最後にカフェは、ワインと酒類の販売がもっとも重要な位置を占める都市にあって、相当な量のストックが確保されていたので、どの店も客の注文に応じることができた。じっさい、みんな大量に飲んだのである。あるカフェが「いいワインはバイキンを殺す」と貼り紙を掲げたため、アルコールが伝染病を予防するという、そうでなくともみんなに受けいれられやすい考えが、一般市民のなかに強く浸透したのだ。毎晩、午前二時ごろ、カフェから追いだされた無数の酔っぱらいが通りにあふれ、楽観的な見通しをしゃべりながら散っていった。

だが、こうした変化は、ある意味であまりに異常で、あまりにすばやく起こったことなので、長続きする自然な変化とは考えにくかった。その結果、やはり私たちは自分の個人的な感情をいちばんの関心事にしつづけるほかなかったのだ。

市の門が閉鎖されて二日後、リュー医師は病院を出たところでコタールに会い、コタールは彼のほうに満足そうな顔を向けた。リューはコタールの顔色が良くなったことを喜んだ。

「そうなんですよ、すごく調子が良くって」と小柄なコタールは答えた。「でもねえ、先生、このいやらしいペストときたら！　本格的になってきたんじゃありませんか」

リューはその事実を認めた。するとコタールはなにやらうれしそうにこう結論した。

「こいつがすぐにやみそうな理由は見当たりませんね。そのうち、てんやわんやの大騒動になりますよ」

ふたりはしばらく一緒に歩いた。コタールは、自分の住む界隈の大きな食料品店の主人が高値で売るために商品を貯めこんでいたが、自分自身が病気になって病院に連れていかれることになり、そのベッドの下から缶詰が発見されたという話をした。

「食料品屋の親爺は病院で死にましたよ。欲をかいたが無駄だったってわけだ」

コタールはこの疫病に関して、真偽をとり交ぜてたくさんの話題を知っていた。たとえば、ある朝、町の中心部でひとりの男がペストの症状を呈し、病気のひき起こした錯乱状態のせいで家の外へと駆けだし、いきなり出会った女に飛びかかり、おれはペストだと喚きながら女を抱きしめた、というような噂があった。「まあ、しかたがないですよ！」コタールはその断言に似合わないうれしそうな口調でいった。「みんな頭がいかれちまいますね、間違いなく」

同じくその日の午後、リュー医師に、ジョゼフ・グランがついに個人的なうち明け話をするようになった。グランは机の上のリュー夫人の写真に目をとめて、医師のほうを見た。リューはそれに応えて、妻は市の外で療養生活をしているといった。「ある意味で、運がよかったですね」とグランはいった。リューは、たしかに運がいいかもしれないが、自分はただ妻の病が治ってくれることだけを望んでいる、と答えた。

「もちろん！　そうでしょうとも」とグランはいった。そして、リューと知りあって以来初めて、思いつくままに長い話を始めた。まだいちいち言葉を探すようではあったが、いま話していることをずっと前から考えていたかのように、ほとんどつねに話すべき言葉を見つけることができた。

グランはひどく若いうちに、近所に住む貧しい娘と結婚した。その結婚のために、学業を途中でやめて就職したといってもよかった。妻のジャンヌもグランも町の外に出たことは一度もなかった。グランは彼女の家へ会いに行き、ジャンヌの両親はこの無口で不器用な求婚者をいささか笑いものにしていた。ジャンヌの父親は鉄道員だった。仕事が休みのときは部屋の隅の窓のそばに座り、大きな手を両腿の上にぴたりと当てて、じっと考えこむような顔つきで、外の通りの動きを眺めていた。母はいつも家事にかかりきりで、ジャンヌが手伝っていた。ジャンヌはひどく小柄で痩せており、彼女が通りを横切るのを見ると、グランはいつも不安になってしまうのだった。ジャンヌに比して車があまりに大きく見えるからだ。ある日、ジャンヌはクリスマスの飾りつけをした店の前で、ショーウインドーを眺めていて感に堪えず、グランのほうに身を寄せていった。「なんてきれいなの！」グランはジャンヌの手を握りしめた。こうして結婚が決まったのだった。

その後の話は、グランによれば、まったく単純なものだった。世間の誰にとっても同じことなのだ。結婚し、まだすこしは愛していて、仕事をする。仕事をしすぎて、愛することを忘れてしまう。ジャンヌのほうも働いてはいたが、それは、グランを正規雇用にするという局長の約束が果たされなかったからだ。このあたりの話でグランのいいたいことを理解するためには、想像力で多少補うことが必要だった。疲労のせいもあって、グランは投げやりになり、ますます無口になって、妻が自分は夫から愛されていると思えるように支えてやらなかった。仕事をする男、貧窮、徐々に閉ざされる未来、食卓を前にしての毎夜の沈黙、こんな世界に情熱の余地はない。おそらく、ジャンヌは苦しんだのだろう。それでも彼女は踏みとどまっていた。自分でも知らないうちに苦しむということがある。何年かが過ぎた。それから、彼女は出ていった。もちろん、連れがいた。「ずいぶんあなたを愛していましたが、いまはもう疲れてしまいました……。出ていくのがうれしいわけではありませんが、うれしくなくてもやり直す必要があるのです」。これがおおよそ彼女の書きのこしたことだった。今度は、ジョゼフ・グランのほうが苦しんだ。リューが指摘したように、グランだってやり直すことができたはずだ。だが、残念ながらその自信がなかった。ただ、グランはいつまでもジャンヌのことを思いつづけていた。彼がしたかったのは、自分のいいたいことをいうために手紙を書くことだった。「でも、これが難しいんですよ」と彼はいった。「長いこと、それについて考えているんです。愛しあっていれば、言葉なんかなくても、おたがいのことを理解できました。でも、いつまでも愛しあっていられるものじゃない。ある時点で、ジャンヌを引きとめることができるような言葉をいうべきだった。でもそれができなかったんですね」。グランはチェックの柄の手ぬぐいのような布で鼻をかんだ。それから、口髭を拭いた。リューはグランを眺めていた。

「先生、つまらないことを話してすみません」と初老のグランはいった。「でも、何といえばいいか？……先生のことを信頼してるんです。あなたといると、お話ができる。それで、つい感情に引きずられてしまって」

グランは、明らかにペストからはるか遠いところにいた。

その夜、リューは妻に電報を打って、市が閉鎖されたが、自分は元気だ、君はこれまでどおり体に気をつけてほしい、そして、私はいつでも君のことを思っている、と書きおくった。

オラン港が閉鎖されて三週間経っていた。リューは病院の出口で、ひとりの男が自分を待っているのに出くわした。

「もしかしたら」と男はいった。「私を憶えていらっしゃるかと」

リューは憶えていると思ったが、そうともいい切れなかった。

「この事件が起こる前に来たんです。アラブ人の生活条件について教えていただこうと思って。レーモン・ランベールと申します」

「ああ！　そうだった」リューはいった。「ということは、また興味深い記事のテーマが見つかったんですね」

ランベールはなんとなく苛立っているように見えた。新聞の用事ではなく、医師としてのリューに頼みごとがあって来たというのだ。

「申し訳ないんですが」とランベールは切りだした。「この町に知っている人がいないし、私の新聞から派遣されている記者は残念ながら、鈍い男なんです」

リューは、市の中央部にある無料診療所まで歩きませんか、と誘った。そこでいくつか仕事を指示しなければならないからだ。ふたりは黒人の住む地域の細い路地を下っていった。夕刻が近づいていたが、以前、この時間にはあれほど騒がしかった界隈が、いまは妙に静まりかえっていた。まだ金色に輝いている空にラッパの音が響きわたり、軍人だけが仕事をしているふりをしていた。その間、イスラム風の家々の青や黄土色や紫の壁のあいだを抜け、急な坂道を下りながら、ランベールはひどく興奮してしゃべりつづけた。自分は妻をパリに残してきた。本当をいえば妻ではないが、同じようなものだ。オラン市が閉鎖されると、すぐに彼女に電報を打った。初めは一時的な出来事だと思っていたので、とりあえず連絡する手段を確保したいと思ったのだ。しかし、オランの同僚たちは自分たちではどうにもならないというし、郵便局では追いかえされるし、県庁の女性職員には鼻で笑われた。そして、二時間も行列して待ったあげく、なんとか電報を送ってもらうことができて、そこにこう書いた。「万事心配なし。すぐ帰る」

だが、朝起きたとき、突然、こんな事態がどれほど長く続くか、結局のところ見当もつかない、という考えが湧いた。それで、この町から出ることに決めた。紹介状をもらっていたので（新聞記者という職業上、便宜が図られていた）、県知事付きの事務局長に会うことができた。ランベールは、自分はオランとは関係がないし、この町にとどまることは自分の職務ではなく、たまたまここに居あわせただけであり、いったん市外に出て、検疫期間の隔離を受けることは当然としても、この町から退去する許可を出してくれるのが正当な対応だ、と訴えた。知事付きの事務局長は、事情はよく分かるが、例外を設けるわけにはいかない、様子を見てみるほかないが、ともかく状況は深刻なので、何も決定することはできない、との返事だった。

「しかし、いずれにせよ、私はこの町とは無関係なんです」とランベールは食いさがった。

「そうかもしれないが、ともかくこの疫病が長続きしないことを祈るだけですな」

事務局長は、最後にランベールを慰めようとして、オランに残れば面白い報告記事を書くことができるし、考えてみれば、どんな事件だってそれなりに利点はあるものだ、と指摘したのだという。ランベールは肩をすくめてみせた。もう町の中心部まで来ていた。

「ばかげてますよ、先生、お分かりでしょう。僕は新聞記事を書くためにこの世に生まれてきたわけじゃない。むしろ、ひとりの女と暮らすために生まれてきたというべきだ。当然のことでしょう？」

リューは、たしかに、それは道理にかなったことだ、と答えた。

町の中心部の大通りには、いつもの雑踏は見られなかった。何人かの通行人が遠方の住まいへと急いでいるだけだ。誰ひとり笑顔ではなかった。この日なされたランスドク通信社の発表のせいだな、とリューは考えた。発表から丸一日も経てば、市民はまたしても希望を抱きはじめる。しかし、その日はまだ、数字が生々しく彼らの頭に刻みこまれていたのだ。

「それというのも」とランベールはいきなり話を続けた。「彼女と僕は出会ってまだ間もないのに、すっかり意気投合しているんですよ」

リューは何もいわなかった。

「つまらない話をしてすみません」とランベールは詫びた。「ただ、お聞きしたかったのは、僕がこのろくでもない病気に罹っていないという証明書を書いていただけないかということなんです。それがあれば役に立ちそうに思えるので」

リューは頷いただけだった。小さな少年が足のあいだに転げこんできたので、やさしく立たせてやらなければならなかったのだ。ふたりはふたたび歩きはじめて、アルム広場までやって来た。埃まみれで汚れた共和国の女神の彫像を囲んで、イチジクとシュロの木が植えられ、灰色の埃をかぶった枝がだらりと垂れさがっていた。ふたりは女神像の下で立ちどまった。リューは、白っぽい泥だらけになった靴の爪先を、片方、また片方と、地面に打ちつけた。ランベールのほうを見る。フェルト帽をすこしあみだにかぶり、ネクタイをしたシャツの襟のボタンを外して、無精髭を生やし、不満そうで、すねたような顔つきをしている。

「気持ちはよく分かります」とようやくリューは口を開いた。「しかし、あなたのいい分を叶えることはできないんです。証明書を書いてあげることはできません。じっさい、あなたが病気に罹っているかどうかは分からないし、罹っていなかったとしても、私の診察室を出てから県庁に入るまでのあいだに感染しないとも限りませんからね。それに……」

「それに何です？」とランベールは聞いた。

「それに、たとえ証明書を書いたとしても、それは何の役にも立ちませんよ」

「どうして？」

「だって、この町にはあなたのような立場の人が何千人もいるんですから、そういう人を全員市外に出すわけにはいきません」

「でも、ペストに罹っていないのに？」

「それだけではちゃんとした理由にならないんです。こんな話がばかげていることは分かっています。でも、これは私たち全員を巻きこんでいる問題です。この問題をそっくりそのまま受けとめるほかないんです」

「でも、僕はこの町の人間じゃない！」

「いまはもうこの町の人間です、残念ながら！　みんなと同じですよ」

ランベールはいきり立っていた。

「いわせてもらえば、これは人道上の問題ですよ。深く理解しあうふたりの人間にとって、ひき離されて暮らすことがいったいどんなことなのか、まあ、あなたには分からないでしょうね」

リューはすぐには答えなかった。それから、分かると思う、といった。リューは全身の力をこめて、ランベールが妻と再会することができ、愛しあうすべての人がまた一緒に暮らせることを願っているが、ここには条例や法律、そして何よりもペストがあって、自分の役割は務めを果たすことだけなのだ、と語った。

「いや」とランベールは苦渋を見せながらいった。「やっぱりあなたには分かりませんよ。あなたが話しているのは理性の言葉だ。あなたは抽象の世界にいるんです」

リューは目を上げて女神像を見すえてから、自分が理性の言葉を話しているかどうかは分からないが、私が話しているのは明白な事実の言葉であり、このふたつの言葉はかならずしも同じものではない、と説明した。ランベールはネクタイを締めなおした。

「ということは、僕はほかのやり方でなんとかしなくちゃならないというわけですね？　しかたがない」とランベールは挑戦的な口調でいった。「ともかく僕はこの町を出ていきますから」

リューは、その気持ちも分かるが、自分には関係のないことだ、とつけ加えた。

「いや、あなたにだって関係がある」ランベールはいきなり大声を出した。「僕があなたのところに来たのは、今回取られた措置について、あなたもずいぶん尽力されたと聞いたからです。それで、あなたが実施に貢献された措置について、一件くらいなら、その措置の適用を除外できるだろうと考えたんです。しかし、そんなことはあなたにとってどうでもいいことなんだ。あなたは誰のことも考えようとはしない。ひき離された者のことなんか考慮に入れなかったんだ」

たのだ。

リューは、ある意味ではそのとおりだ、と認めた。考慮に入れようとは思わなかった。

「そうでしょうね！」とランベールはいった。「あなたのおっしゃるのは公共への奉仕ということですよね。でも、公共の利益とは、ひとりひとりが幸せになるってことじゃないんですか」

「たしかに」とリューは放心から抜けだしたようにいった。「だが、そういう考えもあれば、別の考えもある。どちらが正しいと決めるわけにはいかないんです。でも、怒ってはいけませんよ。あなたがこの事態を切りぬけることができたら、私は心からうれしいんですから。ただ、私の職務上、禁じられていることがあるんです」

ランベールは苛立たしげに頭を振った。

「ええ、怒ったりしてすみませんでした。それに、時間をとらせてしまって」

リューはランベールに、今後も事態の打開がどんなふうに進んだか教えてくれと頼み、また、自分を恨まないでほしいとつけ加えた。きっと意見の一致が見られる局面もあるはずなのだ。ランベールは急に困惑したような顔を見せた。

「僕もそう思います」そしてすこし黙りこんだのち、こういった。「僕の気持ちは変わらないし、あなたのいうことはともかくとして、僕もそう思いますよ」

それから、ためらいがちにこういった、

「でも、やっぱりあなたの考えには賛成できません」

ランベールはフェルト帽を目深にひき下げ、足早に去っていった。リューは、ランベールがジャン・タルーの泊まっているホテルに入るのを見た。

すこし経って、リューは頭を振った。あの新聞記者が幸福を求めて焦る気持ちは正しい。だが、自分を非難した点においては正しいだろうか？「あなたは抽象の世界にいるんです」。ペストが激しさを増して、週ごとの犠牲者の数が平均五〇〇人に達するときに病院に勤めて過ごす日々が、本当に抽象だなどといえるのか？　たしかに、不幸のなかには、抽象と非現実の一面がある。だが、抽象が人殺しを始めたら、まさにこの抽象を相手にしなければならないのだ。そしてリューは、それがかなり困難なことだと知っている。たとえば、リューが任されているこの臨時病院（今では三つある）を管理運営することは容易ではない。リューは診察室に面した部屋のひとつを外来応接室に変えた。その床を掘ってクレゾール消毒液の池を作り、その真ん中に煉瓦を積んで島のような台を設置した。発症者はこの島の上に運ばれ、すばやく服を脱がされ、服は池のなかに沈められる。患者は体を洗浄され、乾かされ、ざらざらした医療用の服を着せられて、リューの診察を受け、それから、病室のひとつに収容される。

もはや学校の雨天体操場を病室に転用するほかなく、いまやそこには総計五〇〇のベッドが置かれ、そのほとんど全部がふさがっていた。リュー自身が陣頭指揮をとって朝の外来診療を済ませ、患者に血清を打ち、リンパ腫を切開し、そのあと統計的数値をしっかり記録したうえで、午後の診療に戻っていく。最後に夕刻の往診をおこない、夜遅く帰宅する。昨夜、リューの母親は、リューに妻からの電報を手渡そうとしたとき、息子の手が震えているのに気づいた。

「そうなんだ」とリューは認めた。「でも根気よく頑張っていれば、神経のほうも慣れてくると思うよ」

リューは元気で耐久力があった。現にまだ疲れてはいなかった。しかし、往診は耐えがたいものに感じられていた。病人の熱を疫病のせいだと診断すれば、患者はすぐに家から連れ去られるのだ。そのときまさに、抽象と困難が始まる。というのも、家族は、患者が治るか死ぬかしなければ、もう二度と会えないことを知っているからだ。「憐れだと思って、先生！」と、タルーのホテルで働いていたメイドの母であるロレ夫人は声を上げた。その言葉はどういう意味だったのか？　もちろん、リューは憐れだと思った。だが、そう思っても誰の役にも立たない。電話をしなければならないのだ。まもなく救急車のサイレンが響いてくる。初めのうち、近隣の人々は窓を開けて覗いたものだ。だが、その後は急いで窓を閉めるようになった。そのとき、争いが、涙が、説得が、要するに抽象が始まるのだ。疫病の熱と不安とで蒸れるように暑くなった部屋で、狂乱の光景がくり広げられる。だが、病人は連れ去られてしまう。そして、リューは帰宅することができる。

最初のころ、リューは電話をするだけで、救急車の到着を待たず、急いでほかの患者の家に向かった。しかしそうすると、病人の家族は、いまや結果の分かりきった別離を避けて、ペストと水入らずでいるほうがましだとばかりに、部屋の扉を閉めきってしまうのだ。怒声が上がり、強制命令と警察の干渉がおこなわれ、それから武装した部隊が突入し、患者は奪取される。したがって、最初の数週間、リューは救急車の到着まで待っていなければならなかった。その後は、医者の往診にはボランティアの巡察官が同行することになって、ようやくリューはひとりの患者から次の患者へと回ることができるようになった。だが、初めのうちは、毎晩、ロレ夫人の家に行ったあの晩と同じことがくり返された。ロレ夫人の小さな部屋は扇と造花で飾られ、リューを迎えた夫人は強張った笑顔を見せてこういった。

「まさか、みんなが噂している熱病じゃないとは思いますけど」

そしてリューは、毛布とシャツを捲りあげ、腹と太腿の赤い斑点とリンパ節の腫瘍を黙って見つめる。母は娘の脚のあいだを見て、こらえきれずに叫び声を上げる。毎晩、こうして母たちは、死のあらゆる兆候を表す腹部を前にして、抽象的な表情を見せ、泣きわめき、毎晩、みんなの腕がリューの腕を摑み、無力な言葉、空約束、嘆きの声が降りそそぎ、毎晩、救急車のサイレンがあらゆる苦悩と同じ空しい興奮をひき起こすのだ。そして、こうしたいつも変わらぬ夜の長い連続の果てに、リューは、際限なくくり返される似たりよったりの愁嘆場の長い連続のほかに、もう何も期待できなくなっていた。そのとおり、ペストは、抽象であると同じく、単調なものなのだ。それはもしかしたら、たったひとつのものだけが変わっていたのかもしれない。それはリュー自身だった。あの夕方、リューは、共和国の女神像の下で、自分を満たしはじめた苦しい無関心だけを意識し、ランベールがなかに姿を消したホテルのドアをずっと眺めながら、自分が変わったことを感じていたのだった。

町じゅうの人が街路にあふれだしてぐるぐる回っていたあの日暮れどきを何度も経て、疲労困憊させられるだけの何週間もが過ぎると、リューはもはや自分が憐れみの気持ちを抑える必要がないことを悟った。憐れみが何の役にも立たない場合、人は憐れみの気持ちにも疲れてしまうのだ。そして、心が徐々に自分だけのなかに閉ざされていく感覚のなかに、リューはこの押しつぶされそうな日々の唯一の慰めを見出していた。そうすれば仕事が楽になることが分かっていた。だから、リューはそのことに喜びを感じていたのだ。リューの母親が午前二時に帰宅する息子を迎えて、彼が自分にむける虚ろなまなざしを悲しく思ったとき、母親が悲しく感じたものは、じつはそのときリューが享受しえた唯一の心の安らぎだった。抽象と闘うためには、いくらか抽象に似なければならない。だが、そんなことがどうしてランベールに感じとれただろう？　ランベールにとっては、自分の幸福に逆らうものはすべて抽象だった。そして、本当のことをいえば、ある意味でランベールが正しいことをリューも分かっていた。しかし、リューはまた、抽象が幸福より強力になることがあり、そのときは、そして、そのときだけは、その事実を考慮に入れねばならないことを心得ていた。これはランベールの身にも起こるべきことだったし、その後ランベール自身がおこなった打ち明け話によって、リューはその事実をこと細かに教えられることになった。こうしてリューは、ひき続き、また、新たな局面において、人それぞれの幸福とペストの抽象とのいわば陰鬱な闘いを続けることができたが、この闘いが、長い期間をつうじて、私たちの町の全生活になったのである。

しかし、ある人々が抽象を見たところに、別の人々は真実を見ていた。じっさい、ペストが出現した最初の月の終わりごろは、この疫病の激しい再燃と、パヌルー神父の痛烈な説教とによってじつに暗鬱なものとなった。パヌルー神父とは、伝染病が始まってまもないとき、管理人のミシェル老人を介抱したイエズス会の神父である。パヌルー神父は「オラン地理学会」の会報への頻繁な寄稿によってすでに有名人であり、そこでの神父の碑銘文の復元はその分野の権威として認められていた。しかし、パヌルー神父は近代個人主義に関する連続的な演説をおこなうことによって、専門家として、より広範な聴衆を獲得した。その演説において、神父は近代の放埒な自由主義からも、過去の諸世紀の反啓蒙主義からもひとしく距離を置いて、厳格なキリスト教信仰の熱心な擁護者となった。その際、彼は聴衆にたいして、厳しい真実を容赦なく突きつけた。そこから、パヌルー神父の名声が生まれた。

さて、この月の末ごろ、オラン市の教会上層部は、集団祈禱週間を催すことによって、自分たち独自の方法でペストと戦うことを決定した。この公的な信仰心の表明は、最終日の日曜に、ペストに罹った聖人である聖ロクス[1]の加護を求める荘厳ミサによって終わることになっていた。その締めくくりとして、パヌルー神父が説教をおこなうことに決まった。そのためにこの半月ほど、パヌルー神父は、イエズス会で特別な地位を獲得する契機になった聖アウグスティヌスとアフリカの教会に関する研究も放りだしていた。生来激しやすく情熱あふれる気質のパヌルーは、自分に託されたこの使命を断固たる決意でひき受けた。その説教がおこなわれる前から、早くも町の人々はそれについて噂をし、パヌルー神父の説教は、この時期の事態の推移のなかでそれなりに重大な事件となったのである。

祈禱週間には多くの一般人が参加した。ふだんからオラン市民の信仰心が篤かったからというわけではない。というのも、日曜日の朝には、海水浴がミサの強力なライバルになっていたからだ。突然の回心が市民を神に目覚めさせたわけでもない。しかし、一方では、市が閉鎖され、港に入ることが禁止されて、海水浴が不可能になって

1　一四世紀フランスの聖人で、ペスト患者の救護に尽力したため、ペストにたいする守護聖人として崇敬される。

いたし、また一方で、市民たちはひどく特殊な精神状態に陥り、心の底では自分たちを襲った驚くべき出来事を認めていないくせに、明らかに何かが変化したという不安だけは感じていた。とはいえ、多くの人は相変わらずこの伝染病がまもなく終息し、自分と家族だけは助かるだろうと希望を抱いていた。それゆえ、人々はまだ何をする義務も感じてはいなかった。彼らにとって、ペストは不愉快な訪問客でしかなく、やって来たからには、いつの日か去っていくはずのものだった。怯えてはいたが、絶望していたわけではなく、ペストが彼らの生活形態そのものとなって君臨し、それまで送ることのできた生活を忘れさせてしまう時期は、まだ来てはいなかった。要するに、人々は待望の状態にあった。宗教に関しても、ほかの多くの問題と同じく、ペストは彼らに奇妙な精神的態度をとらせたが、それは無関心からも熱狂からも同じくらい離れた、「客観的」という言葉で定義できるような態度だった。祈禱週間に参加した人の大部分は、ある信者の言葉を自分と同じ考えだと見なしたことだろう。その信者はリュー医師にむかってこういったのだ。「別に悪いことじゃないですから」。タルーでさえも自分の手記に、こうした状況下で中国人はペストの精霊に祈るために太鼓を打ちに行くという事実を記したあと、じっさい、医学的予防策のほうが太鼓よりも効果があるかどうかは絶対に分からないと意見を述べている。タルーはこれに加えて、この問題に決着をつけるためにはペストの精霊が存在するかどうかに関して確かな知見が必要だが、その点についてわれわれはまったく無知なのでどんな意見をもとうとしても無駄だ、とだけ述べていた。

ともかく、この祈禱週間のあいだ、オラン市の大聖堂は信者でほとんど埋めつくされた。最初の数日は、多くの市民はまだ、大聖堂の正面入口の前に広がるシュロとザクロの木々の植わった庭にとどまって、聖堂の外の通りにまでうち寄せる潮のような祈禱と請願に耳を傾けていた。すこしずつ手本を示す者が出てくると、外の聞き手が意を決して聖堂のなかに入りはじめ、参列者の聖歌の応唱におずおずと声を合わせるようになった。そして、日曜日には、かなりの数の群衆が信徒席をぎっしりと埋め、聖堂前広場や階段の端のほうにまであふれでていた。前日から空は暗くとざされ、いまや雨が土砂降りになっていた。外にいる人々は傘を広げていた。香と濡れた布の匂いが聖堂のなかを満たし、パヌルー神父が説教壇に上がった。

背丈は中ぐらいで、がっしりとした体つきだった。神父が壇の縁に身を寄せ、その両端を大きな手で摑んだとき、聴衆に見えたのは、上体の分厚く黒い塊と、その上に載った、鉄の眼鏡の下の、ふたつの真っ赤な頰だった。神父の声は力強く、情熱的で、遠くまでよく通った。「わが兄弟よ、あなたがたは不幸のなかにいますが、それは当然の報いなのです」。たったこれだけの、激烈な、叩きつけるような言葉で神父が聴衆に襲いかかると、人々のあいだにざわめきが走り、聖堂の広場まで通りぬけた。

論理的にいえば、そのあとに続いた神父の言葉は、この悲愴な序言とうまく嚙みあわないように思われた。しかし聴衆は、その続きを聞いているうちに、神父が巧みな弁論術によって、強烈な一撃を加えるように、この説教全体の主題を一挙に提示したことを理解したのだった。じっさい、最初のひと言のすぐあとに、エジプトのペストについて語る「出エジプト記」の一句を引用して、こういった。「この災厄が初めて歴史に現れたのは、神の敵をうち破るためでした。エジプトの王は永遠の神の意思に逆らいましたが、そのとき、ペストがこの王をひざまずかせたのです。すべての歴史の初めから、神の災厄は、高慢な者と、盲《めし》いた者たちをひざまずかせるのです。そのことをよく考えて、ひざまずくのです」

外の雨はますます激しくなっていたが、完全な沈黙のなかで発された神父の最後の言葉は、ステンドグラスに叩きつける強い雨音のせいで、いっそうの深みを増し、特異な力強さをもって響きわたった。そのため、何人かの聞き手は一瞬ためらいながらも、椅子から滑りおりて祈禱台にひざまずいた。ほかの人々もこの手本に従わねばならぬと考えたため、次から次へと、椅子の軋みのほかには何の音も立てず、まもなくすべての聴衆がそこにひざまずいていた。そのとき、パヌルー神父はぐっと身を起こし、深く息を吸いこみ、ますます強い口調で言葉を続けた。「今日、ペストがあなたがたを訪れたとするなら、それは反省すべき時が来たからです。正しい者は恐れることはありません。しかし、悪しき者は震えおののく必要があります。宇宙という広大な穀倉のなかで、容赦なき天災の殻竿《からざお》は、人間という麦を打ちすえ、藁と麦粒とを選りわけるでしょう。藁のほうが麦粒よりも多く、来世に召される者のほうが選ばれて現世に残る者より多いでしょうが、この不幸は神の望んだものではありません。あまりにも長いこと、この世は悪と結びつき、あまりにも長いこと、神の慈悲の上で安閑としていました。ただ改悛しさえすれば、どんなことも許されていました。そして、誰もが自分は改悛できると思っていました。その時が来れば、自分はかならず改悛の情を感じることができる。それまでのところ、いちばん楽な道はなりゆきに任せることだ。神の慈悲があと始末をしてくれるだろう、と。だが、そんなことは長続きしなかった。長いことこの町の人々に憐れみの顔を向けてくれた神も、待つことに倦み、永遠の希望に裏切られて、ついに目をそむけたのです。神の光を奪われ、われわれはついにペストの闇に落ちてしまったのです！」

信徒席で、誰かが、待ちきれずに苛立つ馬のように荒い鼻息を吐いた。神父はすこし間をおき、前より声をひそめてその先を続けた。「『黄金伝説』[2]にこんな話が出ています。ロンバルディアのウンベルト王の時代、イタリアはあまりにも激しいペストの被害を受け、生き残った者の手だけでは死んだ者を埋葬するのに足りないほどでした。このペストはとくにローマとパヴィアで猛威を振るいました。そして、ひとりの善き天使が人の目に見えるように姿を現し、狩り用の矛をもった悪しき天使に、家々の扉を叩くように命じました。扉が叩かれた回数と同じ数だけ、その家から死者が出たのです」

ここでパヌルーは、ゆらめく雨の帷《とばり》の彼方にあるものを示そうとするかのように、短い両腕をさし伸ばした。「わが兄弟よ」とパヌルーは力をこめていった。「いま、同じ死の狩りがこの町の通りを駆けめぐっているのです。そのペストの天使の姿をご覧なさい。それは光の魔王のように美しく、悪そのもののように輝いて、この町の家々の屋根の上に立ち、右手にもった真っ赤な狩りの矛を頭上に高々とかざし、左手であなたがたの家のひとつを指しています。たぶん、いまこの瞬間にも天使の指はあなたの家の扉に向けられ、狩りの矛がその木の扉を音高く叩いているのです。さらにまたこの瞬間、ペストはあなたの家に入り、あなたの寝室で腰を下ろして、あなたの帰りを待っているのです。ペストは忍耐づよく、注意をそらさず、世界の秩序そのものであるかのように落ち着きはらって、そこにいるのです。ペストがあなたに伸ばした手は、この地上のどんな力によっても、そして忘れてはなりませんが、私たち人間の空しい知恵によっても、逃れることはできないのです。そして、苦しみの血みどろの麦打ち場で、あなたがたは藁といっしょにうち捨てられるのです」

ここで神父はふたたび、さらなる大きさで麦を打つ天災の殻竿のイメージを描きだした。木製の巨大な殻竿が町の上空で回転し、手当たりしだいに人々を叩きつけ、血まみれになってまた空に舞いあがり、しまいには血と人間の苦痛をほとばしらせて、「真実の収穫を準備する種まきをおこなう」のだ、と語った。

この長い一節が終わると、パヌルー神父は言葉を止め、額に髪を垂らしたまま、体を震わせ、その震えで説教壇を震わせ、もっと低くこもった、しかし責めたてるような調子を強めて続けた。「そう、反省の時が来たのです。あなたがたは日曜に神のところに来れば、ほかの日は自由だと思っていた。何度かひざまずけば、罪深い無関心が帳消しになると考えていた。しかし、神は生ぬるいやり方はしない。そんなよそよそしい交わりでは神の貪るような愛に応えることはできない。神はもっと長い時間あ

---

2 一三世紀に完成されたキリスト教の聖人列伝。

なたがたと向かいあうことを望んでいた。それこそがあなたがたを愛する神のやり方であり、じつをいえば、それだけが唯一の神の愛し方なのです。それゆえ、あなたがたがやって来るのを待ち疲れて、人間の歴史が始まって以来、罪深いすべての町に災厄が訪れたように、この天災があなたがたのもとに訪れることを許したのです。あなたがたは、カインとその末裔、大洪水を迎えた人々、ソドムとゴモラの町の住民、エジプト王とヨブ、その他すべての呪われた者たちが罪とは何かを知ったのと同じく、まさにいま、罪とは何かを知るのです。そして、あなたがたは、天災と一緒にこの町に閉じこめられ、壁を閉ざされた日から、いま挙げた人々と同じように、人間と事物に新たな目を向けているのです。そしていま、ついに、いちばん大事なことに返らねばならないことを知ったのです」

いまや湿った風が信徒席に吹きこみ、蠟燭の火がじりじりと音を立てながら横になびいた。蠟の濃い香り、咳払いの声、くしゃみの音がパヌルー神父のほうに流れてくると、神父はひどく評判の高い巧みなやり方で話の本題にたち戻り、穏やかな声でこう続けた。「あなたがたの多くは、私の話がどこへ行くのかと疑問に思っていることでしょう。私はあなたがたを真実に導きたい、これまでに語った悲惨を乗りこえて、喜びを教えたいと思うのです。忠告や友愛の手助けがあなたがたを善に押しやる手段だった時は、もうとうに過ぎさりました。いまや真実は命令です。そして、救済の道を示し、あなたがたをその道に押しやるのは、血まみれの狩りの矛なのです。わが兄弟よ、神の慈悲はすべてのものに、善と悪、怒りと憐れみ、ペストと救済とを置きました。いまここにその神の慈悲が現れているのです。あなたがたを傷つけるこの天災そのものが、あなたがたを高め、道を示してくれるのです。

いまからずっとむかし、アビシニア[3]のキリスト教徒は、ペストを、神から生まれた、永遠の生命を勝ちとるための有効な手段だと考えていました。ペストに罹っていない者は、ペスト患者の毛布にくるまって、確実に死のうとしました。むろん、こうした狂熱的な救済への欲求を推奨するつもりはありません。そこには、傲慢さにもよく似た、嘆かわしい性急さが見てとれるからです。神よりも急いではなりません。神が完璧に作りあげた不変の秩序を速めようとすれば、それはかならず異端に通じます。しかし、少なくともこのアビシニアのキリスト教徒の例には教訓が含まれています。より明晰に見きわめることのできる精神にとって、この事例がはっきりと見せつけているのは、すべての苦しみの底に、永遠の生命のこの上なく快い光があるということに

3 現在のエチオピアを指す古称。

ほかなりません。この光が照らしだすのは、解放に至るほの暗い道です。それが示すのは、かならずや悪を善に変える神の心なのです。今日でもまだ、この光は、死と不安と叫喚の歩みを通じて、私たちを、この上なく貴重な沈黙と、あらゆる生命の原則へと導いてくれます。わが兄弟たちよ、私があなたがたに伝えたかったのは、この大きな慰めです。というのも、この場からもち帰ってほしいのは、懲罰を下す説教だけではなく、心に慰安をあたえる言葉だからです」

人々はパヌルー神父がいうべきことをいい終えたと感じていた。外では、雨がやんでいた。水気と陽光のいり混じった空が、前より新鮮な光を広場に注いでいた。街路からは、人々の声のざわめき、乗物の軋る音、目覚めた町の発するあらゆる言葉が上ってきた。聴衆はそっと荷物をかき集め、なるべく音を立てないように移動を始めた。しかし、パヌルー神父はさらに言葉を継いで、ペストが神から出たものであり、この天災に懲罰の意味があることを示したからには、もう自分の話は終わりであり、これほど悲劇的な問題に関して、弁論術の型どおりの作法に頼って締めくくるつもりはない、と断言した。われわれ全員にとって、もうすべてが明らかなように思われるからだ。ただ、マルセイユでペストが大流行したとき、その記録を綴ったマチュー・マレが、こんなふうに救いも希望もなく生きるのは地獄へ落ちたのと同じだと嘆いたことには触れておきたい。マチュー・マレは間違っている！　彼は盲いていたのだ！　それどころか、この自分、神父パヌルーは、すべての人間にあたえられた神の救いとキリスト教徒の希望を、かつていま以上に感じたことはない。自分があらゆる期待をこえて望むのは、この恐怖の日々と瀕死の人々の叫びにもかかわらず、わがオラン市民が天にむかって、キリスト教徒の唯一の言葉である愛の言葉を発してくれることだ。その後のことは、すべて神がなしてくれるであろう。

この説教がわがオラン市民に影響をあたえたかどうか、それに答えるのは難しい。予審判事のオトン氏はリュー医師にむかって、パヌルー神父の話は「まったく反論の余地がない」と断言した。だが、すべての市民がこれほど明白な意見をもっていたわけではない。ただ、神父の説教のおかげで、人々は、何か未知の罪によって想像を絶する禁錮刑に処せられたのだという、それまで漠然と感じていた考えをはっきりと抱くようになったのだ。そして、自分のささやかな生活を続けて、監禁状態に慣れようとする者もいれば、逆に、この監獄からただちに逃げだすことだけを考える者もいた。最初、人々は、外界から切りはなされることを、自分たちの習慣のいくつかが妨げられる程度の、単なる一時的な障害と同じようなものとして受けいれていた。ところが、空が蓋を閉めたように夏の暑さがじりじりと照りつけるなかで、突如、監禁状態を意識して、この禁錮刑が全生活を脅かすことを漠然と感じ、夜がやって来ると、涼しさとともに体力が甦り、しばしば絶望的な行動に走るのだった。

まず第一に、それが偶然の一致によるかどうかはともかくとして、この日曜日を境に、オランの町には、かなり広く、深い恐怖のようなものが生まれており、市民が本当に自分たちの置かれた状況を意識したのではないか、と推測させた。この点から見れば、私たちがこの町で生きている空気はすこし変わったのだ。だが、真の変化が、町の空気にあったのか、それとも人々の心にあったのか、そこが問題だった。

説教からまもないある日、リューがグランと一緒にこの出来事について話をしながら、町の場末のほうに歩いていると、暗闇のなかでひとりの男がぶつかってきた。男はふらふらするばかりで前に進もうとしなかった。ちょうどそのとき、どんどん点灯時刻の遅くなっていた街灯が、いきなり光を放った。リューとグランの背後の高いところにある街灯が急に男を照らすと、男は目をつぶったまま、声も出さずに笑っていた。蒼ざめた顔は無言の笑いにだらりと歪み、大粒の汗が流れていた。ふたりは通りすぎた。

「狂ってますね」とグランはいった。

いましがたグランの腕を取って引っぱっていたリューは、グランが神経質に震えているのを感じた。

「出口を塞がれたこの町には、そのうち狂った人間しかいなくなるかもしれない」とリューはいった。

疲れも加わって、リューの喉はからからだった。

「なにか飲もう」

彼らが入った小さなカフェはカウンターの上のランプしか照明がなく、客たちは、赤っぽく淀んだ空気のなかで、さしたる理由もなく声をひそめてしゃべっていた。カウンターに着くと、グランは、リューの驚いたことに、蒸留酒を注文して一気に飲みほし、こいつは強いんですと説明した。それからまもなく、もう外に出ましょうといった。リューには、外の闇がうめき声で満ちているような気がした。街灯の上の暗い夜のどこかで、鈍く空気を切るような音が聞こえ、それが、暑い空気をいつまでも掻きまわす目に見えぬ殻竿の音のように思われた。

「よかった、ほんとによかったですよ」とグランはいった。

リューは何のことだろうと思った。

「よかったですよ」とグランはくり返した。「私には仕事があって」

「そうだね」とリューは同意した。「それはひとつの利点だ」

そして、もう空気を切る音は気にしないと心に決めて、仕事はうまく行っているか、とグランに聞いた。

「ええ、いい方向に進んでいると思います」

「まだ長いことかかりそうかな？」

グランは元気をとり戻したように見え、酒の熱気が声に表れた。

「分かりません。でも、問題はそこじゃないんですよ、先生、そこじゃないんです」

リューは、グランが暗がりで手を振っているのが分かった。彼は何か言葉を探っているように見えたが、それが突然、雄弁に飛びだしてきた。

「私の望みは、いいですか、先生、私の原稿が出版社に届いたとき、それを読んだ編集者が立ちあがって、仲間にこういうことなんです、『おいみんな、こいつには脱帽だ』ってね」

この突然の宣言はリューをびっくりさせた。グランは自分の頭に手をやり、帽子を取り、腕を真っ直ぐに伸ばすしぐさをしたように見えた。空の上では、ふたたび空気を切る奇妙な音がいっそうの強さで再開したように思われた。

「そうなんです」とグランは続けた、「だから、完璧じゃないとね」

リューは文学の世界の慣習がどんなものかよく知らなかったが、それでも、ものごとはそんなに簡単に進むものではないし、たとえば、仕事場にいる編集者は帽子など被っていないにちがいないと思った。だが、実際のところ、自分は何も知らないのだし、何もいわないでおこうと決めた。知らず知らずのうちに、リューはペストの神秘的なざわめきに耳を傾けていた。ふたりはグランの住む界隈に近づいていて、そこは小高くなっていたので、軽いそよ風が彼らの熱気を冷まし、同時に、あらゆる物音を町から吹きはらっていた。しかし、グランは相変わらず話しつづけ、リューはこの男のいうことが全部は聞きとれなかった。リューが分かったのは、問題の作品がすでに相当なページ数に達しており、にもかかわらず、それを完璧なものに仕上げるための努力はひどくつらいということだった。「たったひとつの単語のために、幾晩も、いや丸々何週間もかかるんです……それが、ただの接続詞だってこともあります」。そういってグランは立ちどまり、医師のコートのボタンを摘まんだ。歯の抜けた口からたどたどしく言葉が出てきた。

「分かってくださいよ、先生。最大限譲歩して、『しかし』と『そして』のどちらを選ぶかは比較的簡単です。しかし、これが、『そして』と『それから』のどちらかとなると、かなり難しくなってきます。『それから』と『つぎに』となったら、その難しさは段違いです。でもはっきりいって、いちばん難しいのは、『そして』と書くべきか、何も書くべきでないかを選択することですよ」

「なるほど」とリューはいった。「分かりますよ」

そしてリューはまた歩きはじめた。グランは困惑したように見えたが、ふたたびリューに追いついた。

「すみませんね」とグランは口ごもった。「今夜はどうかしてるな！」

リューはグランの肩をやさしく叩き、力になれることがあればいってくれ、君の話はとても興味深いから、といった。グランはちょっと安心した様子で、家の前に着くと、すこしためらってから、ちょっとうちに上がりませんか、と医師を誘った。リューは承知した。

グランはリューを食堂のテーブルに着くように招いたが、テーブルは、恐ろしく細かい文字で書かれ、削除の線がいっぱいに引かれた紙片で埋めつくされていた。

「ええ、これなんですよ」と、目で尋ねるリューにグランは答えた。「ところで、何か飲みますか？　ワインならすこしはありますが」

リューは遠慮した。紙片をじっと見ている。

「そんなに見ないでくださいよ。それが最初の一文なんです。苦労してるんですよ、ほんとに大変な苦労です」

グランは自分でもそれらの紙片を見つめていたが、その手はうち勝ちがたい力で一枚の紙片に引かれ、それを裸電球の前にかざし、透かして見た。紙片は手のなかで震えていた。リューは、グランの額が汗で湿っているのに気づいた。

「まあ座りたまえ」とリューはいった。「それで、読んでくれないかな」

グランはリューに目を向け、感謝の面持ちで微笑んだ。

「いいですよ、私も読んでみたい気持ちになっていますから」

グランはやはり紙片を見つめながら、すこし間を置き、それから腰を下ろした。そのとき、リューにはぼんやりとした唸り声のようなものが聞こえ、その声は、あの殻竿の空気を切る音に、町のなかで答えているような気がした。まさにこの瞬間、リューは、自分の足の下に広がるこの町と、この町が作る閉ざされた世界と、この町が闇のなかにおし殺している恐ろしい叫喚の、異常に鋭い知覚を受けとっていた。グランの声が低く立ちあがってきた。「五月のある晴れた朝のこと、優美な女が見事な栗毛の牝馬に乗って、ブローニュの森の花の咲く小道を駆けめぐっていた」。沈黙が戻ると、それとともに、苦悶する町のあの曖昧なざわめきがまた聞こえてきた。グランは紙片を置いたが、それを眺めつづけていた。すこし経って、目を上げた。

「どう思われますか？」

リューは、その冒頭を聞くと、もっと先を知りたくなる、と答えた。だが、グランははっきりと、そういう見方ではだめなのです、といった。彼は紙片を掌で叩いた。

「これではまだ未完成なんですよ。私が頭に思い描いている情景を完璧に表現できて、私の文章が、あの馬の速歩《はやあし》の、いち・にっ・さん、いち・にっ・さんという調子を出すことができたなら、あとはもっと簡単になって、とくに冒頭からの幻のような情景がちゃんと現れてくれて、『脱帽だ』ってことになるんでしょうが」

しかし、そのためには、まだするべき仕事がたくさん残っている。このままでは冒頭の文章を印刷屋に渡すことは絶対にできないだろう。というのも、この文章に満足を感じることもあるけれど、まだ完全に現実と一致していないことは明らかだし、いくらか安易な調子が残っていて、そのせいで、紋切り型そのものとはいわないが、紋切り型に近いものになっていることは否めない。グランがだいたいそんなことをいったときに、窓の下を走る人々の足音が聞こえてきた。リューは立ちあがった。

「どうなることか、まあ見ていてください」とグランはいって、窓のほうを振りむき、こうつけ加えた。「この事件がすべて終わったらの話ですが」

だが、急いで駆けていく人々の足音がまた聞こえてきた。リューはすでに階下に降りようとしていたが、路上に出てみると、ふたりの男がリューの前を通りすぎた。明らかに、彼らは市の門にむかって走っていた。じっさい、オラン市民のなかには、暑さとペストのはさみ打ちにあって分別を失い、すでに違法行為に走り、監視の目を盗んで、町の外へ逃亡しようと試みた者がいたのだった。

そのほかにも、ランベールのような人々は、町に生まれはじめたパニックの空気から逃れようとして、もっと粘りづよく、もっと巧妙な策に訴えようとしたが、成功したとはいえなかった。ランベールはまず公的な手段を試しつづけていた。ランベールの言葉によれば、自分はつねに粘りづよさこそが最終的にあらゆる事態にうち勝つと考えてきたし、ある見方からすれば、自分の仕事は困難を打開することだともいえた。そこで、彼は、大勢の役人や、普段ならばその能力を疑うことのできない人々のもとを訪れた。しかし、今回は、そうした能力はなんの役にも立たなかったのだ。たいていの場合、彼らは、銀行とか、輸出とか、柑橘類とか、はたまたワインの売買といった事柄に関しては、正確でよく整理された考えをもつ人々だった。訴訟とか保険などの問題についてならば、正式の免状や明らかな善意の有無はともかくとして、議論の余地のない知識を有していた。そのうえ、こうした人々に共通するもっとも驚くべき事実は、みんな善意の持ち主だということだった。しかし、ペストという問題に関しては、彼らの知識はほとんど皆無だった。にもかかわらず、ランベールは、可能な場合にはかならず、自分の特殊な立場を弁護した。彼の議論の根本は、以前と同じく、自分はこの町には無関係な人間であり、それゆえ、自分の場合は特別なケースとして検討されるべきだ、ということだった。ランベールが会見した人々は、総じてその点を快く認めてくれた。しかし、たいていの場合、彼らは、そうした立場の人はほかにも多数おり、したがって、この事例はランベールが思っているほど特殊なものではない、と示唆するのだった。これにたいして、ランベールは、そのことは自分の議論の根本をなんら変えるものではないと答えることができたが、相手は、そのことは行政上の困難に関してかなりな変化をひき起こすことになるのだと応じ、行政上の困難という点から、あらゆる恩恵的措置は断じて認められない、なぜなら、それは前例なるものを生みだす危険性を有しているからだ、と強い嫌悪の表情を浮かべながら主張するのだった。ランベールがリュー医師に提唱した分類によれば、こうした種類の理屈を振りまわす人間は、形式論者の範疇に入るのだった。こうした連中のほかにも、口先の巧みな者たちがいて、こんなことは長くは続かないとランベールを安心させ、はっきりした決定を求められても親切な助言だけを惜しみなくあたえ、これは単に一時的な不自由なのだと決めつけて、彼を慰めた。また、偉ぶった者もいて、相談者に自分の事例の要点を記したメモを置いていくように求め、この件についてはいずれ裁決が下されるだろうと教示した。上っ面だけの同情派は、宿舎の利用券をくれたり、安宿のリストを見せてくれたりした。事務処理屋は、書類に記入させ、ただちにその書類を棚に整理した。忙しすぎる連中は両手を上げてみせ、煩わしいと思っている連中は目をそむけた。最後には伝統墨守派がいて、これが圧倒的多数なのだが、ランベールに別の窓口や新たに取るべき手続きを教えてくれた。

こうして、ランベールは人と会うことに疲れはててしまい、税金免除の国債申し込みや植民地軍への入隊勧誘の巨大なポスターの下で、模造皮革のソファに座って待ちつづけ、そこにいる役人の顔が把手つきのキャビネットや書類の整理棚と同じく容易に想像できる事務室に出入りしつづけるうちに、市役所とか県庁などがどんなものであるかについて正確な観念をもつようになった。そのことの利点は、ランベールが一抹の苦渋を交えてリューに説明したように、そうしたおびただしい雑事によって真の状況が彼の目から隠されていたということだった。げんに、ペストのさらなる進展をランベールは知らなかった。さらに、そうしていると日々の過ぎるのがいつもよりも早く、市民全員が置かれているこの状況のなかでは、病で死にさえしなければ、一日一日が過ぎるごとに、みんながこの試練の終わりに近づいていると考えることができた。リューもこんな物の見方が真実であることを認めざるをえなかったが、それにしても、あまりに大雑把な真実であると思われた。

あるとき、ランベールは一抹の希望を抱いた。県庁から未記入の調査書類が送られてきて、各項目に正確に記入するようにと求められたのだ。その書類が要求していたのは、彼の身元、家族状況、過去と現在の収入、そして「履歴」と称されるものだった。それは、本来の住所に送還される可能性のある人物の事情を検討するための調査であるように思われた。ある窓口で聞きこんだ漠然とした情報も、この推測を裏づけていた。しかし、正確な手続きを踏んでこの書類を発送した部局にたどり着いてみると、こうした調査は「万一のため」におこなわれる、との答えだった。

「どんな万一のためなんですか？」とランベールは聞いた。

すると、彼がペストに罹って死んだ場合、ひとつは、それを家族に知らせるため、もうひとつは、彼の入院費用を市の予算に計上するか、それとも彼の近親者から返済してもらえるかを知るためだという。明らかに、これは、ランベールが彼を待つ女性から完全にひき離されてはおらず、社会が彼らふたりに関心をもっていることを意味していた。しかし、それは慰めにはならなかった。それ以上に注目すべきことは、そして、それゆえランベールもそこに注目したのだが、天災のピークにあっても、ある役所の部局は自分の仕事を続行するということであり、この部局はその仕事のために設けられたというただそれだけの理由で、しばしばもっとも高い権力をもつ機関も知らないうちに、別の時期に関して自発的な方策をとるという、そのメカニズムだった。

それに続く期間は、ランベールにとって、いちばん簡単でもあれば、いちばん困難でもある日々だった。つまり、精神の鈍麻の時間である。彼はあらゆる役所の窓口を訪ね、あらゆる手続きをおこなったが、いまのところ、この方面の出口はすべて塞がれていた。そこで彼はカフェからカフェへとさまよった。朝は、ぬるくなった一杯のビールを前にテラス席に座り、新聞を読んで、来るべき疫病の終わりの兆候を探しもとめ、道行く人々の顔を眺めて、彼らの悲しみの表情にうんざりして目をそむけ、向かいにある商店の看板や、もう売っていない有名な食前酒の広告を数えきれないほど何度も読んで、ようやく腰を上げ、町の黄色い道を行きあたりばったりに歩いた。孤独な散策からカフェへ、カフェからレストランへ、そんなふうにして夕刻を待つのだ。ちょうどそんな夕刻、リューは、カフェの入口でランベールがなかへ入ろうとしてためらっているのを見た。決心したと見えて、店の奥に行って腰を下ろした。それは、黄昏カフェが当局からの命令で点灯の時刻をできるだけ遅くしている時間帯だった。

が灰色の水のように店を浸し、落日のバラ色が窓ガラスに反射し、迫りはじめた暗闇のなかでテーブルの大理石がうっすらと光っていた。ひと気のない店内で、ランベールは道に迷った亡霊のように見え、リューは、これがランベールの放心の時刻なのだと納得した。しかし、それはこの町の囚人全員が放心を感じている時刻でもあり、彼らの解放を早めるためには、何ごとかをなさねばならなかった。リューは踵を返した。

ランベールはまた、駅で長い時間を過ごした。プラットホームへの出入りは禁じられていた。しかし、外からなかに入れる待合室は開かれたままで、日陰になって涼しいので、暑さのひどい日には物乞いたちがそこに集まっていた。ランベールは待合室にやって来ては、古い時刻表や、唾を吐くことを禁じた貼り紙や、鉄道に関する警察の規則を読んでみるのだった。それから、彼は待合室の一角に腰を下ろす。室内は暗かった。もう何か月も前から冷えきった古い鋳鉄製のストーブが置かれ、そのまわりには、かつて8の字形に撒水[4]をくり返した痕跡が残っていた。壁には何枚かのポスターが貼られて、バンドルやカンヌでの幸福で自由な生活を宣伝していた。ランベールはこの待合室で、窮乏のどん底に見出される恐るべき自由に触れていたのだ。すくなくとも彼がリューに語ったところによれば、このときもっとも想像するのに耐えがたかった情景は、パリのそれだった。古い石と川の水からなる風景、パレ・ロワイヤル広場の鳩たち、北駅、ひと気のないパンテオンの界隈、それに、これほど愛していたとは知らなかった町のほかの場所が、そうして彼の心につきまとい、何ひとつまともなことはできなくなってしまうのだった。しかし、リューは、ランベールがそうした町の情景を自分の愛の情景と混同しているのだと考えた。それゆえ、ランベールが朝の四時に目を覚まして、自分の町のことを考えるのが好きだと語ったときも、リューは自分自身の深い経験に照らして、ランベールは自分がその町に残してきた女性のことを想像するのが好きなのだ、とたやすく解釈しなおすことができた。じっさい、朝の四時とは、ランベールが彼女を摑まえることのできる時刻だった。その前夜が裏切りの夜だったとしても、ふつう朝の四時には人は何もせず、眠っている。そう、この時刻には人は眠っており、これは心を安らかにしてくれることなのだ。というのも、不安な心が感じる最大の欲求とは、愛する人を果てしなく自分のものにすること、あるいは、その不在の時がやって来たとき、再会できる日まで続く夢もない眠りのなかに、愛する人を沈めておきたいという願いだからだ。

4　南仏の海浜観光地。

説教の日からほどなくして、暑さが始まった。もう六月の終わりになろうとしていた。説教のあった日曜日をつよく印象づけた季節はずれの雨の翌日、空と家々の上で、夏が一気に弾けた。まず焼けつくような強い風が立ち、一日中吹きまくって、家の壁を乾かした。陽光はずっと強烈なままだった。熱と光の絶え間ない波が、昼間のあいだずっと町を浸していた。アーケードで覆われた通りと集合住宅の室内を除いて、町のどんな場所でも、目も眩むような光の反射にさらされないところはないように思われた。太陽はあらゆる街角で市民を追いまわし、彼らが立ちどまったりすれば、ただちに襲いかかった。ペストの犠牲者の数は週七〇〇人近くに達し、その急上昇が最初の暑熱の上昇と一致したので、町には意気消沈が広がった。場末の地域では、歩道のない通りとテラスのある家々のあいだから活気が消えうせ、ふだんこの地域ではみんなが家の戸口付近で暮らすのに、家のすべての扉がしめられ、鎧戸が閉ざされ、こうして人々が自分の身を守っているのは、ペストからなのか、太陽からなのか、もはや分からなくなっていた。とはいえ、何軒かの家からは呻き声が聞こえてきた。以前なら、こうしたことがあると、物見高い連中が通りに集まり、聞き耳を立てているのをしばしば見かけた。しかし、長いこと警戒態勢が続いて、みんなの心が硬化し、嘆きの声が聞こえても、それが人間の自然な言語であるかのように、人々はそのそばを通行したり、ふつうに生活したりしていた。

市門では、乱闘が発生し、憲兵が銃を使わねばならぬはめになったため、騒動の気配が生まれていた。たしかに負傷者はあったが、町では死人が出たと噂され、暑さと恐怖のせいですべてが誇張された。いずれにせよ、不満は増大しつづけていたので、当局は最悪の事態を恐れて、天災の下に抑えこまれた住民が反逆行動を起こした場合、真剣に取るべき措置を検討したのも事実だった。新聞には、あらためて市外に出ることを禁止し、違反者には投獄の刑罰を科すという政令が発表された。パトロール隊が市内を巡邏《じゅんら》していた。しばしば、過熱したひと気のない路上で、まずは鋪石を打つ蹄鉄の響きが聞こえてきて、騎馬警備隊が、閉ざされた窓の並ぶ建物のあいだを行進するのも見られた。騎馬隊が去ってしまうと、脅かされた町には、ふたたび疑心暗鬼の重い沈黙が垂れこめるのだった。最近出された命令のせいで、ノミを運ぶかもしれない犬や猫を殺す任務の特別班が組織され、ときどき間隔を置いて、銃を撃つ音が聞こえてきた。こうした乾いた発射音のせいで、町の警戒感はいっそう深まるのだった。

暑さと沈黙のなかで、オラン市民の怯える心にとっては、当然あらゆるものごとがふだんより重い意味をもつものになった。空の色や土の匂いなど、季節の移りかわりを示す徴候が、初めて誰にも感じられるようになった。市民ひとりひとりが、恐怖の感情を抱きつつ、暑熱が疫病をさらに広げることを悟り、しかし同時に、夏が本番に突入したことを知ったのだ。夕方の空に飛ぶアマツバメの鳴き声も、町の上空でか細くなっていた。その鳴き声はもはや、この国の地平線を遠くに押しやる六月の黄昏どきにはふさわしくないものだった。市場に来る花々ももう蕾ではなくなり、とっくに花開いて、朝売りが終わると、その花弁が埃っぽい歩道に散っていた。春は衰え、至るところで次々に咲きほこる無数の花々に力を使いつくし、いまやペストと暑熱の二重の圧力のもとで、徐々に押しつぶされ、眠りに入ろうとしていることが明らかに見てとれた。すべてのオラン市民にとって、この夏の空、埃と憂鬱の色が染みて蒼ざめていくこの町の通りは、毎日、ここに重苦しくのしかかる一〇〇名ほどの死者と同じく、脅迫的な意味をもっていた。翳りのない陽光、午睡と休暇にふさわしいこの時間も、もはやかつてのように海水と肉体の祭りを誘うものではなくなっていた。むしろ逆に、閉ざされ、黙りこくった町のなかに、うつろな響きを呼びこむのだった。幸福な季節の赤銅色の輝きは消えうせていた。ペストの太陽があらゆる色彩を消し、あらゆる喜びを追いはらっていた。

これは、疫病による大いなる革命のひとつだった。いつもならばオラン市民すべてが喜びをもって夏を迎えた。すると町は海にむかって開かれ、浜辺に若者たちを押しだすのだ。この夏は逆に、近くの海に出ることも禁止され、肉体はその楽しみを享受する権利を奪われていた。こんな状態のなかで何をしたらいいというのか？　この当時の私たちの生活のもっとも忠実な姿を教えてくれるのは、またしてもタルーだ。むろんタルーはペストの全般的な進行を追っていたが、この疫病の転回点がしるされたのは、ラジオがもはや週ごとに何百人の死者が出たとはいわなくなり、日ごとに、九二人、一〇七人、一二〇人と、死者の数を伝えはじめたときだった、と的確に記録している。「新聞と当局はペストにたいして巧妙に立ちまわっている。彼らは、一三〇人の死者は九一〇人の死者に比べて小さな数字だというので、ペストから得点を奪った気になっている」。タルーはまた、この病気の悲痛にして劇的な局面をも書きとめており、鎧戸を閉めたひと気のない地区に住むある婦人が、タルーの部屋の階上の窓を突然開き、二度激しい叫び声を上げてから、寝室の濃い闇にふたたび鎧戸を閉ざしてしまった、と記している。いっぽう、ミントののど飴が薬局から払底してしまったとも書いていて、これは多くの人々が万一の感染を予防しようとしてミントの飴をしゃぶるようになったからなのだ。

タルーはまたお気に入りの人物たちの観察も続けている。その記述によると、猫に唾を吐くあの小柄な老人もペストの悲劇を生きていたことが分かる。げんに、ある朝、数発の銃声が響きわたり、タルーの表現によれば、鉛の唾が多くの猫を殺したため、ほかの猫も怯えてその界隈から逃げてしまったのだ。その日、小柄な老人はいつもの時間にバルコニーに出てきたが、驚きの色を顔に表し、身を乗りだして、通りの両端まで見渡してみたが、結局諦めて、待つことにした。その手はバルコニーの鉄柵を小刻みに叩いていた。老人はさらに待ち、紙きれを細かくちぎったり、なかへ引っこんだり、また外へ出てきたりして、しばらくすると、突然、怒ったようにガラス戸をうしろ手に閉じて、消えてしまった。それから数日間、同じ情景がくり返されたが、小柄な老人の顔には、悲しみと困惑の色がますますくっきりと読みとれるようになった。一週間経つと、今度はタルーが小柄な老人の出現を空しく待つようになった。だが、窓は、よく理解できる悲しみを秘めて執拗に閉じられたままだった。「ペストの流行時には、猫に唾を吐くのは禁止」というのが、タルーの手記の結論だった。

他方、タルーが夜、ホテルに帰ってくると、いつもロビーではかならず同じところを行ったり来たりしている夜警の暗い顔に出くわした。この男は誰かれかまわず、しつこく、自分が今回の事件を予想していたと語るのだった。タルーが、たしかに不幸な出来事を予告するのを聞いたが、それは地震の話ではなかったかというと、彼はこう答えた。「ほんとに！　地震だったらよかったのに！　一発大揺れが来て、そこで話はおしまいだ……。死んだ人間と生きてる人間の数を勘定して、それで、かたがつく。だが、このくそいまいましい伝染病ときたら！　病気に罹っていない者でも、心のなかが病気になってしまうんだ」

ホテルの支配人も夜警に劣らず落ちこんでいた。初めのうち、町を出ることができない旅行客たちは、市の封鎖によってホテルに引きとめられていた。しかし、だんだんとペストが長引くにつれて、多くの客は友人の家に泊めてもらうほうがいいと考えるようになった。その結果、ホテルの全客室を満員にしていたのと同じ原因が、それ以来、客室を空っぽにするように働いた。というのは、もうこの町には、新たな旅行客はやって来なかったからだ。タルーはホテルに残った数少ない客のひとりだったが、支配人は何かにつけて、最後のお客さんたちによくしてあげたいという気持ちがなかったら、自分はとっくにホテルを閉めていた、とタルーに訴えるのだった。支配人はタルーに何度もこの疫病の続くおよその期間を見積もってほしいと頼んできた。タルーは、「この種の病気は寒さに弱いといいますがね」と意見を述べた。支配人は血相を変えて、「でも、ここがほんとに寒くなることなんて絶対にないじゃないですか。寒くなるにしたって、まだ何か月も先の話だ」と吐きすてた。そのうえ、支配人は今後長いこと旅行者がオランを避けることを確信していた。このペストは観光業の破滅を意味していた。

ホテルのレストランでは、短い不在のあとで、ふたたびフクロウ男のオトン氏が現れるのが見られたが、今回はふたりの学者犬のような子供を連れているだけだった。聞いた話では、妻は実家の母の看病をしたのち葬式を出したので、いまは検疫隔離期間を過ごしているのだという。

「嫌なんですよ」と支配人はタルーにいった。「隔離されていようとなかろうと、あの人の奥さんは病気かもしれないし、当然、家族だって怪しいんですから」

タルーは支配人に、そういう考えかたをすれば、すべての人間が怪しいのだ、と説明した。だが、支配人の意見はまったく変わらず、この問題への見解はじつにはっきりしていた。

「とんでもない、あなたも私も怪しいなんてことはありませんよ。でも、あの人たちは怪しいんです」

しかし、オトン氏はこんな些細なことで何も変わりはしなかったし、今回はペストのほうが根負けした様子だった。彼はいつもと同じ流儀でレストランに入って来て、子供たちより先に席に座り、相変わらず、子供たちに上品な言葉で憎まれ口を叩いていた。ただ、男の子だけは外見が変わっていた。姉と同じく黒い服を着るようになり、前よりもすこし猫背になって、父親の小さな影法師のように見えた。オトン氏を嫌っている夜警はタルーにこういった。

「やれやれ！　あの人ときたら、くたばるときも正装なんでしょうね。そうしておけば、わざわざ着替える必要もありませんからね。葬式に直行できるってわけだ」

タルーの手記にはパヌルー神父の説教のことも報告されているが、次のような注釈が付いていた。「この好感あふれる熱情は理解できる。災厄の始まりと、災厄の終わりには、つねに誰しもいささか雄弁に走るものだ。始まったときにはまだ習慣が失われておらず、終わったときには習慣がすでに戻っているからだ。人が真実に慣れるのは、つまり、沈黙に慣れるのは、不幸の最中なのだ。だから、もうすこし先を待とう」

タルーはおしまいにリュー医師と長い会話をしたと書き、その会話については単に良い結果を得たと書きそえているだけだが、それに付随して、母親のリュー夫人の目の明るい栗色に注目し、彼女に関して、これほどの善良さが表れたまなざしはかならずやペストにうち勝つだろう、と唐突な断言をおこない、最後に、リューが診療している喘息病みの老人についてかなりの長文を当てている。

タルーはリューと会話したあと、一緒にこの老人に会いに行った。老人はにやにや笑いながら、揉み手をしてリューを迎えた。ベッドに横たわり、枕に背をもたせかけ、エンドウ豆を入れる鍋のほうに身をかがめていた。「やれやれ！またひとり逝ったね」とタルーを見ていった。「世の中、さかさまになっちまったよ。病人より医者のほうが多いんだから。それだけどんどん片づいてるってわけだろ？神父の説教のとおりだね、当然の報いなのさ」。翌日、来ると約束したわけではないが、タルーはふたたび老人を訪ねた。

タルーの手記の記述を信じるならば、喘息病みの老人の仕事は小間物屋で、五〇歳になったとき、もうこの仕事はやり尽くしたと考えた。そして、二度とベッドから起きなかった。しかし、立ったままでも喘息の養生はできたのだ。ささやかな年金でこの七五歳まで生活を営み、潑溂としていた。老人は時計を見ることが大嫌いで、じっさい、彼の家には時計がひとつもなかった。「時計なんて、高いし、ばかげたものだ」というのだ。彼は時間を計るのに、とくに自分にとって唯一大事な食事の時を知るのに、二つの鍋を使う。その片方の鍋には、目覚めたとき、いっぱいにエンドウ豆が入っている。そのエンドウ豆を、つねに変わらぬ熟練した正確な手つきで、もう片方の鍋にひと粒ひと粒移していく。こうして、鍋で測られる一日の目安ができるのだ。

「鍋が一五杯になるたびに、食事の時間がやって来るってわけさ。じつに簡単な話だよ」

妻の話によれば、老人のこうした生き方の徴候は、そもそもかなり若いころから見られたという。じっさい、老人の生活において、仕事も、友人も、コーヒーも、音楽も、女も、散歩も、けっして興味を引いたことはなかった。一度もオランから外に出たことはなく、ある日、家族の用事で一度だけアルジェへ行かねばならなくなったとき、オランの次の駅で降りてしまい、それ以上先にこの冒険を進めることができなくなってしまった。それで、次の列車で家に戻ってきたのだ。

タルーが老人の送る修道僧のような生活に驚きの様子を見せると、老人はほぼこんなふうに説明した。宗教の教えによれば、人間の前半生は上昇であり、後半生は下降である。下降期には人間の一日一日はもはや彼のものではなく、いかなるときに奪われるか知れたものではない。したがって、彼はそれをどうすることもできず、いちばんいいのは、それをまさにどうもしないことなのだ。とはいえ、老人は矛盾をものともしなかった。というのも、そのすぐあとでタルーに、神など存在しない、といったからだ。なぜなら、逆に神が存在するとしたら、神父など必要ないはずだからだ、というのだ。しかし、それに続くいくつかの考察を聞いて、こうした哲学は、老人の教区で頻繁になされる献金集めから来る気分と密接に結びついていることをタルーは理解した。だが、この老人の肖像の最後を締めくくる特徴は、彼がタルーに何度もくり返し強調した、心の深みから発すると思われる願望だった。彼は、ひどく年をとってから死にたい、と考えているのだった。

「これは聖者だろうか？」とタルーは自問している。そして、こう答える。「そうだ、聖性が習慣の積みかさねであるとするならば」

しかし、同時にタルーは、ペストに襲われたこの町の一日の精細な描写を試み、この夏のあいだのわが市民の仕事と生活の正確な観念をこう提示している。「酔っぱらい以外誰も笑わない。だが、酔っぱらいは笑いすぎる」。そして、彼は描写を始める。「夜が明けそめるころ、まだひと気のない町を軽い息吹が通りすぎる。夜中の死と昼間の断末魔のあいまのこの時刻、ペストはしばしその努力を中断し、ひと息つくように思われる。店はすべて閉まっている。だが、その何軒かには『ペストのため閉店』の貼り紙が貼られていて、もうしばらく経っても、ほかの店といっしょに開店しはしないことを示している。まだ眠気の覚めない新聞売りたちは、ニュースの叫び声を上げず、街角の壁に背をもたせかけて、夢遊病者のしぐさで新聞を街灯のほうへ差しだしている。まもなく最初の路面電車の音で目を覚まし、町のあらゆる方角に散らばってゆき、腕をいっぱいに伸ばして、『ペスト』の文字が躍る紙面を突きだすことだろう。『ペストは秋も続くか？　B教授の答えは、否』。『死者一二四人に達す、ペスト九四日目の決算』。

紙不足はますますひどくなり、いくつかの定期刊行物はページ数を減らすことを余儀なくされているが、それにもかかわらず、新たに『疫病速報』という新聞が創刊され、その使命は、『厳密な客観性に留意しつつ、病疫の進展あるいは後退について、わが市民に情報を提供し、この伝染病の今後に関してもっとも権威ある証言を掲載し、有名無名にかかわらずこの災厄と闘う覚悟をもったすべての人に本紙の記事によって支援をあたえ、オラン市住民の士気を維持し、行政当局の指示を伝達し、ひと言でいえば、われわれを襲った悪に抗して効果的に闘うためにすべての良き意志を結集すること』なのだった。しかし、現実には、この新聞の役割はあっというまに、ペスト予防に特効のあるという新薬の広告を載せることだけになってしまった。

朝の六時ごろになると、これらすべての新聞が、開店の一時間以上も前から商店の前に列をなす人々に売られはじめ、満員になって町外れからやって来る路面電車のなかでも売られる。路面電車が移動の唯一の手段になり、入口のステップも手すりもも げ落ちそうなほど客を詰めこみ、なんとか苦労して前に進んでいる。にもかかわらず、奇妙な話だが、すべての乗客たちは、病気の伝染を避けるため、できるかぎりたがいに背をむけあっているのだ。停留所で電車が男女の積み荷を吐きだすと、彼らは大急ぎでほかの人間から遠ざかり、ひとりになろうとする。ただの不機嫌からの喧嘩が頻発し、慢性化している。

最初の路面電車が通ったあと、町は徐々に目覚め、いちばん早いビアホールが店を開くが、そのカウンターには、『コーヒー品切れ』『砂糖はご持参を』などの貼り紙が掲げられている。それから店が開き、通りは活気づく。同時に、日が昇り、暑さがしだいに七月の空を鉛色に染めていく。このころになると、何もすることのない人々が思いきって街路に出てくる。その大部分は、自分の贅沢な身なりを見せつけて、ペストを追いはらうことを自分の務めとしているように見える。毎日一時ごろになると、主要な大通りに、若い男女のパレードが現れ、大いなる不幸のただなかでも盛りあがるあの生の情熱を感知することができる。疫病が広がれば、道徳の許容範囲も広がる。私たちはふたたび墓のそばでミラノの乱痴気騒ぎを見ることになるだろう[5]。

正午になると、レストランはまたたく間に満員になる。席に着けなかった人々がただちに店の戸口に小さな群れを作る。空はあまりの暑さのせいで、光を感じられなくなる。大きな日よけの陰で、食事を希望する者たちは、強烈な陽光を浴びてきしみ音を立てそうな街路の端で順番を待っている。レストランが満杯になるのは、そこが多くの人の食糧補給の問題を解決してくれるからだ。しかし、ここでも病気の伝染の不安はなんら変わらず残っている。食事客は根気よく自分の食器を拭うことに長い時間を費やしている。すこし前にはこんな貼り紙を出すレストランもあった。『当店の食器は煮沸済みです』。しかし、徐々にこんな掲示は引っこめられた。客はそんなことは承知の上で仕方なく来ているからだ。それに、客は好んで金を浪費したがった。高級な、もしくは高級と見なされるワインや、もっとも高価な別料金の添え物を注文することから、常軌を逸した競争が始まった。そうして、あるレストランでは気分の悪くなった客が真っ青になって立ちあがり、よろめきながら、すごい速さで戸口に向かったため、大騒ぎになるひと幕もあったという。

5 一七世紀にミラノでペストが流行したとき、カーニヴァルを強行したため、ペストの被害が拡大した歴史的事実を示唆している。

二時ごろには、町はしだいに空っぽになり、沈黙と、埃と、陽光と、ペストが街路で出会う時刻になる。灰色の大きな建物の列に沿って、たえず暑熱が流れている。この長い囚われの時間が、燃えて崩れる夕刻のなかで終わるころには、町はふたたび人出がさかんになり、おしゃべりの声がかしましくなってくる。夏の暑さの始まった時期には、ときどき、なぜかしらひと気のない夕刻があった。しかし、いまでは、涼気が最初に感じられると、希望とはいわないまでも、緊張の緩和が生まれる。すると、みんなが街路にくり出し、おしゃべりで気をまぎらわしたり、喧嘩をしたり、異性にいい寄ったりして、七月の赤く染まった空の下で、町は男女の連れと喧騒の声に満ちて、喘ぐような夜のほうへ流れていく。毎晩、大通りで、啓示を受けた老人が、ソフト帽を被り、大きな蝶ネクタイを着けて、群衆のあいだを横切りながら、たえまなく『神は偉大です、神のもとに返りなさい』とくり返しても無駄なことで、みんなはそれとは逆に、自分のよく知らないもののほうへ、自分にとって神より緊急な関心事のほうへと急いで向かっていく。初めのころ、人々がこの病気をほかの病気とたいして変わらないものと思っていたときには、宗教もその権威を保っていた。しかし、これが本物の疫病だと分かった瞬間に、人々は歓楽というものを思いだしたのだ。昼間彼らの顔に浮かんでいた不安は、そのときすべて溶けてしまい、暑く埃っぽい黄昏のなかで、一種の逆上したような興奮、すべての人間を熱狂させる軽率な自由へと変わってしまうのだった。

そして、僕だって彼らと変わらない。それがどうした！　僕のような人間にとって、死など何でもないのだ。それは、彼らが正しいことを示す出来事でしかない」

タルーが手記で言及していたリューとの会話は、タルー自身が求めたものだった。リューは、タルーの訪問を待っていたその晩、ちょうど食堂の片隅で、椅子にちょこんと腰を下ろした母親を眺めていた。家事が終わったときには、母親はそこで日々の時間を過ごすのだった。手を重ねて膝に置き、母親は待っていた。彼女が待っているのが自分だということさえ、リューにははっきりとは分からなかった。しかし、リューが姿を現すと、母親の顔の何かが変化した。労苦に満ちた生涯が顔に刻んだ頑な寡黙さが、そのときだけは活気を帯びるような気がした。それから、ふたたび母親は沈黙に入りこむ。その晩、彼女は窓から、いまやひと気のなくなった通りを見ていた。夜間の照明は三分の一に減らされていた。そして、ひどく弱められた街灯が、ところどころで町の夜陰のなかに光を投げていた。

「ペストのあいだはずっと明かりを減らすのかしら?」リュー夫人は尋ねた。

「たぶんね」

「冬まで続かなければいいわね。それじゃあ、悲しすぎるもの」

「そうだね」とリューは答えた。

リューは母親のまなざしが自分の額に向けられるのを感じた。このところの不安と過労で自分の顔がげっそりとこけているのは知っていた。

「今日も具合がよくなかったの?」とリュー夫人が聞く。

「いやいや! いつもどおりだよ」

いつもどおり! つまり、パリから届いた新しい血清が、最初の血清よりも効果がない様子で、死者の統計数が上昇しているのだ。すでに病に冒された家庭に優先して使う以外、予防用の血清接種をおこなう余裕はやはりないということだ。血清の接種をみんなにおこないたければ、工業的な大量生産による量が必要だった。また、多くの鼠径リンパ節の腫瘍が、いっせいに硬化の時期を迎えたかのように、なかなか膿を出さず、患者を苦しめていた。昨夜から、この病気の新たな型を示す二つの症例が町で確認されていた。この場合、ペストは肺を冒す。その日のうちに会合が開かれ、疲れきった医者たちは、途方に暮れた県知事を前にして、肺ペストの場合の、口から口への感染を避けるための新たな方策を要求して、その許可を得たのだった。これまでと同様、依然として何も分かっていなかった。

リューは母親を見た。その栗色の美しい目が、彼のなかに愛情に満ちた歳月を甦らせた。

「怖いのかい、母さん？」

「この年になれば、怖いものなんかたいしてないわ」

「毎日毎日がすごく長いし、もう僕がぜんぜんこの家にいられないから」

「お前がかならず帰ってくるって分かっていれば、待つことなんて何でもない。それに、お前がいないときには、いまお前が何をしているかって考えるの。連絡はあった？」

「ああ、最後の電報の言葉を信じるなら、万事順調だよ。でも、彼女は僕を安心させるためにそういってるってことも分かっているんだ」

玄関のチャイムが鳴った。リューは母親に微笑みかけてから、扉を開けに行った。階段の上り口の暗がりで、タルーは灰色の服を着た大きな熊といった感じだった。リューはタルーを仕事机の前の椅子に座らせた。自身は肘掛椅子のうしろに立ったままでいた。ふたりは、この部屋で唯一点灯している机上のランプの光で隔てられていた。

「分かっているんです」とタルーは前置きなしにいった。「あなたとは単刀直入に話ができるって」

リューは黙って頷いた。

「あと二週間か一か月もすれば、あなたはここで何の役にも立てなくなるでしょう、事態の進行に追いつけないからです」

「そのとおりだ」とリューは答えた。

「市の保健課の組織がだめなんですよ。人手も時間も足りない」

リューはそれもまた事実であることを認めた。

「私の聞いた話では、県は、健康な男子を一般的救援作業に強制的に参加させる一種の公共奉仕を考えているそうですね」

「よく知っているね。しかし、早くも不満の声がたくさん上がって、県知事は決定をためらっている」

「なぜ志願者を募らないんですか?」

「募ったよ。でも、結果はほんのわずかだった」

「公的な手続きとしてやったんでしょう、しかもそんなにうまくいくとは思わずに。彼らに欠けているのは想像力です。彼らは天災の規模に合わせることができない。だから、彼らが想像する対応策は、ほとんど鼻風邪のレベルにも達していない。彼らに任せていたら、彼らと一緒に僕たちまでやられてしまいます」

「そうかもしれない」とリューは答えた。「でも、いっておくが、彼らだって囚人を使うことは考えたんだよ、過酷な労働ともいうべき仕事をさせるのに」

「自由な人間を使うほうがいいと思うな」

「私もそう思う。でも、どうしてだい、結局のところ」

「僕は死刑宣告が大嫌いなんですよ」

リューはタルーをじっと見ていった。

「だから？」

「だから、自由な志願者による保健隊を組織する計画を考えたんです。この仕事を僕に任せてほしいんですが、行政当局からは独立したものにしたいんです。それに、彼らはもう手一杯ですよ。僕にはいろいろなところに友人がいるので、その友人たちが最初の核になってくれるでしょう。もちろん僕も参加します」

「了解した」とリューはいった。「初めから分かってくれていたと思うが、喜んで協力するよ。手助けが必要なんだ、とくにこの仕事ではね。この考えを県に認めさせる役割は私がひき受ける。それに、彼らにはほかの選択肢なんかないんだから。だが……」

リューは考えこんだ。

「だが、お分かりだと思うが、この仕事は命に関わる。だから、いずれにせよ、そのことはいっておかないと。よく考えてみたのかな？」

タルーは灰色の目でリューを見た。

「先生、パヌルーの説教をどう思いますか？」

質問がごく自然に発されたので、リューもごく自然に答えた。

「私はあまりに長いこと病院で生きてきたので、これが集団的懲罰だなどという考えは好きになれない。しかし、ご存じのとおり、キリスト教徒はときどきああいう話をもち出すんだ、本当には信じていなくてもね。外目に見えるよりはいい人たちなんだよ」

「でも、あなたもパヌルーと同じように考えているんでしょう、ペストにもいい効果がある、ペストは人の目を見開かせ、ちゃんと考えるようにしてくれるって！」

医師は苛立たしげに首を振った。

「この世のあらゆる病気と変わらないよ。でも、この世の災いについて真実であることは、ペストに関しても真実なんだ。それが、ある人々をいまより偉大な人間にするのに役立つことはある。とはいえ、この惨禍とそれがもたらす苦しみを見たら、ペストとの闘いを諦めるなんて、狂人か盲人か卑怯者でなければできないことだ」

リューの口調はほとんど変わらなかった。しかし、タルーはリューの気を鎮めるかのように手で制するしぐさをした。タルーは微笑んでいた。

「分かったよ」とリューは肩をすくめた。「でも、君は私の質問に答えていない。よく考えてみたのかい？」

タルーは肘掛椅子にすこしゆったりと座りなおし、顔を光のなかに突きだした。

「先生、あなたは神を信じますか？」

この質問もごく自然なものだった。だが、今回はリューはためらった。

「いや、でもそれにどんな意味があるんだい？　私は暗闇のなかにいて、明るく見きわめようと努めている。かなり前から、それが特別なことだとは思わなくなっているんだ」

「そこが、あなたとパヌルーの違いじゃないかな？」

「そうは思わないね。パヌルーは書斎で勉強する人なんだ。人が死ぬところを十分に見たことがないから、真実の名のもとに話をするんだよ。しかし、どんなにつまらない田舎司祭でも、自分の教区の人々の世話をして、臨終の人間の息の音を聞けば、私と同じように考えるよ。疫病の効能を証明しようとする前に、疫病の手当てをするだろう」

リューは立ちあがり、今度はその顔が影のなかに入った。

「この話はやめようか」とリューはいった。「君は答えたくないみたいだから」

タルーは肘掛椅子から動かず、微笑んだ。

「答える代わりに質問をしてもいいですか?」

今度はリューが微笑んだ。

「謎かけが好きなんだね」とリュー。「いいとも、どうぞ」

「こういう質問です。あなたは神を信じないのに、なぜこれほどの献身ができるんです? あなたの答えは、もしかしたら僕自身の答えにも役立つかもしれない」

リューは影のなかにとどまったまま、それはすでに答えたことだといった。もし自分が全能の神を信じていたら、人間たちの治療をやめて、その手当てをすべて神に任せてしまうだろう。だが、この世の中の誰ひとりとして、神を信じていると思っているパヌルーでさえ、そんなことのできる神を信じてはいない。というのも、誰も完全に自分を捨てようとはしていないからだ。すくなくともその点に関しては、リュー自身も、あるがままの世界と闘うことによってのみ、真実に向かうことができると信じている。

「ほう!」とタルーはいった。「では、それが、あなたの仕事についての考えなんですね？」

「大体そうだね」と、ふたたび光のなかに入りながらリューは答えた。

タルーはかすかに口笛を吹き、リューはタルーを見つめた。

「なるほど」とリューはいった。「そうするには傲慢さが必要だと思っているんだね。だが、信じてもらいたいが、私はそれに必要な傲慢さをもっているだけだよ。この先何が私を待っているか、このすべての出来事のあとに何がやって来るか、私には分からない。目下のところは、病人たちがいて、彼らを治療しなければならない。そのあとで、彼らも熟慮するだろうし、私もする。でも、いまいちばん緊急なことは、彼らを治療することなんだ。私は自分に可能なかぎり彼らを守る、それだけのことだよ」

「何から守るんです？」

リューは窓のほうを振りむいた。遠くに影の凝縮した水平な線があり、それが海だと分かった。ただ疲労だけを感じながら、同時にリューは、この奇妙な、しかし兄弟のように感じる男に、もうすこし自分の内心をうち明けてみたいという突然の理不尽な欲求と闘っていた。

「ぜんぜん分からないんだよ、タルー、本当にまったく分からない。私がこの仕事に入ったとき、それは、いわば抽象的にそうしたにすぎない。その必要があったから、それが世間並みのひとつの地位だったから、若者がやってみようと思う職業のひとつだったから。あるいはまた、私のような労働者の息子にはことさらそれが難しいことだったからかもしれない。そして、人が死ぬところを見なければならなくなった。絶対に死にたくないという人々がいるのを知っているかい？　ひとりの女が死ぬ瞬間に叫ぶのを聞いたことがあるかな、『絶対にいや！』ってね。私は聞いたよ。そしてそのとき、この叫びに慣れることはできないって分かったんだ。そのとき私はまだ若かったし、自分のこの嫌悪は世界の秩序そのものに向けられていると思っていた。それから、私は前より謙虚になった。しかし、人が死ぬのを見るのに慣れることはできない。それ以上のことは分からないな。だが、結局……」

リューは口を閉ざし、ふたたび腰を下ろした。口がからからに乾いているのに気づいた。

「結局、何です？」静かにタルーが聞いた。

「結局……」リューは言葉を継いだが、タルーをじっと見つめながら、まだためらっていた。「これは君のような人は理解してくれるだろうと思うが、世界の秩序が死によって維持されている以上、おそらく神にとっては、人間が神など信じず、神が沈黙したままの天国のほうなど見ずに、全力で死と闘ってくれたほうがいいんだよ」

「なるほど」とタルーは同意した。「おっしゃることは理解できます。でも、あなたの勝利はつねに一時的なものだ。それだけです」

リューの顔が曇ったように見えた。

「つねにそうだ、分かっている。でも、それは闘いを放棄する理由にはならない」

「たしかに、その理由にはならない。しかし、だとすると、僕はつい考えてみたくなるんです、このペストはあなたにとっていったい何なのか、と」

「そうだね」とリューは答えた。「果てしなく続く敗北だ」

タルーは一瞬リューを見つめ、それから立ちあがり、戸口のほうへ重い足どりで進んだ。リューもタルーのあとに続いた。すぐにリューが追いつくと、タルーは自分の足元を見つめる様子で、こういった。

「先生、そういったことすべてを教えてくれたのは誰なんです？」

答えはただちに返ってきた。

「貧乏だよ」

リューは書斎のドアを開け、廊下に出ると、タルーにむかって、自分も下に降りて、町はずれにいる患者のひとりを見に行くと伝えた。タルーも一緒に行きたいというと、リューは承知した。ふたりは廊下の端でリュー夫人と出会い、医師は母にタルーを紹介した。

「友だちなんだ」とリューはいった。

「あらまあ！」とリュー夫人は答えた。「お会いできてとてもうれしいわ」

夫人が行ってしまったあとも、タルーはふたたび彼女のほうを振りかえった。リューは階段口で点灯スイッチを押したが、だめだった。階段は暗闇に沈んでいた。リューはこれも新たな節約方法の結果なのかと考えた。だが、それもどうだか分からない。もうしばらく前から、家でも町でも、すべてが狂いだしていた。もしかしたら、ごく単純に、管理人も一般市民ももはや何ごとにもかまわなくなったのかもしれない。だが、リューはそれ以上自問を続けることができなかった。タルーの声がリューの背後で響いたからだ。

「先生、あとひと言だけいわせてください、ばかげたことに思われるかもしれませんが。あなたの考えは完全に正しいですよ」

リューは暗闇のなかで自分にたいして肩をすくめた。

「私には何も分からない、本当に。でも君はどのくらい分かっているというんだい？」

「そんなことですか！」とタルーは平然と答えた。「これ以上知るべきことなどほとんどありませんよ」

リューは立ちどまり、背後でタルーの足が階段を踏みはずした。タルーはリューの肩に摑まって体勢を立てなおした。

「君は人生についてすべてを知っていると思っているのか?」とリューは尋ねた。

闇のなかから、同じ静かな声が答えをもたらした。

「そうです」

ふたりが通りに出たとき、時刻はかなり遅く、一一時ごろだろうと分かった。町は静かだが、かすかな物音に満ちていた。ひどく遠くで、救急車のサイレンが響いた。二人は車に乗り、リューがエンジンをかけた。

「明日、病院に来て予防用の血清を接種してもらう必要がある」とリューは告げた。「しかし、心を決めてこの仕事に入る前に、よく考えてみてほしい、生きて還れる見込みは三つに一つといったところだよ」

「そんな確率になんの意味もありませんよ、先生、あなたもよく分かっているでしょう。百年前にペルシャでペストが流行ったとき、ある町の住民が全員死んだのに、たったひとり生き残ったのは、休まず仕事を続けた死体洗いの男だったんですよ」

「その男は三つに一つの幸運を摑んだ、それだけのことだ」とリューは突然くぐもった声で答えた。「しかし、じっさい、この出来事については、まだ何も知らないことばかりだからね」

いまや車は町外れの場末に入っていた。信号の光がひと気の絶えた街路を照らしている。車が止まった。車を出て、リューがタルーに一緒になかに入るかと尋ねると、タルーはそうすると答えた。空の明かりがふたりの顔を照らしている。リューはいきなり親しみにみちた笑い声を上げた。

「ねえ、タルー」とリューは呼びかけた。「何が君をこうさせるんだい、こんな仕事に首を突っこもうとするなんて?」

「分からないな。僕の倫理かもしれない」

「どんな倫理?」

「理解するということです」

タルーは家のほうを向いてしまい、リューは喘息病みの老人の家に入るまで、もうタルーの顔を見ることはできなかった。

翌日から、ただちにタルーは仕事にかかり、保健隊の最初の一班を集めたが、そこには続いてほかの多くの班が加わるはずだった。

とはいえ、この記録の筆者は、この保健隊を実際以上に重要視するつもりはない。この記録者の立場に立った場合、とくにいまともなれば、きっと多くの市民が、保健隊の果たした役割を過大視したくなる誘惑に屈するだろう。しかし、記録者はむしろ、美しい行動を過剰に重要視することは、結局、間接的にだが強力な賛辞を悪に捧げることになると考えたくなるのだ。というのも、その場合、そうした美しい行動がこれほど大きな価値をもつのは、それが滅多にないことだからであり、そうなると、悪意と無関心のほうがはるかに頻繁に人間の行動を動機づける原動力なのだ、と考えざるをえない。だが、そんな考えかたを、この記録の筆者は認めない。世界に存在する悪はほとんどつねに無知に由来するものであり、善意も、明晰な理解がなければ、悪意と同じほどの害をもたらすことがある。人間は邪悪であるよりむしろ善良だが、本当のところ、それは問題ではない。人間は多かれ少なかれ無知であり、それが美徳とか悪徳とか呼ばれるものの正体であり、もっとも絶望的な悪徳とは、自分がすべてを知っていると信じ、それゆえ人を殺すことも許されると思うような無知の悪徳なのだ。殺人者の魂は盲目なのであって、可能なかぎり明晰な認識がなければ、真の善良さも美しい愛も存在しない。

したがって、タルーのおかげで実現されたわが保健隊も、客観的な満足の念をもって評価されなければならない。それゆえ、この記録の筆者は善意のあまりに雄弁な讃美者になるつもりはなく、ヒロイズムにも道理をわきまえた重要性を認めるにとどめておく。その代わり、当時ペストがすべてのオラン市民の心をひき裂き、苦しめた事実を記す歴史家でありつづけようと思う。

げんに、保健隊で献身的に働いた人々も特別な美点があってそうしたわけではなく、それがなすべき唯一のことだと分かっていたからそうしたのであり、そうしないと決意するほうが、当時はよほど信じられないことだったはずだ。この保健隊のおかげで、市民は前より深くペストと関わることに目覚め、病気がいまここにあるのだから、病気と闘うために必要なことをなすべきなのだと、全面的にではないにせよ納得させられたのだ。こうしてペストが、ある人々のなすべき仕事になったため、ペストはあるがままの現実として、すなわち、みんなに関わりのある事柄として姿を現すようになった。

これは良いことだ。だが、教師が、二たす二は四だと人に教えても褒められはしない。褒められるとすれば、その立派な職業を選んだことのほうだろう。したがって、タルーとそのほかの人々が、あるがままの現実を回避するのをやめて、二たす二は四だと証明したことはなかなか立派なことだといえるが、いっぽう、こうした善意は、教師や、教師と同じ心をもつすべての人々に共通するものであり、そういう人々は、人間の名誉にかけて、ふつうみんなが考えるよりも人数が多く、すくなくともこの記録の筆者はそのことを確信していることもいっておきたい。しかし、記録者としても、これにたいする反論があることはよく承知しており、それは保健隊の人々が命を懸けていたということだ。しかし、歴史においては、二たす二は四だとあえていう者が死をもって罰されるときがつねに来るものだ。教師もそれはよく分かっている。そして問題は、その論理的思考の末に来るものが、褒賞であるか懲罰であるかを知ることではない。問題は、二たす二が四なのか否か、それを知ることなのだ。当時自分の命を危険にさらした市民の一部にとっても、彼らが決定すべきは、自分たちがペストのなかにいるのか否か、ペストと闘うべきか否か、ということだけだった。

当時、多くの道徳家が町に横行し、何をしてもなんの役にも立たないし、膝を屈するしかない、と説いてまわっていた。そして、タルーも、リューも、彼らの友人たちも、あれこれ反論することはできたが、結論はいつでも、自分たちが分かっていることだった。つまり、なんらかのやり方で闘わねばならないし、膝を屈してはならないということだ。問題のすべては、できるだけ多くの人が死んだり、誰かに永遠の別れを告げたりしないようにすることだった。そのためには、ペストと闘うという唯一の方法しかなかったのだ。この真実はべつに賞讃されるべきものではなく、理の当然の結果にすぎなかった。

それゆえ、カステル老人がありあわせの器材を用いてその場で血清を作ることに信念と精力のすべてを注いだのも当然のことだった。リューとカステルは、いまこの町を汚染している病原菌の培養から作られる血清こそが、町の外から来た血清よりも直接的な効力があるだろうと期待していた。なぜなら、この町を侵す病原菌は、昔から組成が知られていたペスト菌とはすこし違っていたからだ。カステルは最初の血清がかなり早くできるだろうと思っていた。

また、それゆえ、グランという英雄的なところのまったくない男が、いまや保健隊の事務局長というべき役を務めているのも当然のことだった。タルーが組織した保健隊の一部は、人口の過密な地域での予防措置の援助活動をおこなっていた。彼らはその地域に必要な衛生状態をもたらし、消毒の行きとどかない屋根裏部屋や地下倉庫の数を数えることに尽力していた。また、保健隊の別の一部は、病人の自宅に往診する医者の手助けをしたり、ペスト患者の運搬作業を支えたり、さらにそのあとは、専門の職員が不在の場合、病人や死者たちを運ぶ車を運転したりした。これらすべては記録と統計の仕事を必要とするものであり、その仕事をグランがひき受け実行していたのだ。

この点から見れば、リューやタルー以上に、この記録の筆者は、グランこそが保健隊の原動力であるあの静かな美徳の真の体現者であったと考える。グランはいつも自分のそのままの善意をもって、ためらうことなく「いいよ」といった。彼が望んだのは、ただささやかな仕事で役に立ちたいということだけだった。ほかのことをするには年をとりすぎていたからだ。彼は一八時から二〇時まで時間を割くことができた。そして、リューが熱心に礼をいうと、けげんな顔を見せた。「これがいちばん大変な仕事ってわけじゃありませんよ。ペストがあるんだから、身を守らなくちゃならない。分かりきったことですよ。まったくの話、何もかもがこんなに簡単だったらいいんですがね」。そして、グランはふたたび自分の文章のことを話題にするのだった。ときおり、夕刻にカルテを書く仕事が終わると、リューはグランと話しあった。しまいには、この会話にタルーまで巻きこむようになり、グランはふたりの友人に、いっそう喜びの感情をあらわにして、事情を細かく説明するのだった。リューとタルーのほうも、ペストのさなかにグランが続けている辛抱強い執筆作業に興味深そうに耳を傾けた。しまいには、リューとタルーもそこにいわば息抜きを見出すようになっていたのだ。

「馬に乗った女性の調子はどうだい？」としばしばタルーは尋ねた。すると、グランの答えはいつも同じだった。「速歩で駆けてますよ、速歩でね」と気難しそうな微笑みを浮かべるのだ。ある晩、グランは馬に乗る女性について「優美な」という形容詞を完全に放棄して、今後は「細身の」と書くことにしたという。「そのほうが具体的ですからね」と彼はつけ加えた。また別のときには、ふたりの聞き手に、こんなふうに変更された冒頭の一文を読んでみせた。「五月のある晴れた朝、細身の女が見事な栗毛の牝馬に乗って、ブローニュの森の花の咲く小道を駆けめぐっていた」

「ほらね、姿がよりくっきりと目に浮かぶでしょう」とグランはいった。「それから、『五月のある晴れた朝』のほうがいいと思ったんです。『五月のある朝のこと』だと、速歩の調子がちょっと緩んでしまいますからね」

それから、グランは「見事な」という形容詞もひどく気にかけている様子を見せた。彼の考えでは、この言葉には強く迫るものがないので、自分の思い描く威風堂々たる牝馬を一挙にそこに写しだすような言葉を探しているのだという。「豊満な」という形容詞にすると、しっくりこないうえに、いささか下品な感じがする。「光り輝く」という言葉に引かれたこともあったが、音調がもたついている。ある晩、グランは勝ち誇ったように自分の見出した表現を紹介した。「黒い栗毛の牝馬」。これもまたグランの考えだが、「黒」にはどことなく優雅な趣きが滲みでるという。

「それはありえないな」とリューが答えた。

「どうしてです?」

「『栗毛』というのは馬の種類じゃなく、馬の色を表しているからだよ」

「どんな色?」

「つまり、要するに、黒じゃない色さ」

グランはひどく落ちこんだ顔を見せた。

「確かにそうだ」とグランはいった。「あなたがいてくれてよかった。でもね、分かるでしょ、けっこう難しいものなんですよ」

「『艶麗な』っていうのはどうかな?」とタルーが提案した。

グランはタルーのほうを見て、考えこんだ。

「いいですね」といった。「それだ！」

そして、グランの顔に徐々に微笑みが戻ってきた。

それからしばらくして、グランは「花の咲く」という言葉に悩まされているとうち明けた。彼はオランとモンテリマールしか知らなかったので、ときおりふたりの友人に、ブローニュの森の小道ではどんなふうに花が咲いているのかと尋ねた。正直にいえば、リューにしろ、タルーにしろ、ブローニュの森の小道に花が咲いているという印象を受けたことは一度もなかったが、グランがそう信じているので、彼らの考えもぐらついた。グランはふたりの確信の欠如に驚いていた。「ものごとをちゃんと見ることができるのは芸術家だけなんですね」。しかし、あるとき、リューはグランがひどく興奮しているのに気づいた。グランは「花の咲く」という言葉を「花の咲きみだれる」という言葉に変えたのだ。彼は手を擦りあわせていた。「これでやっと森の小道が目に見え、心に感じられるようになりました。『おいみんな、こいつには脱帽だ！』ですよ」。グランは誇らしげにその文章を読みあげた。「五月のある晴れた朝、細身の女が艶麗な栗毛の牝馬に乗って、ブローニュの森の花の咲きみだれる小道を駆けめぐっていた」。しかし、声に出して読んでみると、文章の最後のほうで「の」が三度くり返されるところがうるさく響き、グランはそこですこしどもってしまった。彼はがっかりした様子で、座りこんだ。それから、リューにそろそろ帰宅したいと告げた。すこし考えてみるべき事柄があったからだ。あとで分かったことだが、このころグランは市役所で何かに気をとられて放心したような態度を示すことがあり、それは、役所が減少した人員で過酷な責務に対処しなければならない状況下で、遺憾な事柄だと見なされた。そのせいでグランの所属する課は仕事が停滞し、課長は、グランが給料をもらっているのは仕事をするためなのに、いま君はまさにその仕事をちゃんと遂行していない、といってグランを厳しく叱責した。「君は、この仕事のほかに、保健隊でボランティアとして働いているそうだな」と課長はいった。「だが、それは私には関係のない話だ。私に関係があるのは、君のここでの仕事だ。そして、このひどい状況のなかで、君が役に立てる唯一の方法は、ここの仕事をしっかりとおこなうことだ。そうでなければ、ほかのことはなんの役にも立ちはしないぞ」

「課長のいうとおりですよ」グランはリューにいった。

「そうだね、課長のいうとおりだ」リューも同意した。

「でも、つい気をとられてしまうんですよ。あの文章の終わりのところをどう直したらいいか分からなくて」

グランは、「ブローニュの」という文句がなくても誰でも理解できるはずだと考え、その文句を削ろうとした。だが、そうすると、「森の」という言葉が「花」にかかるように見えてしまうが、実際は、「小道」にかかっているのだ。グランはこう書きかえる可能性も考えてみた、「花でいっぱいの森の小道」と。しかし、「森」という言葉が、「花でいっぱいの」という形容句と「小道」という名詞のあいだに入って、この表現を不細工に分断している気がして、喉に小骨が刺さったような気分になるのだ。ときには、グランはリューよりもはるかに疲れきった様子を見せている晩もあった。

そう、グランはこの文体の探究に完全に心を奪われ、疲労していたのだが、前と変わらず、保健隊の必要とする計算と統計をおこない続けていた。毎晩、根気よく、資料のカードを清書し、それに曲線グラフを書きくわえ、可能なかぎり正確な一覧表を作るために、時間をかけて努力していた。しばしば、リューの働く病院を訪ねて、事務所か診察室の机を貸してほしいと頼んだ。その机に書類を積みあげ、市役所の机に向かうのとまったく同じように腰を据えて、消毒薬の匂いと病気そのもののために重く淀んだ空気のなかで、書いた紙片をしきりに振ってインクを乾かそうとするのだった。そうして、律儀にも馬に乗った女性のことをもう考えず、なすべき仕事だけをしようと努めていた。

たしかに、人は、自分がヒーローと呼べるものの実例と手本を眼前に見てみたいと思うものであり、この物語のなかでぜひともヒーローをひとり見てみたいというのならば、本記録の筆者は、この、心に若干の善良さをもち、一見ばかげた理想を抱くだけの、取るに足らない、目立たぬ英雄をこそ、実例として挙げたいと思う。そうすることで、本当に真実に帰すべきものを真実に帰し、二と二の足し算に四の答えをあたえ、ヒロイズムにそれ本来の地位である二義的な地位を付与することができるだろう。ヒロイズムの地位とは、幸福への寛大な要求の次に来るものであって、けっしてそれに先立つものではないのだ。この見解はまた、本記録にもそれにふさわしい性格をあたえることになるはずだ。その性格とは、善良な感情によって、すなわち、露骨に邪悪でもなく、見世物のように卑しく煽情的でもない感情によって記される報告のそれでなければならない。

これは、すくなくとも、ペストに襲われた町に外部の世界から届く呼びかけや激励を新聞で読んだりラジオで聞いたりしたときに、リュー医師が感じる意見でもあった。支援物資が空路と陸路で送られてくると同時に、毎晩、電波や新聞により、封鎖されて以来孤立した町に、同情と賞讃の言葉が殺到した。そして、そのたびに、叙事詩や受賞演説のような口調がリューを苛立たせた。もちろん、リューもそうした思いやりが見せかけではないことを知っていた。しかし、それをいい表そうとすると、人々が自分と人類を直結させるものを表現するときの陳腐な言葉づかいになってしまうのだ。そして、そういう言葉は、例えば、ペストのただなかでグランの行為がもつ意味など気にも留めないため、グランが日々おこなっているささやかな努力には届かないのだった。

深夜の一二時、もはやひと気のなくなった町に大いなる沈黙が落ち、あまりにも短い眠りに就こうとしてリューがベッドに入るとき、ときどきラジオの受信機のダイヤルを回すことがあった。すると、世界の果てから、何千キロの距離を越えて、友愛に満ちた無数の未知の声が、不器用に連帯の意を表そうとして、じっさいに連帯の言葉を口にするのだが、それはただちに、どんな人間だろうと自分に見えない苦しみを他人と分かちあうことなどできはしないという恐るべき無力さを証明してしまうのだ。「オランよ、オランの市民よ！」そうした呼びかけは空しく海を渡り、空しくリューは耳をそばだてるが、やがて雄弁な言葉は調子を高め、その雄弁家とグランとをまったく無関係な人間にする絶対的な隔たりをいっそう明らかにするのだ。「オランだ！そう、こちらオランの市民だ！　だが、こんなことは無駄だ」とリューは考えるのだった。「愛するか、ともに死ぬかだ、ほかの手だてはない。彼らはあまりに遠い」

ペストが全力を集めてオランに叩きつけ、この町を決定的に支配した天災の頂点に話を進める前に、いまここで触れておくべきは、新聞記者ランベールのようなささやかな個人たちが、自分の幸福をとり戻そうとして、また、あらゆる侵害から守ってきた自分の取り分を奪いかえそうとしておこなった、長く、絶望的で、単調な努力のことである。それは、身に迫る屈従を拒否する彼らのやり方であって、この拒否は一見したところ、保健隊のようなもうひとつの拒否の方法より効果的ではなかったかもしれないが、この記録の筆者の考えでは、それなりに意味をもつものであり、その虚栄と矛盾においてさえ、そのときの私たちひとりひとりのなかに存在した誇りを証しだてるものであった。

ランベールはペストに取りこまれてしまうことに逆らおうとして戦っていた。合法的な手段ではこの町を出ることが不可能だと実証されたので、自分はほかの手段を使うのだ、とランベールはリューに語った。この新聞記者はまずカフェのウェイターに尋ねることにした。カフェのウェイターはつねに何事にも通じているからである。しかし、彼が尋ねた最初のウェイターたちは、この種の企てに科されるきわめて重い刑罰についてとくに精通していた。あるときなどは、ランベール自身がそうした企てを唆《そそのか》す者だと間違えられてしまったくらいだ。結局、リューの仕事場でコタールと出会ったために、事態はすこし進展を見せることになった。その日、ランベールはリューに、自分が行政当局にたいしておこなった無駄な交渉の数々について、ふたたび話をしたのだった。その数日後に、コタールはランベールと町なかですれ違い、いまやあらゆる知人に見せるざっくばらんな態度でランベールに接してきた。

「相変わらずだめかい？」とコタールは尋ねた。

「だめですよ、ぜんぜん」

「役所なんざ信用しちゃだめさ。人の事情を分かろうなんて気持ちはこれっぽっちもないからな」

「おっしゃるとおりです。でも、ほかのやり方を探しているんです。これがけっこう難しいんですが」

「だろう！　分かるよ」とコタールはいった。

だが、自分には伝手《つて》があるのだ、とつけ加え、驚くランベールにむかって、ずいぶんむかしからオランのあらゆるカフェに出入りし、友だちもいて、その種の工作をひき受ける組織が存在することも知っている、と説明した。じつをいえば、コタールはペストの流行以来、支出が収入を上回るようになったため、配給物資の密輸の仕事に手を出すようになっていた。そうして煙草や粗悪な酒類を転売していたが、その値段がたえず上がりつづけたので、ちょっとした財産を築くまでになっていた。

「その組織の話は確かなことですか」ランベールは尋ねた。

「ああ、げんに俺自身が話をもちかけられたんだから」

「でも、それには乗らなかった？」

「心配するなって」とコタールは善人ぶった口調でいった。「俺が乗らなかったのは、この町を出るつもりが毛頭ないからだよ。いろんな事情があるのさ」

すこし黙ったあと、こういい足した。

「どんな事情かって聞かないのか？」

「でも」とランベールはいった。「たぶん僕には関係のないことだろうと思って」

「たしかに、ある意味では関係ない。しかし、別の意味からすると……。ともかく、ただひとつはっきりしてるのは、俺たちのあいだにペストがやって来てから、俺はずいぶん具合がよくなったと感じてるってことさ」

ランベールはコタールの言葉が終わるなり、

「どうやったらその組織と連絡がつくんです？」

「つけたいのか！」とコタールは応じた。「だが、そう簡単じゃないんだ。俺と一緒に来てくれ」

午後四時だった。どんよりとした空のもとで、町はじりじりと焼けていた。店はみんな日よけを下ろしていた。歩道に人影はない。コタールとランベールはアーケードのある通りを選び、長いこと黙りこくったまま歩いていった。それはペストが目に見えなくなる時間帯だった。この沈黙、この色彩と動きの死滅は、天災による沈黙と死滅であるとともに、夏のもたらした沈黙と死滅ともいえた。この空気が疫病で重苦しいのか、それとも埃と暑さで重苦しいのか、分からなくなってしまうのだ。よく観察して考えてみなければ、ペストの気配を見出すことはできなかった。というのも、ペストは不在の徴候のなかにしか表れていなかったからだ。ペストをよく知るコタールは、ランベールにむかって、たとえば、いつもなら通路の敷居にぐったりと寝そべり、望みえぬ涼しさを求めて喘いでいる犬たちが姿を見せていないことに注意を促した。

ふたりはパルミエ大通りを進み、アルム広場を横断し、海軍省の区域にむかって下りていった。左側に、緑色に塗装されたカフェが、黄色の粗い布の日よけを斜めに下ろして、日陰に隠れていた。コタールとランベールはカフェに入り、額を拭った。緑色の金属のテーブルの前に置かれた、庭で使うような折りたたみ椅子に腰を下ろした。店内にはひとりも客がいない。空中を蝿が音を立てて飛んでいる。傾《かし》いだカウンターに置かれた黄色い鳥籠のなかには、すっかり羽根の抜けてしまったオウムが、止まり木の上で体を丸めていた。軍隊の情景を描いた古い絵がいくつか壁に掛かっているが、長年の汚れと、目の細かい蜘蛛の巣に覆われている。ランベールの前のテーブルも含めて、すべての金属製のテーブルには、ニワトリの糞が乾いてこびりついており、なぜだか分からなかったが、暗い片隅でがさがさと音が聞こえ、その一角から図体の大きな雄鶏《おんどり》が飛びだしてきたので、その理由が分かったのだった。

このとき、暑さはさらに増しているように思われた。コタールはジャケットを脱ぎ、テーブルをどんどんと叩いた。青くて長いエプロンに体が隠れそうな小男が店の奥から現れて、コタールを見るなりお辞儀をし、前に進みながら、勢いよく雄鶏を蹴飛ばして払いのけ、鶏の鳴き声が盛大にあがるなか、お客さまには何を差しあげましょうか、と尋ねた。コタールは白ワインを注文し、ガルシアという男の消息を聞いた。小男のウェイターによれば、もう何日も前からこのカフェでは見ていないとのことだった。

「今晩あたり来ると思うかい？」

「さあ！」とウェイターは答えた。「親しい仲ってわけでもないんで。でも、お客さんはあの人の都合をご存じなんでしょう？」

「ああ、でも大したことじゃないんだ。あいつに紹介したい友だちがいるのさ」

ウェイターは濡れた手をエプロンの前で拭いた。

「そうか！　あなたも例の仕事をやってるんですね？」

「まあな」とコタールはいった。

ウェイターは洟《はな》をすすっていった。

「じゃあ、今晩来てください。ガルシアさんを迎えに子供をやりますから」

店の外へ出ると、ランベールは例の仕事とは何かと尋ねた。

「もちろん、密輸だよ。連中は市の門をくぐり抜けて、いろんな商品をやり取りする。そして、高い値段で売るんだよ」

「なるほど」とランベールはいった。「共犯者がいるんですね？」

「もちろん」

夕刻になると、カフェの日よけは上げられ、オウムは鳥籠のなかで何かおしゃべりをし、シャツ一枚になった男たちが金属製のテーブルを囲んでいた。そのなかのひとり、麦藁のパナマ帽をあみだに被り、白いシャツの胸をはだけて赤褐色の肌を覗かせた男が、コタールが店に入ると、立ちあがった。日焼けした端整な顔だち、黒くて小さい目、真っ白な歯、手には二、三個の指輪をはめ、だいたい三〇歳くらいに見えた。

「やあ」と男は声をかけた。「カウンターで飲もう」

三人の男は黙って三杯、酒を飲みほした。

「出ようか？」とガルシアが誘った。

三人は港のほうへ下り、ガルシアが用件を尋ねた。コタールはガルシアに、ランベールを紹介したいのは、例の仕事と直接関係があるわけではなく、俺流にいうなら単なる「外出」のためなのだと説明した。ガルシアは煙草をふかしながら、真っ直ぐ前へと歩いていた。そして、ランベールのことを「この人」といって話をしながら、ランベールなど目に入らない様子だった。

「なんのために外出するんだ？」とガルシア。

「フランスに奥さんがいるからさ」

「ほう！」

それからしばらくして、

「商売は？」

「口数の多い商売だな」

「新聞記者だ」

ランベールは黙っていた。

「友だちなんだ」とコタールは弁解した。

三人は黙ったまま歩いていった。波止場まで来たが、大きな鉄柵で立ち入り禁止になっていた。しかし、彼らはイワシのから揚げを売る小さな屋台のほうに進み、揚げものの匂いが彼らのほうに漂ってきた。

「いずれにしても」とガルシアは結論に入った。「これを扱うのは俺じゃなくて、ラウールなんだ。やつに会う必要がある。だが、それがけっこう面倒でな」

「なるほど！」コタールは楽しげにいった。「隠れてるんだな？」

ガルシアは答えない。屋台のそばで足をとめ、初めてランベールのほうを向いた。

「あさって、一一時、町の高台の、税関の庁舎の角で」

そのまま立ち去るように見えたが、ふたりのほうを振りむいた。

「金がかかるぞ」

念押しだ。

「もちろん」とランベールは同意した。

すこし経って、ランベールはコタールに礼をいった。

「とんでもないさ！」とコタールは明るく答えた。「お役に立ててうれしいくらいだよ。それに、あんたは新聞記者だから、いつか恩返しをしてもらえることがあるかもしれないしな」

翌々日、ランベールとコタールは、町の頂上に通じる木陰のない広い道を上っていった。税関の庁舎の一部は病棟に改造されていたので、大きな門の前では、許可されるはずのない面会に望みをかけたり、すぐに役立たずになってしまう情報を得ようとしてやって来た人々がたむろしていた。いずれにせよ、この群衆のせいで人の出入りは頻繁にあるわけで、その状況の考慮が、ガルシアとランベールの会合の場所をここに決めたことと無関係ではないだろうと推測できた。

「でも、不思議だなあ」とコタールはいった。「そんなにこの町から出ていきたいなんて。結局のところ、ここで起こっていることは面白いじゃないか」

「僕には面白くないよ」とランベールはいい返した。

「まあな！　もちろん、なんらかの危険はある。だが、要するに、ペストの前だって同じくらいの危険はあったんだ。車の往来の激しい交差点を渡るときなんかね」

そのとき、ふたりのところで、リューの車が止まった。タルーが運転しており、リューは半ば眠っているように見えた。リューは目を覚ますと、タルーをランベールに紹介しようとした。

「いや、知りあいなんですよ」とタルーが口を挟んだ。「僕とランベールは同じホテルに暮らしてるんですから」

タルーはランベールに町まで送っていこうかと申しでた。

「いや、人と待ちあわせをしているので」

リューはランベールの表情をじっと窺った。

「ええ、そういうわけなんですよ」とランベールは白状した。

「おやおや！」とコタールが驚いた顔をした。「先生も事情をご存じなんですね」

「おい、予審判事が来たぞ」とタルーがコタールのほうに警告を発した。

コタールの顔つきが変わった。じっさいオトン判事が通りを下って、勢いのよい、だが規則正しい足取りでこちらに向かっていた。判事は帽子を取って、一団の横を通りすぎた。

「こんにちは、判事さん！」とタルーが挨拶した。

判事は、車に乗っているふたりに挨拶を返し、うしろに下がっていたランベールとコタールを見ると、丁寧にお辞儀をした。タルーは金利生活者コタールと新聞記者ランベールを判事に紹介した。判事はすこしだけ空を見上げ、ため息をついて、じつに悲しむべき時代です、といった。

「タルーさん、聞くところによれば、あなたは疫病予防措置の実行に尽力されているとか。いくら賞讃しても賞讃しきれない立派なおこないです。ところで、先生、病気はまだ広がるとお思いですか?」

リューが、広がらないことを希望するほかありませんと答えると、判事はいかなる場合にも希望をもたねばならないとくり返し、神意は測りがたいですから、とい添えた。タルーは判事に、今回の出来事のせいでお仕事は増えましたか、と尋ねた。

「その逆です。われわれが普通犯の事件と呼んでいるものは減少しました。いま私が予審に当たるのは、今回の新たな法的措置への重大な違反事件ばかりです。在来の法律がいまほど遵守されていることはかつてありません」

「ということは」とタルーがいった。「いまの法的措置と比較してみれば、在来の法律が良いものに見えるということですね、きっと」

判事はいきなり、それまでの夢想するような態度を一変させ、宙をさまようまなざしをかなぐり捨てた。

「だからどうだというんです?」と判事は反問した。「大事なのは法律ではなく、刑罰を下すことですよ。それには誰も逆らえません」

判事が去ると、コタールがいった。

「あいつが、われわれの敵ナンバーワンだな」

リューとタルーの車は出発した。

まもなく、ランベールとコタールはガルシアがやって来るのを見た。ガルシアは合図もせずに彼らのほうへ近づき、挨拶がわりにこういった。「もうすこし待ってくれ」彼らのまわりでは、女性が大多数を占める群衆が、みんなじっと黙りこくったまま、待っていた。ほとんどすべての女性が手籠をもっていて、それを身内の病人に届けることができればという空しい希望を抱いていたが、それ以上にばかげているのは、病人たちが差しいれの食料を食べる気力があると思っていたことだ。庁舎の正門は武装した兵士に警備されており、ときどき、奇妙な叫びが正門と庁舎を隔てる中庭を越えて聞こえてきた。すると、群衆のなかの不安そうな顔が改造病棟のほうに向けられるのだった。

三人の男がこの光景を眺めていると、背後から「待たせたな」という明瞭で低い声が聞こえ、三人はうしろを振りむいた。ひどい暑さにもかかわらず、ラウールはきちんとした服装をしていた。ラウールは、長身でがっちりした体つきで、暗い色のダブルのスーツを着こみ、縁を反らせたソフト帽をかぶっている。茶色の目で、口を引きしめ、明瞭な早口で話した。

「町のほうへ下りよう」とラウールはいった。「ガルシア、お前はもういいよ」

ガルシアは煙草に火をつけ、三人が遠ざかるのを見送った。ラウールがコタールとランベールのあいだに入り、ラウールの歩調に合わせて、ほかのふたりも足早に歩いた。

「ガルシアから話を聞いた」とラウールは切りだす。「外出は可能だ。だが、一万フランはかかる」

ランベールは、それでいいと答えた。

「明日、俺と一緒に、海軍省の区域にあるスペイン料理屋で昼飯を食おう」

ランベールが承知したというと、ラウールはランベールと握手をし、初めて笑顔を見せた。ラウールがたち去ったあと、コタールは、俺は失礼するよといった。コタールは翌日用事があったし、ランベールももはやコタールの助けを必要としていなかったからだ。

翌日、ランベールがスペイン料理屋に入っていくと、客席のすべての頭が彼の通るほうを振りむいた。この暗い地下倉のような店は、陽光で干からびた黄色い小路より一段低い場所にあり、大部分はスペイン人らしい男の客しかいなかった。しかし、奥のテーブルに座ったラウールが合図を送り、ランベールがそちらに向かうと、客たちの好奇の表情は消え、その顔は料理の皿のほうに戻された。ラウールのテーブルには、長身で痩せた男が一緒にいて、無精ひげを生やし、極端に肩幅が広く、馬面で、髪の毛が薄かった。黒い毛に覆われた細くて長い腕が、まくり上げたワイシャツの袖から突きだしていた。ランベールを紹介されると、男は三度頷いた。男の名前は告げられず、ラウールはその男を「この友だち」としか呼ばなかった。

「この友だちがあんたを手助けできるだろうっていうんだ。彼があんたを……」

ウェイトレスがランベールの注文を聞きに来たので、ラウールは口を閉じた。

「彼があんたをふたりの仲間に紹介して、その仲間があんたを、俺たちのいうことを聞く市の門の警備兵たちに取りついでくれる。だが、それで全部済んだわけじゃない。警備兵たちが絶好の潮時だと判断する必要がある。いちばん簡単なのは、あんたが市の門の近くに住んでいる仲間の家にいく晩か泊まりこむことだ。だが、その前に、この友だちが、必要な人間みんなにあんたを紹介しておかなきゃならない。すべての準備が調ったら、あんたはこの友だちに金を払えばいい」

友だちはもう一度その馬面で頷きながら、たえずトマトとピーマンのサラダをぐちゃぐちゃに掻きまわし、たいらげていた。それから、軽いスペイン語なまりの言葉をしゃべった。ランベールに、明後日の朝八時に教会の正門前で会おうというのだ。「また二日待つのか」とランベールはいった。

「簡単にはいかないといっただろう」ラウールが答える。「仲間をつかまえなきゃならんし」

馬面の男はまたしても頷き、ランベールはつまらなそうに同意した。それ以後の食事の時間は、会話のたねを探すことに終始した。だが、馬面の男がサッカー選手であると分かってからは、すべてが非常にうまく運んだ。ランベール自身もこのスポーツに打ちこんだことがあったからだ。それで、サッカーのフランス全国選手権や、イギリスのプロチームの実力や、W字形の戦法について話が弾んだ。食事の終わりごろには、男はひどく夢中になって、ランベールを友人扱いし、サッカーチームのなかでセンターハーフほど素晴らしいポジションはないという持論をランベールに納得させようとした。「いいか、センターハーフっていうのは、プレーを割りふる人間だ。で、プレーを割りふることこそが、サッカーなんだよ」。ランベールのポジションはつねにセンターフォワードだったが、男の意見には賛成だった。この議論はラジオの放送でようやく中断された。ラジオは感傷的なメロディを忍びやかな調子でくり返したのち、昨日、ペストは一三七名の犠牲者を出した、と告げた。客のなかで反応を示した者はひとりもいなかった。馬面の男は肩をすくめ、立ちあがった。ラウールとランベールもそれにならった。

別れるとき、センターハーフの男はランベールの手を強く握りしめていった。

「俺の名前はゴンザレスだ」

この二日間がランベールにとっては果てしないものに感じられた。彼はリューのところへ行き、自分の奔走のしだいをこと細かに語った。それから、医師の往診にも同行した。ペストの疑いのある患者がリューの往診を待っている家の門の前で、ランベールはリューに別れを告げた。その家の廊下から、人の走る足音や声が聞こえてきた。家族に医師の到着を知らせているのだ。

「タルーがまもなくここに来るんだ」とリューは呟いた。

疲れきった様子だった。

「感染の広がりが速すぎるんですか?」ランベールが尋ねる。

リューは、そうではなく、むしろ統計の曲線の上昇は前より緩やかになっていると答えた。ただ、ペストと戦う手段が十分ではない。

「必要な資材が不足しているんだ」とリューは続けた。「世界中のどこの軍隊でも、資材の不足はたいてい人員で補っている。だが、私たちには人員も不足している」

「町の外から、医師たちと、保健関係の人員が来ましたよね」

「たしかに」とリュー。「医師が一〇人に、保健関係の人員が一〇〇人ほど。一見、多いように見える。だが、現在の病気の状況にぎりぎり間に合う程度なんだ。感染がこれ以上広がったら、足りなくなってしまう」

リューは家のなかの物音に耳を傾け、それからランベールに微笑んで見せた。

「そんな具合さ」とリューは結論した。「だから君も早く片をつけたほうがいい」

ランベールの顔に暗い影が差した。

「分かってくれますよね」とランベールはいった。「僕がこの町を出るのは、病気から逃げるんじゃないんです」

リューは、それは分かっていると答えたが、ランベールはこう続けた。

「僕は自分が卑怯者ではないと信じています、まあ、たいていの場合は。そのことを証明する機会もありました。ただ、僕には耐えられない考えがあるんです」

リューはランベールの顔を正面から見つめた。

「きっと彼女には会えるよ」

「おそらく。でも、この事態が今後も続き、こんなことをしているあいだに、彼女が年をとっていくと考えることに耐えられないんです。三〇歳ともなれば、人間は老けはじめるし、どんなことでも有効に活用しなければならない。あなたが理解してくれるかどうかは分からないが」

リューは理解できると思うと呟いたが、そこへタルーが到着し、ずいぶん興奮した面持ちだった。

「パヌルー神父に保健隊に参加してくれと頼んできたところだ」

「それで？」とリューが首尾を尋ねる。

「パヌルーはじっくりと考えてから、うんといったよ」

「それはうれしい」とリュー。「パヌルーがあの説教よりいい人間だと分かってうれしいよ」

「みんなそんなものさ」とタルー。「だが、機会をあたえてやることが必要なんだ」

タルーは微笑み、リューにウインクをしてこういった。

「この人生で、機会を提供することが僕の仕事だからね」

「申し訳ないが」とランベールが口を挟んだ。「そろそろ行かないとね」

待ちあわせをした木曜日、ランベールは八時五分前に、教会の正門前に着いた。空気はまだ涼しかった。空には、白くて丸い小さな雲が湧いて広がっていたが、気温が上昇すれば、それもまもなく空に吸いこまれて消えてしまうだろう。かすかな湿気の匂いが芝生からたち昇っていたが、芝生は乾ききっていた。太陽は東側の家々の陰に隠れ、広場を見守る、全身が金色に塗られたジャンヌ・ダルク像の兜だけを温めていた。どこかの時計が八つの時を鳴らした。ランベールはひと気のない正門の前を数歩あるいた。教会のなかから、地下倉とお香の匂いとともに、聖書の詩篇を朗誦する不明瞭な声が聞こえてきた。いきなり、朗誦の声が途絶えた。一〇人ほどの小さな黒い人影が教会から現れ、町にむかって小走りで飛びだしていった。ランベールは苛立ちはじめた。別のいくつかの黒い人影が大階段を昇り、正門の玄関のほうに向かった。ランベールは煙草に火を点《つ》けたが、場所柄許されないことだろうと気がついた。

八時一五分になると、教会のオルガンが低い音で音楽を奏ではじめた。ランベールは暗い円天井の下に入ってみた。しばらくすると、自分より先に入っていた黒い人影の群れを、身廊に見ることができた。人々はみんな、にわか造りの祭壇のようなものの前の一角に集まっており、その祭壇には、この町の工房で大急ぎで制作された聖ロクスの像が据えられていた。ひざまずいた人の群れは、前よりいっそう小さく縮んだように見え、靄《もや》のなかを漂い、そここで、その靄よりわずかに濃く凝固した影の塊のようになって、灰色の色調に紛れこんでいた。その人影の上で、オルガンが果てしないメロディの変奏を弾いていた。

ランベールが外に出てきたとき、ゴンザレスはすでに階段を下り、町のほうへ向かおうとしていた。

「あんたが帰ってしまったと思ったんだ」とゴンザレスはいった。「誰でもそうするよな」

ゴンザレスの説明によれば、ここから遠くないところで、八時一〇分前に仲間たちと会う約束をして、待っていた。だが、それから二〇分待っても、仲間たちは現れなかったというのだ。

「何か問題が起きたんだ、間違いない。俺たちの仕事では、いつも簡単に事が運ぶとはかぎらないからな」

ゴンザレスは、明日、同じ時刻に戦没者記念碑の前でもう一度待ちあわせをしようと提案した。ランベールはため息をつき、ソフト帽をぐいとうしろへ押しやった。

「こんなのなんでもないことだぜ」とゴンザレスは笑って結論した。「ちょっと考えてみろよ、ありとあらゆる戦法を使って、速攻をかけたり、パスしたりして、ようやくゴールをひとつものにするんだからな」

「君のいうとおりだよ」とランベールは譲歩した。「だが、サッカーの試合は一時間半で終わりになる」

オランの戦没者記念碑は、この町で海が眺望できる唯一の場所に建っており、そこは港を見下ろす断崖に沿って作られたさほど長くない遊歩道になっている。翌日、ランベールは待ちあわせの場所に先に来て、名誉の戦場で死んだ人々の名前をじっくりと読んでいた。数分後、ふたりの男が近づいてきて、ランベールのほうを関心もなさそうに見てから、遊歩道の欄干に行って肘をつき、人のいないがらんとした埠頭を眺めることにすっかり心を奪われている様子だった。ふたりとも同じくらいの背格好で、ともに青いズボンと、水夫が着るような袖の短いシャツを着ていた。ランベールはすこし離れたところへ行き、それからベンチに座って、ふたりの男をじっくりと眺めることができた。すると、彼らがおそらくまだ二〇歳になっていないことに気づいた。ちょうどそのとき、ゴンザレスが自分のほうに歩いてくるのが目に入り、こんな言い訳をした。

「あれが仲間なんだ」とゴンザレスはいい、ランベールをふたりの若者のところに連れていき、マルセルとルイという名前だと紹介した。面とむかって見ると、ふたりの若者はそっくりで、ランベールは兄弟だろうと推測した。

「これでいい」とゴンザレス。「顔あわせは済んだ。あとは仕事の話をしなくっちゃな」

するとマルセルだかルイだかが、自分たちの警備の番は二日後に始まって一週間続くから、そのなかでいちばん具合のいい日を選ぶ必要があるといった。西の市門を警備するのは四人で、ほかのふたりは本職の兵士だった。兵士たちを仲間に引きこむことなど問題外だ。信用できないし、そのうえ、費用もかさむ。しかし、このふたりの兵士が顔なじみの酒場の奥の間に陣どってしばらく時間をつぶす夜がある。そんなわけで、マルセルだかルイだかは、ランベールに、市門の近くにある自分たちの家に泊まりに来て、迎えが来るのを待ってはどうかと提案した。そうすれば、門を通りぬけるのはじつに簡単なことだ。だが、急がねばならない、というのも、しばらく前から、町の外に第二の検問所を設けるという話が出ているからだ。

ランベールは承知し、最後の煙草のうち何本かを彼らに勧めた。すると、二人組のうちまだひと言もしゃべらなかった方が、ゴンザレスに、費用の清算はもう済んだのか、また、前金はもらえるのか、と聞いてきた。

「いいや」とゴンザレスは答えた。「その必要はない、この男は仲間だからだ。費用は門をぬける前にちゃんと支払う」

ふたたび落ちあうことになった。ゴンザレスは、明後日、スペイン料理屋で夕食をとろうといった。そのあと店から、市門の警備をするふたりの家へ行けばいい。「最初の晩は、俺が一緒にいてやるよ」とゴンザレスがランベールにいった。

翌日、ランベールはホテルの自室に上がろうとして、階段でタルーとすれ違った。

「これからリユーのところに行くんだが、一緒に来るかい」とタルーは誘った。

「お邪魔になるんじゃないかな」ランベールはちょっとためらってからそういった。

「そんなことはないと思うよ、リユーは君の話をずいぶんしているから」

ランベールは考えていた。

「じゃあ、こうしよう」とランベールはいった。「夕食のあとで、すこし時間があったら、遅くなってもいいので、このホテルのバーにふたりで来てくれないか」

「リユーとペストの具合によるけれどね」とタルーは答えた。

しかし、リユーとタルーは、夜の一一時に、狭く小さなそのバーに入ってきた。三〇人ほどの客が肘を突きあわせるように並んで、ひどく大きな声でしゃべっている。ペストに侵された町の静寂のなかからやって来たので、ふたりの新参者はいささか呆然として立ちどまった。ここではまだ酒が出されているのを見て、ふたりはこの大騒ぎを納得した。ランベールはカウンターの端で高いスツールに座ったまま、リユーとタルーに合図をした。タルーは隣にいた騒々しい男を静かに押しやり、ふたりでランベールを囲むようにした。

「酒は嫌いかな?」とランベール。

「いやいや」とタルーが答えた。「その逆だ」

リユーはグラスに注がれた酒の苦い薬草の香りを嗅いでみた。この喧騒のなかでは話をするのも困難だったが、ランベールはむしろ酒を飲むのに夢中の様子だった。リユーは、ランベールが酔っぱらっているのかどうか判断がつかなかった。彼らのいる狭い酒場の残りの空間を占めるふたつのテーブルのひとつでは、海軍士官が両腕にひとりずつの女を抱えて、顔を真っ赤にした肥満体の男を相手に、カイロで経験したチフスの流行について語っていた。「収容所だぞ」と士官は話していた。「現地民のための収容所を作って、病人のためにはテントを立てて、その周りにぐるりと監視所を配置して、病人の家族がこっそり民間療法の薬を持ちこもうとすると、銃で撃つんだ。つらい仕事だが、正しい処置だったよ」。もうひとつのテーブルは身なりの洒落た若者たちが占めていて、その理解不可能な会話が、高いところに置かれたプレーヤーから流れる〈セント・ジェームズ病院〉の楽節に紛れて消えていった。

「うまくいったかい?」とリユーは声を大きくして尋ねた。

「そろそろだね」とランベールはいった。「今週中にはなんとか」

「残念だな」とタルーが大声でいった。

「どうして?」とランベール。

タルーはリューのほうを見た。

「だってさ!」とリューが答える。「タルーがいいたいのは、君がここにいてくれれば役に立っただろうにってことさ。だが、私は、君のこの町を出たいという気持ちがあまりにもよく分かるからね」

「僕が何の役に立つ?」

「つまりね」とタルーはゆっくりと自分のグラスに手を伸ばしながらいった。「われわれの保健隊で役に立ってくれるだろうと思って」

ランベールはいつもの頑なに考えこむ顔つきになって、スツールに座りなおした。

「あの保健隊は役に立たないと思うのかい?」と酒を飲みほしたタルーはランベールの顔をじっと見つめた。

「すごく役に立ってるよ」とランベールは答え、自分も酒を飲んだ。

リューはランベールの手が震えているのに気づいた。間違いない、完全に酔っぱらっている、とリューは思った。

翌日、ランベールが二度目にスペイン料理屋に入ろうとすると、数人の男のあいだを通りぬけることになった。この一団は椅子を店の入口の前に運んできて、暑さがようやく弱まりはじめ、緑と金色に彩られる夕刻を楽しんでいたのだ。男たちはつんとくる香りの煙草を吹かしていた。店のなかには、ほとんど客がいなかった。ランベールは、初めてゴンザレスに会ったときの奥のテーブル席に行って腰を下ろした。ウェイトレスには、待つ人がいるからと断りを入れた。一九時三〇分だった。徐々に男たちは食事のために店内に戻ってきて、席に着いた。客に料理が出されはじめ、低い円天井の下は食器の音と低くこもった会話の声で満たされた。二〇時になったが、ランベールは相変わらず待っていた。明かりが灯された。新たな客たちがランベールのテーブルの相客となった。ランベールは自分の食事を注文した。二〇時三〇分に食事は終わったが、ゴンザレスもふたりの若者も現れなかった。ランベールは何本も煙草を吸った。店からはしだいに客がいなくなった。外では、急速に夜が更けていった。海から来る生暖かい風が、ガラス戸のカーテンを静かに吹きあげている。二一時になったとき、ランベールは店内が空っぽで、ウェイトレスが呆れたように自分を眺めていることに気づいた。勘定を払って、外に出た。料理屋の前のカフェが開いていた。ランベールはカフェのカウンターに立って、料理屋の入口を見張った。二一時三〇分にはホテルにむかって歩きはじめたが、住所も知らないゴンザレスをどうやってつかまえようかと空しく思案し、これからまた再開しなければならないあらゆる手順を考えると途方に暮れる心持ちだった。

まさにこの瞬間、何台もの救急車が横切り走りさる闇のなかで、ランベールは、自分と妻を隔てる壁になんとか出口を見つけようと懸命になっていたせいで、あとでリュー医師にも打ち明けねばならなかったように、このところずっと、妻のことをなんと忘れていたという事実に気づいたのだ。しかし、やはりまさにこの瞬間、すべての道がまたもや塞がれてしまうと、ふたたび自分の願望の中心に妻の姿が現れて、あまりに唐突な苦痛の高まりを引きおこしたため、この残酷な痛みから逃れようとしてホテルにむかって走りはじめたのだが、その痛みはいつまでも一緒に付いてきて、こめかみをずきずきと締めつけるのだった。

翌日、非常に朝早い時刻だったが、ランベールはリューに会いに行き、どうすればコタールに会えるだろうかと尋ねた。

「僕に残された方法は」とランベールはいった。「また同じ手順を踏むよりほかにないんですよ」

「明日の夜、ここに来たまえ」とリューは答えた。「なぜか知らないが、タルーがコタールを呼んでくれと私に頼んできたんだ。だからコタールは一〇時には来るはずだ。

君は一〇時半に来ればいい」

翌日、コタールがリュー医師のところに到着したとき、タルーとリューは、リューの担当した患者に起こった予想外の治癒の一例について話をしていた。

「一〇人にひとりのケースだな。運がよかったんだ」とタルーがいった。

「いや！　ちがうね」とコタールが口を挟んだ。「ペストじゃなかったんだ」

タルーとリューは、間違いなくペストだったと断言した。

「ありえないよ、治ったんなら。俺よりよく知ってるはずでしょうが。ペストに罹ったら助からないんだ」

「一般的には、そうだ」とリューが応じる。「だが、いささか頑固に抵抗する場合には、驚くようなことも起こるんだよ」

コタールは笑った。

「そうは思えないな。今晩の死者の数を聞きましたか？」

タルーはコタールに好意的な目を向けながら、その数字は知っているし、事態は深刻ではあるが、それがいったい何を証明しているのか？　と尋ねた。それは、さらに特別な措置が必要なことを意味しているにすぎない。

「なるほど！　でも、もうその特別な措置ってのはやってるんだろう」

「そう、でも個人個人が自分のためにその措置をおこなう必要があるんだ」

コタールはその言葉の意味が分からず、タルーの顔を眺めていた。タルーは、あまりにも多くの人が無為無策に過ごしている、伝染病はみんなに関係する問題であり、ひとりひとりの人間が自分のなすべきことを果たす必要がある、と語った。ボランティアの保健隊はすべての人に開放されているのだ、と。

「そういう考え方もあるだろうね」とコタールは反論した。「でも、そんなのは何の役にも立ちゃしない。ペストには絶対に勝てないんだから」

「それは分からないさ」とタルーは忍耐づよい口調で続けた。「あらゆることをやってみたあとでなければ」

その間、リューは机の上でカルテの文章を書き写していた。タルーは前と変わらず、椅子に座って苛々と体を動かしているコタールを見つめていた。

「コタールさん、どうして私たちと一緒にやってくれないのかな？」

コタールはむっとした様子で立ちあがり、山高帽を手に取った。

「俺の仕事じゃないからね」

それから、挑戦的な口調でいった。

「それに、俺は、ペストのなかで暮らすのが気に入っているんだ。それなのに、なんでペストを終わらせるために手を貸す必要があるのか分からない」

タルーは、突然真実の閃きを受けたかのように、額を手で打った。

「そうか！　そのとおりだ、忘れてたよ。君はペストがなければ逮捕されてたんだからな」

コタールはびくりと体を震わせ、いまにも倒れそうな様子で椅子に摑まった。リューはすでに書くのをやめて、真剣かつ興味深げな顔でコタールを見守っていた。

「誰がそんなことを？」コタールは大声を上げた。

タルーは意外そうな顔をした。

「もちろん、君だよ。そうでないとしても、すくなくとも、リュー先生と僕はそのように理解していたんだがね」

そして、コタールが突然、あまりにも強い怒りに駆られて、理解できない言葉をもごもごと並べたてたので、タルーはこうつけ加えた。

「そんなに興奮しないで。先生も僕も君を告発したりはしないから。君の話は僕たちには関係ない。それに、警察なんて、僕たちもぜんぜん好きじゃないからね。さあ、ここに座って」

コタールは椅子を眺め、すこしためらったのちに腰を下ろした。しばらくして、ため息をついた。

「古い話なんだよ」とコタールは事実を認めた。「警察の連中が引っぱりだしたのは。もう忘れられたもんだと思ってたよ。だが、この話をもちだしたやつがひとりいたんだ。それで警察に呼びだされて、捜査が終わるまで、いつでも出頭できるようにしとけって命令されたんだ。それで、結局逮捕されるだろうって分かったんだ」

「重罪なのかい？」とタルーが聞く。

「その言葉の意味によるね。でも、人殺しではない」

「禁錮、それとも懲役？」

コタールはひどく打ちひしがれたように見えた。

「禁錮だろうな、運がよければ……」

しかし、しばらくして、コタールは激しい調子で続けた。

「単なる間違いなんだ。誰だって間違いはあるだろ。そんなことのために引っぱられるなんて、考えただけでぞっとする。自分の家や、普段の暮らしや、馴染みのみんなからひき離されるなんて」

「そうか！」そして、タルーは尋ねた。「君が首を括ろうなんて気を起こしたのは、そのためだったのか？」

「ああ、ばかなことをしたもんだ、まったく」

次にリューが初めて口を開いて、コタールに、君の不安は分かるが、たぶんそのうちすべてうまく片がつくだろう、といった。

「いやいや！　いまのところは何も心配いらないって分かってるからね」

「なるほど」とタルーがいった。「僕らの保健隊には入ってもらえないみたいだな」

コタールは両手で持った帽子を回しながら、どっちつかずのまなざしをタルーのほうに向けた。

「悪く思わないでほしい」

「もちろんだよ」とタルーは苦笑いしながら答えた。「だが、少なくとも、ペスト菌をわざとばらまいたりはしないでくれよ」

コタールは、自分がペストを望んだわけではなく、向こうから勝手にやって来たにすぎないし、そのおかげで目下のところ自分の状況がよくなっているからといってそれは俺の罪ではない、と抗弁した。そして、ランベールが戸口に到着したとき、コタールは声に強い力をこめながら、こういい足していた。

「ともかく、俺の考えでは、あんたがたのやっていることは何の役にも立ちゃしないよ」

ランベールが尋ねると、コタールもゴンザレスの住所を知らないことが分かったが、いつでも小さなカフェでガルシアを待つところからやり直せるとのことだった。そこで翌日会う約束を交わした。すると、リューがその後の成りゆきを知らせてほしいというので、ランベールは今週末、夜の何時でもいいから、タルーと一緒に自分のホテルの部屋に来てほしいといった。

翌朝、コタールとランベールは小さなカフェに行き、ガルシアに今夜会いたいのだが、都合が悪ければ次の日でもよい、との伝言を残した。その日の夜、ふたりはガルシアを待ったが、来なかった。翌日、ガルシアはカフェに来ており、黙ってランベールの話を聞いた。どういう事情かは分からないが、ガルシアの情報によれば、戸別検査を実施するために、いくつもの区画を全域にわたって外出禁止にする措置がとられたという。そのため、もしかすると、ゴンザレスとふたりの若者は検問を越えることができなかったのかもしれない。だが、ガルシアにできるのは、もう一度ランベールとコタールをラウールに接触させることだけだった。当然のことながら、それができるのは明後日以降のことになるだろう。

「仕方がない」とランベールは了解した。「また初めからやり直しだ」

翌々日、街角で待ちあわせたラウールは、ガルシアの推測が正しいことを教えてくれた。下町では外出禁止令が敷かれていたのだ。その二日後、ランベールはサッカー選手と昼食を取っていた。

「間抜けだったな」とゴンザレスは認めた。「再会する方法を決めておくべきだった」

ランベールも同じ意見だった。

「明日の朝、マルセルとルイの家に行って、すべての手はずを調えよう」

翌日、マルセルとルイは家にいなかった。ランベールとゴンザレスは、明日の正午に高等中学前の広場で待ちあわせをしよう、という伝言を彼らに残した。

そして、午後になってランベールがホテルに帰り、タルーと出会ったとき、ランベールの表情はタルーをぎょっとさせた。

「具合が悪いのか?」タルーは尋ねた。

「同じことのくり返しにうんざりして」とランベールは答えた。

そして、先夜のタルーとリューへの誘いをくり返した。

「今夜来てほしいんだ」

夜になって、ふたりがホテルの部屋に行くと、ランベールはベッドに横になっていた。そして立ちあがり、用意してあったグラスに酒をついだ。リューはグラスを取ると、ことはうまく運んでいるかと尋ねた。ランベールは、ふたたび初めからすべてやり直し、同じところまで来ていて、まもなく最後の待ちあわせの約束をすることになると語った。そして、酒を飲んで、こうつけ加えた。

「もちろん、あいつらは来ないだろうがね」

「そんなふうに決めつけることはないじゃないか」とタルー。

「君たちにはまだ分かっていないんだな」とランベールは肩をすくめながら答えた。

「いったい何が?」

「ペストのことさ」

「そうかね!」とリューが応じた。

「ああ、分かっていないんだ、こいつの正体は何度でもくり返すことだってことがね」

ランベールは部屋の隅に行って、小さなレコードプレーヤーを作動させた。

「このレコードは何だい?」とタルーが聞いた。「聴いたことがあるな」

ランベールは〈セント・ジェームズ病院〉だと答えた。

曲のなかほどまで進んだとき、遠くで二発の銃声が弾けるのが聞こえた。

「野良犬を撃ったのか、それとも脱走したやつかな」とタルーがいった。

しばらくしてレコードが終わると、救急車のサイレンがはっきりと聞こえ、さらに大きくなり、ホテルの部屋の下を通りすぎて、小さくなり、最後には消えた。

「こんなレコードは面白くもない」とランベール。「だが、今日はこれをもう一〇回も聴いているんだ」

「そんなに好きなのかい？」

「いや、でもこれしか持ってないからね」

そして、すこししてから、

「さっきからいってるだろう、こいつのせいで何度でもくり返すことになるんだって」

ランベールはリューに、保健隊の具合はどうかと尋ねた。いまは五つの班が活動している。ほかにもいくつか班ができそうだ。ランベールはベッドに腰を下ろし、しきりに指の爪の様子を気にしているようだ。リューは、ベッドの端で身を屈めているこの男のずんぐりとして逞しい横向きの体を観察していた。ふと気がつくと、ランベールのほうがこちらを見つめていた。

「いいですか、先生」とランベールは口を開いた。「僕だってあなたたちの保健隊のことはずいぶん考えましたよ。僕があなたたちと一緒にやらないのは、僕なりの理由があるからなんだ。ほかのことなら、今でもまだ体を張ってやれるつもりです。スペイン戦争もやったからね」

「どっちの側で？」とタルーが尋ねた。

「負けたほうだ。でも、それ以来、僕はちょっと考えたんだよ」[6]

「何を？」とタルー。

「勇敢さということについてね。今では僕も、人間が偉大な行動をなしうると知っている。だが、その人間が偉大な感情をもてないなら、僕には興味がない」

「人間はどんなことでもできるような気がするが」とタルーがいう。

「とんでもない。長く苦しんでいることも、長く幸福でいることもできない。つまり、価値あることは何もできないのさ」

ランベールはふたりを見つめてから、こういった。

「ねえ、タルー、君は愛のために死ねるかい？」

「分からないが、いまは死ねない気がするな」

「だろう。ところが、君は一個の観念のためには死ねるんだよ。その様子が目に見え

6　スペイン戦争は、一九三六年から三九年にかけて、スペイン共和国の人民戦線政府にたいして、フランコ将軍に率いられた軍部・右翼勢力がドイツとイタリアの援助を受けて起こした内戦。フランコ側が勝利し、人民戦線政府側が負けた。

るようだ。だがね、僕は観念のために死ねる人間にはもううんざりなんだ。僕はヒロイズムなんか信じない。英雄になるのは容易なことだと知っているし、それが人を殺すことだと分かったからだ。僕が心を引かれるのは、愛するもののために生き、愛する者のために死ぬことだ」

リューはランベールの言葉に熱心に耳を傾けていた。そして、ランベールからじっと目を離さず、穏やかにこういった。

「人間は観念じゃないよ、ランベール」

ランベールはベッドから立ちあがり、激情で顔を紅潮させた。

「いいや観念ですよ、つまらない観念だ、人間が愛に背を向けた瞬間からそうなるんだ。そしてまさに、われわれは愛を抱きつづけることなんかできないんだ。だから先生、諦めましょう。いつか愛を抱きつづけることができる時を期待して、しかし、もしそれが本当に不可能だと分かったら、英雄のふりなんかしないで、みんなが解放される時を待ちましょう。僕はそれ以上のことはご免こうむる」

リューは急に疲れた様子を見せて、立ちあがった。

「君のいうとおりだ、ランベール、本当にそのとおりだ。だから、これから君がしようとしていることは、私も正しく善いことだと思っている。それから君をひき戻そうなんて気持ちは、ほんのすこしももっていない。だが、これだけはいわせてもらいたいんだが、今回の天災では、ヒロイズムは問題じゃないんだ。これは誠実さの問題なんだよ。こんな考えは笑われるかもしれないが、ペストと戦う唯一の方法は、誠実さなんだ」

「誠実さってどういうことです？」急に真剣な顔になってランベールが尋ねた。

「一般的にはどういうことか分からない。だが、私の場合は、自分の仕事を果たすことだと思っている」

「ほう！」とランベールは怒ったようにいった。「僕には、何が自分の仕事だか分からなくなった。たしかに、愛を選んだのは、もしかしたら間違いだったかもしれない」

リューはランベールの顔を正面から見つめた。

「そんなことはない」とリューは強い口調で断言した。「君は間違ってなんかいないよ」

ランベールは何かを考えるようにしてリューとタルーのほうを見た。

「あなたたちはふたりとも、こうしていても何も失うものはないんだろうね。それなら善いものの側に立つことは簡単だ」

リューはグラスの酒を飲みほした。

「さあ行こう」とリューは促した。「まだ仕事が残っている」

リューは出ていった。

タルーは医師のあとを追ったが、部屋から出ようとした瞬間に思い直した様子で、ランベールのほうを振りむいて、こういった。

「知ってるかい、リューの奥さんはここから何百キロも離れた療養所にいるんだ」

ランベールは驚きのしぐさを見せたが、すでにタルーは行ってしまっていた。

翌日、ランベールは朝一番にリュー医師に電話をした。

「この町を出る手立てが見つかるまで、僕もあなたたちと一緒に働かせてもらえますか?」

電話の彼方で一瞬の沈黙があったのち、リューはいった。

「いいとも、ランベール。感謝するよ」

第Ⅲ部

かくして、この一週間のあいだずっと、ペストに捕まった囚人たちは、自分の力の許すかぎり格闘を続けていた。そして、彼らのうちのある者たち、たとえばランベールは、すでに見たとおり、自分がいまだに自由な人間として行動し、自分の道を選択することができると思っていた。しかし、八月半ばのこの時期、実際には、ペストがすべてを覆いつくしていたといっていい。このときには、もはや個人の運命など存在せず、ペストという名の集団的歴史と、市民全員が分かちもつ共通の感情があるばかりだった。なかでももっとも大きな感情は、別離と追放のそれであり、そこには恐怖と憤激が含まれていた。そんなわけで、本記録の筆者は、この暑熱と疫病の頂点における全体的な状況を報告することが適切だと考え、さらに実例として、生存している市民たちの振るった様々な暴力、死んだ者たちの埋葬の模様、ひき裂かれた恋人たちの苦しみなどについて記しておきたいと思う。

この年のなかごろになって、強風が巻きおこり、ペストに襲われた町で、何日もののあいだ、絶えず吹き荒れた。風はとくにオランの住民の恐れるもので、というのも、この町が建設された台地では、風はなんの自然の障害にも出合うことはなく、そのため、もてるかぎりの激烈さで町のなかに吹きこんでくるからだ。この何か月もの長い時にわたり、一滴の雨も町を潤さなかったため、町は灰色の土埃の塗装で覆われ、それが風に吹かれて鱗のように剝げおちた。そうして、風は埃と紙屑の波を巻きあげ、その波が目に見えて減ってきた通行人の足もとに叩きつけられた。前屈みになり、口をハンカチか手で押さえ、急いで道を進む人々の姿が見られた。夕方になると、かつては各人にとってそれが最後になるかもしれない一日をできるかぎり長引かせようとして、人々が街角に集まってきたものだが、いまや、自宅に帰るかカフェに入ろうとして急ぐ少数の人の群れに出会うだけになり、その結果、この時期になるといつもより早く訪れる黄昏どきには、通りから人の姿が消えて、風だけが絶え間のないうめき声を上げているようになった。潮位の高まった、相変わらず姿の見えない海から、海藻と潮の匂いが立ちのぼってきた。人が消えうせ、埃で白く染まり、海の香りに満たされたこの町は、風の叫びだけを響きわたらせ、そうして不幸に覆われた小島のように嘆き悲しむのだった。

これまでペストは、市の中心部より人口密度が高く、住宅環境の悪い外縁部でとくに多くの犠牲者を出していた。ところが、ペストは突然、オフィス街に接近し、そこに腰を据えたかのように見えた。その地域の住民たちは、風が感染の種を運んだ元凶だと見なした。「風が何もかも引っかきまわすんだ」とホテルの支配人はいった。だが、実際はどうであれ、町の中心部の住民たちは、自分たちのすぐそばで、夜中に、ますます頻繁に救急車のサイレンが鳴りわたり、それが窓の下で、ペストの陰鬱で冷淡な呼び声を響かせるのを聞いて、ついに自分たちの番が来たことを知ったのだ。

市の内部でも、とくに被害の大きい区域を隔離して、必要不可欠の仕事をおこなう人間以外の外出を禁止するという措置が講じられた。それらの区域に住んでいる人々は、こうした措置を、わざと自分たちに向けられたいじめだと見なし、ともかく、ほかの区域の住民は自分たちとは逆にまったく自由に行動していると考えていた。いっぽう、ほかの区域の住民は、苦難の時期にあっても、自分たちはほかの連中よりかなり自由だと考えて、慰めにしていた。「いつだって自分より自由を奪われたほかの人間がいる」というのが、そのとき唯一可能な希望を端的に表す言葉だった。

ほぼこれと同じ時期、とくに西の市門の近くの裕福な住宅街で、火事が頻繁に起こるという出来事があった。調査してみると、検疫隔離から帰ってきた人々が、家族の死と不幸を知って狂乱し、家とともにペストを焼き殺すという幻想に囚われて、みずから家屋に火を放ったのだ。こうした企てを抑えこむのは非常に困難で、それが頻発すると、激しい風のせいでその地域全体を絶えざる火災の危険にさらすことになった。当局が実施する家屋の消毒だけであらゆる感染の危険を除くことができると説明しても効果がなく、こうした罪なき放火犯へのきわめて厳重な処罰規定を公布しなければならなくなった。しかし、おそらく、こうした不幸な放火犯を思いとどまらせるものがあったとしたら、それは禁錮刑という観念ではなく、すべての市民に共通する確信、すなわち、市の刑務所に見られる死亡率の極端な高さから来る、投獄は死刑宣告にほかならないという確信なのだった。もちろん、この確信は根拠のないものではなかった。理由は明らかだが、ペストはとくに、兵士や、修道士や、囚人など、集団で生活する習慣の人々に猛威を振るうように見えた。一部の囚人は独房に閉じこめられていたが、刑務所とは一個の共同体であって、その事実をはっきりと証明するのは、市立刑務所において、囚人と同じく看守たちもまたペストに罹って大きな犠牲を払っていたことである。ペストという一段高い視点から見れば、刑務所長から底辺の囚人に至るまで、全員が有罪を宣告され、そして、おそらくこれは初めての事態だが、牢獄のなかで絶対的な公平がもたらされていたのだ。

当局は、この無差別の平等状態に階級制度をもちこもうとして、職務の遂行中に亡くなった刑務所の看守には勲章をあたえるとの策を考案したが、結局それは空しい思いつきだった。市には戒厳令が布かれていたから、ある意味では、刑務所の看守を動員兵と見なすことも可能で、看守には死後贈与の軍事勲章があたえられた。これにたいして、囚人たちはいっさい文句をいわなかったが、軍関係者は不愉快に思い、当然のことともいえるが、こうした処置は一般民衆の心に嘆かわしい混同をひき起こすと注意を喚起した。当局はこの軍関係者の指摘を正当であると認め、もっとも簡単な方策は、死にゆく看守たちに防疫勲章を贈ることだと考えた。しかし、最初に軍事勲章をもらってしまった者に関してはもうどうにもならず、彼らの叙勲をとり消すことなど考えられないため、軍関係者は相変わらず自分たちの意向を声高に主張した。いっぽう、防疫勲章に関しては、疫病の流行下でこの種の叙勲を受けることなどごく月並みな出来事にすぎないので、軍事勲章を授与されたときのような精神的効果をもたらしえないという弱点があった。要するに、誰もが不満を抱く結果に終わったのだ。

それに加えて、刑務所当局は、宗教団体の指導者や、それよりは規模の小さな軍隊組織の首脳部が命じた分散策をとることができなかった。じっさい、市内にふたつだけある修道院の僧たちは、分散させられ、信心深い人々の家に一時的に宿泊させてもらっていた。同様に、兵舎から少人数の中隊がいくつも外に出て、可能な場合にはいつでも、学校や公共の建物に駐屯させられていた。こうして、一見したところ、この病気は、一般市民には戒厳令下の連帯を強制していたにもかかわらず、同時に、伝統的な集団生活を破壊し、人を個々人の孤独へと追いこんだ。この矛盾が混乱状態を生みだしていたのだ。

強風に加え、こうした状況がすべて合わさって、ある種の人々の精神に火を放ったと考えられる。複数ある市の門が、またしても夜間に何度も襲撃され、しかも今回は、武装した小集団による襲撃だった。銃撃戦がおこなわれ、負傷者が出て、数件の脱出が成功した。市門の警備態勢が強化されると、脱出の試みはまもなくあとを絶った。しかし、こうした試みは市内に革命の息吹きを掻きたてるのにも寄与し、何件かの暴力的衝突を誘発した。火災に遭ったり、衛生上の理由から閉鎖されたりした家々が、略奪をこうむることもあった。正確を期すならば、こうした行為があらかじめ計画されたものだと推断することは難しい。たいていの場合は、突然の機会が生じて、それまで有徳だと見なされていた人々を悪しき行動へと駆りたて、それがすぐにほかの人々によって模倣されるのだった。かくして、まだ炎を上げる家を見て、悲しみで呆然としている持ち主の目の前で、その家のなかへ飛びこんでいくとんでもない連中も出現した。家の持ち主がその行為を黙認しているのを見ると、多くの野次馬が最初に飛びこんだ連中を見習い、その暗い街頭では、火事の明かりに照らされて、家の品物や家具を肩にかついだいくつもの異様な人影が、消えかかった炎でさらに歪んだ形になって、蜘蛛の子を散らしたように逃げていくのが見られるのだった。こうした事件のせいで、当局はペストの事態を戒厳令下と同一視せざるをえなくなり、それに基づいて法律の適用をおこなうようになった。ふたりの窃盗犯が銃殺されたが、それがほかの者たちに影響をあたえたかどうかは疑わしい。というのも、これほど多数の死者が出ているなかで、この二件の処刑はまるで目立たなかったからだ。それは大海の一滴にすぎなかった。そして、じっさい、同じような略奪事件がしばしばくり返されたが、当局は摘発に乗りだすそぶりも見せなかった。すべての住民に影響をあたえたように見える唯一の措置は、消灯時刻の決定だった。一一時を境に、町は完全な闇のなかに沈みこみ、石と化したかのようだった。

月明かりの空のもとで、町は白っぽい壁と真っ直ぐな街路を連ね、その連なりは、一本の樹木の黒い影に染みをつけられることもなく、ひとりの歩行者の足音にも、一匹の犬の吠え声にも乱されることはなかった。そのとき、この沈黙した巨大な都市は、もはや生気を失った重い立方体の集合にすぎず、そのなかで、忘れられた慈善家やむかしの偉人たちの無言の彫像だけが、永遠に青銅のなかに押しこまれて、石や金属のまがいものの顔をさらし、かつて人間であったものの堕落した姿を再現しようと努めていた。これらの凡庸きわまる偶像たちは、どんよりとした空のもと、生気の絶えた十字路に君臨していたが、この無感覚で愚鈍な者たちは、私たちがすでに入りこんでしまった不動の時代、あるいは、すくなくともその最後の段階、すなわち、ペストと石くれと暗闇がついにすべての声を沈黙させる共同墓地の段階をみごとに表しているのだった。

しかし、暗闇はすべての人々の心のなかにもあり、埋葬に関するさまざまな伝説が伝えてきたように、真実はオラン市民の心を安心させるようなものではなかった。そんなわけで、ここで埋葬についても語る必要があり、この記録の筆者がそうすることをお許しいただきたい。この点について非難が寄せられるかもしれないことは承知しているが、筆者がなしうる唯一の弁解は、このペストの時期を通じてつねに埋葬が絶えなかったという事実であり、すべての市民が埋葬について心を悩まさざるをえなかったのと同じく、筆者も埋葬について、それなりに心を悩ますことを余儀なくされたのだ。ともあれ、これは筆者がこの種の儀式を好むからではなく、筆者はむしろ、生者との付きあい、一例を挙げれば、海水浴などのほうを好む。しかし、結局のところ、海水浴は禁止されてしまったし、生者の社会は、日がな一日、死者の社会に敗北せざるをえないことを恐れていた。これは紛れもない事実なのだ。もちろん、相変わらずこの事実を見ないように努め、目をつぶって拒否することはできたが、事実とは恐るべき力をもつものであって、最終的に、いつでもすべてにうち勝ってしまうのだ。たとえば、あなたの愛する人を埋葬しなければならなくなったとき、その埋葬を拒否することができるであろうか？

さて、ペスト下での埋葬を最初に特徴づけたものは、迅速さだった！　すべての形式は簡略化され、要するに、葬儀は廃止された。患者は家族から離れたところで死に、通夜は禁止されたので、夕方に死んだ者はたったひとりで夜を過ごし、昼間に死んだ者はただちに埋葬された。むろん家族には通知されたが、たいていの場合、病人のそばで過ごした者は隔離検疫所に送られ、家族は家から出ることができなかった。家族が死んだ病人と一緒に暮らしていなかった場合、遺体は清められ、棺に納められて、家族は、墓地へ出発すると決まった時刻を知らされて、その時刻に出向くのだった。

この手続きが、リュー医師の勧める診療所でおこなわれたとしよう。学校が棺の置き場になっていて、学校の中央棟の裏手には出口がある。廊下に面した広い物置部屋にいくつかの棺が置かれている。その廊下に、すでに蓋を閉ざした棺がひとつだけ出されているのを死者の家族は目にする。すぐにいちばん重要な事柄に移る。つまり、世帯主が何枚かの書類にサインをするのだ。ついで、死体の入った棺を車に載せるのだが、この車は、ただの有蓋トラックの場合も、改造された大きな救急車の場合もある。死者の家族は、まだ特別に運行を許されているタクシーに乗りこみ、その車列は全速力で市の外環道路を通って、墓地に到着する。墓地の門では、憲兵がこの車列を停め、それなくしては終《つい》の住処《すみか》と呼ばれる場所に入ることもできない正式の通行許可証に判子を押して、さっと引きさがる。車は、数多くの墓穴が埋まるのを待っている一角のそばまで行き、停車する。ひとりの司祭が遺体を迎える。埋葬のための儀式は教会では禁じられているからだ。みんなで祈禱の文句を唱えながら、車から棺をひき出し、綱をかけ、引っぱっていき、穴に滑りおろさせ、穴の底にごつんと当たると、司祭が灌水器《かんすいき》を振っているうちに、最初の土くれが棺の蓋に跳《は》ねかえる。救急車は消毒液の散布を受けるためにすこし前にもう帰ってしまい、シャベルでかける土がしだいに鈍くなる音を立てているあいだに、家族もタクシーにもぐりこむ。一五分後には、家に帰りついているという次第だ。

こうして、すべてはまさに最大限の迅速さと最小限の危険性をもって取りおこなわれる。そしてたぶん、すくなくとも最初のころは、明らかに家族の自然な感情は害された。しかし、ペストの隆盛時には、そうした気配りすら考慮する余地はない。効率のためにすべてを犠牲にしていたのだ。だが、初めのうちは、市民の心はこうしたやり方を苦にしていた。というのも、厳粛に葬られたいという望みは、思った以上に人々に広く行きわたっていたからだが、そのしばらくのち、幸いにも食料供給の問題が微妙に影を差し、市民の関心はもっと直接的な関心事のほうに流れていった。食っていくためには、行列に並んだり、手続きをしたり、書類の欄を埋めなくてはならず、自分のまわりで死んでいく者の死に方や、いつか死ぬ自分の死に方についてあれこれ思案している余裕はなくなったのだ。というわけで、災いであるはずのこうした物質的困難が、のちにはむしろ幸いとなる状況が現れた。そして、すでに見たとおり、ペストが蔓延しているのでなければ、万事うまくいったはずだった。

たしかに、このころには棺が欠乏し、屍衣にするための布も、墓地の区画も足りなくなっていた。いちばん簡単なのは、これもまた効率という理由からだが、いくつかの葬式をひとまとめにし、病院と墓地の往復をくり返すことであるように思われた。つまり、リューの受けもち区域でいえば、このとき病院では五つの棺を使っていた。五つの棺がいっぱいになると、救急車に積んで運ぶ。墓地に着いて、棺が空にされ、鉄のような灰色の死体は担架で運ばれ、死体置き場に改造された倉庫のなかで埋葬を待つ。棺は消毒液を散布され、病院に戻され、この作業が必要なだけくり返される。そんなわけで、この仕組みはなかなか良かったし、オラン県知事も満足しているように見えた。知事はリューにむかって、この方式は、結局のところ、昔のペストの記録に書かれている黒人が引く死体用の荷車よりすぐれたものだとさえ断言した。「たしかに」とリューは応じた。「同じ埋葬方式ですが、私たちはカルテに記録していますからね。進歩は歴然たるものです」

こうした行政上の成功にもかかわらず、いまやこの方式が露わにする不快な性格のせいで、県当局は死者の家族が埋葬にたち会うことを拒否するほかなかった。家族は墓地の入口まで来ることはかろうじて黙認されたが、それも公式の許可ではなかった。というのも、埋葬の最後の手順がすこし変化したからだ。墓地の端の、乳香樹の木陰にある更地に、巨大な穴がふたつ掘られていた。男性用の墓穴と女性用の墓穴だ。その点では、行政当局は節度あるおこないを守っていたが、すこしあとになると、状況が切迫してきて、この最後の羞恥心もかなぐり捨て、礼節など無視して、男も女もかまわず、死体の上に死体をどんどん埋めるようになったのだ。幸いなことに、この究極のごちゃ混ぜが実行されたのは、ペストの流行の終わり近くになってからではあった。いまこの記録が語っている時期においては、墓穴の区別は存在しており、県当局もこの区別を尊重していた。それぞれの墓穴の底には、生石灰が分厚い層をなして敷かれ、湯気を立て、沸きたっていた。穴のまわりには、同じ石灰が山と積まれ、戸外の空気のなかで泡を撥ねあがらせていた。救急車の往復が終わると、担架の葬列が墓穴まで進み、裸にされてすこし捻《ね》じれたいくつもの死体が、ほとんどたがいの体に触れあうようにして、墓穴の底に滑りおとされ、間髪をいれず生石灰で覆われ、ついで土がかぶせられる。だが、あとから来る客たちに場所を空けておくため、石灰と土の厚さはある程度までにとどめられる。翌日、家族は処理済みの名簿にサインを求められるが、これは、人間の死と、たとえば犬の死との違いを明白にするものだった。人間の場合は、死体の適正な処理をいつでも確認することができるのである。

だが、こうしたあらゆる作業には人員が必要であり、その人員がつねに不足しようとしていた。これらの作業をおこなう看護師や墓掘り人は、最初は正式の職員だったが、まもなく臨時の雇い人に替わり、いずれもペストで死んでいった。予防策を施しても、いつかは感染してしまう。しかし、よく考えてみれば、もっとも驚くべきは、ペスト流行の全期間にわたって、この仕事をおこなう人間がけっしていなくならなかったことである。危機的な時期は、ペストの被害が頂点に達する直前にあったが、そのときリューが感じた不安には根拠があった。管理職も、リューが荒仕事と呼んだ作業をおこなう人員も、足りなかったからだ。しかし、ペストが現実にオラン市全体を征服したときから、その過剰な力が逆にむしろ好都合な結果をひき起こした。ペストが経済生活を完全に破壊し、そのため多くの失業者を出したからである。多くの場合、失業者は管理職の代用にはならなかったが、荒仕事に関しては、事情が好転した。じっさい、この時点からは、窮乏がつねに恐怖よりも強い影響力を振るったし、労働には危険の度合いに応じて高い給料が支払われたので、なおさら状況は安定した。市役所の保健課はいつでも就職希望者のリストを活用できたし、欠員が生じればただちにリストの先頭にいる者たちに連絡をとるのだが、それまでのあいだに就職希望者自身が欠員の仲間入りをしてしまった場合を除いて、連絡を受けた者はかならず役所に出頭した。かくして、この種の荒仕事に、有期あるいは無期の囚人を使うことを長いあいだ躊躇していた県知事も、この極端な方策に訴えることを避けられたのだ。失業者がいるあいだは持ちこたえられる、というのが知事の意見だった。

そんなわけで、なんとか八月の終わりまでは、オラン市民は、礼儀にかなったやり方とはいえないまでも、すくなくとも行政当局がきちんと義務を果たしているという意識をもてる程度の秩序正しさをもって、終の住処へと運ばれていった。しかし、その後起こった出来事を先走って語ることになるが、結局採用することになった最後の手段を説明しなければならないだろう。つまり、八月に入ってから、ペストは最盛期の威力を維持しつづけたため、犠牲者の累積は、この市の小さな墓地の収容能力をはるかに超えてしまったのだ。墓地の壁をとり壊し、周囲の土地に死者のための区域を広げてみたが、焼け石に水で、すぐに別の弥縫策《びほうさく》を探さなければならなくなった。まず、埋葬は夜間におこなうと決め、それで余計な配慮をしなくて済むようになった。増加する死体を遠慮なく救急車に詰めこむことができたからだ。そして、あらゆる法規に反して、消灯時刻以後も郊外地区をぐずぐず歩きまわる連中（あるいは、仕事上の必要からそうする人々）は、ときどき、車体の長い、白い救急車が何台も、真夜中のひと気の絶えた街路にくぐもったサイレンの音を鳴り響かせながら、全速力で疾走するのにでくわした。死体は、大急ぎで墓穴に放りこまれる。底に落ちきらないうちに、死体の顔に生石灰がシャベルで叩きつけられ、どんどん深く掘るようになった墓穴のなかで、死体は石灰に覆われて、無名の存在と化すのである。

しかしながら、もうすこし経つと、ほかの場所を探して、さらなる手立てを考える必要に迫られた。県知事による条例が布告され、墓地の占有者の永代所有権が剝奪され、掘りだされた遺骸はすべて火葬炉に回された。ほどなく、ペストによる死者も火葬に付すほかなくなった。しかし、そのためには、市の東側の、市門の外にある古い火葬場を使わざるをえず、市への出入りを監視する詰所ももっと遠方に移された。そして、市役所のある職員の進言で、かつて海の崖ぎわを走っていたが、いまは廃線になっている路面電車を利用することになり、当局の仕事は大いに楽になった。路面電車の座席を外し、機関車や付随車の内部を改装して、線路を火葬場まで敷きなおし、火葬場をこの路線の終着点にしたのである。

それで、夏の終わりのあいだ、また、秋雨の降る時季もずっと、崖ぎわの道路に沿って、毎晩真夜中に、乗客のいない異様な路面電車の縦列が海の崖の上をがたごと揺れながら通るのが見られたのだ。しまいには、市民もその事情を察することになった。そして、パトロール隊が出て、崖ぎわの道路に近づくことを禁じているにもかかわらず、何組もの人の群れがしばしば、眼下に海の波を見下ろす岩棚の上にうまく忍びこんで、路面電車が通りすぎるとき、その付随車の車両に花を投げこむことがあった。そうして、まだ続く夏の夜のなかで、死者たちと花を積んだ電車のがたごと揺れる音が聞こえてくるのだった。

それはともかく、初めのうちは、朝方、吐き気を催すような火葬場の濃い煙が、市の東の空に漂っていた。医者たちの見解では、この悪臭を放つ発散物は、不快ではあるが、誰にも害をもたらすものではないとのことだった。しかし、この地区の住民は、ペストが空から襲いかかってくると思いこみ、ただちにこの地区から逃げだすと訴えたため、当局は複雑な導管システムを設置して、この煙をよそへ放出する策をとるほかなく、これで住民たちの怒りは静まった。ただ、強風が吹きあれる日々には、東側からかすかな悪臭が流れてきて、この町の住民が新たな生き方を強制されていること、ペストの業火が毎夜毎夜、住民が捧げる犠牲を貪っていることを思いださせるのだった。

これがペストのもたらした最終段階だった。だが、これ以上疫病の被害が拡大しなかったことは幸いであり、そうでなければ、市役所の創意工夫も、県庁の職務遂行も、火葬炉の焼却能力も、この被害には追いつかなくなっていただろうと考えられる。リユーは、そのとき、死体を海に投げすてるような絶望的な解決策がとられるだろうと覚悟していたし、青い海に浮かぶおぞましい残骸が容易に目に浮かんだ。そしてまた、もし統計の数字がこれ以上増大するならば、いかなる組織も、それがいかに優秀な組織であろうと、その惨状に抗することはできず、県庁が何をしようと、人々は折り重なって死に、街頭で腐り、市内のあらゆる公の場所で、死にゆく人々が、正当な憎悪と愚かな希望のいり混じった表情を浮かべて、生きている人々にすがりつく様子が見られるだろうと覚悟していた。

いずれにせよ、こうした明白な事実や不安のせいで、オラン市民の心には、追放され、別離を強いられているという感情が残りつづけた。その点について、古い物語に出てくるような、たとえば人を勇気づけてくれる英雄とか、目の覚めるような行動といった、ひどく劇的な事柄をここで語ることができないのがどれほど残念なことであるかは筆者もよく承知している。しかし、その理由は、天災ほど劇的でないものはないし、それが長く続くということからして、大きな災厄は単調であるほかないものなのである。天災を生きた人々の記憶のなかで、ペストの恐るべき日々は、華々しく残酷に燃えさかる炎のようなものではなく、むしろ、すべてを踏みつぶしながら続く果てしない足踏みのように思われるのだった。

そう、ペストは、伝染の初期にリュー医師の脳裏につきまとった、興奮をひき起こすような壮大な情景とはなんの関係もなかった。それは第一に、停滞なく機能する、用心深く、非の打ちどころのない行政事務のようなものだった。それゆえ、ついでにいっておけば、この記録の筆者は、何ものも裏切らず、とりわけ自分自身を裏切らないために、客観性を保つことに努めてきた。本記録をほぼ筋の通った報告にするための基本的配慮に関する場合以外、芸術的効果のために事実を変更することはほとんどおこなっていない。そして、客観性という観点からいまこういわざるをえないのだが、この時期のもっとも一般的で、もっとも深く大いなる苦しみとは別離の苦しみであり、ペストのこの段階において、その苦しみを新たに記すことがたしかに必要不可欠だとしても、この苦しみに悲愴さが欠けていたことは事実なのである。

オラン市民、すくなくとも別離にいちばん苦しんでいた人々は、この状況に慣れてしまったのか？　そうだと答えることは、かならずしも正しいとはいえないだろう。むしろ、身体的にも、精神的にも、肉を失って、痩せこけることに苦しんでいた、というほうが正確かもしれない。ペストの流行の初めのころには、彼らは失った人のことをよく思いだし、悲しんだ。だが、愛する人の顔や、笑いや、あとからそれが幸せだったと分かる日々のことをはっきりと思いだせたとしても、いまこうしてその人のことを思いだしている瞬間、すでに遠く離れた場所で、その人が何をしているかを想像することは困難になっていた。要するに、いまこのとき、彼らには記憶はあるが、想像力は不十分になっていたのだ。そして、ペストの第二段階になると、彼らは記憶さえ失ってしまうのだ。顔を忘れたわけではないが、結局同じことなのだ。その顔は肉を失って痩せこけてしまい、彼らは自分の心のなかでその顔を見ることができない。そして、最初の数週間は、自分の愛に関する事柄のなかで、もはや亡霊しか相手にしていないことを嘆いたものだが、その後は、亡霊が肉を失って痩せこけ、思い出が保っていたかすかな色合いさえもが失われたことに気づくのだ。この長い別離の時間の果てには、自分たちのものだったあの親しみ深さをもう想像することができず、いつでも肩に手を置くことができた人が自分のそばでどんなふうに生きていたかも思いだせなくなっていた。

この点から見れば、オランの人々はペストのもたらす秩序のなかに入りこんでしまったのであり、その秩序は平凡であるだけに、いっそう支配力は絶大だった。私たちのなかの誰ひとりとして、いまや大きな感情の起伏をもたなくなった。その代わり、みんなが単調さを感じていた。「そろそろ終わるだろう」と市民たちはいいあった。天災のなかで、集団的な苦痛の終わりを望むのは当然のことであり、じっさい、彼らはこれが終わることを望んでいたのだ。しかし、こうした言葉も、初めのころの熱っぽさや痛切な感情がこもっていたわけではなく、ただ、私たちにまだはっきりと残っている、しかし貧弱な理屈がそういわせたのだった。最初の数週間の激しい感情の昂ぶりに続いて、意気消沈の状態が生まれ、それを諦めと見るのは誤りかもしれないが、そうした状態は、天災をとりあえず仕方のないものとして認めることにほかならなかった。

市民たちは足並みをそろえて、天災にいわば適応していった。というのも、それ以外にやり方がなかったからだ。当然のことながら、まだ不幸と苦しみに接する態度をとってはいたが、鋭い痛みはもう感じていなかった。しかし、たとえばリュー医師は、それこそがまさに不幸なのだと考えていた。絶望に慣れることは、絶望そのものより悪いのだ。それ以前は、別離を強いられた人々も本当には不幸ではなく、その苦しみのなかには、たったいま消えたばかりの輝きが残っていた。いまは、街角でも、カフェでも、友人宅でも、彼らはすべてに平静で、うわの空で、退屈しきった目をしているように見えるので、彼らのせいで、町全体が駅の待合室みたいに思えるのだった。仕事がある人でも、その仕事をペストのようなやり方で、丁寧に、淡々とこなす。みんなが謙虚になっていた。いま初めて、ひき離された人々が、不愉快な感情なしにひき離された相手のことを語り、みんなと同じような言葉を使い、自分たちの別離について病気の統計の数字を見るのと同じ見方で検討するのだった。それまでは、自分の苦しみはほかのみんなの不幸とはぜんぜん違うと頑固にいい張っていたのに、いまではみんな同じようなものだと見なしていた。記憶もなく、希望もなく、彼らはただ現在のなかにはまりこんでいた。げんに、彼らには現在しかなかった。特筆すべきことだが、ペストは彼ら全員から、愛の能力と、友情の能力さえも奪ってしまったのだ。

なぜなら、愛はいくらかの未来への期待を必要とするものだからだ。しかし、私たちにはもはやその瞬間その瞬間しか存在していなかった。

もちろん、こうしたことすべてはどれも絶対的なものではない。なぜなら、ひき離された者たちみんながこうした状態にたどり着くことは事実だが、全員が同時にそうなるわけではないし、また、こうした新たな状態に入りこんだとしても、閃きが起こったり、突然明晰さが戻ってきたりして、苦しんでいた者たちが、より若々しく、より痛切な感受性を回復することもあったとつけ加えるべきだからだ。そうした状態のなかには、ペストが終わったことを前提にして何か計画を立てるような気晴らしの時間もあっただろう。予期せず、天の恵みのような成りゆきで、相手もいないのに嫉妬の苦しみに苛まれることもあったにちがいない。突然生まれ変わったように感じ、一週間のあるときに麻痺状態からぬけだす人々もいたが、それは当然のことながら、日曜か土曜の午後だった。というのも、それらの日は、いまはいないその相手がいたころには、一緒に何かをおこなう習慣になっていたからだ。あるいはまた、一日の終わりにある種の憂愁の時が訪れて、記憶が戻ってきそうだという予感をもたらすこともあったが、その予感には確たる根拠がなかった。夕べのその時刻は、キリスト教の信者にとっては良心を顧みる時刻だったが、囚われた者や追放された者にとっては、顧みるものが空虚しかなく、ひどくつらい時間だった。囚人や追放者は、しばらくのあいだ宙づりの状態に置かれ、それから無気力へと戻り、またペストのなかに閉じこもってしまうのだった。

すでにお分かりいただけたと思うが、こうした事態は、もっとも個人的な関心事を断念するということに帰着した。ペスト流行の初期に、人々は、他人にとってはなんの意味ももたないが、自分にとってはきわめて重要に思える、些細な事柄がじつにたくさんあることに驚かされていた。自分の職業生活の経験とはそのようなものであったが、いまや逆に、人々は他人が興味をもつものにしか興味を抱かず、一般化された考えしかもたず、愛さえも、彼らにとっては、この上なく抽象的な顔しか見せなくなっていた。それほどまでにペストに支配されたため、眠りのなかでしか希望をもてなくなり、「ペストのリンパ腫なんか、もうおしまいにしてくれ！」と考えているのに気づくこともあった。しかし、じつをいえば、彼らはすでに眠っていたのであり、この時期のすべてが長い眠りにほかならなかった。町は目を開けたまま眠る者たちで充満し、彼らはその運命から逃れることができず、運命から逃れる瞬間があるとすれば、めったにないことだが、真夜中に、表面的には塞がった傷口が突然口を開くときだけだった。そして、びくりとして目覚め、それから放心した面持ちでそのずきずきと疼く傷口を手で探り、いきなり閃くように苦痛が甦るのを感じ、その苦痛とともに、動転して自分の愛の面影を思いだす。しかし、朝になると、彼らは天災のなかに、すなわち、お決まりの日常へと戻ってしまうのだ。

しかし、このひき離された者たちはいったいどんな外見をしていたのか、と問う人があるかもしれない。だが、それは簡単なことで、彼らはどんな特別な外見もしていなかった。あるいは、こういってもいい。彼らは世間一般の、みんなとまったく同じ様子をしていた。彼らは、この町の平静さと子供じみた動揺とを共有していた。批判の感覚を失ったように見えながら、一見、冷静さを保っていた。たとえば、彼らのなかでもっとも知的な人々は、みんなと同じように、新聞やラジオ放送のなかにペストがすぐに終わると信じるべき理由を探すふりをしたり、見たところ絵空事のような希望を抱いたり、あるいは、新聞記者が退屈であくびをしながらちょっとした思いつきで書いた記事を読んで、根拠のない恐れを感じたりしている様子が見られた。そのほかの人々に関しては、ビールを飲んだり、病人の看病をしたり、のらくらしたり、あくせくしたり、書類を整理したり、レコードを回したり、ほかの人間と違うところはまるでなかった。別のいいかたをすれば、彼らはもう何も自分では選んでいなかったのだ。ペストは価値判断を奪ってしまった。そして、そのことは、彼らが買う衣服や食品の品質をもはや気にかけないという事実にも表れていた。人々はあらゆることを全員一致で受けいれていた。

要するに、ひき離された者たちは、初めのうちは彼らを守ってくれていた奇妙な特権をとっくに失っていたといえよう。彼らは愛のもたらすエゴイズムを失い、そこから得られる恩恵も失っていた。ともかく、いまや事態は明らかで、天災はすべての人にあまねく及んでいた。私たちみんなが、市門で鳴りひびく銃声や、われわれの誕生や死亡を区切って押されるスタンプや、火事や、カルテや、恐怖や、書類の手続きに囲まれ、不名誉だが統計には記録される死を予約され、恐るべき火の煙と救急車の穏やかなサイレンの音のなかで、追放という名の同じパンから養分を得て、知らず知らずのうちに、愕然とするような同じ再会と同じ平和を待ちうけていたのだ。私たちの愛はたぶん相変わらずそこにあったのだろうが、たんに役立てようがなく、いつも抱えているには重すぎ、私たちのなかで力なく沈みこみ、犯罪や処罰と同様に不毛なものだった。それはもはや、未来なき忍耐と、立ち往生した期待でしかなかった。そして、この点から見るならば、オラン市民のある者たちの態度は、町のそこここの食料品店にできる長い行列を思わせた。それは果てしのない、そしてなんの幻想も抱かない、同じ諦め、同じ辛抱強さだった。ただ、人の別離に関しては、その感情を一〇〇

○倍もの尺度に拡大してみる必要があるだろう。なぜなら、その場合に問題となるのは、ほかとは違う飢餓の感情であり、この飢餓はすべてを貪りつくす可能性があったからだ。

いずれにせよ、愛する者からひき離されたこの町の人々の精神状態について正確な観念を得たいと思うならば、ふたたび、あの金色に染まった、埃っぽい、木々のない町に落ちかかる夕暮れ、男や女たちが町じゅうにあふれだすあの夕暮れを思い起こさねばならないだろう。なぜなら、奇妙なことに、ふだんなら町が交わすすべての言葉に代わる車と機械の音が完全に絶えたなかで、まだ日の当たるカフェのテラスのほうに上ってくるのは、鈍い歩みと声の巨大なざわめきだけであり、それは、重苦しい空で天災の殻竿が空気を切る音によって歩調を刻まれ、痛ましい軋みをあげる数千の靴底の音、すなわち、果てしなく息苦しい足踏みであって、それがしだいに町全体を埋めつくし、毎夜毎夜、私たちの心のなかで愛にとって代わるものとなった闇雲な執念の、もっとも忠実かつもっとも陰鬱な声を代弁していたのである。

第Ⅳ部

九月と一〇月の二か月間、ペストは町を自分の足もとに這いつくばらせていた。ペストとは足踏みにほかならない。そのため、何十万人もの市民が、いつ終わるともしれぬ何週間ものあいだ、いまだに足踏みを続けていた。靄と暑さと雨とが相次いで空からやって来た。ムクドリとツグミの群れが音も立てずに南から飛んできて、はるかな上空を通過したが、パヌルー神父のいう不思議な天災の殻竿が、家々の上で唸りをあげて回転しながら、鳥たちを遠くに押しやったかのように、鳥の群れは町を迂回していった。一〇月の初めには、激しい驟雨が街路を洗った。そして、その期間のあいだずっと、巨大な足踏み以上に重要な出来事は何も起こらなかった。

そのとき、リューと友人たちは、どれほど自分たちが疲れているかに気づいた。じっさい、保健隊の人々はもはやこの疲れを癒しきれなくなっていた。リューがそのことを悟ったのは、友人たちと自分自身のなかに奇妙な無関心の増大が見られたからだ。たとえば、それまでペストに関するどんな情報にもあれほど生き生きと関心を示していた人々が、もはやそんなことをまるで気にかけなくなってしまった。ランベールは、すこし前から彼のホテルに設けられた隔離検疫所のひとつを臨時に任されており、自分が責任を負う隔離検疫者の数を完璧に把握していた。隔離検疫者がいきなり発病の徴候を示した場合、それらの患者にたいしておこなうべき緊急搬送のもっとも微細な手順も知りつくしていた。隔離検疫者への血清の効果の統計的数値も記憶に刻みこんでいた。しかし、ランベールは、ペストが一週間で出す犠牲者の数をいうことはできなかったし、げんにペストが昂進しつつあるのか、衰退しつつあるのかも分からなくなっていた。しかし、そうした状況にもかかわらず、彼はまもなくこの町を脱出できるという希望をもちつづけていた。

昼夜を問わず自分の仕事に没頭している隊のほかの人々はといえば、新聞も読まず、ラジオも聴かなかった。そして、かりに誰かが数字を口にすると、それに興味を示すふりはしても、彼らの本当の態度は放心と無関心であり、それは、激戦に従事する戦闘員たちが、任務に疲れはて、日々の義務の仕事に欠けるところがないようにとだけ努め、もはや決定的な作戦行動も休戦の日も期待しなくなっている状態によく似ていた。

グランは、ペストとの戦いに必要な計算をおこないつづけていたが、その全体的な結果を説明しろといわれても、きっとできなかっただろう。タルーやランベールやリューは明らかに疲労への耐性があったが、彼らとは逆に、グランの健康状態は良好だったことがなかった。それなのにグランは、市役所での非正規職員の任務と、リューの診療所での記録係の仕事と、夜の小説の執筆を同時に遂行していた。かくてグランはつねに疲労困憊しているように見えたが、ペストが終わったらすくなくとも一週間くらいは完全な休暇をとることとか、そのときいまやっている小説の仕事を、「脱帽だ」といわれるほど一生懸命に仕上げるとかいうような、二、三の固定観念だけに支えられているのだった。グランはまた、突然ほろりと感傷的な気分になることがよくあり、そんなおりには、かつての妻ジャンヌのことをリューに話したがり、いまこの瞬間ジャンヌはどこにいるのかとか、彼女が新聞を読んだら自分のことを考えてくれるだろうかとか、物思いにふけるのだった。リューはあるとき、ふと気づくと自分もまたこの上なく月並みな言葉で妻のことを語っていたのだが、そんなことはこれまでまったくしたことがなかった。妻からの電報はいつでもリューを安心させるような調子だったので、それを信用できるかどうか不安に思い、リューは妻が入院している療養所の主任医師に電報を打って尋ねることに決めた。おり返し、病状の悪化を告げる電報をリューは受けとり、同時に、病の進展を食いとめるためにあらゆる手段を尽くすという保証も受けた。リューはこの知らせを自分だけの胸にしまいこんでいたが、疲労の激化のせいか、そのことをグランにうち明けてしまい、なぜそんなことをしたのかは自分でも分からなかった。グランがジャンヌのことを話したあと、リューの妻の具合を尋ね、リューは電報の件を話してしまったのだ。「でも、ご存じのとおり」とグランはいった、「今ではこの病気だってすぐに治るようになったんですから」。その言葉にリューは同意しながらも、別離の時間があまりにも長くなりすぎ、自分は病の克服のために妻を助けることもできたはずだったが、いまでは妻も完全にひとりぼっちの気分になっているにちがいない、とつけ加えた。それから黙りこみ、その後はグランの質問を避けるような言葉でしか答えようとはしなかった。

ほかの人々も同じような状態だった。タルーはリューやグランよりよく持ちこたえていたが、その手記を見るかぎりでは、好奇心が真剣さを失ったとはいわないまでも、多様な広がりをなくしていた。じっさい、この間、タルーは見たところコタールにしか興味を示していない。自分のホテルが隔離検疫所に改造されて以来、タルーはリューの家に住みこむことになったのだが、夜になって、グランやリューがいろいろな出来事の結果を報告しても、ほとんど聞いていなかった。タルーはすぐに会話を、自分がかろうじて興味を抱いているオランの市民生活の些事にひき戻すのだった。

いっぽうカステルがリュー医師のところに血清の準備が完了したと告げに来た日、その日はちょうど診療所にオトン判事の小さな息子が運びこまれたところだった。その病状がリューには絶望的だと思われたため、リューとカステルは血清の最初の使用をオトン判事の息子に試してみることに決めたのだが、そのあとでリューは、カステルにペストの最新の統計の数字を伝えているとき、カステルが肘掛椅子でぐっすりと眠りこんでいるのに気づいたのだった。カステルの顔は、いつもならやさしさと皮肉をたたえ、変わることのない若さを見せていたが、いまはいきなり素顔がさらされ、なかば開いた唇のあいだに唾の糸が引いて、疲れと老いとが露骨に表れ、リューは喉を絞めつけられるような感じがした。

そんな弱さを意識して、リューは自分が疲労しきっているのだと悟った。自分の感受性を抑えられなくなっていたのだ。その感受性は、多くの場合、ぎくしゃくこわばり、硬直し、干からびていたのだが、ときには、決壊して、もはや抑えのきかない感情の渦へと彼を溺れさせるのだった。リューの唯一の防御策は、感受性の硬直のなかに逃げこみ、自分のなかにあったこわばりをとり戻すことだった。それがいまの状態を維持するのに適当な方法であると自分でよく分かっていたのだ。そのほかのことについては、リューはもともとたいして幻想を抱いていなかったし、それでもまだ抱いていた幻想は疲労が奪っていった。というのも、終わりの見えない時間が続くなかで、リューは、自分の役割がもはや患者を治癒させることではないと知っていたからだ。自分の役割は診断することだけだった。発見し、確認し、記述し、登録し、宣告すること、それがリューの仕事だった。患者の妻たちはリューの手を摑んで、こう叫んだ、「先生、この人の命を助けてください！」。しかし、彼がそこにいるのは、命を助けるためではなく、隔離を命じるためだった。そのとき人々は憎悪の表情を浮かべたが、それでいったいどうなるというのか？「あなたには心がないんですか」とリューはあるときいわれた。とんでもない、ちゃんともっている。しかし、心がリューの役に立ったのは、毎日二〇時間耐えぬくため、そして、生きるべくこの世に来た人間が死んでいくのを見守るためだった。毎日それをくり返すのに役立っていたのだ。以後、心はせいぜいそれに役立つだけだった。そんな心がどうやって人の命を助けることなどできただろう？

いや、リューが一日中人々にあたえているのは、救済ではなく、情報にすぎなかった。こんなことは、むろん、人間の職務といえるようなものではない。しかし、結局のところ、恐怖に襲われ、殺されていくこの群衆のなかで、いったい誰に、人間としての職務を遂行する余裕が残されていただろうか？　疲労があったことはまだ幸せだった。リューがもっと生気を残していたら、そこらじゅうに広がる死臭は彼を感傷的にしたかもしれない。しかし、四時間しか眠れないとき、感傷的になどなれはしない。人はものごとをあるがままに見るだけだ。つまり、公平さに基づいて、おぞましくばかげた公平さに基づいて、ものごとをただ眺めるのだ。そして、そのほかの人々、すなわち、病を宣告された人々もまた、そのことを感じとっていた。ペストが来る前は、リューは救済者として迎えられた。リューは数粒の薬と一本の注射器ですべてをうまくとり計らうことができ、人々は彼の腕にすがりながら、家の廊下に沿って彼を案内してくれた。それは悪くない気持ちだったが、警戒すべきことでもあった。しかし、いまやかつてとはまるで異なり、兵士たちと一緒に家々に赴き、銃床で扉を叩かなければ、家族は扉を開けようとはしない。人々は自分たちと一緒にリューを、いや、人類全体を死のなかに引きずりこみたかったことだろう。そのとおり！　たしかに人間は人間と一緒でなければいられないものだし、リューもまたそうした不幸な人々と同じくすべてを奪われていたし、自分が不幸な人々を見捨てるときに心のうちで高まるままにしていた、あの震えるような同じ憐れみを受けるに値する人間だったのだ。

すくなくとも、こうしたことが、この果てしない何週間ものあいだ、リュー医師が心のなかでかき立てていた考えであり、そこに妻との別離状態への思いが加わっていた。そして、彼は友人たちの顔にもそうした考えの反映を見てとっていた。しかし、こうして天災との闘いを続けるすべての人々の心を侵しつつあった衰弱のもっとも危険な結果は、外の出来事と他人の感情へのこの無関心にはなく、自分たち自身が投げやりな態度におちいり、それが深まるに任せていることだった。なぜなら、そのころ彼らは、絶対に必要不可欠でない行為はすべて避けようとし、また、つねに自分の手に余るように見えることはおこなうまいとする傾向があったからだ。その結果、彼らは自分たちが条文化した衛生上の規則をしだいに頻繁に無視したり、自分におこなうべき多くの消毒の手順のいくつかを忘れたり、ときには、感染への予防策を講じずに肺ペストを発症した患者のもとに駆けつけたりした。というのも、そうした患者の家に行かねばならないことをぎりぎりの土壇場で知らされると、所定の部署に戻って必要な薬品の点滴注入を受けねばならないことが、それをおこなう前から疲れ果てる行為に思えるからだった。そこに真の危険があった。なぜなら、ペストとの闘いそのものが、彼らをもっともペストに感染させやすくすることになるからだ。要するに、彼らはすべてを運に任せていたが、運は誰の味方もしないのだ。

ところが、この町のなかで、憔悴もしなければ、挫けた様子も見せず、満足そのものといった顔をしている男がひとりいた。コタールだ。コタールはほかの人々と関係を保ちながら、依然として離れたところに身を置いていた。しかし、コタールはタルーと会うことを好み、タルーの仕事の許すかぎり、タルーと頻繁に会っていた。その理由は、ひとつには、タルーがコタールの事情をよく理解してやっていたからであり、また、タルーはこの小柄な金利生活者をいつも変わらぬ親身な態度で迎えてやっていたからだ。その付きあいは奇跡のように長続きしていて、タルーはけっこうな労力を割いていたにもかかわらず、いつも好意的にふるまい、ちゃんと気を配っていた。タルーは、ある晩には疲労に押しつぶされそうになっていたとしても、翌日には新たな力をとり戻していた。「あの男とは話ができるんだ」とコタールはランベールに語った。「だって、あいつは男だからね。いつでも分かってくれるのさ」

そんなわけで、タルーの手記の記述は、この時期、徐々にコタールという人物に集中していった。タルーは、コタールが自分にうち明けたり、解釈を提示したりしたままのかたちで、コタールの反応や考え方の一覧表を作ろうと試みた。「コタールとペストの関係」という表題のもとに、この一覧表はタルーの手記の数ページを占めており、本記録の筆者はここでその要約をおこなうことが有益だと考える。この小柄な金利生活者についてのタルーの主な意見はこう総括される。「これは成長している人間である」。外見上も、コタールは上機嫌のなかで成長していた。いまの事態の推移のしかたに不満がなかったのだ。ときにはタルーにむかって、自分の考え方の根本を説明するため、こんな意見をいうことがあった。「もちろん、具合はよくなってはいないよ。でも、ともかくみんなが同じように巻きこまれているんだからね」

「たしかにそうだ」とタルーは注釈している。「コタールもまたほかの人々と同じく脅かされている。だが、まさにその点において、彼はほかの人間と一緒なのだ。また、間違いなく、コタールは自分がペストに冒されることはないと本気で信じている。コタールは、大病に罹ったり、深刻な苦しみに苛まれている人間は、そのせいでほかのあらゆる大病や苦しみを免れるという考えを信じて生きているらしいが、これはそんなにばかげた考えとはいえない。『分からないかなあ』とコタールは僕にいった。『ひとりの人間にいろんな病気が重なるなんてことはないんだ。あんたがひどい癌とか重い結核といったような治癒の難しい重病に罹ったら、もうペストやチフスには罹らないさ。そんなことはありえない。それに、この話はもっと大きく広げて考えることができる。だって、癌に罹った病人が自動車事故で死ぬなんてのを見たことはないだろう』。正しいか間違っているかはともかく、こうした考えがコタールを上機嫌にさせているのだ。彼が望まない唯一のことは、他人からひき離されることだ。ひとりで監禁されるより、みんなと一緒に襲撃されるほうがいいのだ。ペストがあるかぎり、極秘捜査も、調書も、前科の記録も、理解不能の予審も、逮捕の危険ももう問題にはならない。もっと正確にいえば、もう警察もないし、昔の罪状も新しい罪状もないし、罪人すらもいない。あるのは、この上なくいい加減に下される恩赦を待つ受刑者だけであり、そのなかには警察官たちだって含まれるのだ」。これもやはりタルーの解釈だが、かくしてコタールは、オラン市民が呈する不安と動揺の徴候について考察する十分な根拠をもっているのであり、満足げに心の広さと理解の深さを表すこんな言葉を語るのだった。「いいから話してごらん。俺はあんたたちより前にそんな気持ちを味わったことがあるんだから」

「僕はコタールにいった」とタルーの手記は続ける、「ほかの人たちからひき離されないための唯一の方法は、最終的には、良心をもちつづけることなのだ、と。だが無駄だった。コタールは厳しい目つきで僕を見てこういった。『だとしたら、いずれにしても、誰もほかの人間とは一緒になれないってことだね』。そして、こう続けた、『まあいいさ、これは俺の考えだから。でも、みんなを一緒にさせるには、ともかくペストを差しむけることだよ。まあ、あんたのまわりを見ていてごらん』。そしてじっさい、僕には、コタールのいいたいことも、彼にとっていまの生活がどれほど安楽に思えるかも、よく分かるのだ。通りすがりに眺めて、町の人々が、かつては自分が経験したのと同じ反応を見せていることに気づかないはずはないのだ。人それぞれが他人をみんな自分の同類にしようとする努力。ときおり道に迷った通行人に道を教えてやるときに振りまく親切さと、別のときに見せるうって変わった不機嫌さ。高級レストランへの殺到と、そういう店に入り、そこでゆっくりしていることへの満足感。毎日、映画館に列を作り、演芸場やダンスホールをすべて満員にし、荒れ狂う満潮の波のようにあらゆる公共の場所へ押しよせる無秩序な人ごみ。あらゆる接触にたいする恐怖感と、にもかかわらず、人を人のほうへ、腕を腕のほうへ、異性を異性のほうへと押しやる人のぬくもりへの欲求。コタールがこうしたすべての反応を町の人々より前に経験していたことは明らかだ。ただし、コタールのあの顔では、女たちが彼のほうへ寄ってきたとは考えにくいが……。僕が思うに、コタールは、商売女のところへ行きたくなったときにも、そういう悪い習慣が身についてのちのちそれが自分の不利益にならないように、そんな行為を控えたのだ。

要するに、ペストはコタールにとってうってつけのものだった。孤独でありながら孤独になりたくないひとりの男を、ペストは共犯者にしたのだ。げんに、コタールはペストの共犯者となって、共犯者であることを楽しんでいた。彼は、自分の目に映るすべての出来事の共犯者であり、危険に襲われた人々が示す迷信的な行動、非合理な恐怖心、過敏な感受性の共犯者でもあった。ペストのことをできるだけ話すまいとして、かえってペストのことをたえず話してしまう偏執的傾向。この病気が頭痛から始まると知って以来、ほんのちょっと頭が痛くなっただけで逆上し、真っ青になってしまう様子。ちょっとした失念を侮辱だと受けとり、ズボンのボタンひとつを失くしたことをいつまでも気に病むような、苛立って、感じやすく、要するに不安定な感受性。コタールは、そういったことの共犯者だった」

タルーはしばしば、夜、コタールと一緒に出かけることがあった。そのあとで、タルーは手記に、自分たちふたりが肩を並べて、黄昏どきの、あるいは夜の、暗い群衆のなかに入っていき、ところどころ距離を空けて街灯が少しだけ照らしだす白と黒の集団のなかに沈みこみ、ペストの寒さから守ってくれる温かい歓楽のほうへ向かう人の群れに付いていく、その様子を書きしるした。数か月前、コタールが公共の場に探し求めていたもの、つまり贅沢と裕福な生活、そして、コタールが夢見ながらその夢を満足させることができなかったもの、つまり羽目を外した享楽、そうしたものを、いまはこの町の住民全体が追い求めていたのだ。あらゆるものの値段がどんどん上がっていたのに、みんながこれほど金を浪費したことはなく、大部分の人に生活必需品が欠乏していたのに、みんなが無駄なものに金を注ぎこんでいた。じつは失業のせいでしかない時間の余裕から生まれるあらゆる遊びが増加していくのが見られた。タルーとコタールは、ときには長い時間をかけて男女の連れのあとを追ってみたものだが、以前は自分たちの結びつきを隠そうと努めていたカップルが、いまはぴったりと体を押しつけあい、町のなかをいつまでも歩きつづけ、自分たちをとり囲む群衆など目に入らず、激しい情熱につきもののいささか生気を欠いた放心状態を示しているのだった。コタールは感動した様子で、「おやおや！　いい感じだなあ！」と口に出していった。そして、大声でしゃべり、集団的な熱気と、まわりで音を立てて放りだされる豪勢なチップと、自分たちの目の前でくり広げられる恋愛模様に囲まれて、大満足といった顔つきだった。

しかし、このコタールの態度に悪意はほとんど混じっていない、とタルーは思っていた。コタールの「俺はあんたたちより前にそんな気持ちを味わったことがあるんだから」という言葉には、勝ち誇った気持ちより、むしろ不幸な気配があった。「僕が思うに」とタルーは記している、「コタールは、空と町の壁のあいだに囚われたこれらの人々を愛しはじめているのだ。彼はできるなら、喜んで、これがそんなに恐ろしい事態ではないと説明してやりたかったのだろう。コタールは僕にはっきりとこういった。『あんたも連中の言葉を聞いたことがあるだろう。ペストが済んだらあれをしたいとか、ペストが済んだらこれをしたいとかいってるのを……。黙ってりゃいいのに、そんなことをいって自分でわざわざ苦しみを増やしてるんだよ。それに連中は自分の利点に気づいてさえいない。だって、この俺が、逮捕が済んだらあれをしたい、なんていえると思うかい? 逮捕はことの始まりで、終わりなんかじゃない。だけど、ペストが終われば……。俺の考えをいおうか? 連中が不幸なのは、成り行きに任せないからだ。それがどういうことか、俺は十分に分かったうえでいってるんだよ』

たしかにコタールは自分のいっていることの意味をちゃんと分かっている」とタルーはつけ加えている。「オランの市民は、自分たちを近づけあう温かい感情への欲求を心の底で感じていながら、同時に、自分たちをたがいに遠ざける不信感のために温かい感情に身を任せることができないのだ。そうしたオラン市民の心の矛盾をコタールは正確に判定している。人々は、隣人が信用できないということ、自分の知らないうちにペストをもってくるし、自分が油断すればその隙に病気を感染させるということを知りすぎているのだ。コタールのように、付きあいたいと思う人間がすべて、もしかしたら密告者かもしれないと恐れて生きてきた人間は、オランの住民たちの気持ちがよく分かるのだ。まだ病気に罹らないことを喜んでいるこの瞬間にも、ペストがいまにも自分の肩に手をかけるのではないか、いや、じっさいそうしかけているのではないかと考えて暮らしている人には、強い同情の気持ちが湧くのである。そして、そう思えるうちは、恐怖のなかで心が安らぐのだ。しかし、コタールはそうしたことをすべてオランの住民たちより前に経験してきたのだから、この不安の残酷さをオランの住民たちとまったく同じに感じることはできないだろうと僕は思う。要するに、ペストでまだ死なない僕たちと同様に、たしかにコタールも、自分の自由と生命がいまにも破壊されそうなことを毎日感じている。しかし、自分自身はすでに恐怖のなかで生きてきたので、今度はほかの者たちがその恐怖を味わうことを当然だと思っている。もっと正確にいえば、その場合に、恐怖は、たったひとりでそれを味わっている場合よりも、ずっと耐えやすいもののように思われるのだ。しかし、この点において彼は間違っている。そして、そのせいでほかの人よりも理解しにくい存在になっている。しかし、結局のところ、まさにこの点においてこそ、コタールはほかの人々よりも理解しようと試みる価値がある人間なのだ」

最後にタルーの手記が記録しているのは、コタールとペストに襲われた人々に同時に訪れた奇妙な意識を絵解きするような挿話である。これは、この時期の殺気だった雰囲気をほぼ完全に再現するものであり、それゆえ、本記録の筆者はこの挿話を重要なものと見なすのである。

コタールとタルーは、『オルフェオとエウリディーチェ』[1]を上演している市立オペラ劇場へ出かけた。コタールがタルーを誘ったのだ。上演しているのは、ペストの始まった春にこの町にやって来た歌劇団だった。疫病で足止めを食ったこの歌劇団は、仕方なくオランの市立オペラ劇場と契約を交わし、週に一度、演《だ》し物をくり返すことにしたのだ。かくして、何か月にもわたり、毎週金曜日には、オランの市立劇場で、オルフェオの嘆きの美しい調べと、エウリディーチェの弱々しい呼び声が響きわたることになった。とはいえ、この演目は観客の人気を呼びつづけ、つねに高い興行成績を上げていた。コタールとタルーはもっとも高価な席に座り、この町の住民のなかでももっともお洒落な連中で超満員になった平土間を見下ろしていた。そこに入場する人々は、自分の登場をなんとか印象づけようとして、見てはっきり分かるように工夫を凝らしていた。楽団員たちが控えめに楽器の調律をおこなっているあいだ、緞帳《どんちょう》の前の目も眩むような照明の下に、観客のシルエットがくっきりと浮かびあがって、ある列から別の列へと移動したり、気どった身ぶりで体を屈めたりしていた。場を心得た会話の軽いざわめきのなかで、人々は、数時間前の町の暗い街路では失われていた心の平静をとり戻すのだった。礼服がペストを追いはらっていた。

第一幕のあいだずっと、オルフェオは流麗な嘆きの声を上げつづけ、ゆったりとした貫頭衣《かんとうい》をまとった女たちがオルフェオの不幸な身の上を優雅に物語り、愛の思いがアリエッタで歌いあげられた。場内はそっと抑えた熱意でこれに反応した。第二幕のアリアになって、オルフェオの歌に、楽譜には書かれていない震え声が混じりはじめ、オルフェオが冥府の王にむかって、自分の涙に同情してほしいと懇願したときにも、その悲愴さの表現は度を越していたが、それに気づいた者はほとんどいなかった。オルフェオがふと見せるぎくしゃくした身ぶりも、オペラ通の観客にとっては、歌手の歌唱の効果をさらに増す様式化の強調に見えたのだ。

ようやく第三幕のオルフェオとエウリディーチェの壮大な二重唱（エウリディーチェがオルフェオから離れていく瞬間）まで来て、ある驚きの波が場内を走った。すると歌手は、まさに観客のこの反応を待っていたかのように、あるいは、もっと正確にいえば、まるで平土間から伝わったざわめきが歌手の予感していたことを確かな事実にしてくれたかのように、歌手はちょうどこの瞬間にぶざまな足どりでフットライトのほうに進みでて、古代の衣裳に包まれた手と脚をつっぱらせ、牧歌的な情景を描

1　グルック作曲のイタリア語のオペラ。詩人オルフェオ（オルペウス）が死んだ妻エウリディーチェ（エウリュディケー）を冥界から連れ戻そうしたギリシア神話に基づく。一七六二年初演。

いた舞台装置の真ん中で昏倒してしまったのだ。その舞台装置はこれまで時代遅れに見えたことはけっしてなかったが、この瞬間初めて、観客の目に、恐るべき時代錯誤な書き割りに変貌してしまった。と同時にオーケストラの演奏は中断し、平土間の観客は立ちあがり、おもむろに劇場から出ようとしはじめ、初めは、ミサの終わった教会や、死者との対面を済ませた遺体安置室から出るときのように沈黙を守って、女性はスカートをからげ、顔を伏せて進み、男性は連れに肘を貸して、補助席にぶつからないように導いていた。しかし、しだいに人々の動きが激しくなり、ささやきは叫び声に変わり、群衆が出口に殺到して、押しあいへしあいとなり、しまいには大声を上げながら突き飛ばしあう始末だった。コタールとタルーはいまようやく立ちあがったというところで、彼らだけが、まさにそのときの彼らの生活を表現するもののありさまを目の当たりにしていた。舞台上には、関節がばらばらに折れ曲がった道化役者の姿をしてペストがわだかまり、場内には、置き忘れられた扇子や、真っ赤な客席の上に広がるレースのショールといった形をとって、不要になった贅沢品の一切がうち捨てられていた。

ランベールは九月の初めのうち、リューを手伝い、精出して働いた。もらった休みは一日だけで、その日に、男子校の高等中学の前で、ゴンザレスとふたりの若者と会う約束をしていた。

その日の正午、ゴンザレスとランベールは先に到着して、ふたりの若者が笑いながらこちらにやって来るのを見た。若者たちは、前回は運が悪かったが、その程度のことは覚悟しなければならない、といった。いずれにしても、今週の市門の警備は自分たちの番ではないから、来週まで待たなければならない。それから同じ手順をくり返す。よし、その通りにしよう、とランベールは答えた。そこでゴンザレスは次の月曜日の待ちあわせを提案した。だが、今回はランベールをマルセルとルイの家に泊まらせる。ゴンザレスはランベールにいった。「今度はふたりで待ちあわせよう、あんたと俺とで。俺が待ちあわせに来られなかったら、あんたが直接マルセルとルイの家に行けばいい。ふたりの住んでいるところを教えてやるから」。だが、そこでマルセルだかルイだかが、これからすぐにランベールを自分たちの家に連れていけばいちばん簡単だ、と口を挟んだ。ランベールが気にしなければ、家に行って四人で食事をしてもいい。そうすれば、ランベールも納得できるだろう。ゴンザレスは、それはいい考えだと応じ、四人で港のほうへ下りていった。

マルセルとルイは、海軍省のある区域の端の、海沿いの道に面した市門のそばに住んでいた。スペイン風の小さな家で、壁が分厚く、ペンキを塗った木製の鎧戸がついて、家具もない薄暗い部屋がいくつかあった。食事には米の料理が出され、若者たちの母親だという、皺だらけの顔に笑みを浮かべたスペイン人の老婆が給仕をしてくれた。ゴンザレスは驚きの色を見せた。というのも、町にはもう米はなかったからだ。「門のところでうまくやるのさ」とマルセルが説明した。ランベールはたっぷり飲み食いし、ゴンザレスは、この男は本当の仲間だといったが、ランベールが考えていたのは、これから過ごさなければならない一週間のことだけだった。

しかし、じっさいは二週間待たねばならなかった。というのも、警備の当番は、担当者の人数を減らすために、二週間交替になっていたからだ。そして、その二週間のあいだ、ランベールは夜明けから夜中まで、骨身を惜しまず、いわばすべてに目をつぶって、休む間もなく働いた。ベッドに入るのは夜遅くで、深い眠りを貪った。暇な状態から疲労困憊する仕事の毎日へと突然に移ったので、ほとんど夢も見なかったし、体力も落ちた。まもなくおこなう脱走のことについてもほとんど口にしなかった。唯一注目すべきは、一週間経ったのち、ランベールがリユーに、昨夜は生まれて初めて酔っぱらったと打ちあけたことだった。その夜バーから出たとき、ランベールは突然、鼠径部が腫れて、腋のあたりから腕もうまく動かない感じがした。これはペストだと思った。そのときランベールがなしえた唯一の反射的行動は、リユーもそれが理性を欠いた行動だとランベールに同意したのだが、町の丘の上まで走っていき、その丘の、町なかと同じく海は見えないが、すこしは広い空を見ることができる広場に立って、市の外壁ごしに、大声を上げて、妻に呼びかけることだった。自室に帰ってみると、体に感染の徴候はまったく見られず、ランベールはこの突然のとり乱したおこないが恥ずかしく思えてきた。しかし、リユーは、人間がそんなふうに行動することがあるのはよく理解できるといった。「いずれにしても、そんなふうにしてみたくなることはあるさ」

ランベールが帰ろうとすると、リユーは、「予審判事のオトン氏が今朝、君のことを話していたよ」とつけ加えた。「オトン氏は私にランベールという人を知っているかと聞いてきて、こういったんだ。『それでは、彼に忠告してあげてください、密輸入をする手合いとは付きあわないように、と。人目につきますからね』」

「それはどういう意味だろう？」

「早くやらなきゃいけないってことさ」

「そりゃどうも」といって、ランベールはリュー医師の手を握った。

ドアのところでランベールは急に振りかえった。ペストが始まってから初めて、ランベールが微笑んでいることにリューは気づいた。

「なぜ僕が逃げるのを止めないんです？　あなたにはその手段がいくらでもあるでしょうに」

リューはいつもの身ぶりで頭を横に振り、それはランベールの問題であり、ランベールが幸福を選んだのなら、自分にはそれに反対する論拠はない、と語った。この問題に関して、自分は、何が善で、何が悪であるかを判断することはできないと感じているからだ。

「そんな状態なのに、どうして僕に早くやれなんていうんです？」

今度はリューが微笑んだ。

「たぶん自分でも何かしてみたいからだろうね、幸福のために」

翌日、ふたりはもう何の話もせず、一緒に働いた。翌週、ランベールはついにスペイン風の小さな家に泊まった。みんなで使う部屋にランベールのためのベッドが置かれていた。若者たちは昼食には戻ってこなかったし、ランベールはできるだけ外に出ないようにいわれていたので、たいていの場合、ひとりでその部屋にとどまり、老いた母親と話をすることもあった。母親は痩せた体で、きびきびと動きまわり、黒い服を着て、褐色の顔は皺だらけだが、とても見事な黒髪だった。ほとんど沈黙を守り、ランベールを見ると、目だけを大きく開けて微笑むのだった。

あるとき、母親はランベールに、奥さんにペストをうつす心配はしていないのか、と聞いた。ランベールの考えでは、そういう危険もないわけではないが、結局その可能性は微々たるものであり、このまま町に残っていれば永遠にひき離されてしまう恐れがあった。

「やさしい人なんだろうね?」と母親は微笑みながらいった。

「とてもやさしいですよ」

「きれいな人かね?」

「まあね」

「あらあら」と母親はいった。「そのせいなんだね」

ランベールは考えてみた。もしかしたらそのせいかもしれないが、そのせいだけということはありえない。

「神様は信じないのかい?」と、毎朝ミサに行く母親は尋ねた。

ランベールが信じないというと、母親はふたたび、そのせいなんだね、といった。「奥さんのところに戻りなさい、あんたのしていることは正しいわ。さもなければ、あんたに残されるものは何もなくなるもの」

そんな時間のほかは、ランベールは、漆喰を塗っただけのむき出しの壁の内側を丸く歩きまわったり、壁に釘づけされた扇子を撫でたり、テーブルセンターの房になっている毛糸の玉を数えたりした。夕方になると、息子たちが帰ってきた。彼らは口数が少なく、話題にするのは、まだ外出に適当な時期じゃない、ということだけだった。夕食が済むと、マルセルがギターを弾き、みんなでアニス酒を飲んだ。ランベールは何かを考えこんでいる様子だった。

水曜日、マルセルは帰宅するなり、こういった。「明日の夜、真夜中の一二時だ。準備をしておいてくれ」。彼らと一緒に市門の警備をしていたふたりの男のうち、ひとりがペストに罹り、もうひとりはペストに罹ったその男と一緒の部屋に寝泊まりしていたので、隔離検疫に回された。というわけで、二、三日のあいだは、マルセルとルイだけで警備をおこなう。今夜のうちに、最後の細かい手はずを調えておく。明日には決行できるだろう。ランベールは礼をいった。「うれしいだろ?」と母親が尋ねた。ランベールはええと答えたが、別のことを考えていた。

翌日の空模様はどんよりとして、暑さに湿気が加わり、息苦しかった。ペストの状況は悪化していた。しかし、スペイン人の母親は平静を保っていた。「世の中の連中はみんな罪を犯しているからね」と母親は語った。「だから、仕方ないのさ!」。マルセルとルイと同じく、ランベールも上半身裸だった。しかし、どうやっても、両肩のあいだや胸から汗が滴った。鎧戸を閉めた薄暗がりに籠《こも》っていると、褐色の上半身が油を塗ったようにてらてら光ってくる。ランベールは口もきかずに、部屋をぐるぐる回っていた。突然、午後の四時になると、ランベールは服を着こみ、ちょっと出かけてくると告げた。

「忘れるなよ」とマルセルがいった。「真夜中の一二時だぞ。準備は全部できているんだからな」

ランベールはリューの家に向かった。リューの母親はランベールに、息子は丘の上の病院にいるはずだと答えた。守衛の詰所の前では、相変わらず群衆が同じ場所を回っていた。「立ちどまらないで!」とぎょろりと目をむきだした巡査が命令する。群衆は動きだしたが、その場を回るだけだった。巡査は上着に汗を滲ませながら、

「待っていたってどうにもならないぞ」とつけ加えた。群衆も巡査と同じ考えだったが、殺人的な暑さにもかかわらず、その場をたち去らなかった。ランベールが通行許可証を見せると、巡査はタルーの事務室を教えてくれた。その部屋の扉は中庭に面していた。事務室から出てきたパヌルー神父とすれ違った。

薬剤と湿ったシーツの匂いのする、汚れた白壁の小さな部屋で、タルーは黒い木製の机の向こうに座り、ワイシャツの袖を捲りあげて、肘の窪みに流れる汗をハンカチで拭っていた。

「まだいたのかい？」とタルーは尋ねた。

「ああ、リューと話をしたいんだが」

「病室にいるよ。だが、リューに会わずに済むなら、そのほうがいいんだが」

「なぜだい？」

「過労なんだ。僕で済むことならリューにはさせたくない」

ランベールはタルーを見た。前より痩せていた。疲労のせいで、目と顔がやつれている。がっしりした体も猫背になっている。扉にノックの音がして、白いマスクをつけた男の看護師が入ってきた。タルーの机に一束のカルテを置くと、マスクごしのくぐもった声で、「六人です」とだけいって、出ていった。タルーはランベールのほうを見て、カルテを扇のように広げて見せた。

「すてきなカードだろう、ええ？　いや、もちろんそうじゃない。夜中に死んだ患者たちだ」

タルーの額に刻まれた皺が深くなった。カルテを元の形に戻す。

「僕たちに残された唯一の仕事は、統計だ」

タルーは机に手を置いて体を支え、立ちあがって尋ねた。

「まもなく出ていくのかい？」

「今晩、一二時だ」

タルーは、それはよかった、君も気をつけてくれ、といった。

「本気でそういってくれるのかい？」

タルーは肩をすくめた。

「この年になれば、いやでも本気になるさ。嘘をつくのは疲れるんでね」

「ねえ、タルー」とランベールはいった。「リューに会いたいんだ、申し訳ないが」

「分かってるよ。リューは僕より人間味があるからね。行こう」

「そういうことじゃないんだ」とランベールは話しづらそうにした。そして、口をつぐんだ。

タルーはランベールの顔を眺め、それから突然、彼にむかって微笑みを浮かべた。

ふたりは、壁が明るい緑色に塗られ、水族館のような光の漂う、細い廊下を通っていった。ガラスを二重張りにした扉があり、その向こうには奇妙な影のようなものの動きが見えたが、タルーはランベールを、その扉のすぐ手前の、壁がすべて戸棚になっているひどく小さな部屋に入らせた。タルーは戸棚のひとつを開き、消毒ケースから脱脂ガーゼのマスクをふたつ取りだし、ひとつをランベールに差しだして、着けるように促した。ランベールが、こんなものが何の役に立つのかと聞くと、タルーは、役には立たないが、これを見れば相手が安心するのだ、と答えた。

ふたりはガラスの扉を押しあけた。それは広大な病室で、夏の暑さにもかかわらず、窓を密閉してあった。壁の上部で換気用の機器が鈍い音を発し、その湾曲したプロペラが、二列に並んだ灰色のベッドの上で、ねっとりと過熱した空気を掻きまわしていた。あらゆる方向から、鈍い、あるいは鋭い呻き声が上がり、ひとつの単調な嘆きの声になっていた。格子のはまった高いガラス窓から射しこむ酷薄な光のなかで、白衣の男たちがのろのろと動きまわっていた。この病室の恐るべき炎暑のなかで、ランベールは気分が落ちつかず、なかなかリューの姿が見分けられなかった。リューは何か呻いているものの上に身を屈めていた。リューは、ふたりの女性看護師がベッドの両側から手足を広げて押さえこんだ男性患者の鼠径部を切開していたのだ。リューは身を起こすと、助手が差しだすトレイの上に手術用具を置き、しばらくじっと身動きせず、包帯を巻かれる患者を眺めていた。

「何か変わったことでも？」と、リューは近づいてきたタルーに尋ねた。

「パヌルーが隔離検疫所でのランベールの代わりをひき受けてくれたよ。これまでもよくやってくれたが。あとはランベール抜きで第三調査班を再編成すればいい」

リューは頷いた。

「それからカステルが血清の最初の試作品を完成させた。試してみたいといっている」

「そうか！」とリューは答えた。「それはいい」

「もうひとつ、ここにランベールが来ているんだ」

リューは振りむいた。ランベールを見て、マスクごしに眉をひそめた。

「こんなところで何をしているんだ？　君はもうほかの場所に行ってるはずじゃないか」

タルーが、今夜の一二時にそうなるのだというと、ランベールはつけ加えた。「そうなるはずです」

彼らのそれぞれが話をするたびに、ガーゼのマスクが膨らんで、口のまわりが湿り気を帯びた。そのせいで、この会話は、彫像同士の対話のように現実ばなれして感じられた。

「話をしたいんですが」とランベール。

「君さえよければ、一緒に帰ろう。タルーの事務室で待っていてくれ」

まもなく、ランベールとリューは、リューの車の後部座席に乗りこんだ。運転するのはタルーだ。

「もうガソリンがないな」と、車を出しながらタルーがいった。「明日は、歩いてくるほかない」

「ねえ、先生」とランベールが切りだした。「僕は行きません、あなたがたと一緒に残りたいんだ」

タルーは身じろぎもしなかった。運転を続けている。リューは疲労からたち直ることができない様子だった。

「で、奥さんは?」とリューはくぐもった声で聞いた。

ランベールは、あれからじっくり考えてみたし、自分の信じることはいまでも変わらないが、もし自分がこの町から出ていったら、恥ずかしく思うだろうと語った。そうなったら、自分が向こうに残してきた彼女を愛することの障害にもなるだろう。だが、リューは身を起こし、しっかりした声で、それは愚かなことだ、幸福を選ぶのに恥じることはない、といった。

「そのとおりです」とランベールは答えた。「でも、自分ひとりだけが幸福になることは恥ずべきことかもしれない」

それまで沈黙を守っていたタルーは、ふたりのほうに顔も向けず、ランベールがみんなと不幸をともにしたいと思うなら、もう二度と幸福な時は得られないかもしれない、どちらかを選ばなければならないのだ、と注意を喚起した。

「そんなことじゃないんだ」とランベールは答えた。「僕はこれまでずっと、この町にとってよそ者だし、あなたたちと何の関わりもないと思ってきた。でも、こうしてすべてをたしかに自分の目で見たいま、望むと望まないとにかかわらず、僕はこの町の人間なんだ。この出来事は僕たちみんなに関わりのあることなんだよ」

ふたりはこれに答えようとせず、ランベールは苛立ったように見えた。

「それにあなたたちだって分かっているはずだ！　さもなければ、あの病院で何をしているんだ？　あなたたちは選んだのか、幸福を断念するって？」

それでもタルーもリューもまだ答えようとはしなかった。沈黙は長いあいだ続き、リューの家が近づいてきた。そして、ランベールはふたたび先ほどの質問をさらに力をこめてくり返した。すると、リューだけがランベールのほうに向きなおった。そして、努力して身を起こした。

「悪いね、ランベール」とリューはいった。「だが、私にも分からないんだ。君が望むなら、私たちと一緒にいてほしい」

車が急カーブしたのでリューは口を閉じた。それから、自分の前方を見すえて、こう続けた。

「愛するものからひき離されるほど価値のあるものなんて、この世にはないさ。でも、私もひき離されているんだよ、自分でもなぜか分からないが」

リューはふたたび座席のクッションに身を預けた。

「だが、これはひとつの事実で、それだけのことにすぎないよ」とリューは疲れたようにいった。「心に留めておいて、そこから結論をひき出すほかない」

「どんな結論です？」とランベールは迫った。

「いいかい！」とリューはいった。「治療することと理解することは同時にはできない。だから、まずはできるだけ急いで治療するんだ。それがいちばん急を要することだからね」

夜の一二時になったとき、タルーとリューは、ランベールが調査を担当する地区の地図を作ってやっていたが、タルーが腕時計を見た。タルーが顔を上げると、ランベールと目が合った。

「連中には断ってきたのかい？」

ランベールは目を逸らした。

「伝言を送っておいた」とランベールは苦しそうにいった。「君たちに会いに来る前にね」

カステルの血清が試されたのは、一〇月の終わりころだった。事実上、これがリューの最後の希望だった。これがまた失敗に終われば、オラン市はペストの気まぐれにすべてをゆだねて、またしても何か月ものあいだ疫病が猛威を振るいつづけるか、何の理由もなく終息する気になってくれるかのどちらかだ、とリューは確信していた。

カステルがリューを訪ねてきた日のちょうど前日、予審判事オトン氏の息子が発症し、家族全員が隔離検疫所に入ることになった。母親はすこし前に隔離検疫所から解放されたところだったので、またしてもひとりぼっちになってしまった。オトン氏は所定の指示を守って、息子の体にペストの兆候を見つけると、すぐにリュー医師に連絡をとったのだった。リューが行くと、父親と母親はベッドの足元に立っていた。幼い妹は遠ざけられていた。息子は衰弱期にあって、文句もいわず診察されるがままになった。リューが顔を上げたとき、判事と目が合い、その背後に、口にハンカチを当てて、見開いた目で医師の一挙手一投足を見守る母親の蒼ざめた顔が見えた。

「やはりそうなんですね?」と判事は感情を交えぬ声でいった。

「そうです」と、リューはふたたび息子を見ながら答えた。

母親の目はいっそう大きく見開かれたが、相変わらず何もいわなかった。判事も黙っていたが、やがて、前より声の調子を落としていった。

「それならば、先生、規定されたことをおこなうしかありませんね」

リューは、ハンカチを口に当てたままの母親を見ないようにした。

「すぐにできます」とリューはためらいながら答えた。「電話をかけさせていただければ」

オトン氏は、私がご案内しましょうといった。しかし、リューは母親のほうを振りむいた。

「悲しいことです。しかし、奥様には用意していただかねばならない身の回りの品がいくつかあります。ご存じとは思いますが」

オトン夫人は呆然としているようだった。床を眺めていた。

「ええ」と頷きながらいった。「すぐにそうします」

オトン夫妻に別れを告げる直前、リューは、何か必要なものはないか、と聞かずにいられなかった。夫人は相変わらず黙ってリューの顔を見ていた。しかし、今度は判事のほうが目をそむけた。

「とくに何もありませんが」といって判事は唾を呑みこんだ。「あの子を救ってください」

隔離検疫は、当初は単なる形式上の措置にすぎなかったが、リューとランベールによって、きわめて厳格な方式で実施されることになった。とくに、彼らは、同じ家族の成員はかならず、たがいに別々に隔離することを要求した。家族の成員のひとりが知らぬまに感染している場合もあるので、病気が伝染する機会を増やしてはならなかった。リューがオトン判事にそうした理由を説明すると、判事は、それは当然のことだと認めた。だが、判事と妻がたがいに顔を見あわせた様子から、リューは、この別離がどれほど彼らに無念な思いをさせているかを感じとった。オトン夫人と幼い娘は、ランベールの管理するホテルの隔離所に収容することができた。だが、オトン氏に関しては、県庁が道路整備課から借りたテントを使って市立競技場に設営中の隔離収容所以外、もう場所がなかった。リューはそのことを詫びたが、オトン氏は、すべての人間にとって規則はひとつであり、それに従うのが正しい、といった。

息子のほうは、かつての学校の教室に六床のベッドを設《しつら》えた病院の分室に運ばれた。そして、二〇時間ほどのち、リューはその症状が絶望的だと判断した。小さな体はなんの反応も示さず、病毒に蝕まれるばかりだった。痛そうだが、まだほとんど形をなしていない、鼠径部のごく小さないくつもの腫瘍が、かぼそい脚の関節を動かなくしていた。初めからもう病に負けていた。それゆえ、リューはこの子にカステルの血清を試してみようと決心したのだ。夕食後、その夜のうちに、彼らは長時間かけて血清の接種をおこなったが、少年は何の反応も示さなかった。翌日の夜明けに、このすべてを決する実験の成否を見きわめるため、関係者が全員、少年のもとに集まった。

少年は、麻痺状態を脱し、シーツのなかで痙攣しながら寝返りをうっていた。リューとカステルとタルーは、朝の四時から、少年のそばにつき添って、病の一進一退をしっかりと見守っていた。ベッドの枕元では、タルーのがっしりした体が少年に覆いかぶさるようにしていた。ベッドの足元では、立ったままのリューの隣で、カステルが椅子に座り、表面的にはまったく平静な様子で、古い医学書を読んでいた。かつての小学校の教室に陽の光が広がるにつれて、すこしずつ、ほかの人々がやって来た。まずパヌルーが、タルーの反対側のベッドの横に来て、壁に背をもたせかけた。パヌルーの顔は苦しげな表情を見せ、このところ彼が身を挺してきた毎日の疲労が、血管の浮かびあがった額に皺を刻んでいた。今度は、ジョゼフ・グランがやって来た。時刻は朝の七時になっていて、グランは息を切らしていることを詫びた。ここにはすこしかいられないが、もしかしたら、すでに何か確かなことが分かったのではないだろうか。リューは何も答えず、グランに少年のほうを示した。少年は歪んだ顔で目を閉じ、力のかぎり歯を食いしばって、胴体を動かさないまま、カバーのない長枕の上で、頭だけをたえず左右に振っていた。ようやくあたりが明るくなって、教室の隅にそのまま残された黒板の上に、かつて書かれた方程式の消え残った跡が見えるようになったころ、ランベールが到着した。ランベールは隣のベッドの足元で壁に背を預け、煙草の箱を取りだした。だが、少年をちょっと見て、その箱をポケットに戻した。カステルは相変わらず座ったまま、眼鏡ごしにリューを見た。

「父親の様子について何か聞いたかね？」

「いや」とリューは答えた。「隔離収容所にいるんでね」

リューは、少年が呻き声を上げるベッドの手摺りを強く握りしめていた。そして、その小さな患者から目を離さなかったが、少年は突然体を硬直させ、さらに歯を食いしばり、腹のあたりをわずかに窪ませながら、ゆっくりと手足を広げた。軍用の毛布の下の小さな裸の体から、毛布と酸っぱい汗の匂いがたち昇った。少年は徐々にぐったりと力をなくし、腕と脚をベッドの中心のほうにひき寄せ、前と同じく目を閉じ口を噤んだまま、呼吸をいっそう速めているように見えた。リューとタルーの目が合ったが、タルーは目をそむけた。

ここ何か月も、病気の撒きちらす恐怖は人を選ばなかったので、リューたちも子供が死ぬところはすでに見てきていた。だが、今朝からずっとそうしているように、子供の苦しみを刻一刻と見つめつづけたことはまだ一度もなかった。むろん、以前の場合でも、こうした罪なき者たちに課される苦痛は、つねにその実態どおりのものとして受けとめられてきた。つまり、リューたちは怒りを感じていたのだ。しかし、すくなくともオトン少年の様子を見るまで、リューたちの怒りはいわば抽象的なものにすぎなかった。なぜなら、彼はこんなにも長く、罪なき者の苦悶を正面から見つめたことはなかったからだ。

ちょうどそのとき、少年はみぞおちを突かれたように、またも体を折りまげ、哀れな呻き声を上げた。そうしてしばらくのあいだ身を縮めたまま、そのかぼそい体がペストの強風にたわみ、くり返し吹きつける熱の息吹に軋み音を上げるかのように、痙攣気味の震えとわななきに揺さぶられていた。その突風が過ぎると、少年はすこし体の硬直をゆるめ、熱は退いて、湿った浜辺にあえぐ少年を置きざりにしたように見えたが、その毒に侵された浜辺での休息はすでに死によく似ていた。焼けつく熱の波が三度目に襲いかかり、その体をわずかに持ちあげたとき、少年は体を縮め、焼かれるような炎の恐怖のなかでベッドの奥に潜りこみ、狂ったように頭を振り、毛布を撥ねのけた。赤く腫れあがった瞼の下から大粒の涙が湧きだし、鉛色の顔の上を流れおち、その発作がついに終わったとき、少年は力尽きて、骨の浮きでた脚と、この二日間ですっかり肉の削げおちた腕をぶるぶる振るわせ、荒れ果てたベッドの上で、十字架に磔《はりつけ》にされた者のような醜悪なポーズを取った。

タルーは屈みこみ、動きの鈍った手で、涙と汗に濡れた小さな顔を拭いてやった。しばらく前からカステルは本を閉じ、病人を見つめていた。何かいおうと口を開いたが、その言葉を最後までいうためには、咳払いをしなければならなかった。突然、声がうわずってしまったからだ。

「朝の一時的な小康状態がなかったみたいだな、リュー」

リューは、たしかにそうだ、しかし、少年は普通よりも長い時間病に耐えている、と答えた。そのとき、よろけかかった体を壁で支えているように見えたパヌルーが、くぐもった声でいった。

「これで死ぬなら、普通の患者より長く苦しんだだけになってしまう」

リューはいきなりパヌルーのほうを振りむき、何かいおうと口を開いたが、そのまま黙りこんでしまい、自分を抑えるための明らかな努力をして、少年のほうへと視線を戻した。

室内には光が漲《みなぎ》っていた。ほかの五つのベッドでも人影がうごめき、呻いていたが、それは申しあわせたように控えめに感じられた。病室の反対側にひとりだけ声を出す患者がいたが、規則的な間隔で小さな叫びを上げるために、苦痛より驚きの感情を表しているかのようだった。そうした様子は、患者たちにとってさえ、初めのころの恐怖とは異なるもののように思われた。患者が病気を迎える態度には、いまや同意のようなものが含まれていたのだ。ただひとり、少年だけが全力をふり絞って闘っていた。リューはときどき少年の脈を測っていたが、とくにその必要があったからではなく、むしろ自分の置かれている無力な受動状態を脱するため、目を閉じて、少年の激しい脈拍が自分自身の血のざわめきと交じりあうのを感じようとしていた。すると、死刑に処せられている少年と自分がひとつに溶けあって、リューはまだ健全な自分の力を尽くして少年を支えてやろうと思うのだった。しかし、彼らのふたつの心臓の拍動は、一瞬調子を合わせたのち、またばらばらになり、少年はリューのもとから離れていき、彼の努力は空虚へと沈んでいった。それで、リューは少年の細い手首を放し、自分の席に戻った。

漆喰を塗った壁に沿って、陽光はバラ色から黄色へと変わっていく。窓ガラスの向こうでは、朝の暑熱が弾けはじめていた。グランがまた来るといって帰っていったときの声は、ほとんど聞こえないくらいだった。みんなが待っていた。少年はずっと目を閉じたまま、すこし落ち着いたように見えた。鳥の爪のようになった手が、静かにベッドの両側を掻いていた。その手が持ちあがり、膝のあたりの毛布を掻きむしったかと思うと、突然、少年は脚を折り曲げ、両腿を下腹近くまで引きよせ、動かなくなった。そして初めて目を開き、目の前のリューを見つめた。いまや灰色の粘土のなかで凝固したような落ち窪んだ顔の真ん中で、口が開き、ほとんど間髪をいれず、悲鳴が迸《ほとばし》り、途切れることなく長く続いた。その悲鳴は呼吸で弱まることもほとんどなく、いきなり単調で耳障りな抗議で部屋をいっぱいに満たした。すべての人間から同時に放たれたかと思うほど人間離れした叫びだった。リューは歯を食いしばり、タルーは顔をそむけた。ランベールはベッドに近寄ってカステルのそばに行き、カステルは本を閉じて膝に広げたままだった。パヌルーは、疫病に汚され、あらゆる年代の人間の叫びに満たされた、この子供の口を見つめた。そして、滑り落ちるようにひざまずいたパヌルーが、やむことのない、誰とも知れぬ悲鳴のかげで、わずかに押し殺しながら、はっきりと聞きとれる声でこういった、「神様、この子を救ってください」。そこにいたみんながその言葉を自然なものに感じた。

しかし、少年の悲鳴はやまず、まわりの患者たちが興奮しはじめた。部屋の反対側で叫びを上げつづけていた男は、その嘆きの声のリズムを速め、彼もまた本当の悲鳴を上げるに至り、その間にほかの患者たちの呻き声もますます強くなっていった。悲嘆の声が荒波のように病室に逆巻き、パヌルーの祈りをかき消し、ベッドの手摺りにしがみついたリユーは、疲労と嫌悪感で酔ったようになり、目を閉じた。

リユーがふたたび目を開けると、そばにタルーがいた。

「外に出たい」とリユーはいった。「もうこれ以上耐えられない」

しかし、突然、ほかの患者たちが沈黙した。そのときリユーは、少年の悲鳴が弱まり、さらに弱くなって、たったいま途絶えたことに気がついた。少年のまわりでは、ふたたび呻き声が始まったが、それは鈍くこもるような声で、いま終わった闘いのはるかなこだまのように聞こえた。そう、闘いはもう終わっていた。カステルはベッドの反対側にまわり、これで終わりだ、と告げた。少年は口を開けたまま、しかし、声はなく、乱れた布団の窪みに横たわり、急に縮んでしまったかのようで、顔に涙の跡を残していた。

パヌルーはベッドに近づき、神の加護を表す祝福のしぐさをした。それから、脱いであった僧服を腕に抱えて、中央の通路を通って外へ出た。

「すべてを最初からやり直さなければなりませんか?」とタルーはカステルに尋ねた。

老医師は頷いた。

「たぶんね」と引きつった笑みを浮かべた。「ともかく、長く持ちこたえはしたんだが」

しかし、リューはすでに病室の外に出ようとしていて、ひどく急いだ足どりで、興奮した面持ちだった。リューに追いこされそうになったパヌルーは、腕を伸ばして彼を引きとめた。

「ちょっと、先生」とパヌルーは声をかけた。

リューは同じ興奮した身ぶりで振りむき、激しい口調でパヌルーに食ってかかった。

「いいですか! すくなくともあの子だけは、罪などなかった。あなただって分かっているでしょう!」

それからリューは顔をそむけ、パヌルーより先に建物の扉をくぐり抜け、校庭の奥に向かった。そして、埃にまみれた低い木々のあいだにあるベンチに腰を下ろし、すでに目に流れこみそうになっている汗を拭った。心臓を押しつぶしそうになっている強烈なしこりをなんとか解きほぐすため、叫び声でも上げたい気分だった。暑さがイチジクのあいだからゆっくりと降りてきた。朝の青空はたちまち白っぽい靄に覆われ、それが空気をいっそう息苦しいものにした。リューはベンチに身を投げだした。木の枝や空を見ながら、ゆっくりと呼吸を元に戻し、すこしずつ疲労を和らげていった。「どうしてあんなに怒ったいい方をしたんですか?」とうしろから声がした。「私にとってもあの光景は耐えがたいものでした」

リューはパヌルーのほうを振りむいた。

「そうですよね」とリューは答えた。「申し訳ありませんでした。でも、疲れのせいで頭がおかしくなったみたいです。それに、この町では私はもう怒りしか感じられないことが多いんです」

「分かります」とパヌルーは小声でいった。「腹が立つのは、それがわれわれの尺度を超えたことだからです。しかし、私たちはたぶん、自分たちの理解できないことを愛さなければならないのです」

リューはびくりと体を起こした。パヌルーを見すえ、自分に可能なかぎりのすべての力と情熱をこめて、首を振った。

「神父さん、そんなことはありません」とリューはいった。「私は愛について別の考えをもっています。それに、子供たちが苦しめられるように創造されたこの世界を愛するなんて、私は死んでも拒否します」

パヌルーの顔に、動転の影がよぎった。

「なるほどね！　先生」と神父は悲しげにいった。「やっといま私には分かりましたよ、恩寵と呼ばれるものが何なのかを」

だが、リューはふたたびベンチに身を投げだした。そして、ぶり返した疲労の底から、前よりやさしい口調でこういった。

「それは私とは関わりのないものです、分かっています。でも、そんなことをあなたと議論したいとは思いません。私たちは、冒瀆や祈りを超えて私たちを結びつけるもののために、一緒に働いているのです。それだけが重要なことです」

パヌルーはリューのそばに腰を下ろした。感動した様子だった。

「ええ、そうですね」とパヌルーはいった。「あなたも人間の救済のために働いているんですね」

リューは笑みを浮かべようと努めた。

「人間の救済なんて、私には大げさすぎる言葉です。私はそんなに遠大な考えをもっているわけではありません。人間の体の健やかさに関心があるんです。何よりもまず、健やかな体ですよ」

パヌルーはためらいの色を見せた。

しかし、そこで口を閉じた。パヌルーの額にも汗が滴りはじめていた。彼は「ではまた」と呟き、立ちあがったときには、目が輝いていた。パヌルーが立ち去ろうとしたとき、考えこんでいたリューも立ちあがり、パヌルーのほうへ一歩近づいた。

「もう一度お詫びします」とリューはいった。「もう二度とあんなばかな真似はしませんよ」

パヌルーは手を差しだし、悲しげにいった。

「でも、あなたを説得することはできなかった！」

「それがどうしたというんです」とリューはいった。「私が憎んでいるのは、死と苦痛です、お分かりでしょう。あなたが望もうと望むまいと、私たちは一緒になって、死と苦痛に耐え、闘っているんです」

リューはパヌルーの手を握ってしっかりと引きとめた。

「ほら」とリューはパヌルーの顔を見ないようにしていった。「いまや神様だって私たちをひき離すことはできませんよ」

パヌルーは保健隊に入って以来、病院と、ペスト患者のいる場所を離れなかった。保健隊員のなかで、自分にふさわしいと思える位置、すなわち、最前線に身を置いていた。死の場面にたち会うこともあった。理屈の上では血清の接種で安全を保証されていたが、自分自身の死に対する不安が消えたわけではない。だが、表面的にはつねに平静を保っていた。しかし、少年が死ぬのを長いこと見守ったその日から、パヌルーは変わったように見えた。緊張の増大がその顔に読みとれた。そして、パヌルーがリューに向かって、笑いながら、いま自分は「司祭は医師の診察を受けることができるか?」というテーマで短い論文を書いているといったとき、リューには、それがパヌルーの語ってみせる様子よりもっと真剣な事柄だという印象を受けた。リューがその論文の内容を知りたいと告げると、今度、男子のためのミサで説教をすることになっていて、その機会に、自分の見解のすくなくともいくつかは披露するつもりだと答えた。

「あなたにも来ていただきたいのですよ、先生。この問題はあなたの興味を引くと思いますから」

神父は二回目の説教を大風の吹く日におこなった。正直いって、列席者の姿は最初の説教のときよりまばらだった。というのも、この種の催しはオラン市民にとってもはや新味を失っていたからだ。この町が迎えている困難な状況のなかでは、「新味」という言葉そのものがすでに意味をなくしていた。それに、大部分の人々は、宗教的な勤めを完全に遠ざけたわけではないし、ひどく不道徳な個人生活に合わせたわけでもなかったが、通常の宗教的な勤めの代わりに非合理な迷信的行為のほうに向かうのだった。人々はミサに行くよりも、災難除けのメダルや聖ロクスのお守りのほうを喜んで身に着けたのだ。

その一例として、オラン市民がやたらと予言を好んだことが挙げられる。じっさい、春には病気の終息を今か今かと待ち望み、伝染病の正確な持続期間についてほかの人間に尋ねようなどと思う者はひとりもいなかったが、それはみんながこんなことは長く続かないと思いこんでいたからだ。しかし、日が経つにつれて、人々はこの不幸が本当は終わらないのではないかと心配しはじめ、同時に、伝染病の終息だけがすべての望みの目標になった。かくして、東方の魔術師やカトリック教会の聖人たちによるという様々な予言が人々の手から手へと渡っていった。町の印刷業者たちはこの熱狂をうまく利用できることにいち早く気づき、流布していた予言の原文を大部数印刷して売りさばいた。彼らは、一般大衆の好奇心がまだ満たされていないことを見てとると、市立図書館で、民間伝承に見られるこの種のあらゆる証言を探索させ、それらを市内で頒布した。さらに、民間伝承で予言の種が尽きると、今度は新聞雑誌のライターに注文して書かせたが、すくなくともこの点に関して、彼らは、何世紀も前の先輩の予言者たちと同じくらいの有能さを発揮した。

こうした予言のいくつかは新聞の連載記事にさえなったが、みんなが健康だった時代に連載欄に見られたお涙頂戴の物語と比べても、それと同じくらいの熱心さで愛読された。こうした予想のなかには、その年の紀元年数や、ペストが流行して以来の死者の数や、すでに経過した月の数などを考慮した、奇妙な計算に基づくものもあった。そのほかの予想では、歴史上のペストの大流行との比較をおこない、そこから今回の流行との類似性を引きだし（この類似性を予言では常数と呼ぶ）、その他の予言に劣らず奇妙な計算法を駆使して、現在の苦難に益する情報を明らかにすると称していた。しかし、一般大衆がもっとも好んだのは、もちろん、黙示録ふうの言葉づかいで一連の出来事を予言した文書であり、それらの語る出来事のひとつひとつが、まさにいまこの町が経験している出来事だと読みとれ、しかも、その複雑さからありとあらゆる解釈が可能だった。かくして、ノストラダムスと聖女オディル[2]の予言が毎日のように引きあいに出され、つねに実り豊かな解釈を生みだしていた。さらに、これらすべての予言に共通していたのは、それらが最終的に人を安心させるということだった。しかし、ペストだけは人を安心させなかった。

つまり、この町の住民にとって、こうした迷信が宗教の代わりをしていたわけで、そのせいで、パヌルーが説教をおこなった教会も、四分の三しか席が埋まっていなかった。その説教の夕べ、リューが到着したときには、入口の両開きの扉から隙間風が入りこんで、聴衆のあいだを自由にめぐっていた。そして、寒く、静まりかえった教会のなかで、男だけの聴衆のあいだにリューは腰を下ろし、神父が壇上に上がるのを見た。神父は、前回よりも穏やかな、熟考を重ねた口調で説教をおこない、聴衆は何度も、神父の話しぶりにためらいがあることに気づいた。さらに興味深いのは、神父がもう「あなたがた」とは呼びかけず、「私たち」と語ることだった。

2 七、八世紀に生きたアルザス地方の聖女。盲目で生まれたが洗礼で開眼の奇跡に浴し、自らも人々の盲目や障害を治癒する奇跡をおこなった。

しかし、神父の声はしだいに確かなものとなり、その最初の論点は以下のような注意を喚起することだった。この何か月ものあいだ、ペストは私たちのあいだにいすわり、もう何度も何度も、食卓や、愛する人々の枕元に来て座ったり、私たちのすぐ横を歩いたり、仕事場で私たちが来るのを待ちうけていたりするのが目撃された。それゆえ、いまや私たちはペストのことをよく知っているのだが、そんないまこそ、ペストがたえず私たちに語りかけていること、すなわち、私たちが最初は驚きのなかにいてきちんと聞きとらなかったかもしれないことを、たぶんいっそうよく理解することができるだろう。これは、自分がすでに前回ここで語ったことだが、それは依然として真実であり、すくなくとも、自分は真実であると確信している。だが、私が後悔しているのは、誰にでも起こりうることであるとはいえ、自分が考えたことを、そのとき私はたぶん慈悲の心を忘れて口に出してしまったということだ。しかしながら、それでも真実であることは、あらゆる事柄において、つねに、心に留めるべきだ。もっとも残酷な試練も、キリスト教徒にとっては有益なのである。そして、まさにこのときキリスト教徒が探求すべきものは、その有益さであり、その有益さの本質がどこにあるのか、また、どのようにしてその有益さを見出すべきかということだ。

このとき、リユーのまわりで、何人かの人々が席の肘掛のあいだにどかりと腰を下ろして、できるだけ姿勢を楽にするために体を伸ばしたらしい。さらに、入口の詰め物をした扉の片方が軽い音を立てて閉まり、誰かが立っていって、その扉を押さえた。そして、これらの騒音に気をとられて、リューがパヌルーの言葉を聞きそこなったあいだに、神父は説教を再開していた。パヌルーは、ペストがもたらした出来事を自分流に説明することは慎まねばならないが、そこから学びうることは学ぼうとしなければならない、というようなことをいった。リューのおぼろげな理解によれば、神父は、説明すべきことは何もないのだという。リューがとくに興味を引かれたのは、神父が、神に関しては、説明できることと説明できないことがある、と強調したときだった。もちろん、善と悪は存在し、一般的にいって、両者の違いは簡単に説明がつく。しかし、悪のなかには、説明困難なものが出てくるのだ。たとえば、一見必要な悪と、一見不必要な悪がある。つまり、地獄に落とされたドン・ジュアン[3]と、死んでゆく子供だ。なぜなら、放蕩者が雷撃を受けて死ぬことは当然の報いだが、子供が苦しむこと

3 一七世紀スペインのティルソ・デ・モリーナの戯曲『セビリアの色事師、あるいは石の宴の客』から生まれた架空の人物。女たらしの無神論者として知られる。スペイン語の読みは「ドン・フワン」で、モリエールの『ドン・ジュアン』、モーツァルトの『ドン・ジョヴァンニ』もモリーナの戯曲を基にしている。

は理解できないからだ。そして、まさに、子供の苦しみと、この苦しみがもたらす恐怖と、そこに見出されるべき理由よりも重要な事柄はこの世に存在しない。人生のほかの局面において、神は私たちにとってすべてを安楽なものにしてくれるし、そこまでならば、宗教にも特段の功績があるわけではない。しかし、それとは逆に、子供が苦しんで死ぬとき、神は私たちを壁ぎわに追いつめる。そのようにして、私たちはいまペストの壁ぎわに追いつめられているのであり、私たちが有益さを見出さなければならないのは、このペストの壁が投げる死の影のもとにおいてなのである。パヌルー神父は、この壁を乗りこえさせてくれる安易な利点を説明しようとはしなかった。死んだ子供を待つ来世の永遠の至福がその苦しみを償ってくれると説明するのは簡単だったろうが、その実際について神父は何も知らなかった。そもそも、永遠の喜びが人間の一瞬の苦痛を償えるなどと誰がいえるだろうか。そんなことをいえるとしたら、それは断じてキリスト教徒ではないだろう。キリスト教徒の範たる「主」は、その五体でも、魂でも、苦痛を嚙みしめたのだから。神父は、何も説明することなく、十字架が象徴するあの拷問の苦痛をその身に忠実に受けとめ、子供の苦しみに面と向かいあって、ペストの壁ぎわに立ちつくすのだろう。そして、この日、自分の言葉を聞く人々に恐れることなくこういうだろう。「兄弟たちよ、その時が来ました。すべてを信じるか、すべてを否定するかです。そして、私たちのなかで、いったい誰がすべてを否定することなどできるでしょうか？」

リューが、この神父は異端すれすれのところまで行っていると考える間もなく、パヌルーはすでに力強く、この命令、この純粋な要請こそキリスト教徒の受けとる有益さなのだと続けていた。それはまたキリスト教徒の美徳でもある。神父は、自分がこれから語ろうとする美徳のなかには何か激烈すぎるものがあって、そのことが、もっと大らかでもっと古風な道徳に慣れた多くの人々の気持ちを逆撫でするだろうと分かっていた。だが、ペストの時代の宗教は、いつもと同じ日々の宗教であることはできないし、神が幸福の時代に人々の魂の休息と喜びを認め、あるいは望んだとしても、激烈な不幸のなかでは、魂もまた度を越えて激烈であることを要求されるのだ。神はいま、自らが創造した人間たちを不幸のなかに投じてくださったが、その不幸のなかで、人間たちはもっとも偉大な美徳、すなわち、「全」か「無」かを選ぶという美徳を見出し、それをひき受けなければならないのだ。

一九世紀のある反宗教的な著作家が、教会の秘密を暴くと称して、煉獄[4]は存在しないと断言した。その著作家がそうして言外にほのめかしたのは、中途半端な逃げ道はありえないし、天国と地獄しか存在しない、そして、人は自分の選択に従って、救済されるか、地獄に堕ちるほかはない、ということなのだ。こうした考えは、放蕩者の魂にしか生まれないような異端である、とパヌルーは説明した。なぜなら、正統な教義では煉獄は存在するからだ。しかし、たしかに、煉獄があまり期待できないような時代、赦される罪について語れないような時代が存在する。すべての罪が死に値し、あらゆる無信仰が犯罪になる。全か、さもなければ無だ。

ここでパヌルーはちょっと話をやめ、そのときリューには、外でいっそう激しさを増したように思われる強風の音が扉の下からよく聞こえてきた。その瞬間に神父はまた口を開き、自分が話している全面的受容という美徳は通常なされるような狭い意味で理解されてはならないし、それは月並みな諦めでも、苦しい自己卑下でもない、と続けた。それは屈従ではあるが、屈従する者が同意する自発的屈従なのだ。たしかに、子供の苦しみは、精神にも、心情にも、屈従を強いるものだ。だが、それゆえにこそ、その屈従のなかへ入っていかなければならない。パヌルーは聴衆にむかって、自分がこれからいうことは簡単にいえることではないと断ったうえで、だが、それゆえにこそ、その屈従を望まねばならない、なぜなら、神がそれを望んでいるからだ、と語った。このようにしてのみ、キリスト教徒はいかなる労苦からも逃れず、すべての出口を塞がれていながら、最重要の選択の奥にむかって進めるのだ。すべてを否定する羽目に陥ることなく、すべてを信じることを選択するだろう。そして、いまこの瞬間、善良な女性たちが方々の教会で、鼠径部にできるリンパ腫は体が病毒を排出するための自然な出口なのだと教えられて、「神様、この子にリンパ腫を授けてください」と懇願しているのと同様に、キリスト教徒は、それが理解不能だったとしても、神の意志に身をゆだねることができるだろう。「それは理解できるが、これは受けいれがたい」などということは不可能なのだ。私たちにあたえられたその受けいれがたいもののただなかに飛びこんで、ただちに私たちのなすべき選択を果たさなければならない。子供たちの苦しみは私たちの苦いパンだが、このパンを受けいれて食べなければ、私たちの魂はその精神的な飢えで滅びることになるのだ。

ここで、パヌルー神父が小休止するたびにたいてい起こるざわめきが聞こえはじめたが、神父は不意をついて力強く話を続け、聴衆に代わってみずから尋ねるように、要するに、とるべき行動は何なのか、と問いかけた。自分でも予想はしていたが、そのとき人は運命論という恐るべき言葉をもちだすだろう。だが、かまわない、それに

4 カトリック教会の教義における天国と地獄の中間の場所。死んだのち、天国にも行けず、地獄にも墜ちなかった魂は、煉獄で浄化のための火を浴びて苦しみ、その償いののちに天国に向かう。

「能動的」という形容詞を付けられるなら、自分はその言葉の前でもたじろぐことはない。もちろん、もう一度いうが、前回の説教で話したアビシニアのキリスト教徒を模範にしてはならない。また、ペルシアのペスト患者たちは、キリスト教徒の救護隊に猟犬をけしかけ、神があたえてくださったこの苦難に逆らおうとする異教徒たちにこそペストを送ってください、と大声を上げて天に祈願したが、そんな人々を見習おうなどと考えてもいけない。だが、逆に、一九世紀のペスト流行のおり、聖体拝領をおこなうとき、感染しているかもしれない信者の湿った熱い口との接触を避けるために、ピンセットで聖体をつまんだカイロの修道士たちのような真似をしてもならない。ペルシアのペスト患者とカイロの修道士はともに罪を犯している。というのも、前者にとって子供の苦しみなどなんら問題ではなく、逆に後者にとっては、苦痛にたいするひどく人間的な恐怖がすべてを圧倒しているからだ。どちらの場合にも、真の問題が回避されている。みんな神の声に耳を澄まそうとしていない。だが、パヌルーが挙げたいと思う別の例があった。マルセイユでのペスト大流行を記録した人々の言葉を信じるならば、ラ・メルシー修道院の八一人の修道士のうち、この疫病で生き残ったのは四人だけだった。そして、その四人のうち、三人は逃げてしまった。記録の書き手たちはそう語るだけで、それ以上説明することは彼らの任務ではない。しかし、パヌルー神父がこの件《くだり》を読みながら思ったのはただひとつ、七七人の死体を見たにもかかわらず、そして、とくに三人の仲間の修道士の振る舞いを見たにもかかわらず、たったひとりでその場に踏みとどまった修道士のことだった。そして、神父は説教壇の縁を拳で叩きながら、こう叫んだ、「兄弟たちよ、踏みとどまる者にならなければなりません！」

　慎重さとは、天災による混乱にたいして社会がもたらす知的な秩序であり、慎重さを拒否すべきだなどといっているのではない。ひざまずいて、すべてを放棄すべきだと語る道徳家たちのいうことを聞いてはならない。ただ、闇のなかを、すこしずつ手探りで、前に進みはじめ、善をなそうと努めるべきなのだ。だが、それ以外のことは、たとえ子供たちの死に関しても、これまでと同じ態度で踏みとどまり、すべてを神に任せることを受けいれ、個人的な助けを求めてはならないのだ。

　ここでパヌルー神父は、マルセイユのペストのときのベルザンス司教という身分の高い人物に言及し、こんな挿話をもちだした。疫病流行の最後のころ、司教は自分がなすべきことをすべてし尽くし、もはやこれ以上の方策はないと信じて、自分の家に

5　143頁を参照。

食糧を備えて閉じこもり、家のまわりに壁を築かせた。司教を偶像のように仰いでいた町の住民たちは、悲しみが度を越したときに見られる感情的な反動のせいで、司教に激しい怒りをぶつけ、司教をペストに感染させようと家のまわりに死体を積みあげ、さらに確実に司教を死なせようとして、壁のなかにまで死体を放りこんだ。かくして司教は、最後の心の弱さのせいで、死の世界のなかで自分だけが孤立できると思ったのだが、死者たちは空から司教の頭上に降ってきたのである。私たちも同じことで、ペストのなかで孤立できる離れ島などないことを銘記せねばならない。怒りを感じるようなことも受けいれねばならない。なぜなら、私たちは神を憎むか、愛するか、どちらかを選ばねばならないからだ。そして、誰が神を憎むことを選べるだろうか？

「兄弟たちよ」とパヌルーは結論に入ったことを知らせるように、最後にこういった。「神への愛は困難な愛です。それは自分自身を全面的に放棄し、自分の人格を無視できることを前提にしています。しかし、ただこの愛だけが、子供たちの苦しみと死を消し去ることができるのであり、ともかくこの愛だけが子供たちの苦しみをなくてはならないものにできるのです。というのも、子供たちの苦しみは理解不可能なものであり、それを望むほかないものだからです。これが、今日、私がみなさんと分かちあいたいと思った困難な教えです。これが、人間の目には残酷に見えるが、神の目には決定的なものと映る信仰であって、そこに近づかねばならないのです。その恐るべき姿にまで自分を引きあげねばなりません。その頂点においては、すべてが融合し、等しいものとなり、表面的には不正と見えるものから真実が迸りでることでしょう。そんなわけで、南仏の多くの教会では、何世紀も前から、内陣の敷石の下にペストで死んだ人々が眠っていて、司祭たちはその墓の上で語り、司祭たちが広めようとする精神は、この灰のなかから迸るのです。そして、この灰のなかには、死んだ子供たちも交じっているのです」

リューが教会の外へ出ようとしたとき、なかば開いた扉から激しい風が流れこんで、信者たちの顔に真正面から吹きつけた。風は教会のなかに、雨の匂いと、濡れた歩道の香りを運んできて、信者たちは外に出ないうちから、町の様子を知ることができた。リューの前では、ちょうど外へ出かかった老いた司祭と若い助祭が頭の被りものを押さえるのに苦労していた。しかし、年上の司祭はそんなことくらいでパヌルーの説教への意見をいうのをやめなかった。司祭はパヌルーの雄弁に敬意を表しながらも、そこに示された大胆な考えについては懸念を隠さなかった。あの説教には力強さよりも不安が色濃く表れており、パヌルーほどの年齢になったら神父は信者に不安を見せてはいけないのだという。若い助祭は、風を防ぐために頭を下げながら、自分はしばしばパヌルー神父のところに出入りし、神父の思想の進展について承知しているが、神父の論文は今後さらに大胆なものになるだろうし、おそらく教会から出版許可は得られないだろうと断言した。

「その思想というのはどんなものかね？」と老司祭は尋ねた。

ふたりは教会前の広場に来ていて、風が唸りを上げて周囲に吹き荒れたので、若い助祭の言葉は途切れた。ふたたび話せるようになったとき、助祭はひと言こういった。

「司祭が医者の診察を受けることには矛盾がある、というのです」

リューがタルーにパヌルーの説教のことを報告すると、タルーは、戦争中に目を抉《えぐ》りとられた若い男の顔を見て信仰を失った司祭を自分は知っている、といった。

「パヌルーのいうことは正しいな」とタルーはつけ加えた。「罪なき者の目が抉りとられたら、キリスト教徒は信仰を失うか、自分の目が抉りとられることを受けいれるしかない。パヌルーは信仰を失いたくはない、だから、最後の最後まで行くつもりなんだ。それがパヌルーのいいたかったことだよ」

続いて起こった不幸な出来事において、パヌルーのとった態度は、彼をとり巻く人々にとって不可解なものに思われたが、タルーの意見はこの不幸な出来事を多少なりとも明快なものにするであろうか？　判断は読者にお任せしたい。

説教の数日後、パヌルーはともかく引っ越しにとりかかった。ペストの進行のせいで、市内でたえず引っ越しがおこなわれた時期のことだった。そして、タルーがホテルを出て、リューの家に泊まることになったのと同じく、神父も修道会から指定された住居をひき払い、教会の常連で、まだペストの被害を免れている、ある老婦人の家で暮らさねばならぬことになった。引っ越しのあいだに、神父は疲労と不安が募るように感じた。そして、そんなことからパヌルーは老婦人の敬意を失うことになった。というのも、老婦人が聖女オディルの予言の功徳を熱心に誉めたたえたため、パヌルーはおそらく疲労のせいであったとはいえ、その婦人にきわめてかすかだが苛立ちの表情を見せてしまったのだ。その後、パヌルーは老婦人からせめて中立的な好意だけでも得ようと思ったが、どんなに努力しても無駄だった。パヌルーは悪い印象をあたえてしまったのだ。そして毎晩、パヌルーは、かぎ針で編んだレースの飾りだらけの部屋へ引っこむまで、客間に座った老婦人の背中だけを眺めて過ごすほかなく、別れぎわに彼女がそっけなく、振りむきもせずにいう「おやすみなさい、神父様」という言葉の思い出だけをもって帰るのだった。いつもと同じそんなある夜、パヌルーがベッドに入ろうとした瞬間、頭がずきずきと痛み、何日も前から体内に潜んでいた熱の荒れ狂う波が、両手首とこめかみに殺到するのを感じた。

つづいて起こったことは、老婦人の話によってのみ知ることができた。その朝、老婦人は習慣どおりに早く起きていた。しばらく経って、神父が部屋から出てくる姿が見えないので、かなり躊躇したものの、彼女は思いきって神父の部屋の扉をノックした。すると、神父は眠れぬ一夜を過ごしたあと、まだベッドから出ていなかった。神父は胸の圧迫感に苦しみ、普段より顔が充血しているようだった。老婦人の証言によれば、彼女は医者を呼びましょうかと丁寧に提案したが、その提案は激しい口調で退けられ、そんなに激しく拒否されなければ、医者を呼べたのに残念でならないという。老婦人は引きさがるほかなかった。すこし経つと、神父はベルを鳴らして、彼女を呼んだ。そして、先ほどの不機嫌な言動を詫び、これはペストなどではありえず、そんな徴候はどこにも表れていないし、単なる一過性の疲労なのだ、と明言した。老婦人は威厳をもって、先刻の提案はその種の懸念からしたことではなく、自分自身の健康は神の手のなかにあるのだから、気にかけてはおらず、自分はただ神父の健康のことだけを考えていて、それについては自分も責任の一端を負っていると思う、と説明した。しかし、神父はそれ以上何もいおうとしなかったので、老婦人の言葉を信じるなら、彼女は自分の義務をきちんと果たしたいと思って、再度医者を呼ぼうかと尋ねた。しかし、神父はふたたびそれを拒否し、いくつか言い訳をつけ加えたが、老婦人にはそれがひどく曖昧なものに思われた。ただ彼女に分かったことは、そして、それがまさに彼女にとっては不可解に思われたことだが、神父が医者の診察を拒否するのは、それが神父の信条と一致しないからだ、ということだった。そこで老婦人は、神父の頭が熱のせいで混乱しているのだと結論づけ、煎じ薬を持っていってやるにとどめた。

こうした状況から生まれた義務を厳格に果たそうと決心した老婦人は、二時間ごとに規則正しく病人を見舞った。彼女をいちばん驚かせたのは、病人の絶え間のない興奮状態で、神父は一日中ずっとその状態で過ごした。毛布を撥ねのけては、ふたたび引っぱり寄せ、たえず手を湿った額に押しあて、何度も身を起こしては、まるで絞りだすように、締めつけられ、しわがれ、湿った咳をしようとする。そんなときの様子は、喉の奥に詰まった真綿の栓をどうしても引きぬくことができず、呼吸困難に陥っているかのように見えた。そうした発作を起こしたあげく、仰向けにひっくり返って、全身が衰弱しきったようになる。しまいには、またも半分体を起こし、そして、ほんの短いあいだ、それまで見せたあらゆる興奮よりも強烈な集中力を発揮して、じっと前方を見すえた。しかし、老婦人はそれでもまだ病人の言葉に逆らって医者を呼ぶのをためらっていた。ひどく激しい症状には見えたが、単なる熱の発作かもしれなかったからだ。

だが、午後になって老婦人が神父に話しかけても、曖昧な言葉がいくつか返ってくるだけだった。彼女はまたもや医者を呼ぼうかと聞いた。しかし、このときだけは、神父は体を起こし、なかば息を詰まらせながらも、はっきりと、医者は必要ない、と断言した。このとき、老婦人は明日の朝まで待って、それでも神父の容態が改善しなければ、ランスドク通信社が毎日ラジオで一〇回もくり返している番号に電話をかけてみようと心に決めた。つねに自分の義務に注意を怠らない老婦人は、夜中も神父のところに行って様子を見てやろうと思っていた。しかし、晩に新しい煎じ薬を持っていったあと、彼女はすこし横になろうと思って、目が覚めたのは翌日の明け方だった。彼女は部屋へ駆けつけた。

神父は身動きひとつせずに横たわっていた。前日の極端な顔の充血に代わって、一種の鉛色の蒼白さが表れ、顔つきはまだしっかりとしているだけに、その蒼白さがかえって際立った。神父は、ベッドの上に吊るされている、色とりどりのビーズで装飾されたシャンデリアをじっと見つめていた。老婦人が入っていくと、神父はそちらに顔を向けた。老婦人の証言では、そのときの神父は、一晩じゅう苦しみつづけて、もう反応を示す力もまったくないようだった。老婦人は、具合はどうかと尋ねた。すると神父は、異様な無関心の調子が耳に残る声で、具合は悪いが、医者は必要ないし、規則に従って病院へ運んでくれればそれでいい、と答えた。怖くなった老婦人は、電話のところへ走った。

リューが正午に到着した。老婦人の話を聞いて、リューはただ、パヌルーのいうとおりで、もう手遅れだろうと答えた。神父は、相変わらず同じ無関心な様子でリューを迎えた。リューは神父を診察し、喉の閉塞と肺の圧迫を除けば、腺ペストあるいは肺ペストの主な徴候がまったく見られないことに驚いた。いずれにしても、脈拍はひどく弱く、全身の容態もきわめて危険で、望みはほとんどなかった。

「病気の主な徴候は何もありません」とリューはパヌルーに告げた。「しかし、じっさいのところ疑いはあるので、隔離しなければならないのです」

神父は、礼儀正しさから来るような奇妙な微笑みを見せたが、黙りこんだままだった。リューは部屋を出て、電話をし、戻ってきた。そして、神父の顔を見つめた。

「私があなたのそばに付いています」とリューはやさしくいった。

神父は生気が甦ったように見え、温かみが戻ってきたような目をリューのほうに向けた。そして、苦しそうに、一語一語を区切りながら、悲しいのかそうでないのか分からない口調でこう呟いた。

「ありがとう。だが、修道士に友人はありません。すべてを神に捧げた身なので」

神父はベッドの枕元に掛かったキリストの十字架像を取ってくれといい、それを手にすると、リューに背を向けて十字架像を見つめた。

病院でも、パヌルーは口を開かなかった。自分に施されるあらゆる処置を、まるで一個の物体のように受けるがままだったが、十字架像だけは手放さなかった。しかしながら、神父の症状は依然として曖昧だった。ペストの疑いはリューの心から消えなかった。ペストのようであり、ペストのようでなかった。そのうえ、すこし前から、ペストは医師の診断を迷わせて面白がっているような様子も見せていた。だが、パヌルーの場合には、その後の経過を見ても、その診断の不確かさにそれ以上の意味はなかったのである。

熱が上がった。咳はますますしわがれたものになり、一日じゅう病人を責めさいなんだ。ついにその夜、神父は喉に詰まった綿のような痰を吐きだした。それは真っ赤だった。熱で全身が痙攣するさなかにも、パヌルーは無関心なまなざしを保ち、翌朝、ベッドから半分体を乗りだして死んでいたときも、その目からは何も読みとれなかった。カルテにはこう記録された、「本症例、原因不特定」。

この年の万聖節は[6]、いつもの年とは違っていた。確かに、気候はこの日にふさわしかった。天気が突然変化して、いつまでも長引いていた残暑がいきなり涼しい空気に変わったのだ。ほかの年と同じように、いまや冷たい風が絶え間なく吹いていた。大きな雲が地平線から地平線へと流れて、家々を影で覆い、雲が通りすぎると、一一月の空の冷たい金色の光がふたたび家々の屋根に落ちてきた。この年初めてレインコートを着る人々もすでに登場していた。だが、ゴム引きのつやつや光る布地製のものが驚くほど目についた。たしかに新聞では、いまから二百年前、南仏のペスト大流行のおりに、医者たちが感染から身を守るため、油引きの布地をまとっていた、と報道された。商店はそれを利用して、時代遅れの衣料のストックを一掃しようと図り、みん

6　一一月一日。カトリックで正式には「諸聖人の日」と呼び、すべての聖人と殉教者に敬意を表する祝日。翌一一月二日は「死者の日」だが、これと混同されて、一一月一日に墓参りに行き、菊の花などを供える人が多い。

なはその衣料から免疫性の効果が得られることを期待したのだ。

しかし、こうした季節のしるしも、墓地にすっかり人が寄りつかなくなったことを忘れさせることはできなかった。いつもの年ならば、路面電車は菊の花のむっとする匂いに満ち、女性たちが列を作って、近親者の葬られた墓地へと赴き、墓に花を供えるのだった。それは、人々が、長い月日にわたって死者を孤立と忘却のなかに放置したことへの償いをしようとする日だった。しかし、この年は、もう誰も死者のことなど考えたくなかった。いや、まさに死者のことばかり考えすぎていたのだ。だから、死者のそばに、少しの未練と多くの懐かしさを感じつつ戻ってくるというような場合ではなかった。死者はもはや、人々が年に一度だけ、そのそばに自己弁護をしにやって来る、見捨てられた存在ではなかった。むしろ、もう忘れてしまいたい、招かれざる客なのだ。そんなわけで、この年の死者の日は、いわばないことにされてしまった。タルーはコタールの言葉づかいがますます皮肉になってきたと指摘したが、コタールは、毎日が死者の日だな、といい放った。

そして、じっさいにペストの喜びの炎は、前よりいっそう軽やかに、つねに火葬場で燃えさかっていた。とはいえ、現実には、死者の数が日ごとに増えているわけではなかった。だが、ペストは勢いの頂点にどっかりと腰を下ろし、毎日の殺人に、有能な官吏のような正確さと規則正しさで励んでいるようだった。原則的には、また、専門家の意見によれば、これはいい兆候だった。ペストの進行グラフ曲線は、たえざる上昇を示したのちに、長い横ばい状態となり、これはたとえば、オラン市医師会長のリシャールにとっては、まったく安心してよい状況に見えたのだ。「これはいい、素晴らしい曲線だ」とリシャールは評した。彼の見立てによれば、これはペストが安定期と呼ばれる時期に達したことを意味している。今後は衰えるばかりだ。リシャールはその手柄をカステルの新たな血清に帰せしめたが、じっさい、その血清はいくつかの予期せぬ成功をもたらしたところだった。老医師カステルもその見立てに反対はしなかったが、現実には何も予想は立てられないと考えていた。伝染病の歴史には、何度も予測不可能なぶり返しが記録されていたからだ。県当局はもう長いこと市民の人心に安定をもたらしたいと望んでいたが、ペストがその方策を阻んでいたので、市の医師たちを糾合して、この問題について意見を求めようと考えていた。だが、そんなおりもおり、医師会長リシャールが、まさに病気の安定期において、ペストに命を奪われてしまったのだった。

この出来事はたしかに衝撃的ではあったが、要するに何を証明するわけでもなかった。にもかかわらず、行政当局は、最初に楽観論を唱えたのとまったく同じ無定見さで、悲観論に舞いもどってしまった。カステルは可能なかぎり入念に血清を準備するしかなかった。いずれにせよ、公共施設で病院か隔離所に転用されていないところはもうひとつもないが、県庁だけにはまだ手がつけられていないのは、会議を開く場所を確保しておかなければならないからだった。しかし、全体的にいって、この時期のペストは比較的安定状態にあったため、リユーが前もって作った組織は、まだその機能をきちんと果たしていた。医師や助手たちは可能なかぎり努力していたが、それ以上の努力を準備する必要には迫られていなかった。彼らは、いってみればこの超人的な仕事をただ規則正しく続けていればよかったのだ。すでに肺感染型のペストが姿を現し、風が肺に火を放って煽りたてるように、いまや町じゅうに蔓延していた。患者たちは血を吐きながら前よりはるかに急速に死んでいった。この新型のペストとともに、今後、伝染性がいっそう強まることが懸念された。それなのに、この点について、専門家の意見はつねに相互に対立しあっていた。とはいえ、さらなる安全性を求めて、保健隊のスタッフは消毒ガーゼのマスクを着けて呼吸しつづけていた。ともかく、見たところ、病気は拡大しているようだった。しかし、腺ペストの症例が減少に転じていたので、ペスト患者の総数は変わらなかったのだ。

とはいえ、感染時期が長びくにつれて、食糧供給が困難になり、その結果、ほかにも不安をひき起こす問題が生じてきた。品薄に乗じて投機が介入し、いちばんの必需品である食料品が一般の市場で不足し、途方もない値段で売られていた。そのため、貧しい家庭はひどく苦しい状況に陥ったが、裕福な家庭はほとんど何も不自由することがなかった。ペストがその仕事に示した実効的な公平さによって、市民間の平等性が強化されるかのように思われたが、逆に、人間のエゴイズムの当然の働きのせいで、人々の心には不公平の感情がより鋭く喰いいるようになった。もちろん、完璧な死の平等だけは残されていたが、こんな平等は誰も望まなかった。かくして、飢えに苦しむ貧しい人々は、前よりいっそう強い憧れの気持ちで、生活が自由でパンが安価な近隣の町や田舎のことを考えていた。食糧が十分に供給されないのだから、こんな町からは出ていかせてほしいという、いささか非合理な感情も抱くようになった。そのあげく、ひとつの標語が市民の口に上るようになり、ときには壁に書かれたり、県知事の通りすがりに叫ばれたりした。それは、「パンをよこせ、さもなければ外の空気を」というものだった。この皮肉な標語はいくつかのデモ行進の合言葉となり、デモはすぐにとり締まられたが、ことの重大さは誰の目にも明らかだった。

当然のことながら、新聞は何があっても楽観論を展開せよという命令を受け、それに従っていた。新聞の論調によれば、現在の状況を特徴づけているのは、市民が示している「平常心と冷静さの感動的な実例」ということになる。しかし、密閉状態に閉じこめられ、何も秘密のままにはできない町のなかにいて、市当局がいう「実例」などに騙される者はいなかった。そして、問題の平常心と冷静さについて正確な理解を得たければ、行政当局が作った隔離検疫所か隔離収容所のどこかひとつに入ってみればいいのだ。たまたま本記録の筆者は、ほかの場所で忙殺されていたため、それらの施設に行くことはできなかった。それゆえ、ここではタルーの証言を引用するにとどめたい。

じっさい、タルーは手記に、市立競技場に設営された隔離収容所をランベールとともに訪れたときの見聞を記録している。競技場は町の外れのほとんど市門のそばに建設されていて、片側は路面電車の走る通りに面しており、反対側は、この町が立つ台地の縁まで広がる空き地に向かいあっている。競技場はもともと高いセメントの壁で囲まれているので、収容者の脱走を防ぐためには、四か所の出入口に見張りを配置すれば十分だった。同時に、そのセメントの壁は、検疫隔離されている不幸な人々を、外部の人間たちが好奇心から覗いて迷惑をかけることも防止していた。その代わり、収容された人々は一日じゅう、見えない路面電車が通過する騒音を聞かされ、その電車の通過とともに人のざわめきがひとしお大きくなる瞬間に、それが収容所の事務員たちの出勤と退勤の時刻なのだと察するのだった。こうして、収容者たちは、自分の排除された日常生活がわずか数メートル離れたところでまだ続いており、セメントの壁は別々の遊星上にあるよりも異質なふたつの世界を隔てていることを知るのだった。

タルーとランベールはある日曜の午後を選んで、競技場に向かった。サッカー選手のゴンザレスが同行していたが、これは、彼と再会したランベールが頼みこんで、ゴンザレスに競技場の見張りの指揮を交替勤務で請け負ってもらうようにしたからだった。ランベールはゴンザレスを収容所の所長に紹介することになっていた。三人が落ちあったとき、ゴンザレスはふたりに、ペストが公表されたとき、自分はちょうどサッカーの試合を始めるためにユニフォームを着たところだった、と語った。競技場が強制的に収容所にさせられたいま、サッカーの試合など不可能で、ゴンザレスは自分でも所在なさを感じていたし、じっさいひどく所在なさそうに見えた。それをひとつの理由として、ゴンザレスは、週末だけの勤務を条件に、この見張りの仕事をひき受けたのだ。空は薄曇りで、ゴンザレスは鼻先を空に向けながら、雨が降らず暑くもないこういう天候が、いい試合をするのにいちばん適しているんだが、と残念そうに説明した。ゴンザレスは努力して彼なりの言葉で、更衣室の湿布薬の匂いや、割れんばかりにどよめく観客席や、茶色いグラウンドに散った色鮮やかなユニフォームや、ハーフタイムにかじるレモンや、渇ききった喉を無数の心地よい針で刺激するレモネードなどについて語ってみせた。また、タルーの手記によれば、町外れのがたがたの道を通って競技場に向かうあいだ、ゴンザレスはたえず目につく小石を蹴りつづけたという。小石を真っ直ぐ下水道の開口部に蹴りこもうとして、うまくいくと、「一対ゼロ」などと叫んだ。煙草を吸い終えたときなど、吸い殻を自分の前に吐きだし、それが空中にあるうちに足で蹴ろうとした。競技場の近くでサッカー遊びをしていた子供たちが、通りかかった三人のほうにボールを蹴ってくると、ゴンザレスはわざわざ近くまで駆けより、正確にボールを蹴りかえした。

三人はようやく競技場に入った。観客席は収容者で一杯だった。しかし、グラウンドは数百もの赤いテントで埋めつくされ、そのなかには、遠目でも寝具類や荷物の包みが置かれているのが見えた。観客席は改装せずに残し、暑さが激しかったり雨が降ったりしたときに、そこで凌《しの》ぐことができるようにしてあった。ただ、日没とともに、収容者はテントに戻らねばならなかった。観客席の下には、新たに作られたシャワーの設備と、かつての選手更衣室を改造した事務室と診察室があった。大部分の収容者は観客席でひしめきあっていた。ほかの人々はタッチラインのあたりをうろついていた。さらに、自分のテントの入口にうずくまり、まわりにぼんやりと目を遊ばせている者もいた。観客席では、多くの者がぐったりと座りこみ、何かを待っているかのように見えた。

「みんな昼間は何をしているんだろう?」タルーがランベールに尋ねた。

「なんにも」

じっさい、ほとんどすべての者が何もせず、手もち無沙汰だった。この広大な人間の集合体は、不思議なくらい静まりかえっていた。

「最初のころは、ここへ来ると、声が聞きとれないくらいうるさかった」とランベールは続ける。「しかし、日が経つにつれて、しだいにしゃべらなくなっていったんだ」

手記の記録によれば、タルーは収容者たちの気持ちが分かったし、そのころの様子も目に浮かぶようだという。最初はテントにすし詰めにされ、もっぱらハエの唸りを聞いたり、体を掻いたりするだけだったので、話を快く聞いてくれる耳に出合えば、彼らは自分たちの怒りや恐怖をまくし立てた。しかし、収容所が超満員になると、聞いてくれる耳はどんどん減っていった。そこで彼らはもはや口を閉ざし、たがいに警戒しあうほかなくなってしまったのだ。そう思うと、光り輝くが灰色をした空から、赤いテントの収容所の上に、不信の気持ちが降りそそいでいるように見えた。

そう、みんなが不信感を抱いている様子だった。ほかの人々から隔離されたのだから、それだけの理由があるのだろうし、収容者たちは、その理由をあれこれ考えながらも、そのことを恐れる顔つきをしていた。タルーの見た人々は、それぞれが虚ろな目をして、それまで自分の生活だったものとの完全な別離に苦しんでいるようだった。そして、いつも死のことばかり考えているわけにもいかないので、何も考えようとはしなかった。つまり、休暇状態に入っていたのだ。「しかし、最悪のことは」とタルーが記している、「彼らが忘れられた存在であり、そのことを彼ら自身が知っていることだ。彼らを知っている人々もほかのことを考えているので、彼らを忘れており、これは理解できることだ。彼らを愛している者はどうかといえば、彼らをここから出してやろうと奔走し、様々な手立てに忙殺されているので、やはり彼らを忘れている。出してやることばかり考えて、出してやる人のことはもう考えていないのだ。だが、これもまた正常なことだ。そして、結局最後に気づくのは、最悪の不幸のなかにあっても、本当に誰かのことを考えることなど、誰にもできないということだ。なぜなら、本当に誰かのことを考えるとは、家事の心配にも、飛んでくるハエにも、食事にも、体の痒《かゆ》みにも、なんにも心を煩わされることなく、刻一刻、その人のことを考えることだからだ。だが、つねにハエも痒みも存在する。それゆえ、人生を生きるのは困難なのだ。そして、ここの人々はそのことをよく知っている」

所長がタルーたちに会おうとやって来て、オトンという人があなたがたに会いたがっている、と告げた。所長はゴンザレスを自分の事務室に連れていき、それから、タルーとランベールを観客席の一角に案内すると、そこに、人から離れて座ったオトン氏がいて、立ちあがり、タルーたちに会いに来た。オトン氏はいつもとまったく同じ服装で、シャツに相変わらず同じ硬いカラーを着けていた。ただ、こめかみのところの髪の毛の房がいつもよりかなり撥ねていて、靴紐が片方ほどけているのに、タルーは気づいた。予審判事は疲れた様子で、ただの一度も話し相手を正面から見なかった。そして、お会いできてうれしいと口を開き、リュー医師の努力にたいして感謝の気持ちを伝えてほしい、といった。

タルーとランベールは沈黙した。

「でも」と、しばらくして判事はいった。「フィリップはそんなに苦しまなかったんでしょうね」

タルーは、判事が自分の息子の名前をいうのを初めて聞いて、何かが変化したことを悟った。太陽は地平線のほうに低く沈み、ふたつの雲のあいだから、光線が観客席に側面から射しこみ、彼ら三人の顔を金色に染めた。

「ええ」とタルーが答えた。「本当に、まったく苦しみませんでした」

タルーとランベールがその場を去ろうとしたとき、判事は日が射してくるほうを見つめつづけていた。

ふたりがゴンザレスにさよならをいいに行くと、ゴンザレスは見張りの交替勤務表を検討していた。サッカー選手は微笑みを浮かべて、ふたりの手を握った。

「ともかく更衣室だけはあったよ」と彼はいった。「まあ、それでいいさ」

まもなく、所長がタルーとランベールを見送ってくれたとき、巨大な機械の雑音が響きわたった。そして、平和な時代には、試合の結果を発表したり、チームを紹介したりするのに使われていたスピーカーが、鼻にかかった声で、収容者は各自のテントに戻り、夕食の配給を待つようにと伝えた。人々はゆっくりと観客席から離れ、足を引きずりながらテントに戻っていった。全員がテントに入ると、駅でよく見かけるような、電気で走る小さな車が二台、テントのあいだを通って、大きな鍋を運んできた。人々は両側から手を伸ばす。二本の玉杓子がふたつの鍋に突っこまれ、ふたたび鍋から引きだされて、飯盒《はんごう》のなかに中身を注ぐ。すると車は動きだす。同じことが次のテントでもくり返された。

「科学的ですね」とタルーは所長にいった。

「ええ、じつに科学的です」と、所長はふたりと握手しながら満足げにいった。

黄昏が迫り、空は晴れていた。爽やかで柔らかな光が収容所を包んでいる。夕べの静けさのなかで、スプーンと皿の音がいたるところから聞こえてくる。コウモリが数羽テントの上を舞い、すぐに消えてしまった。路面電車がセメントの壁の向こうの転轍機のところで大きな軋り音を立てた。

「判事も可哀そうだ」とタルーは競技場を出るとき呟いた。「あの人のために何かしてやりたいよ。だが、人を裁く人間を助けるなんて、いったいどうすればいいんだ？」

オラン市内にはほかにいくつもの収容所があったが、本記録の筆者は、それについて直接得た情報がなく、記述には細心の注意を払いたいので、これ以上何か説明することはできない。ただ、筆者にいえるのは、これらの収容所の存在と、そこから漂ってくる人間の匂い、黄昏どきのスピーカーのわめき声、秘密めいたセメントの壁、これらの忌み嫌われる場所への恐怖などが、市民の気分に重くのしかかって、すべての人の混乱と不安をさらに増幅させていたことだ。ちょっとした事件や行政当局とのトラブルは増えるばかりだった。

しかし、一一月の末になると、毎朝、ひどく寒くなった。洪水のような大雨が舗道をざっと洗い流し、空の汚れを拭いさって、きらきら光る街路の上に、雲ひとつない空を残した。力をなくした太陽が、毎朝、町の上に、冷たく煌めく光を投げかけた。逆に、夕方ごろになると、空気はふたたび生温《なまぬる》くなるのだった。そんな時間を選んで、タルーはリュー医師に、自分の正体をわずかながら明かそうとしたのだった。

ある日の夜一〇時ごろ、長く、疲労困憊させられた一日のあとで、リューは喘息病みの老人のところへ夜の往診に出かけ、タルーはそれに同行した。その旧市街の一画の家々の上で、空がやさしく輝いていた。かすかな風が暗い十字路をわたって、音もなく吹きすぎた。静かな通りからやって来たふたりの男は、いきなり老人のおしゃべりに捕まってしまった。老人がいうには、なんとも気に入らないことがある、甘い汁を吸うのはいつも同じ連中なのだ、だがそんなことをくり返せばいつかは運の尽きってことになる、たぶん、とここで老人は揉み手をした、ひと騒動もちあがるぞ。

リューが診察するあいだも、老人はさまざまな事件に注釈するのをやめなかった。

頭上で足音がした。タルーが興味を引かれた様子なのに老人の妻が気づき、近所の女たちがテラスに出ているのだとふたりに説明した。同時に、上は眺めが素晴らしく、建物と建物の側面がテラスでつながっていることが多いので、この地域の女たちは外に出なくてもたがいの家を訪れることができるのだ、とつけ加えた。

「そうなんだよ」と老人がいった。「なんなら上がってみたらいい。上には気持ちのいい風が吹いているから」

上がってみると、テラスにはもう誰もおらず、備えつけの椅子が三つあるだけだった。一方の側は、見渡すかぎり遠くまで無数のテラスがつながって広がり、その背後に暗い石の塊があって、そこから町の向こうの最初の丘になっていた。もう一方の側を見ると、視線はいくつかの街路とここからは見えない港をこえて、はるか遠くの水平線に到達し、そこでは、空と海がはっきりとは見分けがたい脈動のなかで溶けあっていた。断崖と察せられる場所の彼方で、光源の見えない光が規則的に明滅していた。この春から、狭い水路に建てられた灯台が、ほかの港のほうへ迂回する船舶のために、たえず回転しつづけているのだ。風で雲を吹きはらわれ、磨きあげられた空には、星々がくっきりと輝き、灯台の遠い光が、そこにときどき通りすぎる灰のような影を投げた。微風が香辛料と石の匂いを運んでくる。完璧な静寂だ。

「いい気候だな」とリューは椅子に腰を下ろしていった。「ペストもここまではまったく上がって来なかったみたいだ」

タルーはリューに背を向けて海を眺めていた。

「そうだね」とすこし経ってタルーは答えた。「いい気候だ」

タルーはリューの横に来て座り、医師の顔をじっと見つめた。

「ねえ、リュー」とタルーはごく自然な口調でいった。「君はこれまで、僕がどういう人間か知りたいと思ったことは一度もないかい？　僕に友情は感じてくれているんだろう？」

「ああ」とリューはいった。「君に友情を感じているよ。ただ、これまでおたがいに時間がなかったからね」

「そうだね、それで安心したよ。いまから友情の時間を始めないか？」

リューは何も答えず、微笑んでみせた。

「じゃあ、聞いてくれるかな……」

すこし先の街路で、車が濡れた車道の上でスリップする音が長く聞こえてきた。車が遠ざかると、今度は遠くから叫び声がいり交じって聞こえ、静けさを破った。そしてふたたび、沈黙がふたりの男の上に、空と星の全重量を湛《たた》えて降りてきた。タルーは立ちあがって、テラスの手摺りに腰かけ、相変わらず椅子の窪みに体を預けたままのリューの正面に相対した。タルーのがっしりとした体形が空にくっきり浮かびあがって見えるばかりだった。タルーの話は長かったが、以下は、彼の話をほぼそのまま再現したものだ。

「リュー、話を簡単にするためにまずいっておこう。僕はこの町とこの伝染病を知るずっと前から、とっくにペストで苦しんでいたんだ。それはつまり、僕もまた世間のみんなと同じだったということでもある。だが、そのことを知らない人もいれば、その状態を心地よいと思っている人もいるし、そのことを知っていて、その状態から脱けだしたいと思っている人もいるんだ。僕はいつでもそこから脱けだしたいと思っていた。

若いとき、僕は自分が潔白だという考えをもっていた。つまり、考えなんて何ももっていなかったということだ。僕は何かに悩むような人間じゃなかったし、人生の滑りだしは好調だった。何もかもうまく行っていた。頭も悪いほうじゃなかったし、女性たちともすごくうまくやっていた。不安があったとしても、すっとやって来て、同じようにすっと消えていった。でもあるとき、ものを考えはじめたんだ。それからのことなんだよ……。

いっておかなければならないが、僕は君のように貧乏ではなかった。父は次席検事で、これはかなりの社会的地位だ。でも、父はそんなふうに見えなかった、根っからのお人好しだったからね。母は気どりのない、控えめな女性で、僕はずっと愛しつづけていたんだが、いまはその話はやめておこう。父は愛情をもって僕の面倒を見てくれたし、僕のことを理解しようと努めてくれたとさえ思う。外には女を作っていたらしいし、いまではそれは間違いない事実だと思うけれど、べつにそのことで腹が立つこともない。父はそんな場合でも、自分が人から期待されるとおりの振る舞いをするだけで、人を傷つけるようなことはしなかった。ひと言でいえば、そんなに変わった人間ではなく、父が死んだいまとなっては、父は聖人のように生きたわけではないが、悪人でもなかったとよく分かる。父は中庸を保った。それだけのことで、理にかなった愛情、長続きする愛情を感じることのできるタイプの人間だった。

それでも、父には、ひとつだけ変な趣味があった。シェクス[7]の鉄道時刻表を手元に置いて放さなかったことだ。だが、べつに旅行好きだったわけではなく、夏休みにちょっとした別荘のあるブルターニュ地方に出かける程度だった。でも、父は、パリ―ベルリン間の列車の発着時刻とか、リヨンからワルシャワに行くのに必要な列車の乗り換え時刻の組みあわせとか、どんな国と国でもいいが、首都間を結ぶ鉄道の正確なキロ数とかを、間違いなく答えることができた。君はブリアンソン[8]からシャモニー[9]へどうやって行ったらいいかいえるかい？　鉄道会社で駅長をしている人だってこんな質問には戸惑うだろう。でも、父は即座に答えられた。そして、ほとんど毎晩努力してこの分野の知識を増やそうとしていたが、そのことだけは自慢だったみたいだ。これは僕にとっても面白い遊びで、僕はしばしば父に質問を出し、その答えをシェク

7　一九世紀フランスの印刷業者で、鉄道時刻表の出版で有名。
8　フランスの、イタリア国境に近い城塞都市。
9　アルプス山脈のモンブランに近い冬のスポーツの拠点。

スの時刻表で調べて、父が間違っていないことを確認して、大喜びしていた。このたわいない遊びは僕と父をたがいに深く結びつけた。そう、僕はちゃんと聞き手になってやったし、父も僕が本心からそうしているのを分かってうれしがっていた。僕のほうも、鉄道についてのこんなに卓越した知識は、ほかの分野の卓越した知識に十分匹敵すると思っていたんだ。

いや、ちょっと話が脱線して、このお人好しをあんまり立派な人物に見せすぎたかもしれない。というのも、要するに、父は僕の決心に間接的な影響をあたえたにすぎないからだ。せいぜい、その決心のきっかけを提供しただけなんだ。そう、僕が一七歳になったとき、父は僕に、自分の論告を聞きに来るようにいった。それは重罪裁判所で審理される話題を呼んだ事件で、きっと父は自分がいちばん立派に見える機会だと思ったのだろう。また、父は、この儀式ばった催しが若者の想像力を刺激するだろうと考え、ひいては自分自身が選んだ職業の道に僕を引きいれることも期待していたのかもしれない。僕は承知した。それは父を喜ばせることだったし、また、父が家庭で演じている役割とは違った役柄に扮して話をする姿を見て、その声を聞きたいと思ったのだ。それ以上のことは何も考えなかった。裁判所でおこなわれることは、それまでずっと、七月一四日の革命記念日の軍事パレードか、何かの授賞式と同じように、自然で、当たり前のことに思われていた。それについて、ひどく抽象的な観念があるだけで、それで不都合には感じなかった。

だが、この日のことで記憶に残ったのはただひとつのイメージで、それは罪人の姿だった。じっさい、僕はその男が有罪だと信じているし、それが何の罪であるかは重要ではない。しかし、その赤毛の、哀れな三〇代の小男は、罪状をすべて認めようと決心し、自分がしたことと、自分がこれからされることを本心から怖がっているらしく、そのために、すぐに僕はその男からもう目が離せなくなってしまった。男は、強すぎる光に怯えるミミズクのようだった。ネクタイの結び目も、襟を合わせる場所にちゃんと合っていなかった。そして、一方の手の爪、右手の爪ばかり齧っていた……。要するに、くどく説明するつもりはないが、この男は生きている人間だったんだ。君も分かってくれるはずだ。

だが、僕はそのとき突然、それに気づいたのだ。なぜなら、それまでは、『容疑者』という便利な名札ごしにしか男のことを考えていなかったからだ。そのとき、僕の下腹は何かに捩《ね》じあげられるような感じがして、父のことを忘れていたとはいえないが、その容疑者に向かう以外の注意はすべて奪われてしまった。ほとんど何も耳に入らなかったし、みんなが生きているこの男を殺そうとしていると感じたとき、荒波のように激しい本能が強情な無分別さを発揮して、僕をその男のほうへ押しやった。僕が本当に目覚めたのは、父の論告求刑によってだった。

真っ赤な法服で人が変わった父は、お人好しでも、情愛深い人間でもなくなり、その口には大げさな言葉があふれかえり、ひっきりなしに蛇のように口から飛びだしてきた。そして、父が社会の名においてこの男の死を求め、首を斬れと要求していることが分かった。ただし、父はじっさいにはこういっただけだ、『この首は落ちるべきであります』。だが、結局のところ、その違いは重要ではなかった。しかも、結局、同じことになった。父はその首を手に入れたのだから。ただし、その仕事をするのは父ではない。その後、僕はこの事件を判決まで傍聴したが、ひたすらこの哀れな男に、父には一度も感じたことがないような、もっと強烈な目も眩むほどの親しみを感じたのだ。しかし、父のほうは、慣例に従って、お上品にも『最後の時』と呼ばれるものにも立ちあったはずだ。それは、はっきりと、もっとも卑劣な人殺しというべきものだ。

その日以来、僕はシェクスの時刻表も忌まわしい嫌悪感なしでは見られなくなった。その日以来、僕は怖気《おぞけ》をふるいながらも、裁判や死刑判決や処刑に注意を払っていたが、ついに分かったのは、父は何度もその人殺しに立ちあってきたこと、そして、父が非常に早起きをする日は、まさにこの人殺しの日なのだということだった。それが分かった瞬間、僕はめまいに襲われた。そう、父は人殺しのために目覚ましをかけていたのだ。僕はそのことを母に話そうとは思わなかったが、それから前より気をつけて母を観察し、母と父のあいだにはもう何も存在せず、母は諦めの生活を送っていることが理解できた。そのことからなんとか母を許すことができるようになった、と僕は当時自分でもいっていた。だが、あとになって分かったことだが、母には許される必要があることなど何ひとつなかったのだ。母は生まれてからずっと結婚するまで貧乏で、貧乏のせいで諦めというものを知っていたのだから。

君はたぶん、僕がすぐに家を出たということを期待しているんだろうね。いや、僕は数か月も、ほとんど一年も、家にとどまっていた。しかし、心が病気になっていた。ある夜、父が目覚ましを持ってこいといった、翌日は早起きだから、と。その夜、僕は一睡もできなかった。翌日、父が帰ってきたときには、僕はもう家を出ていた。急いでいっておくと、父は僕を捜させたし、僕は父に会いに行って、何も説明せず、冷静に、無理に家に帰らせようとしたら自殺する、といった。結局、父は僕の決心を受けいれた、ということは、やはりおとなしい性格だったのだが、自由に生きたいなどと思うことの愚劣さについてお説教をし（つまり、父はそんなふうに僕の行動を解釈し、僕は父のいうことを黙って聞いていたが）、しつこくさまざまな忠告をくり返し、心底から涙があふれそうになるのを抑えていた。しかし、それからだいぶ長いこと経って、僕は定期的に母に会いに帰るようになり、そのとき父とも顔を合わせた。こうした関係だけで父には十分だったのだと思う。僕としては、父を憎んでいたわけではなく、ただ、心にわずかに悲しみを感じていたのだ。父が死んだとき、僕は母を引きとったが、今度は母が亡くなってしまった。もうすこし長生きしてもよかったのに。

ことの始まりをあまりに長々と話してしまったが、じっさい、これがすべての始まりだった。このあとのことはもっと手っとり早く済ませよう。裕福な生活から飛びだして、僕は一八歳で初めて貧乏を知った。生活する金を稼ぐために、あらゆる仕事をやった。それなりにうまくこなしたよ。だが、僕の関心の的は、死刑宣告だった。例の赤毛のミミズクと決着をつけたかったのだ。その結果、僕は世間でいう政治運動をやるようになった。ペスト患者になりたくなかった、それだけの理由だ。僕は、自分の生きているこの社会が死刑宣告の上に成りたっていると考え、死刑宣告と闘うことで殺人と闘うことができると信じたんだ。僕はそう信じたし、ほかの者たちも僕にそういったし、結局のところ、それは大体が真実だった。それで僕は、自分が愛し、最後まで愛しつづけた者たちと行動をともにした。僕は長いことその仲間にとどまっていたし、ヨーロッパで僕らが一緒に闘争をおこなわなかった国はないくらいだ。いや、もうこの話はやめておこう。

もちろん、僕らと仲間だって、ときに死刑宣告をおこなっていることは分かっていた。だが、もう誰も殺されることのない世界を築くために、こうしたいくらかの死者は必要なのだと聞かされていた。ある意味でそれは真実だが、結局、僕はその種の真実に安住できない人間なのかもしれない。確かなことは、僕がためらっていたということだ。ともあれ、僕はミミズクのことを考えていながら、そんな状態を続けることができた。だがついに、ある死刑執行を目にしたとき（ハンガリーでのことだが）、一七歳の僕を襲ったのと同じめまいに襲われて、大人になった僕の目の前もやはり真っ暗になった。

君は人が銃殺されるところなんか見たことがないだろうね？　もちろん、ないはずだ。だって、銃殺は招待された人間だけに見せるものだし、見せる人間はあらかじめ選んであるからだ。その結果、君たちが知っているのは、版画や本に描かれた情景だけということになる。目隠し、処刑柱、そして、遠くのほうに何人かの兵隊。ところが、実際はぜんぜん違う。知ってるかい、銃殺隊は処刑者からわずか一メートル五〇センチのところに並ぶんだ。処刑される者が二歩前に出たら、胸が銃口にぶつかるくらいの距離だ。それで、そんなに近いところから、銃殺兵たちは心臓に射撃を集中して、みんなで一斉にでかい銃弾を撃ちこむので、握り拳が入るくらいの大きな穴が開くんだ。そう、君たちはそんなことを知らない。だって、そんな細かいことは誰も話したがらないからだ。人々が安眠することは、ペスト患者が生きること以上に神聖なものだ。善良な人々の眠りを妨げてはならない。そんなことをするのは悪趣味だし、趣味の良さとは事実にしつこくこだわらないことだ。そのことをみんな心得ているのさ。しかし、僕はそのとき以来、よく眠れたことがない。悪趣味な後味が口のなかに残って、僕は事実にこだわるのをやめることができなかった。つまり、いつまでもそのことを考えるのをやめられなかったんだ。

そうして僕は、その長い年月のあいだ、魂を捧げてまさにペストと闘っていると信じていたときにも、少なくとも自分がペスト患者でなくなったことは一度もなかった、と悟ったんだよ。僕は無数の人間の死に間接的に同意していたし、必然的に死をもたらす行動や原理を善と認めることで、そうした死をひき起こしていたのだと知ったんだ。ほかの仲間はそんなことに煩わされている様子はなかったし、そうでない者たちの場合でも、少なくとも自分からそんなことを話そうとはけっしてしなかった。僕のほうは、いつも喉がつかえているような気分だった。彼らと一緒にはいたが、ひとりぼっちだった。僕が自分の疑念を話したりすることがあると、彼らは、いまいちばん大事なことが何かを考えてみるべきだといい、しばしば人を感動させるような理由をもちだして、僕が呑みこむことのできないものを呑みこませようとした。しかし、僕は、あの赤い法服を来た重度のペスト患者たちだって、そういう場合にはちゃんとした理由をもちだしてくるのだし、君たちのような軽度のペスト患者がもちだす不可抗力という理由と必要性の議論を認めるとしたら、僕は重度のペスト患者の理由を拒否することができなくなる、と反論した。すると彼らは、法服の連中だけに死刑宣告を独占させておくのは、連中が正しいと認めることにほかならない、といってきた。だが、僕はそのとき、一度でも死刑に手を染めたら、もう二度とやめることはできない、と思ったよ。歴史は僕が正しいことを証明しているみたいだ。今日では、いちばんたくさん人を殺した者が歴史の勝者なのだ。みんな殺人熱に浮かされてしまって、もうほかのやり方ができないんだよ。

いずれにしても、僕の問題は理屈ではなかった。問題は赤毛のミミズクだ。ペストに罹った者の汚い口が、鎖につながれた男にむかって、お前はまもなく死ぬのだと宣告し、その男がはっきりとした頭のままで、幾晩も幾晩も苦悶しながら自分が殺されるのを待ったあげく、じっさいそのとおりに死ぬように、すべてを手配したあの汚い事件だった。問題は、この胸に開いた穴をどうするかだ。そして僕はこう考えた、さしあたり、少なくとも僕に関しては、あの胸の悪くなるような虐殺に、たったひとつの正しい理由もあたえるような真似はするまい、たったひとつの理由さえも。そう、僕はあえてこの執拗な無分別を選んだのだ、はっきりと見きわめがつくまでは。それ以来、僕の態度は変わっていない。ずいぶん長いこと、僕は恥ずかしく思っていた。たとえ間接的であるにしろ、善意から出たことであるにしろ、自分が人殺しの側に回っていたことが、僕は死ぬほど恥ずかしかった。時間が経つにつれて僕は気づいたのだが、ほかの者より優れた人々でさえ、今日では否応なく人を殺し、人を殺させている。なぜなら、人殺しが彼らの生きる論理のなかに含まれているからで、僕たちは人を死なせる恐れなしにこの世界でちょっとした身ぶりのひとつもできないのだ。そう、僕は恥ずかしく思いつづけてきたし、僕は事実を知った、僕たちはみんなペストのなかにいるという事実を。そして、平和を失ったのだ。だが、僕はいまでも平和を探しもとめ、すべての人のことを理解し、誰にたいしても死をもたらす敵にはならないように努めている。僕が分かっているのは、もう二度とペスト患者にならないようにやるべきことをやらなければならないということ、ただそれだけが、平和を、あるいは、平和が得られない場合には良き死を期待させてくれるということだ。それこそが、人々の心を安らかにしてくれることであり、人々を救うことはできないにしても、ともかくできるかぎり人々に苦しみをあたえないようにして、ときによってはわずかな喜びをあたえることができる方法なのだ。そういうわけで、僕は、直接にせよ間接にせよ、良い理由からにせよ悪い理由からにせよ、人を死なせたり、人を死なせることを正当化したりするあらゆるものを拒否しようと心に決めたのだ。

同様に、そんなわけで、僕は今回の伝染病について何も知らないが、君たちの側に立って、こいつと闘わなければならないことだけは分かっている。僕は確かな知識によって知っているんだよ（そうなんだ、リュー、僕は人生について何もかも知っている、分かってくれるだろう）、誰でもこいつを自分のなかにもっている、ペストだ。なぜなら、誰ひとり、そう、この世界の誰ひとりとして、ペストから逃れられる者はいないからだ。そして、たえず警戒していなければ、ちょっと気を弛《ゆる》めただけで、ほかの人の顔に息を吹きかけて、病気を感染させてしまうなんてことになりかねない。自然なのは、細菌のほうなのだ。そのほかのもの、健康とか、無傷なものとか、お望みならば清潔さといってもいいが、そういったものは、意志のもたらす結果であって、その意志はけっして弛めてはならないのだ。まともな人間とは、ほとんど誰にも病気を感染させない者のことで、それはできるかぎり気を弛めない人間のことなのだ。そして、けっして気を弛めないためには、意志と緊張がぜひとも必要なんだ！　そうなんだよ」リユー、ペスト患者であるのはひどく疲れることだ。しかし、ペスト患者になりたくないと望むことは、さらにもっと疲れることなんだ。みんなが疲れた様子をしているのは、そのせいなんだよ。だって、いまではみんなが多少なりともペスト患者になっているのだから。しかしまた、そのせいで、ペスト患者をやめたいと願うわずかな人々は、もはや死によってしかけっして解放されない極限の疲労を味わうことになるわけだ。

これから先、僕は、いまのこの世界にとって、何の価値もない者になったことを知っているし、僕が人を殺すことを断念した瞬間から、決定的な追放に処せられたことを知っている。歴史を作るのはほかの人々だ。僕はまた、自分がそうしたほかの人々をたぶん非難できないことも知っている。僕には、理性的な殺人者になる資質が欠けているからだ。それはもちろん自分がほかの人より優れているということじゃない。だが、いまや僕はこの自分であることに甘んじるし、謙虚さも学んだ。僕がいっているのは、単に、この地上には天災と犠牲者があるということ、そして、できるかぎり天災を受けいれるのを拒否しなければならないということだ。もしかしたら、これは君にはいささか単純な考えに思われるかもしれないし、僕にはこれが単純な考えかどうか分からないが、これが真実であることは分かっている。ずいぶんたくさんの理屈を聞かされたおかげで、僕は頭がぼんやりしてしまいそうになったし、ほかの者たちの頭はじっさいぼんやりして殺人に同意してしまったのだが、そのせいで、人間のあらゆる不幸ははっきりした言葉を使わないことから来ると理解できた。だから、僕は間違いのない道を進むために、はっきりした言葉を使い、はっきりした行動をしようと決心した。したがって、僕は天災と犠牲者があるといい、それ以上は何もいわない。そういいながらも、僕自身が天災になる可能性がある場合、すくなくとも僕はそれに同意しない。つまり、罪なき殺人者であろうと努めるのだ。これがそれほど大した野心じゃないことは君も認めてくれるね。

もちろん、天災と犠牲者のほかに第三の立場、つまり、真の医師という立場があってもいいが、現実に出会うことはそんなに多くないし、そうなるのも難しいことだ。だから僕は、被害を減らすために、あらゆる場合に犠牲者の側に立つと決心したんだ。犠牲者のなかにいれば、すくなくとも、どうやって第三の立場に到達するか、つまり、どうやって心の平和に到達するか、そのやり方を探しもとめることはできるからね」

話を終えると、タルーは片脚を揺らしながら、足でテラスの床を静かに叩いていた。

わずかな沈黙ののち、リューはすこし身を起こして、平和に到達するためにとるべき道について、タルーには何か考えがあるか、と尋ねた。

「あるよ。共感ということだ」

救急車のサイレンが二度、遠くで鳴りひびいた。先ほどは明瞭でなかった叫び声が、今度は岩だらけの丘のそばの、市の境界線のあたりに集中して聞こえた。同時に、何か銃の発砲に似た音がした。それから、静寂が戻った。リューは灯台の明滅を二度数えた。微風が強さを増したように思われ、同時に、海からの風が潮の香りを運んできた。いまではははっきりと、崖に打ちよせる波のくぐもった呼吸のような音が聞こえていた。

「要するに」とタルーはあっさりといった。「僕に興味があるのは、どうすれば聖者になれるかということだ」

「でも、君は神を信じていない」

「だからこそだよ。人は神なしで聖者になれるか。これこそ今日僕の知るかぎり唯一の具体的な問題だ」

突然、叫び声の聞こえていた方角から、激しい光がほとばしり、不明瞭などよめきが風の流れに逆らってふたりのところまで届いた。光はすぐに暗くなり、遠いテラスの端に、赤っぽい明るさが残るだけだった。風が収まると、人々の叫び声がはっきりと聞こえ、それから銃の発射音と、群衆の騒ぐ声がした。タルーは立ちあがって、耳を澄ました。もう何も聞こえなかった。

「また市門で衝突があったんだな」

「もう終わったね」とリューは応じた。

タルーは、まだぜんぜん終わっていない、これからもまだ犠牲者は出るだろう、それが当然のなりゆきだ、と呟いた。

「そうかもしれない」とリューは答えた。「だが、ともかく私は聖者より敗北者のほうに連帯を感じるんだ。ヒロイズムや聖者の美徳を求めるつもりはないみたいだ。私が心を引かれるのは、人間であることなんだよ」

「そう、僕たちは同じものを求めているんだ。僕のほうが野心は小さいけどね」

リューはタルーが冗談をいっているのだと思い、タルーの顔を眺めた。しかし、空から来る淡い光のなかで、タルーの顔は悲しげで、真剣だった。ふたたび風が立ち、リューはその生温い風が肌を吹きすぎるのを感じた。タルーは自分を励ますように体をふるわせた。

「どうだい」とタルーはいった。「友情のしるしに何かしようか？」

「君の好きなことでいい」とリュー。

「海水浴をしよう。未来の聖者にもふさわしい楽しみだ」

リューも微笑みを返した。

「通行証があるから、突堤までは行ける。結局のところ、ペストのなかだけで生きているなんて、つまらないからね。もちろん、犠牲者のために闘う必要はある。でも、ほかになんにも愛さなくなったら、闘うことになんの意味がある？」

「そうだね」とリューは答えた。「よし、行こう」

それから間もなく、ふたりの車が港の鉄柵のそばに停まった。すでに月が昇っていた。乳を流したように煌めく空は、いたるところに淡い影を落としていた。ふたりの背後には町が段を積むようにせり上がっており、そちらから熱く病んだ風が吹いてきて、ふたりを海のほうへ押しやった。ひとりの警備兵に通行許可証を見せると、警備兵はじっくり時間をかけて点検した。ふたりは監視所を通り、一面に樽を積んだ土手のあいだを抜けて、ワインと魚の匂いのなかを、突堤のほうへ向かった。突堤に到着するすぐ手前で、ヨードと海藻の香りが海の近いことを教えた。それから、海の音が聞こえてきた。

海は、突堤の大きな岩の塊の下で静かに唸りを上げていたが、ふたりが岩をよじ登っていくと、いきなり姿を現し、それはビロードのように濃密で、獣のようにしなやかで滑らかだった。ふたりは沖のほうに向いた岩の上に腰を下ろした。水は膨れあがっては、ふたたびゆっくりと収まっていく。海のこの静かな呼吸が、水面に油のような反射光を明滅させていた。彼らの前には、夜が果てしなく広がっていた。リューは、足の指の下にごつごつした岩肌を感じながら、奇妙な幸福に満たされていた。タルーのほうを振りむくと、友の静かで真面目な顔の上にも同じ幸福が感じられた。だが、その幸福は何も忘れたわけではなかった、殺人のことも。

ふたりは服を脱いだ。リューが最初に飛びこんだ。最初は冷たかった水が、水面に浮きあがったときには、生暖かく感じられた。何回か手で水を掻くと、この夜の海は生暖かく、秋の海の生暖かさは、何か月にもわたって貯めこんだ熱を地面から吸いとったせいだと分かった。リューは一定の速さで泳いでいった。足が海面を叩くと、うしろに泡立つ波が流れ、水は腕に沿って滑り、脚に絡みつく。水の重く弾ける音が、タルーの飛びこんだことを知らせた。リューは仰向けになってじっと体を動かさず、月と星に満たされたさかさまの空を眺めていた。彼はゆっくりと呼吸した。それから、水を打つ音がしだいにはっきりと聞こえ、その音は夜の静けさと孤独のなかで異様に明瞭になった。タルーが近づいてきて、まもなくその息づかいまで聞こえてきた。

リューはうしろを向き、友のところに行き、同じリズムで泳いだ。タルーはリューよりも力強く進んだので、リューは自分の手足の動きを速めねばならなかった。何分かのあいだ、リューとタルーは、同じ速度で、同じ力を出して、ふたりきりで、世間から離れ、ついに町とペストからも解放されて、海を進んでいった。リューのほうが最初に進むのをやめ、ふたりはゆっくりとひき返したが、途中で一瞬、氷のように冷たい水流に入りこんだ。この海の不意打ちに急《せ》きたてられて、ふたりとも何もいわずに泳ぎを速めた。

ふたたび服を着ると、彼らはひと言も言葉を交わさず、帰途に就いた。だが、ふたりとも同じ気持ちで、この夜の思い出をやさしく心に抱いていた。遠くにペストを監視する警備兵の姿が見えたとき、リューは、タルーも自分と同じ思いであることを知っていた。そうだ、たったいま疫病は自分たちのことを忘れてくれていた、それはありがたいことだ。だが、これからまた始めなければならない。

そう、また始めなければならなかったし、ペストは誰のこともそんなに長く忘れていてはくれなかった。一一月のあいだずっと、ペストはオラン市民の胸のなかで燃えさかり、かまどを赤々と輝かせ、手をこまねく亡霊たちで収容所をいっぱいにし、要するに、ぎくしゃくしてはいるが忍耐強い歩調で前進するのをやめなかった。行政当局は、日々の寒さがその前進を止めることを期待したが、ペストは、この季節の初めの厳しい気候のなかをたゆみなく潜《くぐ》りぬけていく。さらに待たなければならなかった。だが、人は待ってばかりいるともう待つことができなくなるし、この町全体が未来のない日々を生きていた。

リュー医師はといえば、束の間の平和と友情を味わったのち、もうその続きはなかった。病院がさらにひとつ開設されたので、リューは、もはや患者としか顔を合わせる時間がなくなってしまったのだ。しかし、リューは、疫病がこの段階に至ると、ますます肺ペストのかたちをとることが増え、患者たちが医師にいわば協力してくれているように思えることに気づいた。初期のような虚脱や錯乱がなくなり、患者は自分たちの利益について以前より正確な考えをもつことができるようになったらしく、自分にとって最善といえるような処置をみずから要求するようになった。たえず飲み物を欲しがり、みんなが温かくしていたがった。リューにとって疲労することに変わりはなかったが、それでも、患者がみずから何か要求してくる場合には、自分が前よりひとりぼっちではなくなったと感じた。

一二月の末ごろ、リューは、まだ収容所にいる予審判事のオトン氏から一通の手紙を受けとり、そこには、隔離検疫の期間が過ぎたのに、行政当局が自分の入所の日付を記録していなかったため、明らかな間違いによって、自分はまだ収容所に閉じこめられている、と書かれていた。すこし前に出所したオトン夫人が、県庁に抗議しに行ったが、けんもほろろの扱いを受け、間違いなど絶対にないといわれたのだった。リューがランベールに交渉に行ってもらうと、数日後に、オトン氏がリューのところにやって来た。たしかに間違いがあったので、リューはいささか憤慨した。だが、痩せこけたオトン氏は、力なく手を上げ、一語一語を吟味しながら、誰でも間違うことはあるものだ、と語った。リューは、どこか前とは変わったなと思った。

「判事さん、これから何をするんですか？　処理すべき書類が待っているんでしょうね」

「いや、そうじゃないんです」とオトンはいった。「休暇をとるつもりですから」

「たしかに、休息する必要がありますよね」

「違います、収容所に戻りたいと思っているんです」

リューは驚いた。

「だって、出てきたばかりじゃないですか！」

「私のいい方が悪かったですね。あの収容所には、ボランティアで行政事務を務める人たちがいると聞いたんですよ」

オトンは丸い目をすこしきょろきょろさせ、膨らんだ髪の毛をしきりに撫でつけた。

「分かっていただけるとは思いますが、そうすれば打ちこめる仕事ができます。それと、ばかなことをいうようですが、いまよりもっと息子に近づけるような気がするんです」

リューはオトンを見つめた。この硬質で非情な目に、突然やさしさが宿るなどということは以前なら考えられなかった。しかし、オトンの目はうっすらと曇り、金属のような冷たい光をなくしていた。

「分かりました」とリューは答えた。「私が必要な手続きをしましょう。あなたがそうお望みになるのですから」

じっさいにリューはその手続きをおこない、ペストに襲われた町の生活は前と同様に戻り、それがクリスマスまで続いた。タルーはどこへ出向いてもその実務的な平静さを保っていた。ランベールはリューに、例の市門の警備をするふたりの若者の手引きで、妻と連絡をとりあう非合法の手段を確保できたとうち明けた。そして、ときどき妻の手紙を受けとっていた。ランベールはリューにもこの手段を利用するように勧め、リューはそれを受けいれた。リューは長い歳月ののちに初めて手紙を書いたのだが、書くのにはひどく骨が折れた。書き方を忘れてしまっていたのだ。手紙は発送された。返事はなかなか来なかった。コタールはといえば、商売繁盛で、ささやかな投資のおかげで金を儲けていた。いっぽう、グランは、このクリスマスの祝祭の季節に調子が上がらないらしかった。

この年のクリスマスは、福音のお祝いというより、地獄の祭りだった。がらんとして灯りの消えた店々、ショーウインドーのなかの模造のチョコレートと空っぽの箱、暗い顔の人々で満員の路面電車など、むかしのクリスマスとは何もかも違っていた。かつてこの祝祭では、金持ちも貧乏人も、みんなが一緒に過ごしたのだが、いまはもう、特権をもった者だけが、薄汚い奥の部屋に隠れて、金の力で手に入れる、孤独で恥ずべき享楽しか残されていなかった。教会は、感謝の言葉より怨嗟《えんさ》の声に満ちていた。陰鬱で凍りつくように寒い町では、何人かの子供たちが、どんな危険に脅かされているのかもいまだ知らずに、駆けまわっていた。しかし、その子供たちにむかって、人類の苦しみと同じくらい古くから存在し、しかし、若い希望と同じくらいの新しさをもち、贈り物をいっぱい抱えたかつての神が、これからここにやって来るのだ、と教えてやる者はひとりもいなかった。すべての人の心のなかにありえたのは、もはや、ひどく古くてひどく陰鬱な希望、せいぜい人間が死にむかって流されるのを妨げる希望、単なる生への執着でしかない希望だけだった。

クリスマスの前日、グランは約束した時間にやって来なかった。そこで不安になったリューは、朝早くグランの家に行ってみたが、グランはいなかった。みんなにそのことが知らされた。一一時ごろ、ランベールが病院にやって来て、憔悴した顔で町をさまようグランを遠くから見かけたとリューに伝えた。だが、まもなくグランを見失ってしまったという。リューとタルーが車でグランを捜しに出かけた。

正午なのに冷えきった空気のなかで、車から降りたリューは、粗末な木彫りの玩具でいっぱいのショーウインドーにほとんど張りつくようにしているグランを遠くから見つけた。年をとったグランの顔にはとめどなく涙が流れていた。そして、グランの涙がリューを動揺させた。なぜなら、リューにはその涙の理由が分かり、リューの喉の奥にも同じ気持ちがこみあげてくるのを感じたからだ。リューもまた不幸なグランの婚約のことを思いだし、クリスマスの飾りつけをした店の前でグランに身を寄せて、うれしいわといったグランの婚約者ジャンヌのことを思いうかべていた。はるか遠い歳月の奥底から、この狂乱の真っただ中で、ジャンヌの若々しい声がグランのもとに甦ってきたのだ。そう、間違いない。リューはいまこの瞬間、涙を流すこの老いた男が何を考えているのか分かったし、自分も同じことを考えていた。愛なきこの世界は死んだ世界も同然であり、いつかは牢獄と労働と勇猛なおこないにもうんざりして、ひとりの人の面影と、愛情に震える心を求めるときがやって来るのだ。

だが、グランはガラスに映ったリューの姿に気づいてしまった。そして、涙を流しつづけながら振りむき、ショーウインドーを背に、リューが近づいてくるのを見つめた。

「ああ！　先生、ああ！　先生」グランは口ごもった。

リューは口がきけず、何度も頷くことで自分の気持ちを表した。グランの悲しみはリューの悲しみであり、このときリューの心を締めつけていたのは、すべての人間がともに抱く苦しみに直面したとき、人に迫ってくる果てしない怒りの気持ちだった。

「分かるよ、グラン」とリューはいった。

「あいつに手紙を書く時間があったらよかったのに。あいつに分かってもらうために……、後悔なんかせずに幸せになってくれてかまわないんだって……」

乱暴に思えるようなしぐさで、リューはグランを前へ歩かせた。グランは泣きつづけ、ほとんど引きずられるようになりながら、きれぎれの言葉を呟くのをやめなかった。

「長すぎるんだ、こんなことの続くのが。どうにでもなれって気持ちになって当然だ。ねえ！ 先生！ 私は一見、平気そうに見えるでしょう。だが、ずっと大変な骨折りが必要だったんだ、平静を装うだけでもね。そうしたら、いまは、もう耐えられなくなっちまった」

グランは立ちどまり、手足を震わせながら、狂気じみた目つきをした。リューはグランの手を取った。その手は燃えるように熱かった。

「さあ、家に帰ろう」

だが、グランはリューの手を振りほどいて数歩駆けだし、それから立ちどまって両腕を大きく広げ、体を前後に揺らしはじめた。そして、ぐるりと一回転すると、冷えきった舗道に倒れこみ、流れつづける涙で顔を濡らしていた。通行人たちが突然立ちどまって、遠くから眺めていたが、進みでようとはしなかった。リューが老いたグランを抱きおこしてやらねばならなかった。

いまやグランは自宅のベッドに寝かされ、呼吸困難に陥っていた。肺がやられていたのだ。リューは考えた。グランに家族はいない。グランを病院に移送して何になる？　自分とタルーだけで看病すればいい……。

グランは枕の窪みに頭を埋《うず》め、肌は緑色がかり、目の光が消えていた。タルーが木箱を割った木片で暖炉に火を起こすと、グランはその弱々しい火をじっと眺めていた。「具合が悪い」とグランはいった。そして、ものをいうたびに、炎症を起こした肺の底から、奇妙にぱちぱちと弾けるような音が飛びだしてきた。リューは、しゃべらないようにと命じ、すぐに戻ってくるからとつけ加えた。病人の顔に奇妙な笑いが現れ、それと同時に、やさしい表情が浮かびあがった。グランは苦労しながらウインクしてみせた。「私が助かったら、脱帽ですよ、先生！」だが、その直後に、グランは虚脱状態に陥った。

それから数時間後、リューとタルーが見に来ると、グランはベッドから半分体を起こしており、リューはグランの顔を見て、その体を焼く病気がさらに進行したことを知り、ぞっとした。しかし、グランの頭は前よりはっきりしたらしく、すぐに、異様に虚ろな声で、引出しにしまった原稿を持ってきてほしいとふたりに頼んだ。タルーが紙片の束を渡すと、グランはそれを胸に抱きしめ、それから、見もしないでふたたびリューに紙の束を差しだし、読んでほしいと身ぶりで示した。それは五〇ページほどの短い原稿だった。リューはその原稿をぱらぱらとめくってみて、そのすべての紙片に同じ文章が記され、それが際限なく、書き写され、書き直され、加筆され、削除されているにすぎないことを知った。たえず、五月と、馬に乗った女と、森の小道が交じりあい、さまざまなかたちで並べられていた。この労作には、いろいろな説明がしばしば途方もなく長々と書きつらねられ、異文もたくさん収められていた。しかし、最後の紙片の末尾には、丁寧な筆跡で、インクの跡も鮮やかに、次の文章だけが書かれていた。「私の大事なジャンヌ、今日はクリスマスだね……」。その文の上に、きちんとした書体で、問題の文章の最新のかたちが記されていた。「読んでください」とグランはいった。それで、リューは読んだ。

「五月のある晴れた朝、細身の女が、艶麗な栗毛の牝馬に乗って、森の小道の、花々のあいだを駆けめぐっていた……」

「それで間違いないですか？」と老いたグランは熱に浮かされたような声でいった。

リューはグランのほうへ目を上げなかった。

「そうか！」とグランは興奮していった。「分かったぞ。『晴れた』、『晴れた』、それが正しい言葉じゃないんだ」

リューは毛布の上からグランの手を取った。

「もういいんです、先生。時間がないから……」

グランの胸が苦しげにもちあがり、突然、彼はこう叫んだ。

「燃やしてしまってください！」

リューは躊躇したが、グランがあまりに恐ろしい口調で命令をくり返し、その声にひどい苦しみがこもっていたので、リューはほとんど消えかかった火のなかに紙の束を放りこんだ。部屋がぱっと明るくなり、束の間の熱が室内を暖かくした。リューがグランのもとに戻ると、グランはリューに背を向け、顔がほとんど壁に触れていた。タルーはこの場の出来事には無関係なように窓から外を眺めていた。リューがグランに血清を注射したのち、タルーに、グランは今晩じゅうはもたないだろうと告げると、タルーは自分がここに残ろうと提案した。リューはその申し出をありがたく受けた。

ひと晩じゅう、グランが死んでいくという考えがリューの頭を離れなかった。ところが翌朝、リューが行くと、グランはベッドに座ってタルーとおしゃべりをしていた。熱はもうなかった。残っているのは、全身の衰弱の徴候だけだった。

「ねえ！　先生」とグランはいった。「ばかなことをしましたよ。でも、また書きはじめます。全部覚えているんですから。まあ見ていてください」

「もうすこし様子を見てみよう」とリューはタルーにいった。

　だが、昼になっても、何も変わらなかった。夕方には、グランは助かったものと見なすことができた。リューにはこの蘇生の理由がまったく理解できなかった。

　しかし、ほぼ同じころに女性の患者がリューのもとに連れてこられ、リューはこの患者を絶望的な状態だと判断し、病院ではすぐに隔離させた。その娘は完全な錯乱に陥り、肺ペストのあらゆる症状を呈していた。ところが、翌朝になると、熱は下がってしまった。リューは、これもまたグランのときと同じく、朝の小康状態なのだと見なし、経験上、それが悪い兆候だと考えることに慣れていた。だが、昼になっても、熱は上がらなかった。夕方にわずかに二、三分《ぶ》上がったが、翌朝には熱はなくなった。娘は衰弱していたが、ベッドのなかで楽に呼吸をしていた。リューはタルーにむかって、この患者はあらゆる見立てに反して助かった、と告げた。ところが、その週のうちに、リューの担当する地区で、同じような症例が四つも出たのだった。

　その週の終わりに、喘息病みの老人はリューとタルーを迎えて、ひどく興奮した様子をあらわにしていた。

「やったね」と老人はいった。「やつらがまた出てきたよ」

「誰が？」

「違う！　ネズミだよ！」

四月以来、ネズミの死骸はひとつも発見されていなかった。

「それじゃあ、また何か始まるのかな？」タルーがリューに尋ねた。

老人は手を揉みあわせた。

「やつらが走りまわるのが見られるんだ！　楽しみだねえ」

老人は、二匹の生きたネズミが通りに面した扉から家のなかに入ってくるのを見たのだった。近所の住人からも、ネズミがまた出てきたと聞いたという。屋根裏などからは、もう何か月も聞かなかった大騒ぎの音がふたたび聞こえてきた。リューは毎週初めに集計される全般的な統計の発表を待った。統計の数字は、病気の退潮を告げていた。

第V部

この疫病の突然の後退は思いがけない出来事だったが、市民たちはすぐに喜ぼうとはしなかった。これまで過ぎ去った何か月かのせいで、市民たちの解放への欲求は増大しながらも、用心深くなければいけないことが頭に叩きこまれ、近々この疫病が終わってくれることを期待しないようにますます習慣づけられていたからだ。とはいえ、この新たな事実はみんなの口の端に上《は》るようになり、人々の心の底では、大きな希望がこっそりとうごめいていた。それ以外のすべてのことは二義的なものへと後退した。この途方もない事実の前では、ペストの新たな犠牲者が出ても大した重要性はもたなかった。統計の数字は減っていたのだ。公然と期待されたわけではないが、健康の時代がこっそり待たれていることのしるしのひとつは、このときから市民たちが、無関心なふうを装いながらも、ペスト終結後にどう生活を立て直すかという問題について進んで話すようになったことだ。

かつての生活の便利さが一挙に回復されることはないだろうし、再建することは破壊することより難しいという点で、みんなの考えは一致していた。ただ、食糧補給の問題そのものは改善されるだろうし、その結果、もっとも切迫した心配からは解放されるはずだと考えられていた。しかし、実際には、こうした当たりさわりのない考え方の下に、同時に、常軌を逸した希望が渦を巻いていたのであり、市民たちはときにはそのことに気づき、そうすると慌てて、いずれにしても解放されるのは今日や明日のことではないと断言するのだった。

そして、そのとおりに、ペストは今日や明日には終わらなかったが、見たところ、理性的に期待できるよりは速いテンポで衰退していった。一月の初旬のうちは、寒気が昨今めったにない執拗さで居座り、町の上空で結晶したかのようだった。いっぽう、空がこれほど青かったこともかつてなかった。何日も何日も、凍りついて微動だにせぬ空の輝きが、絶え間なく光を注いで町を浸した。この澄みきった空気のなかで、ペストは、三週間連続で勢いを失い、しだいに減っていく死体を並べながらも、消滅していくように思われた。わずかな時間で、ペストはそれまで何か月もかけて貯めこんできた力のほとんどすべてをなくしたのだ。グランや、リューの診た若い娘の場合のように、はっきりと指名した餌食をとり逃がしたり、いくつかの地域で二、三日荒れ狂いながら、ほかの地域では完全に消えてしまったり、月曜に患者を増やしたかと思えば、水曜日には彼らをほとんど全員逃がしてしまったり、そんなふうに突進したり、息切れしたりするのを見ていると、ペストは焦りと疲れで解体し、自分自身を統御する力とともに、それまでペストの強みだった完璧な数学的な効率性をも失ってしまったように思われた。カステルの血清は、それまで得られなかった成功を、突然、連続的に勝ちとるようになった。医者たちのおこなう処置は、以前にはなんの成果ももたらさなかったのに、いまや突然、すべてが確実に効果を上げているように見えた。今度はペストのほうが追いつめられ、そのにわかな弱りようが、それまでペストに逆らっていた覇気のない軍隊に力をあたえたようだった。ほんのときどきだが、疫病は態勢を立て直し、やみくもに逆上して、回復が期待されていた三、四人の患者の命を奪う。そうした患者たちはペストに見こまれたよほど運の悪い人であり、希望の真っただ中で死んでいった。オトン判事の場合がまさにそれで、隔離収容所から死体を搬出せねばならず、じっさいタルーはオトンについて運が悪かったといったのだが、タルーがオトンの死についてそういったのか、オトンの人生を考えてそういったのかは分からなかった。

しかし、総体的には、伝染病はあらゆる方面で衰退し、県の公報は、最初はおずおずと密かな希望を匂わせただけだったが、ついに、公衆の心のなかに、勝利が獲得され、病気はその陣地を放棄したのだという確信を植えつけた。現実には、これが勝利だと決めてしまうことは難しかった。人々は、病気がやって来たときと同じように去っていくらしいと承認するほかなかったのだ。病気に対抗するための戦術は変化していなかったし、昨日は効果がなかったが、今日は一見したところ功を奏しているといった感じだった。病気は自然に消えていくか、もしかしたら、すべての目標を制覇したので退却するのだ、といった印象をあたえるだけだった。いわば、病気の役割はもう終わっていたのだ。

にもかかわらず、町の様子は何も変わっていないように見えた。日中はつねにひっそりと静まりかえっているが、夜になると、街路には前と同じ群衆が、マフラーとコートを目立たせながら、あふれかえるのだった。映画館とカフェは同じように商売繁盛だった。しかし、もっと近づいて見ると、人々の顔はゆるみ、ときには微笑みが浮かんでいることに気づく。そして、そうなってみると、これまで街路では誰も笑っていなかったことを確認することになる。じっさい、この数か月で、町を覆っていた不透明な遮幕に裂け目ができ、月曜日にラジオの放送がおこなわれるたびに、その裂け目が広がって、ようやく息ができるようになるだろうということを確認できるのだった。これはまだ消極的な安心にすぎず、積極的に表明された事実ではない。だが、以前なら、列車が出発したとか、船が着いたとか、さらには、また車の運転が許されそうだといった噂は、いささか疑わしい気持ちなしでは聞けなかったが、こうした出来事がいま一月の半ばに伝えられたとしても、逆になんの驚きもひき起こさなかっただろう。こうした事実はつまらないことかもしれない。しかし、じっさいには、こうしたかすかな変化が、希望の道を行く市民たちのなしとげた大きな前進を表していたのだ。つまり、人々にとって、いちばん些細な希望が可能になった瞬間から、ペストの実際的な支配は終わっていたということができる。

しかしながら、一月のあいだずっと、市民たちがそれとは矛盾した行動をとったことも事実だった。正確にいえば、彼らは興奮と沈鬱とを代わるがわるに経験したのだった。そのせいで、統計がもっとも好調な数字を示しているときに、新たな逃亡の企てがいくつも起こるといった事態にもなった。これは当局を、また、市門の警備兵たちをもひどく慌てさせた。そのせいで、逃亡の試みのほとんどは成功したのだ。しかし、じっさいには、この時期に町から逃亡した人々は、自然な感情に従っていたのだ。ある人々の場合には、ペストのせいで深刻な懐疑癖にとりつかれ、それをふり捨てることができなくなっていた。彼らにとって希望はもはやなんの力ももってはいなかったのだ。ペストの時期が終わったときにさえ、彼らは相変わらずペストの基準に従って生きていた。事態の動きに乗り遅れていたのだ。それとは逆に、ほかの人々の場合、そういう人々はとくにそれまで愛する人とひき裂かれて暮らしてきた者に多く見られたのだが、その長い幽閉生活と意気消沈の期間ののちに、いきなり希望の風が立って、熱い思いとじれったさに火が放たれ、すべての自制心を奪われてしまったのだ。目標とするもののこんなに近くにいるのに、もしかしたら死んでしまい、いちばん愛する者に再会できず、この長い苦しみが報いられることはないかもしれないと考えて、一種の恐慌状態に襲われたのだ。何か月ものあいだ、暗鬱な根気強さをもって、監禁と追放にも耐え、粘り強く待ちつづけてきたのに、わずかな希望の光が見えただけで、それまで恐怖にも絶望にも動揺しなかったものを破壊するのに十分なきっかけになったのだ。これらの人々は、ペストの歩みに最後まで付いていくことができず、ペストを追いこそうとして、狂人のように突っ走ってしまったのだった。

しかし、同時に楽観的な考え方が、自然発生的な兆候も見せていた。その一例として、物価の顕著な下落が認められた。純粋に経済学的な見地からは、この動きは説明がつかなかった。困難な状況は変わっておらず、検疫の手続きも市門で実施されており、食糧補給が改善されているとはとうていえなかった。したがって、これは純然たる心理的な現象であり、あたかもペストの後退があらゆる場所に反響しているかのように見えたのだ。同じく、楽観的な考え方は、以前集団で生活していて、疫病のせいで別離を余儀なくされた人々にも及んでいた。市内のふたつの修道院はふたたび組織を立て直し、共同生活が再開されるようになった。軍人たちの事情も同じで、空っぽになっていた兵営にふたたび兵隊たちが集められた。通常の駐屯生活が始まったのだ。こうした種々の小さな事実は、さまざまな大きな兆候だった。

オラン市民はこうした密かな興奮のなかで一月二五日まで暮らした。この週になると、統計の数字がきわめて低いところまで落ちたので、医療委員会への諮問を経て、県当局は、ペストの進行が停止したと考えられるとの発表をおこなった。とはいえ、この知事の公式声明には補足があって、市民によってかならずや承認されるであろう慎重堅持の精神から、市門はさらに二週間閉鎖を続行し、病気の予防措置は一か月のあいだ維持される。この期間内に、危険が再発しうるようなほんのわずかな兆候でも見えた場合には、「現状維持がなされ、予防措置はさらに継続されねばならない」。しかし、この補足を形式上の決まり文句と見なすことで市民みんなの意見は一致しており、一月二五日の夜には、にぎやかな騒ぎがオランの町じゅうに波及した。市民みんなのこの喜びに加わろうとして、県知事はオラン市の夜間照明を健康だった時代の水準に戻した。冷たく澄みきった空のもと、照明の戻った街路には、かくて市民たちが笑いさざめきながら、群れをなしてくり出したのだった。

もちろん、多くの家々では鎧戸が閉ざされたままだったし、ほかの人々が歓声で満たすこの夕べを、沈黙のなかで過ごした家族も少なくなかった。だが、こうした喪中にある人々の多くにとっても、ほかの親族が亡くなるのを見る恐怖がついに収まり、自分の身の安全を図る気持ちがもはや脅かされなくなって、その安堵の念は深いものがあった。しかしながら、こうしたみんなの喜びともっとも無縁だったはずの家庭とは、異論の余地なく、いまこの瞬間、病院でペストと闘っている病人をもつ家庭であり、隔離収容所や自宅で、ペストがほかの人から手を引いたように、自分たちからも手を引いてくれることを待っている家庭だった。たしかにこうした家庭も希望を抱いていたにはちがいないが、その希望を備蓄品のように使わずにとっておき、正当な権利が得られるまで、それには手を付けまいと決めていたのだ。そして、苦しみにも喜びにも同じ距離を置いて、こうしてただ待つこと、この夕べを沈黙のなかで過ごすことは、ほかのみんなが歓喜のなかにいるだけに、いっそう残酷な仕打ちに思われた。

だが、そんな例外もほかの人々の満足をまったく損ないはしなかった。おそらく、ペストはまだ終わったわけではなく、その証拠もいずれ見せられることになるだろう。にもかかわらず、すでに人々の頭は、数週間も先のことを想像して、無限の鉄路の上では列車が汽笛を鳴らして出発し、光り輝く海の上では船が澪《みお》を描いていた。次の日になれば精神はもっと落ち着きをとり戻し、疑念も湧いてくるだろう。しかし、いまこのときには、町全体が、閉ざされた、暗い、不動の、石の根を下ろした場所から離れて、動きだし、生き残った者を積みこんで、ついに進みはじめたのだ。その晩、タルーもリューもランベールも、ほかの者たちと一緒に、群衆のなかを歩いていたが、彼らも足が地面を踏んでいないような心持ちだった。大通りから離れてずいぶん経ってからも、タルーとリューには、まだ喜びの声が自分たちを追いかけてくるのが聞こえたが、まさにそのとき、彼らはひと気のない路地にいて、窓の鎧戸を閉めきった家々に沿って歩いていたのだ。そして、自分たちが疲れきっていたせいで、その鎧戸の向こうでまだ続く苦悩と、ほんのすこし離れた街頭にあふれる歓喜とを切りはなして考えることができなかった。近づきつつある解放の表情には、笑いと涙がいり混じっていた。

どよめきがいっそう大きく、陽気になったとき、タルーは立ちどまった。暗い舗道の上を、何かの影が軽やかに走っていた。それは一匹の猫、この春以来、初めて見かけた猫だった。猫は一瞬、車道の真ん中で足を止め、ためらい、足を舐め、その足ですばやく右耳の上を掻き、ふたたび音もなく走りだし、闇のなかに消えた。タルーは微笑んだ。喘息病みの小柄な老人もきっと満足することだろう。

しかし、ペストが遠ざかり、黙ってそこから出てきた知られざる巣穴に帰還しようとしているかに見えたとき、この帰還に茫然自失の気分を味わった人物がオラン市にはすくなくともひとりはいて、タルーの手記の記述を信じるならば、それはコタールだった。

実をいえば、タルーの手記は、統計の数字が減少しはじめたときから、かなり奇妙なものになっていた。疲労のせいかもしれないが、その筆跡が解読困難なものとなり、あまりにも頻繁にある話題から別の話題へと移っていた。そのうえ、これは初めてのことだが、手記の記述には客観性が欠け、その代わりに個人的な意見が多くなった。たとえば、コタールの事例を記すかなり長い文章のなかに、猫を相手にする老人についての短い観察が出てきたりするのだ。タルーの言葉を信じるならば、タルーはペストの前からこの老人に興味を引かれたのと同様に、疫病の流行後も興味を抱きつづけ、ペストのせいでこの老人にたいする考察がおろそかになったということはまったくなかった。だが、不幸なことに、この老人はもはやタルーの興味を引くことができなくなったのだという。このことは、タルーの老人への好意がなくなったことを意味していない。というのも、タルーは老人にふたたび会おうとしたからだ。あの一月二五日の晩から数日後、タルーは例の路地の角に立って待っていた。猫たちはいつもどおりの場所に来て、日だまりでぬくもっていた。しかし、約束の時刻になっても、鎧戸はいつまでも閉ざされたままだった。その後何日経っても、タルーは二度とふたたび鎧戸が開かれるのを見なかった。そこからタルーは奇妙な結論を引きだして、あの小柄な老人は気を悪くしたか、死んだかであり、もし気を悪くしたとすれば、老人は自分が正しいと考えているだろうから、ペストが老人にたいして不当な仕打ちをしたということになるが、もし老人が死んだのだとすれば、喘息病みの老人に関してしたのと同じように、あの小柄な老人に関しても、彼が聖者だったのかどうか考えてみなければならない、と記している。結局タルーは小柄な老人が聖者だったとは考えなかったが、この老人の場合には、ひとつの「教え」があると評価している。「おそらく」と手記には考察が記されている。「人は聖者の近似値にしか行きつけないのだ。だとしたら、慎み深く、慈悲深い悪魔でよしとしなければなるまい」

手記のなかには、相変わらずコタールに関する考察に交じって、数多くの意見が見出されるが、それらはしばしば相互に無関係で、そのあるものは、いまや回復期に入って、まるで何ごともなかったかのように仕事を再開したグランに関するものであったり、また、別のものは、リュー医師の母親の姿を描いたりしていた。同居するようになってからリューの母親とタルーのあいだで交わされた会話の数々、この老いた女性の態度、その微笑み、彼女のペストについての考えなどが細やかに書きとめられていた。タルーはとくにリュー夫人の控えめな様子を強調している。単純な言葉ですべてをいい表す口のきき方とか、静かな通りに面した窓がとくにお気に入りのようで、夕方になると、ちょっと上体を真っ直ぐにして、手を静かに膝に置き、その窓の前に座り、黄昏が部屋のなかに満ちて、灰色の光のなかで母親を黒い影にしてしまい、光の灰色が徐々に濃くなって、じっと動かない彼女のシルエットを溶かしてしまうまでその窓の前にいることとか、部屋から部屋へと動きまわるその軽快な身のこなしとか、タルーの前ではっきりしたしるしを見せたことはないが、いうことなすことのすべてに善良さの輝きが認められることとか、さらに加えて、タルーの言葉によるなら、彼女はけっして考えるまでもなくすべてを知っており、沈黙したまま影に埋もれていても、どんな光にも匹敵することができ、ペストの光にさえ拮抗することができることとかを語っている。しかし、ここで、タルーの筆跡は奇妙なゆらぎの形跡を見せている。これに続く数行は判読が難しく、最後の言葉は、筆跡のゆらぎの新たな証拠を見せつけるかのように、この手記における初めての個人的な告白になっている。「僕の母もそうだった。僕は母の同じような控えめな態度を愛していたし、僕がつねに一緒になりたいと願っていたのは母だった。八年前に母が死んだと僕はいえない。母はただいつもよりいっそう控えめになっただけであり、僕がふり返ってみると、母はもういなくなっていた」

だが、コタールのことに戻らなければならない。統計の数字が下降しはじめると、コタールはさまざまな口実をもうけてはリューのところに何度もやって来た。しかし、じっさいには、毎回、リューに疫病の経過の予測を尋ねていたのだ。「ペストが前触れもなく、このまま突然やんでしまうなんてことがあると思いますか？」この点に関してコタールは懐疑的であり、すくなくともそんなことはあるまいと公言していた。しかし、この問題をあらたに自問するたびに、ゆるぎない確信をもつことはできない気がした。一月の半ばには、リューはかなり楽観的な調子でやむこともありうると答えていた。すると、そうした答えを聞くたびに、コタールは喜ぶどころか、その日によって違いはあるが、不機嫌から意気消沈に至る反応を見せるのだった。その後、リューはコタールにむかって、統計の示す望ましい見通しにもかかわらず、まだ勝利を叫ぶのはやめたほうがいいといわざるをえなくなった。

「別ないい方をすれば」とコタールはいった。「何も分からないということですね、いつまた再燃するともかぎらないと?」

「そうだ、同様に、鎮静の動きが加速することもありえるがね」

すべての人を不安にさせるこの不確かさは、明らかにコタールを安心させたようで、コタールはタルーの前で、近所の商人たちと会話を交わしながら、リューの意見を広めようとしていた。そして、それはたしかに簡単なことだった。なぜなら、最初の勝利の熱狂が過ぎると、多くの人に猜疑の気持ちがぶり返し、県知事の公式声明がひき起こした興奮よりもその後長く続くことになったからだ。コタールはこの不安の様子を見てほっとした。しかしまた、前と同じように、気を落とすのだった。「そうだとも」とコタールはタルーにいった。「結局、町の門は開かれるだろうよ。見ててごらん、そしたらみんな、俺を見殺しにするんだ!」

一月二五日が来るまでに、誰もがコタールの性格の不安定さに気づいていた。何日にもわたって、あれほど長いこと近所の住人や関係者とうまくやろうと努めたのに、正面から衝突して決裂してしまったのだ。そうなると、表向きには、コタールは世間にそっぽを向き、たちまちひきこもりの生活を始めるのだった。そして、大好きだったレストランにも、劇場にも、カフェにももう姿を見せなくなった。だが、ペスト流行の前にしていたような出費を抑えた地味な生活には戻れないようだった。自分の部屋に完全に閉じこもって暮らしながら、近所のレストランから料理を運ばせていた。ただ夜には、こっそり外出して必要なものを買ったり、店から出るとすぐにひと気のない通りへ駆けこんだりする。そんなときタルーと出くわしても、短い言葉を交わすだけだ。そうかと思えば、突然がらりと変わって、社交的になり、ペストについて長広舌をふるったり、みんなから意見を聞きたがったり、毎晩嬉々として群衆の波のなかに潜りこんだりもするのだった。

県知事の公式声明が発表された日、コタールは完全に姿をくらました。二日後に、タルーは、街角をさまよっているコタールを見つけた。コタールはタルーに町はずれまで一緒についてきてほしいと懇願した。タルーは昼間の仕事でとくにひどい疲れを覚えていたので、躊躇した。しかし、コタールの頼みは執拗だった。ひどく興奮しているらしく、大げさで支離滅裂な身ぶりを交えて、大声で早口にしゃべった。そして、県知事の声明が本当にペストを終わらせると思うかと尋ねた。もちろんタルーは、行政的な声明が出ただけで天災を終息させられるとは思っていなかったが、理性的に考えて、予想外のことが起こらないかぎり、ペストはまもなく終わるだろうと考えることができた。

「そりゃそうだ」とコタールは応じた。「予想外のことが起こらないかぎりね。だが、いつだって予想外のことが起こるんだ」

そこでタルーは注意を促し、県当局もいわば予想外の事態を考えに入れているからこそ、市門を開放するまでに二週間の猶予を設けたのだと説明した。

「そりゃあ、まあいいことだ」とコタールは、相変わらず興奮した暗い口調でいった。「ことの運び方しだいでは、県庁はばかなことを口走ったってことになりかねないからね」

タルーはそういうこともあるかもしれないが、まもなく市門が開かれ、正常な生活に戻ることを考えておいたほうがいいと思っていた。

「たしかにね」とコタールはタルーにいった。「そうかもしれない。でも、あんたのいう正常な生活へ戻ることって何だい？」

「映画館に新しい映画が来ることさ」そう答えてタルーは笑った。

だが、コタールは笑わなかった。ペストがこの町の何ものも変えることなく、すべてが、以前と同じように、つまり、何ごとも起こらなかったかのように再開すると考えてよいのか、と食いさがった。タルーの考えによれば、ペストはこの町を変えるとも変えないともいえるし、当然のことながら、市民たちのもっとも強い願いは、何ごとも起こらなかったようにすることだったし、今後もそうだろう。したがって、ある意味では何も変わらないはずだが、別の意味では、必要十分な意志をもっていたとしても、すべてを忘れることなど不可能なのだから、ペストはその痕跡を、すくなくとも人の心のなかには残すだろう、とタルーは続けた。するとコタールはきっぱりと、人の心に興味はないし、心など自分の関心事の最下位にあるものだといいきった。自分に興味があるのは、社会の組織そのものが変化することはないのか、たとえば、すべての公共事業がむかしと同じように機能するのかどうかということだ。タルーはそのことに関しては何も分からないと認めざるをえなかった。タルーによれば、ペストのあいだにあらゆる公共の仕事が混乱をこうむったのだから、それを再開させるのに多少の困難がつきまとうことは予想してしかるべきだ。そのうえ、多くの新たな問題が起こってくるので、かつての公共事業の組織替えはとうぜん必要になると考えられる。

「なるほど！」とコタールはいった。「たしかにそういうことはあるだろう。世間のみんなが何もかもやり直さなきゃいけなくなるわけだ」

ふたりは歩きながら、もうコタールの住居のすぐそばまで来ていた。コタールは元気をとり戻し、強いて楽観的になろうとしていた。ふたたび町が新たな生活を始め、過去を消し去って、ゼロから出直すところを想像してみた。

「それでいいんだ」とタルーはいった。「結局、ものごとはなんとかなるさ、たぶんあんたにとってもね。いってみれば、新しい生活が始まるんだから」

ふたりは家の戸口の前に着いて、手を握りあった。

「あんたのいうとおりだよ」とコタールはますます興奮した様子でいった。「ゼロから出直すってのはいいことだ」

だが、廊下の陰から、突然、ふたりの男が現れた。タルーはかろうじて、コタールの「あの連中はいったい何をするつもりなんだ」という言葉を耳にした。ちゃんとした身なりの官吏といった様子の男ふたりが、「君がコタールか」と尋ねたとたん、コタールはこもった叫びのような声を発し、くるりと踵を返し、すぐに夜の闇に飛びこんで逃げたため、男たちもタルーも手を出すひまさえなかった。驚きが過ぎさると、タルーはふたりの男にどういう用件かと尋ねた。男たちは丁寧だがよそよそしい態度をとり、調べたいことがあったのだと答えて、コタールの逃げた方向にむかって、落ち着いた足どりでたち去った。

タルーは帰宅すると、この事件を手帳に書きとめ、続けてすぐに自分の疲労のことを記した（筆跡がその疲労の深さを物語っている）。さらに、自分にはまだやるべきことがたくさんあるが、疲労はその準備ができていないことの理由にはならないとつけ加え、はたして自分にはその準備ができているだろうかと自問している。そして、この自問への返答を最後の言葉として、というのもタルーの手帳はここで終わっているからなのだが、人間が卑怯になる時間が昼にも夜にもかならずあるものだが、自分が恐れるのはそういう時間だけだ、と書いて、手記の記述を締めくくったのだった。

その翌々日、市門の開放まであと数日というとき、リュー医師は、自分の待つ電報はもう来ているだろうかと考えながら、正午に帰宅した。リューの毎日はそのころになってもペストが最高潮だった時期と同じくらい疲れ果てるものだったが、最終的な解放への期待が彼の疲労を押しのけていた。いまやリューも希望を抱き、そのことをうれしく思っていた。つねに意志を張りつめ、つねに身構えているわけにはいかないし、闘いのために固めた力の束をようやく感情の流れのなかで解きほぐすことは、ほんとうに幸福なことだ。待っている電報もまた良い知らせであるなら、リューもやり直すことができる。そして、リューは、すべての人がやり直せるという意見だった。

リューは管理人室の前を通った。新しい管理人は窓口のガラスに顔を寄せて、リューに微笑んだ。階段を昇っていくとき、リューは、管理人の顔が疲労と欠乏とで蒼ざめていたことを思いだした。

そうだ、この抽象が終わったら、やり直そう、そして、わずかな幸運に恵まれてさえいれば……。しかし、ちょうどそのとき、家のドアを開くと母親が迎えに出てきて、タルーさんの具合がよくない、と知らせた。タルーは、朝は起きたが、出かけることができず、いままた床に就いたところだった。リュー夫人は心配していた。

「たぶん大したことじゃないさ」と息子はいった。

タルーは体を長く伸ばして横たわり、重い頭が長枕に窪みを作り、頑丈そうな胸が毛布の厚みの下から盛りあがりを見せていた。熱があり、頭が痛むのだった。タルーはリューに、曖昧な症候にすぎないが、もしかしたらペストかもしれない、と語った。

「いや、まだはっきりしたことは何もわからない」と、診察したのちにリューは告げた。

だが、タルーは喉の渇きに苦しんでいた。廊下に出ると、リューは母親に、これはペストの始まりかもしれないと伝えた。

「まさか！」と母親はいった。「ありえないわ、いまごろになって！」

そして、すぐにこう続けた。

「うちに置いてあげましょう、ベルナール」

リューは考えていた。

「僕にそうする権利はないんだ」とリューはいった。「でも、まもなく町の門も開かれるくらいだからね。僕ひとりだったら、その権利を最初に手に入れるつもりだ。でも、母さんがいるのに」

「ベルナール、わたしもタルーさんもここに置いてちょうだい。わたしは二度目の血清を注射したばかりだもの」

リューは、タルーも血清注射を受けたのだが、たぶん疲れていて最後の血清注射を受けなかったり、いくつか用心すべきことを忘れたりしたのだろう、といった。

リューはすでに診察室に向かっていた。寝室に戻ってきたときには、タルーが見ると、血清の大きなアンプルを手にしていた。

「そうか！　やっぱりそうだったんだね」タルーはいった。

「いや、念のためだよ」

タルーは返事の代わりに腕を差しだし、自分自身でもほかの患者に打ったことのある果てしなく長い注射を受けた。

「今晩になればはっきりするよ」とリューはいい、それからタルーの顔をまっすぐに見つめた。

「リュー、それで隔離はどうするんだ？」

「君がペストだと決まったわけじゃないのに」

タルーは無理に微笑んでみせた。

「いま血清を注射したのに、すぐに隔離を命令しないなんて、初めて見たよ」

リューは横を向いた。

「母と私で君を看るよ。君はここにいるほうがいい」

タルーは口を閉ざし、リューはアンプルを片づけながら、タルーが話しかけてきたら振りむこうと思って待っていた。だが、結局、リューは自分からベッドのほうに向かった。病人はリューを見ていた。タルーの顔は疲れていたが、灰色の目は穏やかだった。リューはタルーに微笑みかけた。

「できたら眠るほうがいい。すぐにまた来るから」

ドアのところで、自分を呼ぶタルーの声を聞いた。リューはタルーのもとに戻った。だが、タルーは自分のいうべきことをどういおうか、悩んでいる様子だった。

「リュー」とようやくタルーははっきりと言葉を発した。「何も隠さずに教えてくれ、そうしてほしいんだ」

「約束するよ」

タルーはいかつい顔をすこし歪めるようにして微笑んだ。

「ありがとう。僕だって死にたくないし、闘うつもりだ。だが、勝負に負けたら、あっさり終わりにしたいんだ」

リューは身を屈めて、タルーの肩をしっかりと摑んだ。

「だめだ」とリューはいった。「生きていなけりゃ、聖者にはなれない。闘うんだ」

昼になると、厳しかった寒さがすこし緩んだが、その代わり、午後になって、雹《ひょう》の混じった激しい驟雨が何度か襲った。黄昏どきには、すこし空が晴れ、寒さはいっそう身に染みた。リューは夕方に帰宅した。コートも脱がずに友人の部屋へ入っていった。母親が編み物をしていた。タルーはその場からまったく動いていないように見えたが、熱で白く乾いた唇は、タルーが続けている戦いを物語っていた。

「どうだい？」リューは尋ねた。

タルーはベッドから乗りだすようにして、たくましい肩をすくめてみせた。

「そうだな」と彼は答えた。「勝負は負けそうな勢いだ」

リューはタルーの上に身を屈めた。腫れたリンパ節が燃えるように熱い皮膚の下で節くれだち、心臓は地下の鍛冶場のような音を上げて鳴り響くようだった。タルーは奇妙にもふたつの相反する系列の徴候を示していた。リューは体を起こし、血清がまだ全面的な効力を発揮する時間がなかったのだ、といった。だが、タルーが言葉を発しようとしたとき、喉の奥で沸きたつ熱の波が、その言葉を消してしまった。

夕食ののち、リューと母親はタルーのそばにやって来て座った。タルーにとって夜の時間は闘いのなかで始まった。ペストの天使とのこの苦しい闘争は夜明けまで続くだろう、とリューには分かっていた。タルーの頑丈な肩と広い胸は最良の武器ではない。むしろ、昼にリューが注射針の先から迸らせたあの血清、あの血清のなかの、魂よりも内奥にあって、いかなる科学も明らかにすることができないものこそ、最良の武器なのだ。だが、リューは、ただ友の闘いを眺めていなければならない。リューがこれからすること、膿瘍の化膿を促進させねばならないとか、強壮剤を注射する必要があるとかいったことは、何か月も失敗を重ねてきた結果、その効果がどれほどのものか、リューには分かっていた。実をいえば、リューの仕事はそうして偶然に成功の機会をあたえることだけであり、偶然というものは、うまく唆してやらないと動きださないことがあまりにも多い。そして、その偶然が動きだす必要があったのだ。というのも、いまリューはペストのまた別の一面を発見して、困惑していたからだ。またしても、ペストは自分に向けられた戦略の裏を掻こうとして、予期せぬ場所に現れるかと思えば、すでにいたはずの場所から消えてしまったりした。今回もまたしきりに医師の意表を突こうとしてきたのだ。

タルーは身じろぎもせず闘っていた。ひと晩じゅう、ただの一度も苦痛の攻撃に動揺を見せず、自分の不動と沈黙だけを尽くして闘っていた。しかし同様に、ただの一度も言葉を発することなく、そうして自分なりのやり方で、もうほかに気をそらすことなど不可能だと告白していた。リューはただ友の目を見て、そのかわるがわる開いたり閉じたりする目によって、また、眼球にいっそう強く押しつけられたり、逆にたるんだりする瞼によって、さらには、ある物体に釘づけになったり、リューと母親に向けられたりするまなざしによって、タルーの闘いの推移を追いかけるほかなかった。タルーのまなざしがリューのそれと交わるたび、タルーは大いなる努力をして微笑んでみせた。

ふと、外の通りを急ぐ足音が聞こえてきた。遠くの雷鳴から逃げようとしているらしい。轟きはしだいに近づいてきて、ついに町を雨の音で満たした。雨がまた降りはじめ、まもなく雹が交じり、舗道にぶつかって音を立てた。窓の外で巨大なカーテンが波打つようだった。部屋の暗がりで、リューは一瞬雨に気をとられたものの、枕元のランプに照らしだされたタルーの顔にふたたび目をやった。母親は編み物をしながら、ときどき顔を上げて、じっくりと病人の顔を眺めた。いまや医師はなすべきことをすべてなし終えていた。雨がやむと、部屋の静寂はいっそう深まり、目に見えない闘いの無言のざわめきだけがそこに満ちていた。不眠のせいでリューの神経は苛立ち、静寂の極まりのなかで、このペストのあいだじゅうずっとつきまとってきた、静かで規則的な、空気を切る音が聞こえてくるように思った。リューは母親に寝に行くように促した。母親は頭を振って断り、目をきらりと光らせると、それから、飛ばしたかもしれない編み目を丹念に針の先でたどり直した。リューは立ちあがって病人に水を飲ませ、戻ってきて腰を下ろした。

通行人たちが雨の小やみを幸いに、歩道を足早に通りすぎていく。その足音がかすかになり、遠ざかる。このとき初めて、リューは、遅くまでたくさんの散歩者が通りを歩き、救急車のサイレンの聞こえないこの夜が、むかしの夜と同じものであることに気づいた。それはペストから解放された夜だった。だが、寒さと照明と群衆に追われたペストは、町の深い暗闇から逃れ、この暖かい部屋に潜んで、タルーの動かない体に最後の攻撃をしかけているようだった。天災の殻竿はもう町の空を搔きまわしてはいなかった。だが、この部屋の重い空気のなかで静かに唸りを上げていたのだ。リューが何時間も前から聞いていたのは、その音だった。その音がこの部屋でも鳴りやみ、ペストがみずから敗北を宣言するのを待たねばならない。

夜明けのすこし前、リューは母親のほうに体を傾けた。

「母さんはもう寝たほうがいい、朝の八時に僕と交替できるように。寝る前に目薬をさすのを忘れないで」

リュー夫人は立ちあがり、編み物を片づけ、ベッドに近づいた。タルーはしばらく前からもう目を閉じていた。硬い額の上で、汗に濡れた髪がくるりと丸まっていた。リュー夫人がため息をつくと、病人が目を開けた。やさしい顔が自分のすぐそばにあるのに気づくと、熱のせいで波のように揺れる表情の下から、ふたたび忍耐づよい微笑みを浮かべた。だが、その目はすぐに閉ざされた。ひとり残ったリューは、たったいま母親が立っていった肘掛椅子に腰を下ろした。町からは音が消えて、いまや静寂が極まっていた。朝の寒さが部屋のなかでも感じられはじめた。

リューはふと居眠りをしてしまったが、夜明けの最初の車の音でまどろみから目覚めた。身震いして、病人を見ると、病気の症状が中休みに入り、タルーは眠っていることが分かった。馬車の鉄と木でできた車輪の音がふたたび聞こえ、遠ざかっていった。窓の外の光はまだ暗かった。リューがベッドのほうに進むと、タルーはまだ眠りのなかにいるかのように、虚ろな目でリューを眺めていた。

「眠ったんだね？」とリューは尋ねた。

「うん」

「呼吸は楽になったかい？」

「すこしは。これに何か意味があるかな？」

リューはすこし黙りこみ、しばらくしてから答えた。

「いや、タルー、何の意味もない。君も知っているように、これは朝の小康状態にすぎない」

タルーは納得した。

「ありがとう。いつも正確に答えてくれて」

リューはベッドの足元のほうに座った。病人の足が身近に感じられ、それは墓石の上の横臥像の手足のように長くて硬かった。タルーの呼吸が前より荒くなってきた。

「熱がまた上がるんだろうね、リュー」とタルーは息切れした声でいった。

「ああ、だが、昼になれば、はっきりしたことが分かるよ」

タルーは力をこめるような様子で目を閉じた。顔には疲れきった表情が読みとれた。その体のどこか奥底ですでに熱がうごめいているはずだ。リューは熱がそこから上がってくるのを待った。タルーが目を開けたとき、そのまなざしはどんよりと曇っていた。自分のほうにリューが顔を寄せているのに気づくと、やっと目に光が戻った。

「水を飲んで」とリューはくり返した。

水を飲むと、タルーは頭をがっくりと落とした。

「長いね」と呟いた。

リューが腕を摑んだが、タルーは目をそらし、もう反応しなかった。そして突然、熱が体のなかの防波堤を破ったかのように、額にまで目に見えて逆流してきた。タルーの目がリューのほうに戻ると、リューは顔をひき締めて、タルーを励まそうとした。タルーはふたたび笑顔を作ろうとしたが、顎骨が嚙みあわされただけで、唇は白っぽい泡でくっついたままだった。しかし、強張った顔のなかで、目だけはまだ存在するかぎりの力のきらめきを見せて輝いていた。

七時にリュー夫人が部屋に入ってきた。リューは書斎に戻って、病院に電話し、誰かが自分の代わりをしてくれるように頼んだ。リューはまた診察の時間も延期することに決めて、診察室の長椅子に横たわったが、ほとんどすぐに立ちあがり、タルーの部屋に戻った。タルーはリュー夫人のほうに顔を向けていた。リューは、タルーの傍らで、小さな影が椅子に座ってうずくまり、腿の上で両手を握りあわせているのを見た。リューの目つきがあまりに険しかったので、リュー夫人は唇に人差し指を当ててみせ、立ちあがって枕元のランプを消した。しかし、すぐにカーテンのうしろから日光が差しこんできて、まもなく暗闇から病人の顔が浮かびあがったとき、リュー夫人はタルーがずっと自分を見つめているのに気づいた。夫人はタルーのほうに身を屈め、枕を直してやり、それから身を起こして、濡れてもつれたタルーの髪にしばらく手を当てた。すると、夫人の耳に、消えいりそうな声が、遠くからやって来るように、こう聞こえてきた。ありがとう、いまこそすべてはよい、と。夫人がふたたび腰を下ろしたとき、タルーはもう目を閉じており、やつれたその顔は、唇を固くひき結んでいたにもかかわらず、微笑みを浮かべているように見えた。

正午、熱は頂点に達した。内臓から来る一種の咳が病人の体を揺さぶり、タルーはついに血を吐きはじめた。リンパ節の腫脹は治まっていた。しかし、相変わらずそこにあって、関節の窪みにねじこまれたボルトのように硬かったので、リューはそれを切開することを断念した。熱と咳のあいまに、タルーはまだときどきふたりの友人にまなざしを投げかけた。しかし、まもなく、その目が開くことは間遠になり、目を開くたびにそのときだけは憔悴しきった顔に明るさが浮かぶものの、その明るさは毎回蒼白く薄れていった。体を痙攣的に揺さぶる嵐は、稲光で体に輝きをもたらすこともしだいになくなり、タルーはこの嵐の奥へとゆっくりと漂流していった。リューの目の前にあるのは、もはや生気を失い、微笑みも消えた仮面でしかなかった。リューにとってかつてあれほど身近に感じられたこの人間の形をしたものは、いまや槍で突きまくられ、人間の限界をこえた苦痛で焼かれ、憎しみに満ちた空の暴風でねじりあげられ、リューの見守るなかでペストの荒海に沈んでいくが、リューにはこの難破をどうすることもできないのだった。リューはまたしても、この災厄にたいして手をこまねき、心臓を搾りあげられながら、武器も援軍もなく、岸辺にとどまっていなければならなかった。そして、最後に、タルーがいきなり壁のほうに寝返りを打ち、まるで体のどこかで肝心な一本の糸が断たれたかのように、虚ろな呻き声を発して息絶えたとき、リューの目には無力を嘆く涙があふれて、タルーの姿を見ることができなかった。

次の夜は、闘いの夜ではなく、沈黙の夜だった。リューは、世界から切りはなされたこの部屋にいて、いまや正式の服装に整えられたこの遺体の上に、もう何日も前の夜、ペストの騒ぎを見下ろしていたテラスの上で、市門での襲撃事件に続いて出現した、あの驚くべき静寂が漂っているのを感じていた。すでにあのころにも、リューは、自分が死ぬままに放置した人々のベッドから立ちのぼるこの静寂のことを考えたものだ。それはどこでも同じ休止であり、同じ厳粛な合間、闘いに続くつねに同じ鎮静、敗北の沈黙だった。しかし、いま自分の友人を包んでいるこの沈黙についていえば、この沈黙はあまりにも濃密で、街路とペストから解放された町の沈黙とあまりに不可分に結びついているため、リューは、今度こそこれが決定的な敗北であり、戦争を終わらせる敗北ではあるが、平和そのものを不治の苦痛にしてしまう敗北でもあると感じていた。リューは、タルーが死にぎわに平和を見出せたかどうか分からなかった。しかし、少なくともこの瞬間、息子を奪いとられた母親や友の死体を土に埋めた男に休戦が存在しないように、自分自身にはもうけっして平和などありえない、と分かった気がした。外は、冷たい澄みきった空に星々の凍りついた、同じ寒い夜だった。半ば暗がりのこの部屋にいると、窓ガラスにのしかかる寒さと、極地の夜から来る大いなる蒼白い息吹きが感じられた。ベッドのそばには、リュー夫人がいつもの姿勢で、体の右側を枕元のランプに照らされて、じっと座っていた。リューは灯りから離れた部屋の中央で、肘掛椅子に座って、何かを待っていた。ときどき妻への思いが湧いてきたが、そのたびにふり捨てていた。

夜の初めのころには、冷たい闇のなかで、通行人の足音がはっきりと響いていた。

「手配することはみんな済んだのね？」とリュー夫人が聞いた。

「うん、電話をしたよ」

そうしてふたりは、黙って通夜を続けた。リュー夫人はときどき息子を眺めた。リューはふとその視線に気づくと、微笑んでみせた。夜にいつも聞こえる物音が街路から続けて聞こえてくる。まだ運転許可が出ていないのに、多くの車がまた通行を始めていた。車は猛スピードで走って舗道を吸いあげるような音を立て、消えたかと思うと、また現れた。話し声、呼び声、戻ってくる静寂、馬の蹄の音、カーブで軋り音を上げる二台の路面電車、はっきりしないざわめき、そしてふたたび夜の息吹。

「ベルナール？」

「うん」

「疲れていない？」

「大丈夫だよ」

このとき、リユーは母親が何を考えているかということ、そして、母親が自分を愛しているということを知っていた。しかし、同時にリユーは、人を愛するということがさほど重大事でもなければ、愛がその固有の表現を見出せるほど強いものではないことも知っていた。かくして、母親と自分はいつまでも沈黙のなかで愛しあっていくことになるのだ。そして、いつかは母親が——あるいは自分が——死ぬことになるが、ふたりの人生のあいだじゅう、自分たちの愛の表白がこれ以上先に進むことはありえないだろう。同様に、リユーはタルーのすぐそばで生きたが、タルーは今夜、リユーとの友情を本当に生きる間もなく死んでしまった。タルーは自分でいったとおり、勝負に負けた。しかし、リユーは何を勝ちえたのか？　彼が勝ちえたのは、ただ、ペストを知ったこと、そしてそれを忘れないこと、友情を知ったこと、そしてそれを忘れないこと、愛情を知ったこと、そしていつまでもそれを忘れないにちがいないということだ。ペストと生命の勝負で、人間が勝ちえたものは、認識と記憶だった。たぶんこれこそが、勝負に勝つとタルーが呼んでいたことなのだ。

またもや車が一台通りすぎ、リュー夫人は椅子の上ですこし体を動かした。リューは母親に微笑みかけた。母親は、自分は疲れていないといい、そのすぐあとでこうつけ加えた。

「お前もあそこに行って、山で休まなければいけないね」

「もちろんそうするよ、母さん」

そう、自分もあそこに行って休むのだ。いいじゃないか。それは回想のための口実にもなるわけだ。だが、勝負に勝つというのが、ただ認識と記憶だけを抱いて、希望を奪われて生きることだとしたら、どんなにつらいことだろう。タルーはおそらくそんなふうに生きてきたのであり、幻影をもちえぬ人生がどんなに不毛であるかをはっきりと意識していたのだ。希望なくして心の平和はない。そして、タルーは人間に他者を断罪する権利をけっして認めず、にもかかわらず、誰も他者を断罪せずにはいられないことを知っていたし、ときには犠牲者さえもが死刑執行人になりうることを知っていた。そのため、分裂と矛盾のなかを生きて、けっして希望を知りえなかった。だからこそ、人間への手助けのなかに、聖性を求め、平和を探していたのではなかったか？　じつのところ、リユーはそれについて何も分からなかったが、そんなことはどうでもいい。リユーが心に抱きつづけるタルーの姿は、しっかりとハンドルを握って車を運転している男の姿であり、いまはもう動くこともなく横たわっているこの分厚い体のたたずまいということになるだろう。ひとつの生の温かみと、ひとつの死の面影であり、それこそが認識にほかならない。

おそらくそれゆえに、リユーはその翌朝、妻の死の知らせを平静に受けとった。リユーは書斎にいた。母親がほとんど駆けるようにやって来て、一通の電報をリユーに手渡し、それから電報配達夫にチップをあたえるために書斎を出ていった。母親が戻ってきたとき、息子は開いた電報を手にしたままだった。母親が息子を見ると、彼は窓ごしに、港の上に浮かびあがる素晴らしい朝の風景をじっと見つめつづけていた。

「ベルナール」リユー夫人は声をかけた。

リユーは放心した様子で、母親の顔をまじまじと眺めた。

「電報は？」母親が尋ねた。

「そうなんだ」とリユーは認めた。「八日前にね」

リュー夫人は顔をそむけて窓のほうを見た。リューは黙っていた。それから母親にむかって、どうか泣かないで、覚悟はしていたが、それでもつらい、といった。ただ、そういいながらも、リューはこの苦しみが不意打ちではないことを知っていた。この二日間、いやこの数か月、同じ苦しみが続いていたのだ。

オラン市の門は、二月のある晴れた日の夜明けに、市民と新聞とラジオと県の公式声明に歓迎されながら、ついに開かれた。したがって、筆者に残された仕事は、この開門に続く喜びの何時間かの記録を残すことだけだ。とはいえ、筆者自身はその喜びに完全に没入する自由をもてなかった者たちのひとりだった。

昼にも夜にも大きな祝賀行事が催された。同時に、列車が駅で煙を吐きはじめ、いっぽう、遠い海からやって来た船の群れは、すでに船首をオラン港のほうに向け、列車も船もそれぞれのやり方で、この日が、離ればなれになって悲しんでいた人々にとって、大いなる再会のときであることを告げていた。

ここで、多くの市民につきまとっていた別離の感情がどうなったか、容易に想像できるだろう。昼間、この町に入ってきた列車は、ここから出ていった列車と同じく、乗客で満員だった。猶予期間の二週間のあいだに、みんながこの日のために列車の席を予約していたが、土壇場になって県当局の決定がとり消しになるのではないかとびくびくしていた。だが、町に近づきつつあった乗客たちのなかにも、完全に不安を拭えない者はいた。というのも、彼らの多くは自分たちと縁戚にある人々の運命は知っていたが、それ以外の者やオラン市自体については何も知らなかったし、この町は恐るべき状態に瀕していると思いこんでいたのだ。だが、その思いこみは、この病疫のあいだじゅうずっと情熱に焼かれたことが一度もない人々にとってのみ当てはまることだった。

いっぽう、情熱に焼かれた人々は固定観念にとりつかれていた。彼らにとって、ただひとつのことだけが変化していた。それは時間である。彼らは追放されていた何か月ものあいだ、時間が早く過ぎるように時間を駆りたて、すでにオランの町が見えてきたときにも、さらに時間を速めようと懸命になっていた。ところが、列車が駅を前にしてブレーキをかけはじめるや、逆に、時間を遅らせ、そのまま時間を止めてしまいたいと思ったのだ。彼らの愛にとって無意味なこの数か月の人生にたいして、彼らの心のなかの曖昧だが鋭くとがった感情が、漠然と一種の償いを要求して、喜びの時間は待機の時間より二倍もゆっくりと流れるべきだと思わせたのだ。かくして、ランベールの妻は何週間も前から開門の予定を知り、なすべき手続きを済ませて、オラン駅に到着したし、ランベールのように、相手を駅のホームや部屋で待っている人々は、同じ焦燥と同じ狼狽のなかにいた。なぜなら、その恋や愛の感情は何か月ものペストのせいで抽象に変わってしまったため、ランベールは、そうした抽象の愛を、かつての愛の支えだった肉体をもった相手と照らしあわせようとして、身を震わせながら待っていたからだ。

ランベールは、ペストが始まったとき一足飛びに町の外へ逃げだし、愛する女に会いに飛んでいこうとした自分に戻りたいと思ったことだろう。だが、そんなことはもう不可能であると知っていた。ランベールは変わってしまったのであり、ペストが彼のなかに別の気がかりを植えつけてしまい、彼は全力でその気がかりを抑えこもうとしていたが、にもかかわらず、それは彼のなかで鈍い不安として存在しつづけていたのだ。ある意味では、ランベールはペストがあまりにも突然に終わってしまったような気がして、冷静さを失っていた。幸福が全速力で到来し、出来事は待っているよりもずっと速く起こっていた。ランベールは、すべてがいきなり自分に返されて、喜びは味わってなどいられない火傷《やけど》のようなものだと悟った。

もっとも、意識的であるかどうかに多少の差はあったが、みんながランベールと同じような状態であったから、そのみんなについて語らねばならないだろう。彼らがそれぞれの個人生活を再開した駅のホームで、彼らはたがいに目礼と微笑みを交わしながら、自分たちが同じ境遇にいると感じていた。だが、列車の煙を目にすると、彼らの追放感は、呆然とするような混乱した喜びの驟雨にあって、雲散霧消してしまった。列車が停止して、腕と腕が、もう生きた形も忘れてしまった体の上で、狂喜を貪りながら絡みあった途端、たいていこの同じ駅のホームで始まった果てしない別離は、一瞬のうちに終わりをとげた。ランベールは、その体が自分のほうに走りよってくるのを見るひまもなく、早くも妻はランベールの胸に飛びこんでいた。そして、彼女をしっかりと抱きしめ、見慣れた髪しか見えないその頭をかかえこみ、涙が流れるままにしていたが、その涙がいまの幸福からあふれたものか、あまりに長いこと抑えこんでいた苦痛から流れたものか分からず、ただその涙のおかげで、自分の肩の窪みに押しつけられたこの顔が、あれほど夢見た顔なのか、それとも、見知らぬ女の顔なのか、いまは確かめることができないだろうと分かっていた。この疑念が正しかったかどうかは、やがてあとで分かるはずだ。いまはただ、ランベールもまた、自分のまわりのみんなと同じく、ペストがやって来て、また去っていっても、それで人の心が変わることはないと信じているふりをしたかったのだ。

そうして、みんながたがいに抱きあって、自分たち以外の世界には目をつぶり、表面的にはペストに勝ったような顔つきで、あらゆる悲惨を忘れ、また、同じ列車で到着しながら、誰も迎えが来ず、長く連絡のないことですでに胸に危惧が生まれ、帰宅してその危惧が現実だったと知らされる心の準備をしている人々のことも忘れて、みんな自分たちの家へ帰っていったのだ。だが、危惧が現実だと知った人々は、再会できた者たちとはまったく異なって、もはやその真新しい苦しみ以外に伴侶はなく、いまこの瞬間も亡くなった人物の思い出に没入している人々とともに、別離の感情が絶頂に達しているのだった。いまや無名の墓穴に放りこまれ、遺灰の堆積になって消えた人間とともにあらゆる喜びを失った母親たち、夫や妻たち、恋人たち、そのような人々にとって、ペストは相変わらず続いていた。

しかし、誰がこうした孤独のことを考えていられただろうか？　正午には、朝から大気のなかで逆らっていた冷たい風に太陽がうち勝ち、ゆるぎない光線の絶え間ない波を町に注いでいた。昼はじっとして動かなかった。丘の上にある城塞の大砲は、静止した空にたえず砲声を轟かせていた。町じゅうの人が外へ飛びだし、苦悩の時間が終わったが、忘却の時間がまだ始まらない、この息づまる瞬間を祝おうとした。

広場という広場でみんなが踊っていた。一夜にして交通量はひどく増大し、台数の増えた車は、人々が埋めつくす道路を苦労して進んでいた。町の鐘は、午後のあいだじゅうずっと激しく打ち鳴らされていた。その鐘の音の震えが、金色を帯びた青空に満ちていた。じっさい、教会では感謝の祈りが唱えられていた。しかし、同時に、お楽しみの場所も大入り満員で、カフェでは、今後のことなど考えず、最後の酒類が供されていた。カウンターの前には、誰も彼も同じように興奮した群衆がひしめきあい、そのなかでは、見世物になるのも恐れない多くの男女が抱きあっていた。みんな大声を出し、笑っていた。この数か月、それぞれが魂の活動を抑えこみ、生命を備蓄していたのだが、その備蓄した生命を、この余生の一日ともいうべき日に一挙に消費していたのだ。次の日には、本来の生活が用心深く始められることだろう。しかし、いまのところは、まったく異なった出自の者同士が、親しく肩を並べ、兄弟のように仲よくしていた。死がやって来てもじっさいには実現できなかった平等が、解放の喜びによって、ともかくも数時間は実現されたのだ。

だが、こうした月並みな陽気さがすべてを物語っているわけではなく、午後の終わりに、ランベールと並んで町を埋めつくしていた人々は、しばしば、平静な態度の下に、もっと密やかな幸福を隠していた。たしかに、多くの男女や家族づれが平和な散歩者の外見しか見せていなかった。だが、じっさいには、そうした者たちの大部分が、自分たちが苦しみを味わった場所への密やかな巡礼をおこなっていたのだ。その巡礼とは、新たにこの町に来た者に、明らかな、あるいは秘められたペストの痕跡、すなわち、ペストの歴史の名残を見せることだった。ある場合には、彼らは、ペストの歴史に立ちあい、多くの出来事を目撃したガイドの役割を果たすことで満足し、その危険を語るだけで、恐怖を煽るようなことはしなかった。こうした楽しみは無害なものだ。だが、それ以外の場合には、それがもっと戦慄的な道行きとなり、男が思い出の甘い不安に呑みこまれるままに、相手の恋人に、「あのころ、ここで僕は君が欲しくなったが、君はいなかった」などと語ることもあった。そんなとき、こうした情熱の観覧客たちは簡単に見分けられた。彼らは、喧騒の真っただ中を進みながらも、ささやきとうち明け話の離れ小島に閉じこもっていたからだ。交差点で大声を出して騒ぐ者たちよりも、そうした男女こそが真の解放を告げていた。なぜなら、ぴったりと体を寄せあい、言葉も交わさず、有頂天にいるこうしたカップルこそ、喧騒のさなかで、幸福の力強さと無法さを全開にして、ペストが終わり、恐怖が過ぎさったことを明言していたからだ。彼らは、あらゆる証拠をものともせず、平然と、ひとりの人間を殺すことがハエを殺すのと同じ日常茶飯事であるようなあの常軌を逸した世界などなかったと公言し、また、あのまぎれもない蛮行、あの計算ずくの狂気、現在の生だけを監禁し、ほかのすべてに恐るべき自由をあたえるあの幽閉状態、ペストに殺されなかったすべての人を呆然とさせたあの死の臭い、それらをすべて否定し、要するに、私たちの一部が毎日、焼却炉の口に積み重ねられ、濃い煙になって消えていったとき、残された者たちは、無力と恐怖の鎖につながれて、自分の番を待っていたのだが、私たちがそんな茫然自失した民衆であったという事実も、なかったことにしてしまったからだ。

いずれにせよ、そのような光景が、その午後の終わりに町はずれへ行こうとして、鐘や大砲の音や音楽や耳を聾する叫び声のなかを、ただひとり歩いていたリュー医師の目に飛びこんできたものだった。リューの職務は続いており、病人に休みはなかった。町にふり注ぐ美しく澄みきった光のなかに、むかしながらの焼いた肉とアニス酒の匂いがたち昇っていた。リューのまわりでは、ご満悦の笑みを浮かべた人々が顔を空のほうへのけぞらせていた。男たちと女たちは、欲望の苛立ちを満身で表しながら、顔をほてらせ、たがいにしがみつきあっていた。たしかに、ペストは恐怖とともに終わっていた。そして、じっさい、絡みあうこれら男女の腕は、ペストとは、言葉の深い意味において、追放と別離であったことを物語っている。

リューは、この数か月間、通行人のすべての顔に読みとれたあの家族のような表情に、ひとつの名前を初めてあたえることができた。それには、いまや自分のまわりを眺めてみるだけで十分だった。ペストの終わりにたどり着いてみると、すべての人間が、悲惨と窮乏を担うだけでなく、すでに長いこと前から演じていた役柄の衣裳を身にまとうに至っていた。それは亡命者の衣裳だった。最初は彼らの顔が、いまは彼らの衣服が、亡命者の流謫《るたく》と遠く離れた祖国を表していた。ペストが市門を閉ざした瞬間から、彼らは別離のなかだけで生き、すべてを忘れさせてくれる人間的な温かみから切り離されてしまったのだ。町のあらゆる場所で、こうした男と女たちは、程度の差こそさまざまだが、ひとつに結びつくことを切望していたのであり、その結合はすべての者にとって性質は同じではないが、すべての者にとって同じように不可能なことであった。大多数の者は、そこにいない相手にむかって、力のかぎり、温かい肉体や愛情や慣れ親しんだ習慣を取りもどしたいと叫んでいた。また、ある者は、しばしば自分でも気づかないながら、人間同士の友情の外に置かれていることに苦悩し、友情を確かなものにするための手紙や列車や船など、通常の手段を使って人々と結びつけないことに苦しんでいた。おそらく、タルーのような、さらに稀なほかの人々は、自分でも定義できないが、自分にとって望ましい唯一の善だと思われるものと一体化することを願っていた。そして、ほかに適当な言葉がないために、それを平和と呼ぶこともあった。

リユーは相変わらず歩きつづけていた。だが、進めば進むほど、まわりの群衆は増え、騒音は高まり、リューが行こうとしている町はずれはそれだけ後退していくように思われた。しだいに、リューは喚き声を上げるこの巨大な集団に溶けこみ、その叫びをますますよく理解できるようになり、すくなくともその一部は自分の叫びになっていた。そうだ、すべての人間が一緒になって、その肉体においても、魂においても、困難な休暇と、癒しがたい追放刑と、けっして満たされない渇きとに苦しんできたのだ。あの死者の累積、救急車のサイレン、運命と呼ぶのがふさわしいものの予告、恐怖の執拗な足踏み、心の恐るべき憤激のなかにあって、不穏な声の大いなるざわめきが聞こえつづけ、不安に襲われた人々に警告を発するのをやめず、真の祖国をふたたび見出さねばならぬ、と語っていたのだ。それらの人々すべてにとって、真の祖国はこの窒息させられた町の壁のはるか彼方にあった。それは、丘の香しい林のなか、海のなか、自由な国と愛の重みのなかにあった。そして、その祖国にむかって、幸福にむかって、彼らは帰ろうとしていたのだ、ほかのものには嫌悪をもって背を向けながら。

この追放刑と一体化の欲求がどんな意味をもちうるかについては、リューは何も分からなかった。もみくちゃにされ、あちこちから声をかけられ、相変わらず歩きつづけながら、リューは徐々に混雑の少ない街路のほうに向かい、こうしたことに意味があるかないかは重要ではなく、人間の希望に答えるものは何かということだけを見きわめるべきだと考えていた。

すでにリューはどんな答えがあたえられたかを知っており、ほとんどひと気のない町はずれの最初の街路に入ったとき、いっそうはっきりとそのことに気づいていた。自分という些細なもので満足して、自分の愛の家に帰ることだけを望んだ者は、ときには報いられていた。もちろん、そのなかには、ひとりぼっちで、待っていた人を奪われ、町を歩きつづける者もいる。だが、リューのような人はまだしも幸いだったのだ。というのも、ペストの流行前に最初から愛を築きあげることができず、何年ものあいだ闇雲に困難な和合を求めつづけたあげく、その和合が結局、対立する恋人たちを結びつけてしまったという例もあり、そうした人々はペストで二度目の別離を余儀なくされた。こうした人々は、リュー自身と同じく、時間がなんとかしてくれるという軽率な判断をして、永遠にひき離されてしまったのだ。しかし、ほかのランベールのような人の場合には、まさにその日の朝、リューは別れぎわにランベールにむかって、「しっかりして、いまこそ正しい分別をするべきときだ」などと語ったのだが、ランベールは、一度は失ったと思った不在の相手をためらうことなくまた見つけだしていた。すくなくとも、ここしばらくのあいだ、ランベールと妻は幸福に暮らすだろう。彼らはいまや、人がつねに欲しがり、ときどき得られるものがあるとすれば、それは人間の情愛であるということを知っている。

その逆に、人間を超えたところにある、自分たちには想像もできぬ何ものかに向かおうとしていた人々には、ついに答えはもたらされなかった。タルーは、彼が話していたあの困難な心の平和に到達したように思われるが、その平和がなんの役にも立たない死のときになって、初めてその平和を見出したのだ。その反対に、いまリューが傾く陽光のなかで見ているほかの人々、家の入口に立って、力のかぎり抱きあい、恍惚としてたがいを見つめあっている人々は、自分たちの望むものを手に入れていた。というのも、彼らは自分の手の届くものしか求めなかったからだ。そして、リューはグランとコタールの住む通りへ曲がりながら、人間と人間の貧しく残酷な愛で自足している人々のために、せめてときどき喜びがやって来て、彼らに報いてくれるのは正しいことだと考えていた。

この記録も終わりに近づいた。医師ベルナール・リューがその書き手だと告白すべき潮時だろう。だが、本記録の最後の事件を語る前に、ともかくも、自分があえてこんな仕事に手を出した理由を説明したうえで、客観的な証言者の語調を保つように留意したことを理解していただきたい。ペスト流行の全期間中、リューはその職務ゆえに、オラン市民の大部分の者と会うことができ、彼らの感情を知ることができた。それゆえ、彼は自分の見聞きしたことを報告するのに適切な場所にいることになった。だが、彼はその報告を望まれるべき抑制をもっておこないたいと思った。総体的にいって、彼は自分の目で見ることができた以上のことを語らないように、また、ペストをともに経験した仲間に、結局彼らが抱くことのなかった考えを押しつけたりしないように、さらには、偶然あるいは不幸な出来事のせいで彼の手に入ることになった書類だけを用いるように努めた。

この犯罪ともいえる事件に際して証言を求められたのだから、リューは善意の証人にふさわしい慎重さを守った。しかし、同時に、清廉な心の掟に従って、彼は断固として犠牲者の側につき、彼らが共通してもつ三つだけの確かなもの、すなわち、愛と苦悩と追放のなかで、彼らと一緒になろうとした。したがって、同じオラン市民の味わったどんな不安もリューは彼らと共有したし、彼らが置かれたあらゆる境遇がリュー自身の境遇だった。

誠実な証人であろうとして、彼はとりわけ、法的文書、個人的書類、風聞を報告しなければならなかった。しかし、個人的にいいたかったことや、自分の期待や苦難は語らないようにした。もしそれらに言及した場合は、ただ、オラン市民の気持ちを理解するため、あるいは理解してもらうためであり、また、彼らがたいていの場合漠然と感じていたことにできるだけ明確な形をあたえるためであった。実をいえば、この理性的な努力は彼には難しいものではなかった。ペスト患者の幾千もの声に自分のうち明け話をじかに加えたいと感じたときでも、他人の苦しみは同時にすべて自分の苦しみであり、そうであってみれば、苦悩があまりにもしばしば孤独なものである世界において、そのことこそが救いになると考えて、自分の話をする気にはならなくなった。要するに、みんなのために語るべきなのだ。

しかし、その市民たちのなかに、リュー医師がその人物のために語ることができなかったという人物が、すくなくともひとりいる。その人物に関しては、じっさいタルーもあるときリューにむかってこういった。「あの男の唯一の真の罪は、子供たちや人間たちを死なせるものを心のなかで是認したことだ。ほかのことなら、僕だって理解してやれる。だが、その点に関してだけは、無理に自分の気持ちを抑えこまなければ、あの男を許してやることはできない」。この記録が最後にその男の話をするのは当然のことかもしれない。なぜなら、その男は無知な心の持ち主、すなわち、みんなと異なる孤独な心の男だったからだ。

リューがお祭りで騒がしい大通りから逸れて、グランとコタールの住む通りに曲がったとき、なぜか警官隊の通行止めで阻止された。予期せぬことだった。祝賀騒ぎの遠いざわめきのせいでこの地区が静かに感じられ、ひと気もなければ物音もしないだろうと思っていたのだ。リューは名刺を見せた。

「だめなんですよ、先生」と警官がいった。「頭のおかしい男がいて、群衆にむかって発砲しているんです。でも、ここにいてください。先生の手伝いが必要になるかもしれませんから」

ちょうどそのとき、リューはグランが自分のほうにやって来るのを見た。グランもまた何も知らなかった。グランも通行を禁止され、発砲がグランの住む建物からおこなわれていると聞かされたのだ。じっさい、遠くにその建物の正面が、暖かさを失った太陽の最後の光線で金色に照らされているのが見える。その周りには、ぽっかりと何もない空間が向かいの歩道まで広がっている。車道の真ん中には、帽子がひとつと、汚れた布切れが落ちているのがはっきり見えた。リューとグランの目には、彼らの通行を阻止している警官の隊列と並行して、もうひとつの警官の隊列が、通りの反対側のひどく遠いところに見え、そのうしろをこの地区の住人が何人か急ぎ足で行き来していた。目をこらすと、問題の建物の向かいにある家々の入口の陰に、拳銃を握ってうずくまる警官たちの姿もあった。建物の鎧戸はすべて閉ざされていた。しかし、三階のひとつの部屋の鎧戸だけは半分外れかけているようだ。通りは完全に静まりかえっている。ただ、町の中心部から届くきれぎれの音楽の音色だけが聞こえていた。

いきなり、建物の向かいの家々のひとつから二発の銃声が響きわたり、壊れかかった鎧戸から破片が飛びちった。それから、ふたたびあたりは静まりかえった。昼間のお祭り騒ぎのあとで遠くから見ていると、この出来事はリューにはいささか非現実的なものに思えた。

「コタールの部屋の窓だ」と突然グランがひどく興奮して叫んだ。「でも、コタールは姿を消してしまったんだが」

「いま、なぜ銃撃したんですか?」とリューが警官に尋ねた。

「やつの注意を逸らすためですよ。必要な機材を積んだ車が来るところなんです。やつは扉から入ろうとする人間に発砲するんです。警官がひとり怪我をしましたよ」

「どうして発砲したんでしょう?」

「さっぱり分かりません。初めはみんな通りで楽しく騒いでいたんです。最初の発砲のときには、何がなんだか分からなかった。二発目で叫び声が上がり、負傷者が出て、みんな一斉に逃げだした。要するに、やつは頭がおかしいんですよ」

戻った静寂のなかで、一刻一刻がのろのろと長引いて感じられた。突然、通りの反対側から犬が飛びだしてくるのが見えた。リューは久しぶりに初めて見る犬で、それまで飼い主が家に隠していたらしい汚れたスパニエル犬が、壁に沿って小走りに駆けてきた。建物の扉のそばまで来ると、立ちどまり、尻を下ろして座りこみ、頭をねじってノミを齧ろうとした。警官たちが何度もホイッスルを吹いて犬を呼んだ。犬は顔を上げ、それから意を決したようにゆっくりと車道を横切って、そこにある帽子の匂いを嗅ぎに行った。その瞬間、三階から銃弾が放たれ、犬はくるりと一回転し、激しく四肢を動かし、最後に横向きにひっくり返ると、長い痙攣に身を震わせた。それに応えて、五、六発の銃撃が向かいの家々の入口からおこなわれ、鎧戸をさらに粉砕した。ふたたび沈黙が垂れこめる。日がすこし傾き、影がコタールの部屋の窓に近づきはじめた。リューの背後の通りで、数台の車のブレーキがかすかに軋り音を立てた。

「やっと来た」と警官はいった。

それらの車の後部ドアから、警官たちが手に、ロープ、梯子、防水性の布地で包んだ細長いふたつの包みをもって出てきた。彼らは、グランの建物の向かいにある家々の一角を迂回する通りに入っていった。しばらくすると、その一角の家々の入口にある種の動きが見られた。というより、動きの気配が感じられた。人々は待った。犬はもはや動かず、いまは暗い液体の溜まりに浸かっていた。

突然、警官たちのひそんだ家々の窓から、軽機関銃の射撃がおこなわれた。射撃が続くと、またも狙われた鎧戸は文字どおり粉々になり、建物に黒い大きな穴ができたが、リューとグランのいるところからは、穴のなかに何も見えなかった。その射撃がやむと、第二の軽機関銃が、異なる方向のもっと遠い家から激しい音を響かせた。銃弾はおそらく窓の四角い穴に飛びこみ、そのうちの一発が煉瓦のかけらを弾きとばした。その瞬間、三人の警官が走って車道を横切り、入口の扉からなかに駆けこんだ。ほとんど間髪をいれず、さらに三人の警官が扉から突っこみ、軽機関銃の射撃はやんだ。人々はふたたび待った。建物のなかで、遠い銃声が二発響きわたった。次いでざわめきが高まり、ワイシャツ姿の小柄な男が喚きつづけながら、引きずられるというより運ばれるようにして、建物から出てくるのが見えた。奇跡のように、閉まっていた通りのすべての鎧戸がさっと開かれ、窓には興味津々の住人たちが密集し、さらに家々から群衆があふれでて、警官隊の通行止めのうしろにひしめきあった。まもなく、車道の真ん中に、ようやく地に足を下ろし、両腕を警官たちに背後からねじり上げられた小男の姿が見えた。男は叫んでいた。ひとりの警官が男に近寄り、拳に全力をこめ、落ち着きはらって、一種の真剣さをこめて、二度殴りつけた。

「コタールですよ」とグランが口ごもるようにいった。「頭がおかしくなったんだ」

コタールは倒れていた。地面にうずくまる塊にむかって、警官はさらに力まかせに足蹴をくらわせた。それから、ふたりはひと塊になって動きだし、医師リューと古くからの友人グランのほうに進んできた。

「さっさと行け！」と警官が命令した。

警官とコタールが通りすぎたとき、リューは目をそむけた。

グランとリューは暮れかけた黄昏のなかを歩きはじめた。この事件が麻痺状態のなかで眠っていたこの地域を揺さぶったかのように、町はずれのこの街路もふたたびお祭り騒ぎの群衆のどよめきで満たされた。自宅の建物の下まで来ると、グランはリューに別れを告げた。これから仕事にかかるのだ。だが、階段を上ろうとするときになって、グランは、ジャンヌに手紙を書き、いまではもう心残りはない、とリューに語った。それから、また文章を直しはじめているのだ。「形容詞は全部削ってしまいましたよ」とグランはつけ加えた。

そして、にやりと笑いながら、儀式めいた挨拶のように脱帽してみせた。だが、リューはずっとコタールのことを考えており、喘息病みの老人の家に向かうあいだも、コタールの顔に叩きこまれた拳の鈍い音が頭から離れなかった。もしかしたら、罪を犯した人間のことを考えるのは、死んだ人間のことを考えるよりつらいかもしれない。

リューが病気の老人の家に着いたときには、すでに空全体を夜が覆っていた。部屋のなかにも自由の遠いざわめきが聞こえたが、老人はいつもと変わらぬ顔つきでエンドウ豆を鍋から鍋へ移しかえつづけていた。

「みんなで楽しんで騒いでいればいい」と老人はいった。「世の中がなりたっていくためにはどんなことだって必要だからね。ところで、先生、前に一緒に来た人はどうしたんだい？」

爆発音がふたりのところまで届いたが、それは平和なものだった。子供たちが爆竹を鳴らしているのだ。

「死んだよ」とリューはぜいぜいいう胸を聴診しながら答えた。

「まさか!」老人は呆然とした様子だった。

「ペストでね」リューはつけ加えた。

「そんなもんだよ」と、すこし経ってから老人は納得したようにいった。「いちばんいい人たちが逝ってしまう。これが人生ってやつさ。だが、あの人は自分の望みをちゃんと分かっている人だった」

「どうしてそんなことをいうんだね?」とリューは聴診器をしまいながら尋ねた。

「どうしてってこともないが、あの人は意味のないことはいわなかった。要するに、わたしはあの人が好きだった。でも、まあそういうことさ。ほかの連中はいうんだ、『これはペストだ、ペストに罹ったんだ』なんてね。もうちょっとで、勲章でももらえるみたいにね。だが、それがどうした、ペストなんて? それが人生なんだ、それだけのことさ」

「吸入は規則的にやらなくちゃだめだよ」

「ああ! 心配しなくていいよ。まだ時間だけはあるからね、みんなが死ぬのを見届けてやるよ。長生きのコツを知ってるからね、わたしは」

老人の言葉に応えるように、遠くで歓声が上がった。リューは部屋の真ん中で立ちどまった。

「テラスに上がったら迷惑かな？」

「いや、ぜんぜん！　上から連中を見たいんだね？　ご自由に。だが、どうせあの連中はいつだって同じなんだ」

リューは階段のほうに向かった。

「ねえ、先生、ペストで死んだ人のために記念碑を建てるって本当かい？」

「新聞はそういってるね。石碑か表示板だろう」

「そんなことだろうと思ってたよ。で、その前で演説するってわけだ」

老人は喉にひっかかったような声で笑った。

「いまからやつらの声が聞こえるよ。『我等が死者の……』とかなんとか。それから宴会で飯を食うのさ」

リューはもう階段を上っていた。冷たい大空が家々の上できらめき、丘のほうでは星が火打石のように硬い光を放っていた。この日の夜は、タルーと彼がペストを忘れようとこのテラスにやって来た夜とそんなに違わなかった。しかし、あのときより海の音がずっと騒がしく、断崖の下から聞こえていた。空気はそよとも動かず、秋の生暖かい風に運ばれる潮気を含んだ息吹が消えて、軽やかだった。しかし、町の騒ぎの音は、波の音と混ざりあって、相変わらずテラスの下に打ちよせていた。だが、この夜は解放の夜であり、反抗の夜ではなかった。遠くでは、赤黒い輝きが、イルミネーションで飾られた大通りと広場の位置を示していた。いまや解放された夜のなかで、欲望は何ものにも妨げられることなく、その轟きがリューのところまで届いているのだ。

暗い港から、公式の祝賀の最初の花火が上がった。オラン市は内にこもるような長い喚声でそれに応えた。コタールも、タルーも、リューが愛し失った男たちと女も、みんなが、死んだ者も、罪を犯した者も、忘れられていた。老人のいったことは正しかった、彼らはいつだって同じなのだ。だが、それが彼らの強さであり、罪のなさであって、その点においてこそ、リューはあらゆる苦悩をこえて、彼らと一緒になっているのだと感じていた。空に上がる色とりどりの光の束の数が増えるにつれて、人々の歓声は強さと長さをどんどん増し、テラスの下まで長々と反響していた。そのとき、この叫喚のなかで、医師リューは、ここに終わりを迎える物語を書こうと決心したのだった。沈黙する者たちの仲間にならないために、ペストに襲われた人々に有利な証言をおこなうために、せめて彼らになされた不正と暴力の思い出だけでも残すために、そして、ただ単に、天災のさなかで学んだこと、すなわち、人間のなかには軽蔑すべきものより賞讃すべきもののほうが多い、と語るために。

しかし、リューはこれが決定的な勝利の記録にはなりえないことを知っていた。それは単になし遂げねばならなかったことの証言にすぎない。そしておそらく、恐怖とその無尽蔵の武器と闘うために、天災に膝を屈することを拒否し、聖者ではありえないが、それでも医師であろうと努めるすべての人々が、自分たちの個人的な悲しみをこえて、さらになし遂げねばならなかったことの証言でしかないのだ。

じっさい、リューはこの町から立ちのぼる歓喜の叫びを聞きながら、この歓喜がつねに脅かされていることを思いだしていた。というのも、彼はこの群衆が知らないことを知っていたからだ。それはさまざまな本のなかで読めることだ。ペスト菌はけっして死ぬことも、消滅することもない。数十年間も、家具や布製品のなかで眠りながら生きのこり、寝室や地下倉庫やトランクやハンカチや紙束のなかで忍耐づよく待ちつづける。そして、おそらくいつの日か、人間に不幸と教えをもたらすために、ペストはネズミたちを目覚めさせ、どこか幸福な町で死なせるために送りこむのである。

解説

中条省平

アルベール・カミュの小説『ペスト』は一九四七年六月に出版され、たちまち高い評価を得て、カミュをその時代のフランスで最高の小説家の地位に押しあげました。また、公刊後三か月ほどで発行部数は一〇万部の大台に達し、当時としては異例の売れゆきを記録することになります。その後も、カミュの作品として『異邦人』と並ぶ名声を長く保ちつづけ、二〇二〇年から世界中で猛威をふるった新型コロナウイルスの災禍のもとでは、疫病の脅威と闘う人々の姿を描いたこの小説が、日本を含め世界中でふたたびベストセラーとなりました。

『ペスト』が発表されたとき、カミュは三三歳でしたが、彼の『手帖』に『ペスト』という名前の小説の構想がある程度まとまって記されたのは、第二次世界大戦中の一九四一年四月のことで、このときカミュはまだ二七歳でした。

それから約一年が経って、一九四二年五月に小説『異邦人』が発表されます。その好評ゆえ、カミュは一躍、新進作家として認められるのですが、当時、彼はアルジェリアのオラン市（『ペスト』の舞台です）にある妻フランシーヌの実家で暮らしながら、持病の結核の再発に苦しんでいました。夏のアルジェリアは湿度が高く、暑さが厳しいので、カミュは療養生活を送るため、同年八月から、フランスの中央山塊地方にあるル・パヌリエという小さな村に移り住みます。フランシーヌの叔母マルグリットの夫の母親がこの村の農場の一角でペンションを開いていたからです。

カミュが『ペスト』の執筆を始めたのは、このル・パヌリエの療養生活においてでした。この土地に到着してまもなく、カミュは『手帖』にこんなメモを書きしるしています。

「ペスト。これから逃げだすわけにはいかない。［中略］『異邦人』は、不条理に直面した男の裸の状態を描いている。『ペスト』は、同じ不条理を前にした複数の個人の視点が根源的な等価性をもっていることを描く。［中略］だが、さらに一歩進んで、『ペスト』は、不条理が〈何も教えない〉ことを証しだてる。これは決定的な進展だ」

ここには三つの重要な考えが示唆されています。

ひとつは、『ペスト』という小説が、『異邦人』と同じく、不条理という観念を出発点にしていることです。不条理とは、筋道が立たず、ばかげているということですが、カミュは、この状況を世界と人間の根源的な条件であると見なします。この世界には、神という創造主や、理性という思考の主体によってあたえられる先験的な秩序は存在しないということです。人間はつねにその不条理と直面しつつ生きていくほかありません。『ペスト』とは、疫病という不条理に襲われた人間たちの裸の状態を描く作品なのです。

ふたつ目に重要なのは、同じ不条理を出発点としながらも、『異邦人』と『ペスト』では主人公の扱いがまったく異なっていることです。

『異邦人』の場合、主人公のムルソーは世界と人間の根源的条件である不条理を発見しますが、みずからもその不条理に呑みこまれていきます。『異邦人』は、不条理の発見をめぐるムルソーという一個人のドラマなのです。

いっぽう、『ペスト』は、突然人間に襲いかかってくる疫病という不条理の物語ですが、この不条理を受けとめて闘うのは複数の個人（登場人物たち）であり、それぞれの人物の存在に等しい重要性が付与されています。『異邦人』が個人のドラマであるのにたいして、『ペスト』は等価性をもった複数の人間たちの群像劇だということです。

三つ目に重要なのは、『ペスト』は、不条理が〈何も教えない〉ことの証明であり、それが『ペスト』という小説の決定的に新しい特質だということです。〈何も教えない〉とは、『ペスト』という小説から不条理にたいする何らかの教訓をひき出すことの無意味さを示しています。ペストは世界の根源的な条件である不条理のひとつの表れにすぎず、そこから具体的な教訓をひき出すことはできない。というより、ペストとは人間から自由を奪い、人間に死や苦痛をもたらすものすべての象徴であり、人間はそうした不条理とその場その場で闘っていくほかなく、そこから不条理を乗りこえる普遍的な処方箋を受けとることは不可能なのです。そのことが、この『手帖』の短い言葉にこめられた、カミュの苦渋に満ちた、しかし、潔い断念なのだといえるでしょう。

こうした考えを根底に置きながら、『ペスト』の執筆は、そこから何度か稿を改め、さらに五年ほどの長きにわたって続きます。その間、カミュはル・パヌリエでの療養生活を切りあげてパリに行き、名門出版社であるガリマール社の企画審査委員の職に就きます。その一方で、非合法地下新聞「コンバ（闘争）」の編集や記事の執筆をおこなってレジスタンス（対独抵抗運動）にも密かに参加します。そして、第二次世界大戦後に『ペスト』を完成して、発表したのです。

『ペスト』が刊行されたのは戦争が終わってまもないころでしたから、多くの読者は、この小説の疫病との闘いという主題の背後に、カミュのレジスタンスでの活動の反映を見ようとしました。端的にいって、ペストはナチスドイツの隠喩と見なされたのです。もちろん、そのような解釈も可能であり、登場人物たちのペストとの死を賭した闘いの描写には、ナチスドイツにたいする抵抗運動の生々しい記憶が投影され、それゆえの緊張感が漲《みなぎ》っているようにも見えます。とはいえ、『ペスト』の根本となる構想が生まれたのは、カミュがレジスタンスに参加する前のことですから、レジスタンスの経験が『ペスト』の執筆の動機だと考えることは明らかな錯誤です。

それよりもむしろ、ペストは広い意味で、人間に死や不幸をもたらす不条理一般の象徴であり、したがって、この小説における疫病のなかには、人間に死と不幸をもたらす不条理の本質が凝縮されており、そこには天災や戦争やファシズムの脅威も含まれていると考えるのが妥当でしょう。

『ペスト』は疫病という天災についての物語ですが、その冒頭近くでは、戦争とペストが同質の不条理としてこんなふうに描かれています。

「戦争やペストが到来するとき、人間はいつも同じように無防備だった。〔中略〕戦争が勃発すると、人々はこういう。『長続きはしないだろう、あまりにばかげたことだから』。たしかに戦争はあまりにばかげたことかもしれない。だが、だからといって長続きしないわけではない。〔中略〕天災は人間の物差しでは測れない。それゆえ、人間は天災を現実にはありえないものと見なし、やがて消え去る悪夢だと考える。だが、天災はかならずしも消え去らないし、人間のほうが、とくに人間中心主義者のほうが、悪夢からまた悪夢のなかへと消え去っていくのだ」

ペストは世界の根源的な条件としての不条理の極端な表れですが、それが脅威にさらすのは、人間中心主義、自分の外の世界への想像力を欠いた、傲慢な人間の脆さなのです。カミュの思想の根底には、そうした人間中心主義への懐疑があります。

今回のコロナ禍でも、人間による自然の乱開発が野生動物の生きるテリトリーを侵害したため、その野生動物を本来の宿主とするウイルスを人間の暮らす領域に招きよせた、という説があります。自分たちのすることは正しいと考えて省みない人間の独善が、不条理をひき起こし、それが人間に逆に襲いかかることもあるということです。

『ペスト』には、そのような思考のヒントも随所に埋めこまれており、そうした側面において、『ペスト』が新型コロナウイルスの危機に立ちむかうための知恵の書として、多くの人に読まれる一因になったともいえるわけです。

じっさい、『ペスト』は七〇年以上も前に書かれた小説ですが、そこに描かれる架空の疫病の流行がもたらす社会状況や人間の行動様式の変容は、コロナ禍のもとで私たち自身が経験したものと酷似しており、カミュの想像力の鋭敏さに感嘆するほかありません。

事態の深刻さを見て見ぬふりをする権力者や官僚機構のことなかれ主義から始まって、ペストにミントが効くと聞けば薬局からミントの飴が払底するような状況まで、『ペスト』に描かれる悲喜劇はまさに現代の私たちのものです。その意味で、『ペスト』は、疫病の流行を描く社会風俗小説としていささかも生彩を失っていません。まずは、この生々しい小説的リアリティが『ペスト』という作品の第一の読みどころでしょう。コロナ禍以後、『ペスト』は名のみ高い古典作品の地位から、いま読まれるべき現代小説の第一線に復帰したといって過言ではありません。

しかし、むろん、それにとどまりません。ここでは、数々の思想的・哲学的問題に関する刺激的な応答がおこなわれ、しかも、それが小説ならではの分厚い人間的な肉づけをもってみごとに描きだされています。

まずは、天災という主題をめぐって、キリスト教的な思想とどう対峙すべきか、という主題が扱われています。ここで重要な役目を果たすのは、イエズス会のパヌルー神父です。

パヌルーは教会での説教で、オランの町を襲ったペストを「天災」だと語ります。天災とはフランス語で fléau（フレオー）といいます。これは語源的には「鞭」から来た言葉で、そこから「（神が天から振りおろす鞭のような）災厄」と、「（麦を叩いて脱穀をおこなう）殻竿」という二重の意味が生まれます。カミュは、このふたつの意味を巧みに綯《な》いあわせて、パヌルーの説教のなかに取りいれています。この二重化したイメージを用いてパヌルーが語るのは、ペストという天災が、神への信仰をないがしろにした人間たちに下される天罰だということです。現在の日本でさえ、大震災が起こったときにこれを堕落した現代人に下された天罰だと脅迫的な言辞を弄する人が存在しました。それを考えれば、強いキリスト教信仰の土壌がある場所で、パヌルーの言葉に大きな説得力があることはよく理解できます。

しかし、このパヌルーの確信は、予審判事の幼い息子がペストに罹《かか》って死の苦しみにさらされる場面で、激しい動揺に見舞われます。なんの罪もないこの少年は、ペストから救ってくれるはずの血清を注射され、ただ苦しみをひき延ばされて死んでいくのです。オトン少年の病との闘いの場面は、その緊迫感の強烈さにおいて、『ペスト』の小説的クライマックスのひとつを形づくっています。

この場面のあとで、本書の主要人物である医師のリューは、神の振るう天罰としてのペストというパヌルーの所説に、オトン少年という無垢の存在の苦痛と死を対置し、もしも子供に死の苦しみをあたえるのが神のわざであるなら、そんな神に創造された世界を死んでも自分は拒否すると語るのです。ここには、子供という無垢の存在にたいするカミュの過剰ともいえる思い入れが反映しています。

カミュはかつて『ドイツ人の友への手紙』(第三通、一九四三年執筆)のなかで、戦争に反対する自分だが、そのためらいをうち破って戦争参加を決意するには、ひとりの少年が銃殺されるだけで十分だと記しました。また、一九四八年にドミニコ修道会でおこなった講演「無信仰者とキリスト教徒」でも、「子供たちが苦しんで死んでゆくこの世界と闘いつづける」と語っています。子供の苦しみと死は、なんの救いもない無意味な出来事、つまり、不条理そのものであって、そんな不条理を神の名のもとに認めることを絶対に拒否し、この不条理と闘いつづけるというのが、リュー、すなわちカミュの選択なのです。

『ペスト』はまた、政治的な問題も恐れることなく大胆に提起しています。第二次世界大戦の前夜、スペインで人民戦線内閣にたいしてフランコ将軍の率いる軍と右翼勢力が反乱を起こし、スペイン内戦が始まります。これは、イギリス・アメリカなど連合国とドイツ・イタリアなどファシズム勢力が戦う、第二次世界大戦の前哨戦という性格ももっていました。

一九三六年にスペイン内戦が始まったとき、カミュは二二歳で、この内戦に深い関心を抱いていました。というのも、カミュの母親カトリーヌはスペイン人（ミノルカ島出身の家系）なので、カミュ自身も半ばスペイン人だったからです。自由人のカミュは、国家主義的な独裁政権樹立のために軍を率いて戦争を起こしたフランコに反対しましたが、内戦はフランコの勝利に終わります。カミュはこのことに終生怒りをもちつづけていました。

『ペスト』には、このスペイン内戦に参加した新聞記者のランベールが登場します。

ランベールは、パリからオランにやって来たよそ者ですが、ペストの流行でオラン市に閉じこめられ、医師のリューと親交を深めます。そのとき、ランベールがスペイン内戦で戦ったことが明らかになるのです。どちらの側で戦ったのかという問いに、ランベールは「負けたほうだ」と答えます。ランベールにはカミュの心情が投影されているのです。しかし、ランベールはフランコ批判などいっさいしません。人民戦線にもフランコ軍にも関係なく、彼は戦争を成立させるヒロイズムそのものを根源的に批判するのです。ランベールは友人のタルーに「君は愛のために死ねるか」と尋ね、タルーが「死ねない気がする」と答えると、こう語ります。

「ところが、君［タルー］は一個の観念のためには死ねるんだよ。その様子が目に見えるようだ。だがね、僕は観念のために死ねる人間にはもううんざりなんだ。僕はヒロイズムなんか信じない。英雄になるのは容易なことだと知っているし、それが人を殺すことだと分かったからだ」

人民戦線の側も、フランコの側も、戦争をしながら自分の正義を主張します。しかし、その正義のために人殺しをすることをまったくためらわないのです。戦争では人を殺す者が英雄となり、英雄たちは自分が死ぬことも恐れません。そうして無際限の殺人が連鎖的に遂行されていくのです。こうして戦争を支えるヒロイズムをランベールは批判しているのです。ここには、カミュの根本的な思想が表れています。

カミュは二五歳のころ、祖国アルジェリアで一年ほど新聞記者として働いていました。ちょうど第二次世界大戦が始まる前後の時期です。そのとき、植民地アルジェリアを含めて大方のフランスの国民は、ナチスドイツと戦うこの戦争を反ファシズムの正義ゆえに支持していました。カミュもファシズムを心底嫌悪していましたが、暴力と殺人と破壊にほかならぬ戦争そのものには反対の論調を張りました。しかし、このカミュの戦争批判は植民地総督府に目を付けられ、カミュが働いていた新聞社に圧力がかけられる原因のひとつにもなります。その結果、カミュの関わる新聞は発行停止に追いこまれ、カミュは祖国アルジェリアから追放同然になり、パリへ脱出することになるのです。このように、カミュの反戦は骨髄に徹したものであり、戦争を成りたたせるヒロイズムについても徹底的な批判をおこないました。そのもっとも明確な表れが、『ペスト』におけるランベールの言動なのです。

このヒロイズム批判は、『ペスト』を、死を賭して病と闘う勇壮な英雄たちの物語にはしませんでした。そのことがいちばんはっきりと表現されているのは、凡庸な非正規公務員であるグランの扱いです。グランは妻に逃げられたことをいつまでも悔やむ悩み多き男ですが、リューとタルーが組織した保健隊というボランティアの医療補助組織に参加し、英雄的なところのまったくない記録と統計の仕事を黙々とこなすことによって、保健隊の要となるのです。

リューはランベールのヒロイズム批判を受けて、ペストと闘うことはヒロイズムではなく誠実さの問題であり、誠実さとは、自分の仕事を果たすことなのだ、と語ります。リューのいう誠実さ、自分の仕事を果たすことの真の体現者が、英雄とはかけ離れた、平凡きわまるグランという人物なのです。グランはじめ、端役にいたるまで、登場人物の個性をくっきりと浮き彫りにする人間描写において、カミュの小説家としての手腕が冴えわたっています。『ペスト』はこうした人間的なドラマとしても格別の読みごたえを備えています。

思想小説としての『ペスト』がその最深部に達するのは、ラスト近く、リューの親友となったタルーが語る長い告白の場面です。

タルーは、自分はオランの町でペストに巻きこまれる前から、じつはペスト患者だったという意外な事実を語りはじめます。ここから、ペストは人間世界の根源的な不条理としての独創的な隠喩に変化していくのです。

タルーの父親は次席検事でした。そしてタルーが一七歳のとき、自分の論告求刑を聞くように息子を法廷に招きます。そこでタルー少年は、無力な男が父親から死刑を宣告されるのを目撃して、この世界が死刑をはじめとする死のメカニズムによって動いていることを知ってしまうのです。タルーは死刑に反対するために左翼の政治運動に参加しますが、そこでも、自分の正義を主張する人々はその正義から外れると見なした者たちを死刑にしていました。こうして、タルーは世界に死刑宣告というペストが満ち、そのペストが歴史を作りあげ、自分もその世界と歴史の構造から逃れられないことを悟ります。すなわち、自分もまたペスト患者にほかならなかったのです。しかし、ペスト患者であることから脱しようとするタルーは、たとえそれが不可能であっても、自分は人殺しの側ではなく、犠牲者の側につくことを決意します。

「ペスト患者であるのはひどく疲れることだ。しかし、ペスト患者になりたくないと望むことは、さらにもっと疲れることなんだ。〔中略〕ペスト患者をやめたいと願うわずかな人々は、もはや死によってしかけっして解放されない極限の疲労を味わうことになるわけだ」

このタルーの告白は、世界文学史においてドストエフスキーの諸作に匹敵するような思想的強度に貫かれています。しかも、ドストエフスキーの小説にはない文体の明澄さが一瞬の弛《たゆ》みもなく保たれ、『ペスト』の文学的感銘のひとつの頂点を形成しています。さらに、この告白のあとでタルーとリューが友情を確認するために夜の地中海で泳ぐ場面は、一転して、沈黙のなかに心安らぐ抒情的な波動が満ちて、カミュの小説的表現力の幅広さを味わわせてくれます。

そして、突然訪れる悲劇のなかでも、タルーは、「いまこそすべてはよい」と呟くのです。このタルーの描写には、カミュがかつて『シーシュポスの神話』で論じたドストエフスキーの『悪霊』の登場人物キリーロフの言葉の反響があると同時に、冷たい虚無に消えていくキリーロフの姿とは対照的に、カミュの人間的な感情への温かい信頼が滲《にじ》みでています。とり返しのつかない悲劇の場面ではありますが、読む者の心を慰撫《いぶ》してくれるような、すべてを静謐に肯定する確信の深さが感じられます。

こうしてタルーやランベールには明らかに作者自身の思想が背負わされており、凡庸で弱いグランの肖像にさえもカミュの精神の一部分が分けあたえられていることでしょう。しかし、『ペスト』のなかでカミュの分身ともいえる役割を果たしているのは、医師のリューです。小説のラストに至って、この記録の筆者がリューであることが明かされるのですが、その語りには、自分の目に映る真実を可能なかぎり客観的に提示しようとする確固たる意志が漲っています。それは、リューの語る、「私は暗闇のなかにいて、明るく見きわめようと努めている」という医師の職業上の姿勢と密接につながっているだけでなく、カミュの小説家としての倫理の表明であるように見えるのです。その点で、『ペスト』の一見奇妙な（けっして「私」という一人称を用いない）語りは、きわめて細心に構築された『異邦人』の人工的な一人称の語りとは根本的に異なっています。『ペスト』におけるリューの語りにはカミュの作家としての倫理がこめられているのであり、その意味においてこそ、医師リューは作者カミュの分身といいうる存在なのです。

リューにはもうひとつ、かなり重要な、カミュの個人的な人生の痕跡が印されています。

ペストとの闘いをけっして放棄しないリューに、タルーが「このペストはあなたにとっていったい何なのか」と尋ねたとき、リューは「果てしなく続く敗北だ」と答えます。さらに重ねてタルーが「そういったことすべてを教えてくれたのは誰なんです？」と問うと、リューは「貧乏だよ」と即答するのです。

あまりにも唐突な答えなので、逆にいつまでも印象に残る場面です。ここには、カミュの個人的な経験が無防備に反映してしまったと考えることができるのです。

カミュが生まれてまもなく、父親が第一次世界大戦で戦死してしまったため、彼の一家はひどい貧乏のなかで暮らします。そのせいで、カミュは小学校での成績が優秀だったにもかかわらず、リセ（中学・高校）に進むことが不可能でした。そのため、小学校の恩師であるルイ・ジェルマンがカミュの家を直接訪れ、彼をリセに進学させるべきだと家族を説得してくれたのです。また、カミュが結核を発症してリセを休むようになったとき、のちにカミュの生涯の師となるジャン・グルニエが心配してカミュの家にやって来たのですが、グルニエはその貧窮ぶりに大きな衝撃を受けたのでした。

このようにカミュは幼少年期をひどい貧困のなかで送りました。それは無力な少年にとって人生最初の不条理の体験だったことでしょう。先ほど触れたリューとタルーの問答における「貧乏だよ」というリューの答えには、そうしたカミュの決定的な不条理の体験が反映しているのです。そう考えなければ、この答えのあまりの唐突さは理解できません。

カミュの前半生は、こうした不条理の連続でした。幼少年期の家庭の貧困に次いで、一七歳のときに結核を発症して喀血《かっけつ》します。青春の真っ盛りで死の恐怖と直面し、こののちもカミュは生涯、結核が完治することなく、死の恐怖から逃れることができませんでした。これが第二の不条理の経験です。

そして、先に述べたとおり、新聞記者としての活動が植民地総督府によって抑圧され、カミュの働いていた新聞社は活動停止に追いこまれ、彼はアルジェリアを去ってパリに向かうほかなくなります。この祖国からの追放が第三の不条理でした。『ペスト』第Ⅱ部の冒頭近くで、「ペストが私たちオラン市民にもたらした最初の事態は、追放だった」と記されるとき、そこにはカミュ自身の追放の体験が影を落としていたはずです。

そのうえ、カミュがパリに到着してわずか三か月後、ナチスドイツ軍がフランスに侵攻してパリを占領してしまいます。このファシズムの脅威が第四の不条理としてカミュに襲いかかったのでした。

つまり、不条理とは、机上で考えだされた哲学的な空理空論ではなく、カミュが幼少年期から体験しつづけた、身体に響く、血の通った人間的感覚だったのです。

最後に、カミュ自身の人生につながるもうひとつの細部を指摘しておけば、それはリューの母親の描写です。

カミュの母親がスペイン人であることはすでに触れました。この母親は家政婦をして夫のいないカミュ家の生計を支えましたが、生まれつき難聴で、読み書きができず、沈黙に閉じこもり、息子のカミュともほとんど言葉を交わしませんでした。カミュは、子供時代にこの母親を孤独と沈黙のなかに放置したことを終生悔やみ、罪悪感を抱いていました。それゆえ、最初の短篇集『裏と表』の再版を出したとき(一九五八年)、それに序文を付して、『裏と表』を書き直して新たな作品にしたいと語っています。「私は、この作品の中心にひとりの母の讃嘆すべき沈黙を置いて、この沈黙に釣りあう正義や愛を見つけるためのひとりの男の努力を描こうと思いつづけるのだ」

「ひとりの男」とは、むろんカミュ自身のことです。しかし、結局、この作品は書かれることがありませんでした。しかし、『ペスト』のなかでリューの母親の姿をとって、カミュの母親への思いが刻まれているように思われるのです。タルーが悲劇を迎えたのち、彼の看病をしたリューとリューの母親はふたりだけでタルーの通夜をおこないます。

「このとき、リューは母親が何を考えているかということ、そして、母親が自分を愛しているということを知っていた。しかし、同時にリューは、人を愛するということがさほど重大事でもなければ、愛がその固有の表現を見出せるほど強いものではないことも知っていた。かくして、母親と自分はいつまでも沈黙のなかで愛しあっていくことになるのだ。そして、いつかは母親が――あるいは自分が――死ぬことになるが、ふたりの人生のあいだじゅう、自分たちの愛の表白がこれ以上先に進むことはありえないだろう」

カミュは人生の最初から、自分の母親との関係のなかで、言葉による交流の無力さを痛感していました。にもかかわらず、カミュは言葉によって人間的な交流を図る作家という仕事を選択したのです。そのとき、カミュの胸中には、つねに、自分の記す正義や愛の言葉は母親の沈黙に釣りあうものでなければならない、という思いが揺曳《ようえい》していたことでしょう。そして、いま引用した『ペスト』の一節には、愛は言葉のなかに固有の表現を見出せるものではなく、自分と母親は沈黙のなかで愛しあっていくほかない、という自足と断念とが記されているのです。『ペスト』は、そうした言語の可能性についてのカミュの個人的な思考の極北が記された書物でもあります。そこを見逃すことはできません。

さて、先ほど、『ペスト』は、現今のコロナ禍のもとで、疫病の流行をリアルに描く現代的な社会風俗小説として復活したと申しあげました。しかし、『ペスト』は表層的な社会現象としてのみ疫病流行のメカニズムを解明しているわけではありません。この天災の本質を恐るべき鋭さで抉《えぐ》りだし、天災（ペスト）と対立する概念は自由だ、というのです。自分にはすべてが可能だと思いたがる人々はそのことを考えようとしません。

「どうして、未来と移動と議論とを禁じるペストのことなど考えられただろうか？　彼らは自分を自由だと考えていたが、天災があるかぎり、人間はけっして自由になどなれはしないのだ」

今回のコロナ禍を予見したとしか思えない一節です。すなわち、この状態がいつまで続くか分からないという未来の展望の欠如。疫病の感染拡大を恐れるがゆえの人々の移動の禁止。すみやかな決定をよしとし、対面での議論をできるかぎり回避する傾向。コロナ禍が脅かしたものは、私たちの自由そのものだったのです。

さらに、新型コロナウイルスは私たちの連帯を表す具体的な行動も不可能なものにしてしまいました。人々が集まって自由に議論を交わすこと。自分たちの主張を目に見えるかたちで訴えるためにデモをおこなうこと。音楽による感情の高揚と一体化を求めてコンサートに行くこと。そうした集会やデモやコンサートが不可能な状況に追いこまれたのです。

『ペスト』では、伝染病が拡大するなかでもオペラの公演がおこなわれていましたが、コロナ禍のもとではそれもできなくなったり、自粛を余儀なくさせられたりしました。しかし、私たちには最後まで、連帯の手段として、言葉が残されています。『ペスト』が最後に語るのも、言葉への信頼です。タルーが亡くなったのち、リューは「ペストと生命の勝負で、人間が勝ちえたものは、認識と記憶だった」と語ります。その認識と記憶を確かなものとして残すのは、言葉にしかできないことです。それゆえ、リューは、「沈黙する者たちの仲間にならないために」、この『ペスト』という言葉による天災の記録を書きあげたのです。

アルベール・カミュ年譜

※カミュの誕生日が一一月七日のため、見出しの年齢はその年の誕生日を迎える前のもので表記しました。

一九一三年
一一月七日、当時フランス領だったアルジェリアの東端に位置する地中海沿岸の町モンドヴィ（現ドレアン）に生まれる。父リュシアン・カミュ、二八歳。母カトリーヌ、三一歳。リュシアンはワインの樽詰め職人だった。

一九一四年　〇歳
第一次世界大戦が勃発し、リュシアンは前線に動員される。残されたカミュの一家はアルジェに引っ越す。
一〇月一一日、北フランスのマルヌの戦いで頭部を負傷したリュシアンは、ブルターニュ地方の軍事病院に運ばれて死亡する。

一九二一年　七歳
カミュ一家はアルジェのリヨン通りに転居する。家政婦をして生計を立てる母カトリーヌ、強権的な支配者として振る舞う祖母（カトリーヌの実母）、四歳年上の兄リュシアン、聾唖に近い叔父エティエンヌとの五人暮らしだった。

一九二四年　一〇歳
小学校の教師ルイ・ジェルマンに認め

られて特別補習を受け、奨学金試験に合格して、アルジェのグラン・リセ（高等中学）に入学し、路面電車で通学するようになる。

一九二九年 一五歳

母方の叔母アントワネットの夫であるギュスターヴ・アコーと親しむ。アコーはアルジェの中心街で肉屋を営む裕福な自由主義者で、大きな書庫をもっていたので、少年カミュはそこでアンドレ・ジッドはじめ多数の文学者の書物に読みふける。

一九三〇年 一六歳

秋、バカロレア（大学進学資格試験）の第一部に合格し、リセの最終学年である哲学級に進み、生涯の師となる哲学教師ジャン・グルニエと出会う。一二月、突然、喀血し、結核と診断される。サッカーのゴールキーパーとして活躍していたが、その活動は禁じられ、しばらく入院生活を余儀なくされる。この宿痾は生涯完治することなく、カミュを苦しめる。

一九三一年 一七歳

結核療養のため、リヨン通りの実家を出て、アコー叔父の家に移り住み、食事療法として肉屋の叔父の提供する生肉やステーキを毎日のように食べる。一〇月、療養生活が功を奏し、リセの哲学級に復帰する。

一九三二年 一八歳

教師グルニエの関わる文芸雑誌「シュッ

ド（南）」に初めて何篇かのエッセーを発表する。

一九三三年　一九歳

このころ、眼科医の母をもつ一歳年下の娘シモーヌ・イエとつきあうようになる。この魅力的だがあまり評判のよくない娘を気に入らないアコー叔父と仲違いして、叔父の家を飛びだし、兄リュシアンの家に転がりこむ。

秋、結核の不安からパリのエコール・ノルマル・シュペリユール（高等師範学校）への進学を断念して、アルジェ大学文学部に入学する。

一九三四年　二〇歳

六月一六日、シモーヌ・イエと結婚。

一九三五年　二一歳

八月か九月、共産党に入党。

秋、演劇を志す仲間たちと「労働座」を結成し、共同執筆で戯曲『アストゥリアスの反乱』を完成する。

一九三六年　二二歳

春、ふたりの女友だちジャンヌ・シカールとマルグリット・ドブレンヌとともに、アルジェの高台に貸家を見つけて気に入り、ジャンヌとマルグリットはこの通称「フィッシュ屋敷」を借りて住む。妻のいるカミュもここを頻繁に訪れて交友を深める。これにもうひとりの女性、クリスティアーヌ・ガランドが加わる。

四月、『アストゥリアスの反乱』の上演がアルジェ市長の妨害で不可能になる。

五月、アルジェ大学に哲学の高等教育修了論文「キリスト教形而上学とネオプラトニズム　プロティノスと聖アウグスティヌス」を提出し、アルジェ大学を卒業する。

七月一七日、スペインで内戦が始まる。

七月から八月にかけて、妻シモーヌ、友人イヴ・ブルジョワとオーストリア、チェコなどをめぐる旅行をおこなう。この旅のさなかに妻シモーヌの不貞の証拠である手紙を発見し、シモーヌと別れることを決意する。アルジェに戻って以降、もはやシモーヌと暮らすことはない。

一九三七年　二三歳

五月、初の著書である短篇集『裏と表』を刊行。

このころ、共産党の植民地政策に反対して、党を除名される。

七月末、親友のフレマンヴィルと、フランスの南部やサヴォワ地方をめぐる旅に出るが、サヴォワの山小屋で喀血。その後、パリの万国博覧会を見物したあと、ジャンヌ・シカールとマルグリット・ドブレンヌと落ちあってイタリア旅行をし、九月にアルジェに帰る。

秋、将来の妻となるオラン市在住のフランシーヌ・フォールとつきあいはじめる。

一〇月、解散した「労働座」に代わって、「仲間座」を結成して演劇活動を続行する。

一九三八年　二四歳

一〇月、著作家のパスカル・ピアと出会い、ピアの編集する日刊紙「アルジェ・レピュブリカン（共和派アルジェ）」の記者となり、以後、様々な記事やルポルタージュを執筆する。

一九三九年　二五歳

五月、第二短篇集『結婚』を刊行。

六月、「アルジェ・レピュブリカン」紙上でフランスの植民地政策を激しく告発する。

九月三日、イギリスとフランスがドイツに宣戦布告して、第二次世界大戦が始まる。

九月、戦争反対の論陣を張るが、植民地総督府の圧力で「アルジェ・レピュブリカン」は発行停止に追いこまれる。ピアとカミュは「ソワール・レピュブリカン（共和派夕刊）」を創刊して言論活動を続ける。

一九四〇年　二六歳

一月、「ソワール・レピュブリカン」が発行停止処分。

三月一四日、ひと足先にパリに帰ったピアの招きで、「パリ・ソワール（夕刊パリ）」紙の編集者として働くべく、アルジェから海路でパリに出発する。

六月、ナチスドイツ軍の攻撃によるパリ陥落の直前、編集拠点をフランス中央部のクレルモン＝フェランに移転させる「パリ・ソワール」社の方針に基づいて、カミュはクレルモン＝フェランに向かう。

九月、リヨンに移転する「パリ・ソワール」編集部とともにリヨンに向かう。

一二月三日、リヨンに来たフランシーヌと結婚するが、まもなく「パリ・ソワール」を解雇される。

一九四一年　二七歳

カミュ夫妻はアルジェリアに戻り、オラン市にあるフランシーヌの実家のアパルトマンで暮らすが、カミュは定職に就けないまま、〈不条理三部作〉の小説『異邦人』、戯曲『カリギュラ』、哲学エッセー『シーシュポスの神話』を一応完成させる。

一九四二年　二八歳

二月、結核の再発。

五月、『異邦人』をガリマール社より刊行。以後のカミュの主著はほとんど名門ガリマールから出版される。

八月、結核療養のため、フランシーヌとともにフランスの中央山塊地方の小村ル・パヌリエに向かう。

秋、『ペスト』の執筆を始める。

一〇月、小学校の教員であるフランシーヌは新学期の開始によりアルジェリアに帰国する。

同月、『シーシュポスの神話』を刊行。

一一月一一日、ナチスドイツ軍がフランス全土を支配し、アルジェリアとの交通は遮断される。このため、カミュとフランシーヌは以後、フランス解放まで二年間の別離を余儀なくされる。

一九四三年　二九歳
一月、パリに行き、「パリ・ソワール」の同僚だったジャニーヌ・ガリマールと旧交を温め、ジャニーヌの紹介で女優マリア・カザレスと出会う。

六月、パリに行き、ジャン゠ポール・サルトルとシモーヌ・ボーヴォワールと知りあい、友情を育む。

一一月、ガリマール社で企画審査委員の職を得て、ル・パヌリエを去り、パリで暮らす。

一二月、ピアの導きでレジスタンス（対独抵抗運動）に参加する人々と接触し、非合法地下新聞「コンバ（闘争）」の編集と記事執筆をおこなうようになる。

一九四四年　三〇歳
三月、『誤解』の稽古が始まり、カミュは、主役マルタを演じる二一歳のマリア・カザレスと恋に落ちる。

五月、二篇の戯曲『誤解』と『カリギュラ』を合冊版で刊行。

六月二三日、パリのマチュラン座で『誤解』の初演。

八月二一日、「コンバ」がド・ゴール将軍の臨時フランス政府から合法発行の許可を得て、以後、カミュは署名記事で積極的に戦争とレジスタンスに関する論説を発表する。

八月二五日、パリ解放。

一〇月、パリに来たフランシーヌと二

年ぶりの再会。

同月、「コンバ」で対独協力者の粛清が必要だと主張し、それに反対する作家フランソワ・モーリヤックと論争が始まる。

一九四五年　三二歳

一月、死刑反対の立場から、対独協力作家ロベール・ブラジヤックの恩赦嘆願書に署名するが、ブラジヤックは死刑を宣告され、二月に銃殺される。

八月、広島と長崎に原爆が投下される。カミュは「コンバ」において原爆使用に反対し、「機械文明はその野蛮さの最終段階に到達した」と記す。

九月五日、フランシーヌが双子の娘と息子、カトリーヌとジャンを出産し、カミュはいきなりふたりの子の父親となる。

九月二六日、パリのエベルト座で『カリギュラ』の初演。ジェラール・フィリップが主役カリギュラを演じて大好評。

一〇月、戦争とレジスタンスを論じる書簡形式の批評集『ドイツ人の友への手紙』を刊行。

一九四六年　三三歳

三月一〇日、文化使節として海路でアメリカへ三か月もの講演旅行に向かう。ニューヨークのフランス大使館文化部長としてカミュを迎えたのは、まだ無名のクロード・レヴィ＝ストロースだった。

四月、人気カメラマンのセシル・ビートンに肖像写真を撮影され、その写真がファッション雑誌「ヴォーグ」の誌面を飾る。このとき「ヴォーグ」の手伝いをしていた二〇歳の女子学生パトリシア・ブレイクと恋に落ちる。

一一月、「コンバ」に発表した評論「犠牲者でもなく死刑執行人でもなく」で共産主義を批判し、サルトル、ボーヴォワールとの不和の原因となる。

一九四七年　　三三歳

三月、ピアから「コンバ」の編集長をひき継いだものの、ピアと決裂し、六月には「コンバ」と絶縁する。

六月、『ペスト』を刊行。発売された週のうちに「批評家賞」を受賞する。

夏、俳優で演出家のジャン゠ルイ・バローよりペストを主題とする演劇への協力を要請され、戯曲『戒厳令』の執筆に向かう。

一九四八年　　三四歳

一〇月二七日、パリのマリニー座で『戒厳令』の初演。

一九四九年　　三五歳

六月三〇日、海路で南アメリカへの二か月間の講演旅行に出発するが、この旅行中、心身の不調に苦しむ。

九月、帰国後、結核の再発と診断され、その後、一年余の長い休養期間に入る。

一二月一五日、エベルト座で『正義の人びと』の初演。

一九五〇年　　三六歳

二月、戯曲『正義の人びと』を刊行。出版に際して急遽エピグラフとしてシェイクスピアの『ロミオとジュリエット』からの一節を挿入する（恋人マリア・カザレスへの献辞だと推測される）。

一九五一年　三七歳

一〇月、『反抗的人間』を刊行。

一九五二年　三八歳

五月、哲学者フランシス・ジャンソンが、サルトルの主宰する「レ・タン・モデルヌ（現代）」誌に『反抗的人間』への激烈な批判を発表する。

八月、「現代」誌に、カミュのサルトルにたいする反論と、そのカミュの論文へのサルトルの反論が同時に掲載される。かくして、カミュとサルトルは絶交する。

一九五三年　三九歳

六月、アンジェ演劇祭で、俳優で演出家のマルセル・エランに協力して、スペインの劇作家カルデロンの『十字架への献身』と、ラリヴェーの『精霊たち』を上演する。カミュは前者ではフランス語訳、後者では脚色を担当した。ともに主演はマリア・カザレス。

一〇月、フランシーヌが重篤な鬱病を患い、のちには精神科病院に入院したり、自殺未遂をしたりする。

一九五四年　四〇歳

春、エッセー集『夏』を刊行。

一一月一日、アルジェリア独立戦争

勃発。

一九五五年　四二歳

三月、ブッツァーティの戯曲『ある臨床例』を翻案し、それがラ・ブリュイエール座で初演を迎える。

一九五六年　四三歳

一月、アルジェリア独立戦争のさなか、「市民のための休戦」を提案し、アルジェで休戦アピールの集会に参加するが、右翼勢力の妨害を受け、集会は中断される。以後、カミュはアルジェリア戦争についてほとんど発言しなくなる。

五月、『ペスト』以来、約九年ぶりの小説の新作『転落』を刊行。

九月、フォークナーの小説『尼僧への鎮魂歌』を戯曲に翻案し、みずから演出をおこない、マチュラン座で初演に至る。上演六〇〇回をこえる大ヒットとなる。

一九五七年　四四歳

三月、短篇集『追放と王国』を刊行。

六月、アンジェ演劇祭で、スペインの劇作家ローペ・デ・ベーガの『オルメドの騎士』を翻訳・演出して初演をおこなう。

一〇月一六日、カミュのノーベル文学賞受賞が発表される。

一二月一〇日、フランシーヌと訪れたストックホルムで、ノーベル賞の授賞式を経て、受賞演説をおこなう。

一九五八年　四五歳

三月、スウェーデンから帰国後、重い不安神経症に見舞われるが、そんななか、デンマーク人の若い女子学生と新たな恋を実らせる。この女性はカミュの『手帖』にM・iというイニシャルで登場する。
六月、マリア・カザレス、親友のミシェル・ガリマール、ミシェルの妻ジャニーヌと一か月近いギリシア旅行をおこなう。
九月、南仏の小村ルールマランに住居を購入する。

一九五九年　四五歳
一月、ドストエフスキーの小説『悪霊』を翻案・演出し、パリのアントワーヌ座で初演に至る。
一一月一五日、ルールマランに帰る。

一九六〇年　四六歳
一月、カミュ夫妻はミシェル・ガリマール夫妻をルールマランに招いて、一緒に新年を迎える。二日にフランシーヌと子供たち（カトリーヌとジャン）はひと足先に列車でパリへ帰る。三日、カミュとガリマール夫妻とその娘アンヌはミシェルの運転する車でパリに向かい、途中のホテルで一泊する。四日、パリを目前にしたヴィルブルヴァンの村の路上で、カミュらの乗った車が立ち木に激突。カミュは即死。ミシェル・ガリマールも五日後に死亡するが、ミシェルの妻ジャニーヌと娘のアンヌは奇跡的に軽傷だった。

一月六日、葬儀がおこなわれ、カミュの遺体はルールマランの墓地に埋葬された。

訳者あとがき

カミュの『ペスト』を新訳してみないかとのお誘いを本文庫の編集顧問である今野哲男さんから受けたのは、もう四年も前のことになります。そのときは、大喜びでお引き受けしました。というのも、カミュはかつて私にとって、あまりに気恥ずかしい表現ですが、「青春の作家」というのがふさわしい文学的アイドルだったからです。

中学に入って最初に夢中になったのはスタンダールでした。まずは『赤と黒』のジュリアン・ソレルのカッコよさに手もなくやられ、心のなかでジュリアンのように「武器を取れ！」などと叫んで反逆者を気取っていました。私が中学に入った一九六七年前後は、世界中で学生があらゆる既成概念や制度を破壊しようとした反逆の季節だったからです。

それからまもなく、新潮文庫でカミュの『異邦人』を読んで、主人公のムルソーが颯爽たる英雄に見えました。ジュリアン・ソレルより現代的で、そのクールな虚無感は、自分もそうありたいと思う生き方の範例のように感じられたのです。しかも、作者のカミュは、そのころ好きだったハードボイルド映画に出てくるハンフリー・ボガートをすこし甘くしたようなハンサムさで、『赤と黒』のスタンダールとは大違いでした。

それから、カミュの作品をどんどん読みました。『異邦人』以外でいちばん大きな影響を受けたのは、新潮文庫の旧版の『シジフォスの神話（矢内原伊作譯）』で、ラスト近くの「人はいつも繰返し自分の重荷を見出す」との一節には、当時発表されたばかりのビートルズの『アビイ・ロード』のクライマックスに出てくる「その重荷をずっと背負っていくんだ」という絶唱と響きあう思想的決意を感じたのでした。

それでは、『ペスト』はどうだったのかというと、カミュの小説のなかで文句なしにいちばん緊密な構成をもち、思想的な問題もたっぷりと詰めこみ、何よりも、うち勝ちがたい苦難にごく普通の人々が友情と連帯感をもって立ちむかうことへの率直な感動がありました。素晴らしい作品だと感心はしたのですが、あまりに優等生的すぎるというか、そのころ私がカミュ（というよりも『異邦人』のムルソー）に見出した孤高な反逆者像への憧れとはかなり異なる印象があって、正直いって『異邦人』や

『シジフォスの神話』ほど夢中にはなれませんでした。

初めて読んだころにはそんな感想を抱いたのですが、新訳をひき受けてから、およそ五〇年ぶりに『ペスト』を読みかえしてびっくり仰天しました。中学生の理解の浅さといえばそれまでですが、『ペスト』という小説が、『異邦人』と『シジフォスの神話』で提起された不条理というカミュの思想の根本概念をめぐる知的格闘の結実であるという、この小説の、血の滲みだすような、切実な本質を、私はまるで読めていなかったのです。

先ほどこの小説について「優等生的」という言葉を用いて当時の私の違和感を語りましたが、『ペスト』は、そのような形容が当てはまる、予定調和的な構成によって破綻なく完成された言葉の芸術品ではありません。そこに登場する個々の人間たちの個性には、カミュの個人的な経験と感覚的真実があまりにも生々しく投影されていますし、そこで論議される多くの哲学的・政治的・思想的な問題は、カミュが精神の底の底まで降りて考えぬいた思索の結果です。芸術作品の完成度や感動といった評価の基準を度外視して、この小説には、カミュがそれまで感じ、考えてきたことのすべてが詰めこまれているのです。これほどの文学的・思想的な大きさをもった小説といえば、一九世紀のバルザックやドストエフスキーといった作家を引きあいに出すほかありません。それほど、『ペスト』が途方もない小説であるという事実に、私は初読から半世紀も経ってようやく気づいたのです。そのことひとつとっても、『ペスト』の新訳を提案してくれた今野哲男さんに深い感謝を捧げたいと思うのです。

『ペスト』のフランス語を日本語に翻訳することに関しては、喜びと苦難が同じくらいありました。

喜びというのは、カミュの鋭い、スピード感あふれるフランス語のリズムを体で受けとめることの快楽と幸福です。『ペスト』の文章には、抽象的な概念を表す言葉がきわめて多く使われているのですが、カミュの文体の無駄のないスピーディな流れゆえに、その重さはほとんど気になりません。しかし、これを日本語に移すとき、抽象的な単語を日本語の同じ意味の単語に置きかえるだけだと、漢語の多い、まったくもって無味乾燥で鈍重な文章になってしまうのです。カミュの文章の思想的な硬質さ、重厚さを保ちながら、あのしなやかで軽快なスピード感を再現すること。それが、今回の新訳のめざすところであり、訳者の克服しなければならない大きな苦難でした。その出来上がりの評価については、読者にお任せするほかありません。

本書が実現される具体的なプロセスに関しては、いつもながら光文社古典新訳文庫の小都一郎さんがすべてをとり仕切ってくれました。小都さんのアドバイスにより無用の間違いを避け、また、文体をさらに鍛えることができました。心よりお礼を申しあげます。

本文中に、「神の災厄は、高慢な者と、盲《めし》いた者たちをひざまずかせるのです」、「ペストとの闘いを諦めるなんて、狂人か盲人か卑怯者でなければできないことだ」、「殺人者の魂は盲目なのであって」など、視覚障害や精神障害に関して、今日の観点からみて許容されるべきではない不適切な用語や、差別的表現が用いられています。

これらは本作が発表された一九四〇年代のフランスの社会状況と未成熟な人権意識に基づくものですが、こうした時代背景と、その中で成立した物語を深く理解するため、編集部では、これらの表現についても原文に忠実に翻訳することを心掛けました。それが今日も続く人権侵害や、差別問題を考える手がかりとなり、ひいては作品の歴史的・文学的価値を尊重することになると考えたものです。差別の助長を意図するものではないということをご理解ください。

編集部

kobunsha classics
光文社古典新訳文庫

ペスト

著者 カミュ

訳者 中条省平《ちゅうじょうしょうへい》

2021年9月20日 初版第1刷発行

発行者 田邉浩司
印刷 新藤慶昌堂
製本 ナショナル製本

発行所 株式会社光文社
〒112-8011東京都文京区音羽1-16-6
電話 03（5395）8162（編集部）
03（5395）8116（書籍販売部）
03（5395）8125（業務部）
www.kobunsha.com

落丁本・乱丁本は業務部へご連絡くだされば、お取り替えいたします。
ISBN978-4-334-75449-5 Printed in Japan

いま、息をしている言葉で、もういちど古典を

長い年月をかけて世界中で読み継がれてきたのが古典です。奥の深い味わいある作品ばかりがそろっており、この「古典の森」に分け入ることは人生のもっとも大きな喜びであることに異論のある人はいないはずです。しかしながら、こんなに豊饒で魅力に満ちた古典を、なぜわたしたちはこれほどまで疎んじてきたのでしょうか。

ひとつには古臭い教養主義からの逃走だったのかもしれません。真面目に文学や思想を論じることは、ある種の権威化であるという思いから、その呪縛から逃れるために、教養そのものを否定しすぎてしまったのではないでしょうか。

いま、時代は大きな転換期を迎えています。まれに見るスピードで歴史が動いていくのを多くの人々が実感していると思います。

こんな時わたしたちを支え、導いてくれるものが古典なのです。「いま、息をしている言葉で」――光文社の古典新訳文庫は、さまよえる現代人の心の奥底まで届くような言葉で、古典を現代に蘇らせることを意図して創刊されました。気取らず、自由に、心の赴くままに、気軽に手に取って楽しめる古典作品を、新訳という光のもとに読者に届けていくこと。それがこの文庫の使命だとわたしたちは考えています。

このシリーズについてのご意見、ご感想、ご要望をハガキ、手紙、メール等で翻訳編集部までお寄せください。今後の企画の参考にさせていただきます。
メール　info@kotensinyaku.jp